크리미널 러브

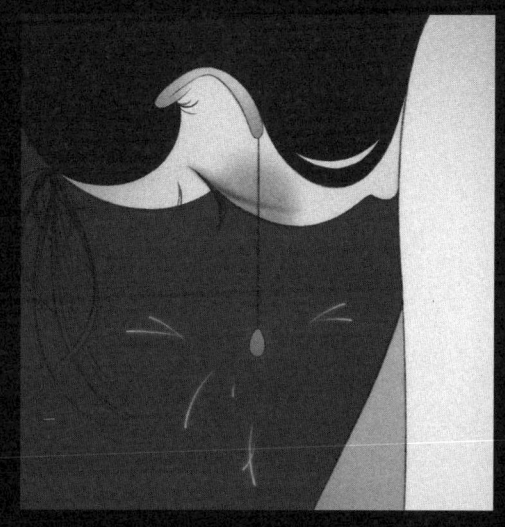

크리미널 러브

이희주
소설

문학동네

차례

0302♡
007

최애의 아이
063

마유미
105

해변 지도로부터의 탈출
173

러브 오브 마이 라이프
219

천사와 황새
253

사과와 링고
285

사랑, 기억하고 있습니까
337

해설 | 오은교(문학평론가)
이븐의 마조히즘
381

작가의 말
413

0302♡

사거리의 미소년이 나타났다는 이야기를 들은 건 종례 시간이었다. 담임이 출석부로 교탁을 쾅쾅 내리쳤다. 조용. 그러니까 일찍들 들어가라. 담임은 일단 공지는 하지만 말도 안 되는 소리라고 생각한다는 듯 허허 웃으며 교실을 나갔다. 아이들은 흥분한 듯, 아닌 듯 심드렁. 그 사람이 여길 왜 와…… 한 여자애가 무심한 척 기대감을 숨기지 못한 투로 말했다. 희주는 작은 소란에서 동떨어져 짐을 챙겼다. 먼저 나간 유리를 세 걸음쯤 뒤에서 따랐다. 쟤는 엎드려서 자는데 어떻게 뒤통수에 눌린 자국이 생길까. 아침에도 저랬나? 생각하자마자 유리가 손을 들어 뒷머리를 조심스레 만졌다. 힐끗, 돌아보는 유리를 희주는 모른 척했다. 유리는 다시 머리를 손으로 빗으며 걸었다. 열일곱의 두 사람은 발목을 살짝 드러내는 운동화를 신고 거리로 들어갔다.

　그 거리에서 희주는 나고 자랐다. 벗은 여자가 인쇄된 명함을 취객이 밟고 가는 거리. 여전히 할로겐등과 네온사인이 빛나는 거리. 10년 전엔 분명 사람들로 북적이고, 고기 타는 냄새가 나고, 희주도 얼굴을 얼얼히 데우는 숯불 앞에 앉아 돼지갈비를 속이 뜨거워질 때까지 집어먹었던 거 같은데 이젠 창백하니 시시함만 남은 거리다. 전기가 끊어진 간판들은 낮에는 기계 내장처럼 보이고 밤에는 단란 점 란주점 단란 점 단란주 이 빠진 얼굴을 들이대고 히 웃고 있다. 토사물과 비둘기. 담배꽁초. 그런 건 돈이 이 거리에 움직이고 있다는 신호여서 돈이 돌지 않는 거리는 창백하고, 슈퍼에서는 우유가 팔리고, 눈이 온 다음날 사람들의 얼굴은 조금 순진하게 보인다. 주홍색의. 흰색의. 무엇보다 잿빛의 거리.

　유리는 3월 2일 그곳에 왔다. 벽에 붙은 분단 가운뎃줄, 헐거운 못에 매달려 대롱대롱 위태로운 시계 아래 콰과과광 번개처럼 나타났다. 새 학교. 새 학년 첫날의 전학생. 아는 애 하나 없는데 누구도 인사를 시켜주지 않았다. 펜 돌리기를 하다 저기, 정신 사나우니까 좀……이라는 소리를 듣고 손을 멈춘 유리. 새로 받은 교과서를 모조리 사물함에 넣고 텅 빈 잔스포츠 백팩을 멘 채 털레털레 집에 가는 유리. 아디다스 슈퍼스타를 신은 유리. 그런 유리의 뒤를, 쫓을 생각도 없이 털레털레 따라가던 희주는 쟤도 천변길로 가네, 방향이 비슷하네, 엥? 여기서 이쪽으로 꺾는다고? 아무리 겹쳐도 여기까지? 생각하다가 자기 집 앞에서 발걸음을 멈춘 유리와 눈이 마주쳤고 웬걸, 엄마가 말한 새로 이사온 앞집 주민이 그라는 걸 알았다. 그러니까 둘은 맞은편에 사는 사이고,

그래서 사거리의 미소년을 만났을 때 둘이 함께 있었던 거다. 평소와 다를 바 없는 하굣길이었다. 개천 맞은편엔 오래된 서점이 하나 있고 입구 옆엔 팔걸이가 부러진 컴퓨터 의자가 하나 있었다. 서점 주인의 치매 걸린 아버지가 거기서 해바라기를 했는데, 어린애들만 지나가면 왁 하고 놀랬다. 그날도 노인이 두 사람을 보자마자 벌떡 일어나서, 언제쯤 자신이 어른으로 보이려나 희주는 생각했다. 앞서가던 유리가 노인의 팔을 잡아 자연스레 앉혔다. 할아버지, 안녕하세요. 그리고 주머니를 뒤져 커피 사탕을 건넸다. 노인이 마른입에 천천히 사탕을 넣으며 즐겁다는 듯 웃었다. 뒤따라오던 희주는 빈손을 내보였다. 저는 드릴 게 없네요…… 그래도 할아버지는 웃었고 하회탈처럼 싱글벙글 웃음을 짓다가 아, 무언가 깨달은 듯 허공을 가리켰다. 희주는 손가락을 좇았다. 곁눈질로 두 사람을 보고 있던 유리도 뒤를 돌았다. 그리고 거기에 사거리의 미소년이 있었다. 소문처럼 정말로 맨발이었고 씨발, 괜히 그런 이

름이 붙은 게 아니구나, 싶게 존나 잘생겨서 희주는 순간 눈이 멀 뻔했다. 사거리의 미소년이 입을 벌리자 머릿속에 바로 때려넣듯이, 하늘에서 내려오듯이, 전지전능하고 황금빛으로 빛나는 소리가 들렸다. 소원이 뭐지? 희주와 유리의 눈이 마주쳤다. 희주는 혼란스러운 듯 방황하는 두 눈동자에 불이 붙는 것을 보았다. 유리의 몸이, 그의 발과 손끝이 황금색으로 빛났다. 공중에 몇 센티쯤 떠오른 유리가 입을 열었다. 뱃속에서 뱀 한 마리가 미끄러져 나오듯 말을 토했다. 내 소원은……

❖

희주는 잠에서 깼다. 코앞에 유리의 얼굴이 있었다. 퍼뜩 놀라 고개를 뒤로 뺐지만 유리는 눈도 깜빡이지 않고 말했다.
"깼냐? 가자."
둘은 뒤늦게 급식실에 갔다. 다른 학년과 뒤섞여 밥을 먹은 뒤, 바로 교실로 올라가지 않고 밖으로 나갔다. 늦봄 정오의 하늘엔 크림처럼 묵직한 뭉게구름이 높게 올려져 있었다. 사방이 밝고 환했다. 외진 곳에 있는 벤치에 앉자 조금 떨어진 운동장에서 축구 하는 애들이 보였다. 종이 치자마자 급식실로 달려가는 아이들. 무섭게 달려가 무섭게 밥을 먹어치우고, 무섭게 소화시키는 아이들. 희주와 유리는 그런 아이였던 적이 없었다. 반 아이들의 기억에 남지 않는 건 당연하고 상냥한 초임 교사조차 반년이 지나기도 전에 이름을 까먹을 순하고 특징 없는 애들이었다. 분명 얼마 전만 해도 그랬는데……

멀리 창가에 달라붙어 있는 머리통들이 보였다. 벤치 하나를 사이에 두고 앉은 여자애들이 아닌 척 이쪽을 힐끔댔다. 희주도 여자애들을 따라 고개를 돌렸다. 그곳엔 유리가, 고개 숙인 뺨 위로 머리카락이 살랑대는 유리가 있었다.

유리를 뭐라고 표현하면 좋을까. 수조의 인어? 열대우림의 얼음? 온몸에 절렁절렁 소리 나는 금장식을 매달고 기름진 배와 팔뚝을 고스란히 드러낸 마술사의 아름다운 조수이자 그날 밤 꼬마 아이의 머리맡에서 춤을 출 젖은 악몽? 유리가 머리카락을 손으로 넘기자 넋을 놓고 있던 여자애 중 하나가 하아아아, 낮은 한숨을 쉬었다. 마술사는 배알이 뒤틀려 커튼을 닫고 싶었다. 장사 끝! 썩 꺼지지 못해! 그러나 인어는 사람들을 신기해했다. 두 뺨을 붉히고 자신을 빤히 보는 물밖 사람들의 면면을 곁눈질로 훔쳐보았다. 마술사는 말을 삼켰다. 언젠가는 저들의 눈빛이 끈끈하게 느껴지고 물릴지 몰라도 아직은 아니다. 희주는 유리가 수조 위로 쏟아지는 설탕 같은 눈빛을 달게 마시도록 뒀다. 대신 목소리를 낮춰, 약간의 심술을 담아 뼈 있는 질문을 던졌다.

"몸은 좀 어때?"

"괜찮아." 유리가 흠칫 놀라 우물댔다. "전혀 문제없어." 말은 그렇게 하면서 손은 반사적으로 주머니를 더듬었다. 희주는 그게 거울을 찾는 동작이란 걸 알았다.

"괜찮아."

"응?"

"얼굴 괜찮다고."

유리는 작게 고개를 끄덕였지만 오히려 그 말이 불안에 불을 지폈는지, 잠시 뒤 조심스레 구레나룻을 매만지기 시작했다. 꽤 공들였는데 바람이 불었다. 우와…… 유리가 재빨리 드러난 이마를 가렸다. 거의 울 것 같은 표정을 보고 희주가 달랬다. "아냐, 괜찮아. 자연스러워." "정말?" 커다란 유리의 눈. 그게 향한 곳은 희주인데, 여자애 중 하나가 못 참고 아! 비명을 질렀다. 얼어붙었던 공기가 깨지며 굳어 있던 유리의 얼굴이 풀어졌다. 비어져나오는 웃음을 참으며 유리가 가까이 오라는 손짓을 했다. 몸을 낮추자 희주에게만 들리게 속삭였다.

"진짜일 줄이야." 귓가에 미지근한 숨이 닿았다. "사거리의 미소년 말야. 만나기 전엔 믿지 않았는데."

희주는 유리에게서 천천히 몸을 떨어뜨렸다. 두 눈을 비볐지만 한번 눈꺼풀 아래 새겨진 잔상은 쉽게 지워지지 않았다. 사르르, 녹아버리는 건 이쪽이지만 어쩐지 녹는다, 라고밖에 표현할 수 없는 웃음. 유리의 눈과 코와 입과…… 유리의 얼굴. 유리의 모든 것. 유리의 아름다움.

사거리의 미소년을 만난 그날 집으로 돌아가는 길에도 별다른 변화는 없었다. 꿈이었나. 꿈이겠지. 사거리의 미소년이 실재할 리가. 그러나 유리가 다음날 아침 거울에서 본 건 분명 어제 그 사거리의 미소년이었다. 아무리 뜯어보아도 그랬다. 찬물로 몇 번 문질러 닦았지만 여전히 놀랍도록 아름다운 얼굴이 자기 목 위에 달려 있었다. 긴장돼서 평소보다 일찍 집을 나서 문 앞을 맴돌았다. 잠시 뒤, 맞은편의 철문을 열고 나오던 희주가 멈칫했다. 놀란 건지 크게 뜬 눈이 묘하게 일렁였다. "너……" 적당한 말을 찾지 못해 다시 자석처럼 굳게 달라붙는 입술을 보며 유리는 선수 쳤다.

"나 니 친구 박유리 맞아. 앞집 사는 박유리."

"……"

"나, 사거리의 미소년이 됐어……"

"……진짜였구나."

"응. 일어나니까 이렇더라고."

유리는 착실하진 않은데 소심했다. 그도 가끔은 지루한 수업을 벗어나 자유를 누리고 싶은 때가 있었지만, 졸음을 참고 견디는 일보다 쟤는 왜 여기 있지, 하는 눈빛을 받으며 거리를 돌아다닐 일이 더 끔찍해 실천해본 적이 없었다. 그런 노릇이라, 그날도 일단은 희주의 뒤에 딱 붙어 교실에 들어갔다. 역시나 낯선 애는 눈에 띄는 건지 조용히 들어갔음에도 애들의 시선이 느껴졌다. 망했다. 고개를 푹 숙인 채 자리에 앉았다. 재빨리 가방을 내려놓고 엎드리려는데 누군가 책상을 툭툭 건드렸다. 힐끗 보니 기가 센 여자애였다. 괜히 서랍을 뒤지느라 정신없는 척, 우, 왜? 하고 눈도 마주치지 않고 뱉자 여자애의 입에서 예상치 못한 말이 튀어나왔다.

"우리 유리 오늘도 잘생겼네."

유리의 손이 멈췄다. 여자애는 걸걸한 목소리로 파하, 웃고는 다시 자기 친구들에게로 갔다. 조회가 시작되고 나서도 유리는 때때로 아이들, 특히 여자애들의 시선이 두 귀가 화끈거리고 손에 땀이 날 정도로 자신의 얼굴에 닿는 걸 느꼈다.

그게 다였다.

한나절도 지나기 전 희주와 유리는 다른 사람들에겐 유리가 항상 지금의 모습이었다는 것을 알게 되었다. 유리가 전학 온 3월 2일엔 아무런 특별한 일이 없었다. 그러나 이곳에서의 3월 2일은 다른 반 여자애들과 선배들까지 복도 창가에 붙어 유리를 보고 간 날로 바뀌어 있었다. 사진첩 속 사진들도 달라졌다. 갓난쟁이 유리는 그대로였지만, 플립 북의 정지된 이미지가 페이지를 넘길수록 웃는 얼굴로 변하는 것처럼 티끌 같은 변화가 쌓여 지금의 얼굴로 변해 있었다. 가능한 여러 갈래의 진화 중 가장 최선의 루트만 골라 목적지에 도착했다고 할까?

"곧 바뀔 거야. 알맹이는 똑같은 나니까."

유리는 그렇게 말했지만, 그건 유리만의 착각이었다. 방과 후 멀티미디어실로 이동하는 지금, 아닌 척 두 사람의 뒤를 쫓는 저애만 봐도 알 수 있었다. 인기는 외모로만 정해지지 않는다. 남자아이의 경우엔 싸움 실력이나 기세, 태도가 우세하게 작용하는데, 사람들과 눈도 잘 맞추지 못하는 유리에게 자존심 센 여자아이가 저런 반응을 보인다는 건 무형의 것이 간섭하지 못할 정도로 유리의 외모가 대단하다는 것을 증명했다. 폭동이 일어나기 전의 잔잔하고 불온한 공기. 번개를 머금은 신의 구름. 번쩍거림. 그런 것이 유리를 감싸고 있어 그가 단지 여자애들의 옆을 지나는 것만으로 불씨가 일어났다. 화기 주의. 취급 주의. 유리가 속눈썹을 팔랑일 때마다 여자애들의 영혼이 음욕의 지옥에서 재처럼 빨갛게 타올랐다. 사거리의 미소년에게 괜히 그런 이름이 붙은 게 아니라니까. 희주는 웹사이트를 뒤지는 내내 그런 생각을 했다. 한 시간 정도 찾았지만, 오늘도 이 세계에선 사거리의 미소년에 대한 정보를 얻을 수 없었다.

"아무것도 안 나오네."

"응. 검색어를 바꾸든지…… 내일 마저 하자."

둘은 빈 가방을 챙겨 멀티미디어실을 나왔다. 해가 기울기 시작한 거리를 나란히 걸으며 사거리의 미소년에 대한 기억을 짜맞췄다.

"교통사고로 죽었다가 부활했다고 했나?"

"자살한 거 아니었어?"

"동네마다 조금씩 다른가보네. 일단 엄청나게 잘생긴 건 맞아. 이름부터가 사거리의 미소년이니까."

"응. 그건 봐서 알아…… 근데 어쩌다가 소원을 들어주는 존재가 되었을까."

"누군가 원했기에 그렇게 된 거 아닐까. 사람들이 신을 발명한 거랑 마찬가지로 엄청나게 강렬한 염원으로 소원을 들어주는 미소년이란 존재를 구현한 거야."

"신이 그런 존재야?"

"일단 나는 그렇게 생각하긴 하는데……"

그때 갑자기 근본적인 의문이 고개를 들었다. 애초에 유리는 왜 사거리의 미소년이 되고 싶다고 한 걸까? 생각에 빠져 있던 희주는 옆에서 걷던 유리의 기척이 사라진 것을 깨달았다. 어느새 유리의 발걸음이 멈춰 있었다.

"왜?"

뒤돌아본 희주의 눈에 누군가 유리의 교복 재킷을 손으로 꼭 쥐고 있는 것이 보였다. 아. 아까 걔다. 멀티미디어실 앞에 걔. 간 줄 알았는데 여태까지 기다렸나보다. 그런데 어딘가 이상했다. 그다지 더운 날도 아닌데 여자애는 앞머리가 땀에 젖어 갈라졌고 온몸에서 뜨거운 열기가 훅훅 뿜어져나왔다. 뻣뻣하게 굳은 어깨. 충혈된 눈. 무엇보다 무섭게 덜덜 떨리던 그애의 손이 갑자기 허공을 훅 갈랐다. 희주는 반사적으로 두 사람 사이에 끼어들어 여자애의 손목을 내리쳤다. 아. 여자애가 몸을 웅크려 반으로 접힌 쪽지를 주웠다. 어, 미안…… 머쓱해하는 희주를 무시한 채 여자애는 다시 유리에게 손을 내밀었다.

"바, 받아줘."

여자애는 그 말만 남긴 채 두 사람을 등지고 마구 달려갔다. 쪽지를 펴보니 전화번호와 함께 고백의 말이 담겨 있었다.

"답변 기다린대."

고백받은 게 처음은 아닐 거다. 그러나 어디까지나 존재하지 않는 과거의, 그러니까 3월 2일에 이미 천사 같은 얼굴의 소유자였던 유리나 그렇지 막 지난주에 얼굴이 바뀐 유리에게는 익숙하지 않은 일이었다. 그래서 유리는 놀란 한편 부끄러웠고, 기뻤고, 묘하게 콧대가 높아졌지만 고백을 받아줄 건 아니어서 한편 심란했다. 고백해온 사람을 징그러워하거나 주제 파악도 못한다며 혀를 차기엔 유리는 아직 평범한 유리였다.

"말 잘해야겠다. 상처 안 받게."

다음날 방과후 유리는 여자아이를 가장 외진 벤치로 불러냈다. 미안해. 더 좋은 사람 만날 수 있을 거야. 어색하게 중얼댔고, 거절을 받고 우는 여자애의 어깨를 살짝 감싸기도 했다. 좋아. 충분히 매너 있었어. 유리는 뿌듯해했지만 그게 화근이었다. 무슨 소문이 돈 건지 순번을 정한 듯 끊이질 않고 고백이 들어왔다. 여자애들이 하루 한 명씩 방과 후 체육관 앞으로 유리를 불러내 편지를 건넸다. 유리는 모조리 거절했다. 모조리 거절하며…… 오갈 데 없는 손으로 상대의 어깨를 한 번씩 감쌌다. 그랬는데, 여자애들이 기다렸다는 듯 몸을 트는 바람에 안는 모양새가 되었고, 이거는 프랑스에서는 그냥 인사야, 라며 뺨을 맞대려는 여자애, 브래지어를 하지 않고 가슴을 유리의 몸에다 뭉개는 여자애가 나타났다. 어깨에 고개를 파묻더니 이상하게 숨을 헉헉대기 시작하는 여자애 앞에서 유리는 나무토막처럼 뻣뻣해졌다. 사철나무 뒤쪽에 웅크리고 있던 여자애들이 벌떡벌떡 일어나 그애를 끌고 갔다. 편지를 주지 않았다는 게 이유였다. 그래. 일에는 절차라는 게 있었다. 그들은 어디까지나 거절당한 피해자로서 위로를 받았다. 절대, 절대로 유리를 희롱하거나 한 건 아니다. 여자애들이 그럴 수 있을 리 없잖아? 강간은 여자애가 당하는 거지 남자애가 당할 수 있는 게 아니다. 그리고 여자애들은 옳고 깨끗하고 윤리적이고 여자애들의 모든 행동엔 이유가 있으니까. 여자아이들이 틀릴 일은 없으니까.

여름이 깊어지고 그 모든 일이 일어나는 동안 희주는 멀찍이 떨어진 벤치에 앉아 유리를 기다렸다. 곤란한 듯 어색한 미소의 유리를 관찰하며 여자애들이 유리에게 준 편지를 읽었다. 다 떠나 이게 전부 한 사람을 보고 쓴 것은 맞나 싶었다. 일테면 이런 식이었다. 누군가 유리가 남자다워서 좋다고 한다. 감정의 진폭이 없고, 무던하고, 시키는 대로 의문을 가지지 않고 곧잘 따르는 그런 모습이 단단해 보이고 든든하다고 적는다. 그러면 다음 사람은 이런 편지를 건넨다. 유리야. 다른 애들은 말수가 적어 남자답다지만 난 사실 네가 수줍음이 많고 외로워하는 걸 알아. 너의 침묵은 네 답이 긍정과 부정 흑백으로 나뉠 수 없다는 걸 말해주지. 넌 회색이야. 따뜻한 회색. 오로지 너만이 아는 답을 내게도 나눠줘…… 그러면 그 음침한 내면을 유리를 거울삼아 비추지 말라는 듯, 미음과 이응이 잘 구분되지 않는 동글동글하고 사랑스러운 글씨체로 사랑둥이 유리♡라고 적힌 하트 범벅의 편지가 들어오는 거다. 여자애들이 틀린 말을 한 건 아니다. 하지만 거기에 포함되지 않은 잔여가 있었다. 유리는 편지 하나로 정의될 수 있는 존재가 아니었다. 결코 그렇게 단면적이지 않았다. 그런데도 '내가 너를 가장 잘 알고 너를 꿰뚫어보고 있다'고 말하는 여자애들을 보면 심사가 뒤틀렸다. 어쩌면 내용보다 화술이 문제인지도 모른다. 아무래도 자신만만한 여자애들 앞에선 그게 아닌데? 라고 반박하고 싶어지는 거다.

어쨌거나 그 모든 편지를 유리는 성심성의껏 거절했다. 내용은 달라도 결론은 항상 같았기 때문이다. 유리가 자신의 소유가 되는 것. 자신이 유리의 소유가 되는 것.

한 사람과 맺어진다면 방과후의 번거로움은 끝날지 몰랐다. 그러나 유리는 모두를 거절한다는 험난한 길로 나아갔다. 어째서일까. 전교에서 제일 예쁜 걸로 소문난 여자애가 뚝뚝 눈물을 흘리며 뒤돌아 달릴 적엔 희주도 긴장되었다. 이번 거절은 파문을 불러올지 몰랐다. 나의 것이 아니라면 적어도 내가 이길 수 없는 완전한 존재의 것이어야 한다는 게 여자의 마음 아닌가? 이웃 학교에 초미녀 여자친구가 있다는 소문을 퍼뜨려야 할지, 그게 절친의 도리가 아닌지 희주는 고심했다. 한 가지 다행이라면 곧 방학이고 그러면 고백 이벤트도 중단될 수밖에 없단 것이었다. 여자애들도 머리를 식혀야 했다. 방학에 아르바이트를 하거나 학원이라도 다니다보면 세상에 널린 게 남자라는 소박한 깨달음을 얻을 수 있을지 몰랐다.

예상대로 평화로운 방학이 지나고, 2학기는 학교 축제를 준비하며 시작되었다. 오랜만에 간 학교엔 들뜬 분위기가 감돌았다. 점심이나 방과후에는 밴드부의 음악소리가 교정에 울렸다. 개학하고 일주일. 그동안 고백하는 여자애는 한 명도 없었다. 이제 좀 잠잠해지려나보다. 그러게…… 이야기를 나누던 두 사람에게 반장이 다가왔다. 성적이 좋고, 안경을 썼고, 반에서 유일하게 유리에게 고백하지 않은 여자애였다. 그가 평소의 쏘아붙이는 듯한 깐깐한 투로 말했다. "축제 때 우리 반은 바자회 하는 거 알지? 거기에 물건 하나씩은 내야 해."

 조회 시간에도 들은 이야기였다. 유리는 새 학기에 산 노트를 낼 생각이었다. 열 개짜리 스프링노트 묶음이었는데 포장도 벗기지 않은 새거였다. 반장은 고개를 저었다.

 "노트는 안 돼. 그건 이미 꽉 찼어."

 "어, 그래?" 유리가 당황하여 말을 더듬었다. "물품에 제, 제한이 있는 줄은 몰랐네."

 "있어. 똑같은 물건만 내면 다양성이 없으니까. 그러니까 너는……"

 반장이 들고 있던 황파일을 펼쳤다. 낭독하듯 어색한 목소리로 말했다.

 "너는 옷을 내야 해."

 지구촌의 비극, 옷의 무덤 가나를 아십니까? 대한민국은 중고 의류 수출국 4위로 올라섰으며 인도 말레이시아 필리핀 등 아시아 및 아프리카 대륙과 주로 거래한다. 가나의 수도 아크라에는 옷으로 된 거대한 언덕이 생겼고, 화학섬유로 강물이 썩고 있다. 굶주린 소들은 풀 대신 옷으로 배를 채운다. 이런 비극을 막기 위해선 한 벌의 옷을 아껴 쓰고, 나눠 쓰고, 바꿔

쓰고, 다시 쓸 필요가 있다. 그러니까…… 옷을 내놓으라는 게 반장의 말이었다. 그러기엔 마땅한 게 없었다. 이사할 때 다 버려서 유리는 가진 옷을 잉여 없이 돌려 입는 중이었다. 반장이 말했다.

"지금 입고 있는 것도 괜찮아…… 아니! 빨지 마. 안 빨아서 줘도 돼. 바자회니까…… 물건뿐 아니라 추억을 사고파는 곳이니까 뭣하면 내가 새로 한 벌 사줄 테니까 그 옷은 내고……"

새걸 사자니. 방금 전까지 침을 튀기며 이야기한 환경보호와는 거리가 먼 일이 아닌가? 그러나 천성이 고분고분한 유리는 그저 알았어, 하고 다음날 반장에게 티셔츠 한 장을 건넸다. 몇 년 전 크게 유행했던 브랜드의 짝퉁 티셔츠. 멋모르고 사온 엄마에겐 말도 못한 채 처박아둔 것이었다. 희주는 그 옆에 탁상용 스톱워치를 내놓으며 저 옷이 얼마에 팔릴까, 진품보다도 훨씬 비싼 가격, 어쩌면 바자회 사상 최고가를 경신할지도, 내심 예견하고 기대했지만, 체육 시간이 끝나고 돌아온 교실에 유리의 티셔츠는 사라지고 없었다. "내 옷!" 반장이 소리쳤다. 씩씩대며 쿵쾅쿵쾅 뛰다가 불쑥 유리에게 달려들었다.

"저기, 그러면 아무거나 내놔도 되니까. 그치, 이제 가을이니까, 그 교복 벗어줄래? 어때? 내가 살게. 아, 바자회에 낼게. 아니, 팔아도 어차피 내가 살 거니까. 응. 얼마가 됐든 내가 사려고 했거든? 그러니까 그냥 조금 일찍 받는 거야."

반장의 옷을 잡아 벗기려는 시도는 다른 여자애들에 의해 저지됐다. 복도를 질질 끌려가며 반장이 뭐라고 외치는 소리가 들렸다. 분명 처음엔 저러지 않았던 것 같은데. 희주는 기억 속의 반장을 떠올렸다. 겉보기엔 얌전했는데 뱃속에 도대체 뭐가 들어 있는 걸까?

처음 계획대로 안 쓴 노트 한 뭉치를 내자 학교 축제가 시작되었다. 희주와 유리는 출석만 하고 평소에도 인적이 드문 별관 5층의 자습실로 갔다. 엎드려 핸드폰을 매만지거나 노래를 들었다. 그러고 보니 언제부턴가 사거리의 미소년에 대한 조사는 멈춘 채였다. 이어폰을 귀에 꽂은 채 눈을 감고 있는 유리를 희주는 바라보았다. 감은 눈 위로 길게 뻗어나온 속눈썹. 모은 두 팔 위에 얹어진 머리통을 보았다. 그러고 있자니 유리가 인간이라는 사실을 믿지 못하는 여자애들도 이해됐다. 원래 내가 아닌 인간은 인간이라고 생각하기 어렵고, 특히 유리처럼 비현실적인 미남은 더 그랬다. 유리가 피를 흘린다면 뭔가 다를까? 그때는 쟬 인간이라고 믿을 수 있을까? 희주는 고개를 저었다. 어쩌면 모두 알고 있는지 모른다. 저 사탕 껍질처럼 반짝이는 겉모습 안쪽엔 훨씬 달콤한 것이 들어 있다는 거. 하지만 차마 벗기지 못하고 그냥 껍질을 핥는 데 만족하기를 택했는지도. 유리가 슬쩍 눈을 떠 핸드폰을 보았다. 몇 번 화면을 터치하더니 다시 눈을 감았다. 그 일련의 동작. 난생 처음 보는, 깨질 듯 위태로운 조화를 이루고 있는 유리의 눈 코 입에서 희주는 눈을 뗄 수 없었다. 이대로 시간이 멈췄으면…… 희주는 그런 생각을 한 자신에게 놀라 머리를 세차게 털고 일어나 창가로 다가섰다. 눈앞의 콘크리트 건물 안쪽은 평소와는 다른 세계였다. 검은 천을 두른 복도는 귀신의 집 입구였고, 연극부가 자주색 장막을 친 멀티미디어실엔 셀로판지로 된 강물이 흐르고 배구공 같은 태양이 떴다. 강당은 밴드부와 댄스부의 공연장, 운동장 한쪽에 친 천막 아래는 학부모회 임원들이 부추전과 떡볶이를 파는 분식집이었다. 열린 창으로 기름냄새가 솔솔 올라왔다. 유리가 어느새 곁에 다가와 물었다. 배 안 고파? 두 사람은 설렁설렁 1층으로 내려갔다. 떡볶이 3천원어치, 부침개 두 장(장당 2천원짜리)을 도합 5천원에 사고 어묵 두 개를 서비스로 받았다. 묵직하고 따끈한 봉지를 건네며 네가 유리구나, 우리 아들 했으면 좋겠네, 라며 은근한 눈길로 쓰다듬는 아줌마들에게 어색하게 고개를 숙이는데

"박유리!"

누가 비명처럼 이름을 불렀다. 소란 속에서 다시 한번 들렸다. 박! 유! 리! 공기가 잠잠해졌다. 고개를 든 유리의 얼굴이 새하얗게 질렸다. 본관 옥상에 자신이 서 있다. 아니, 자신의 짝퉁 티셔츠를 입은 누군가다. 그가 한 발을 난간 밖으로 내민 채, 먼 곳에서도 확연히 검붉게 보이는 얼굴로 외쳤다. 으르렁

거리는 소리. 짐승 소리. 비명소리. 목에 핏대가 곤두서는 소리. 찢어지는 소리. 왕왕왕 다른 종족의 울음 같은 소리가 들렸다. 그르렁. 으르릉. 근데 하나로 합치면 사랑 고백이었다. 놀라 비명을 지르던 여자애들의 표정이 눈에 띄게 심각해졌다. 미친 새끼가…… 가까이 있던 여자애 하나가 중얼거렸다. 남자라고 봐줄 줄 알았나…… 여자애들이 눈빛을 주고받았다. 몇 명이 사삭, 움직여 본관 안쪽으로 사라졌다. 목이 터져라 외치는 소리는 점차로 언어가 되었다. 단어와 단어가 뭉쳐 하나의 이해할 수 있는 문장이 되고 있었다. 그애만 느낀 신호, 둘만이 나눈 암호…… 정말 그런 일이 있었다고? 낯뜨거운 이야기를 듣던 희주는 몸을 기울여 유리에게 속삭였다.

"누구야?"

유리가 창백한 얼굴로 고개를 저었다.

"모르는 사람이야……"

꺄악! 누군가 비명을 질렀다. 거센 바람에 남자가 휘청였다. 바닥엔 아직 낮의 달걀 낙하 행사에서 박살난 무정란의 흔적이 남아 있었다. 터진 우유갑. 으깨진 수박. 다시 바람이 불었다. 눈앞의 모든 것이 느리게 움직였다. 쪼개진 머리통.

아니다.

전부 환각이다.

본관 건물 아래 나무가 있었고, 창문 밖으로 열심히 손을 뻗는 사람들이 있었다. 가지에 옷이 걸리고, 또 사람들의 손에 걸리고 걸려, 그애는 2층 창가에 낮게 달린 열매처럼 매달리게 되었다. 누구도 죽지 않았다. 그럼에도 모두 뭉툭한 피냄새를 맡았다. 기절한 남자는 무거웠다. 모두가 우르르 몰려 사람 하나를 창 안쪽으로 끌어당길 적에 교실 바닥에 책상이 끌리는 소리가 났다. 날카로운 쇳소리. 여럿의 손길에 늘어난 유리의 티셔츠가 찢겼다. 가로지른 비행운 위로 잿빛 구름이 드리웠다. 느리게 캄캄해졌다.

간단한 조사가 끝나고, 희주의 방 안으로 유리가 들어왔다. 희주는 담요를 건네고 싶었지만 마땅한 게 없어 여름 이불을 둘러주었다. 어설프게 뜨거운 차를 내려 유리의 손에 쥐였다. 늦여름의 더위 속에서도 유리는 손을 벌벌 떨었다. 희주는 그의 얄팍한 가슴, 와이셔츠 안에서 쿵쾅거릴 심장을, 치즈처럼 구멍이 났을 마음을 떠올렸다. 그걸 누가, 어떻게 메울 수 있을까?

유리는 손톱을 물어뜯었다. 앞으로 이런 식으로 죽겠다는 사람이 또 나타나면 어떻게 해야 하지? 이제껏 유리는 거절당하면 마음의 문이 닫히는 줄로만 알았다. 그래서 고백해오는 애들이 그의 등을 쓸며 척추뼈를 꾹꾹 누를 때 어차피 마지막이라 생각하고 내줬다. 옥상에 섰던 남자가 누군지는 뒤늦게야 깨달았다. 급식실에서 건너편 테이블에 자주 앉던 2학년 선배. 그게 다였다. 그가 말한 것처럼 눈으로 서로를 좇거나 농밀한 대화를 나눈 적은 없다. 한 번쯤은 국을 뜰 때 눈길 스친 적이, 문을 잡아준 그에게 고개를 숙인 적이 있는지도 모르지만 기억엔 없었다. 그래서 무서웠다. 어떤 사람의 마음은 씨앗 없이도 혼자 싹을 틔웠다. 물을 주지 않아도 자랐다. 그 가시 돋친 덩굴이 유리의 발목을 옥죄었다. 옥상에 오른 선배는 만나달라는 말을 하지 않았다. 그냥 날카로운 비명을 질렀을 뿐이다. 깎지 않은 손톱이 칠판을 쭉 긁듯, 비명이 유리를 할퀴었다. 선배의 바람은 영원히 그 상흔이 사라지지 않는 것이었으리라.

희주가 입을 열었다.

"내가 도와줄게. 사거리의 미소년에 대해 더 찾아볼게. 분명 우리 말고도 아는 사람이 있을 거야. 설마 한 사람도 없진 않겠지. 그동안 너는 액땜을 해."

어떻게? 크게 올려 뜬 유리의 눈이 그렇게 물었다. 그런 일은 얼굴을 잡아 뜯지 않는 이상 불가능할 것 같았다. 그런데 얼굴을 잃기는 싫었다. 거울을 볼 때 느끼는 만족감. 스스로를 사랑하게 되는 마음은 낯설고 소중했다. 그는 자기 얼굴과 사랑에 빠져 있었다. 더구나 유리는 알게 모르게 사람들이 주는 독 같은 마음에 이미 물든 상태였다. 그걸 잃어버리면 지지대 하나가 빠진 듯 오래 휘청댈 것 같았다.

"아니, 얼굴을 바꾸는 방법을 찾자는 게 아냐. 망신살이 있으면 목욕탕에 가는 게 좋다는 거 알아?"

"그게 무슨 상관인데? 벗고 다니라고?"

"아니. 내 말은, 한 번 크게 당할 걸 여러 번 나눠서 풀면 된다 이거지. 아예 많은 사람에게 사랑받으면 오늘처럼 한 사람에게 집요하게 당하는 일은 일어나지 않지 않을까? 그러니까, 사거리의 미소년이 100만큼의 사랑을 받을 운명이라면, 열 사람한테 10씩 받는 대신 어마어마하게 많은 사람들한테 0.01, 0.001…… 이렇게 받는 거야. 좋고 부드럽고 깊지 않은 마음만."

"어떻게 그럴 수 있는데?"

유리는 희주의 눈을 빤히 봤다. 그가 내릴 답을 기다렸다. 그러니까 내 말은…… 희주는 침을 삼켰다.

"아이돌이 되는 거야."

❖

두 사람은 여전히 방과후면 멀티미디어실로 갔다. 이젠 두 대의 컴퓨터를 각각 차지하고 희주는 사거리의 미소년에 대해, 유리는 아이돌이 되는 법에 대해 찾아봤다.

"엄청 늦은 건 아냐. 스무 살이 넘어서 데뷔해도 잘되는 사람들이 있으니까." 유리는 손톱을 깨물었다. "그래도 연습생 생활은 빨리 시작해야 할 거 같네. 봐봐. 이 사람도 열일곱 살에 캐스팅, 이 사람은 열여섯 살에 오디션을 봤어…… 열여덟은 없어. 마지노선이 열일곱 살인 거 같아. 그 이상은 노래나 춤이 이미 완성된 수준이 아니면 어려운가봐."

"너 노래 잘해?"

"그런 말 들어본 적 없어."

춤은…… 물어볼 것도 없겠지. 오디션에서 보여줄 수 있는 건 네 가지였다. 보컬, 댄스, 랩, 연기. 그리고 통과하면 카메라 테스트. "마지막은 걱정 없겠네." "다르지. 카메라로 비추면 이상할 수도 있는데. 방송용 카메라는 1.5배 정도는 뚱뚱하게 나온대." "너 60킬로그램은 나가냐?" "아니, 그게 중요한 게 아니라 그렇게 보인다는 거지. 보이는 게 중요하잖아."

해가 짧아졌지만 밖은 아직 환했다. 옥신각신하다 집으로 가는 길 유리의 두 뺨에 분홍빛이 돌았다. 희주는 그걸 훔쳐봤다. 목표가 생긴 얼굴은 이렇구나. 날씨와 상관없이 반짝반짝 빛났다.

"근데 뭐 다 확실한 정보는 아니라서 무슨 초등학생들이 남긴 말도 안 되는 글도 엄청 많아. 자기가 연습생을 했는데 남자 아이돌이랑 사귀다가 퇴출됐다느니 뭐니." 어이없다는 듯 중얼대던 유리가 말을 돌렸다. "그쪽은 어때? 잘되어가고 있어?"

갑자기 들어온 질문에 희주는 대답을 얼버무렸다. "어, 그냥 저냥." 설명을 요구하듯 가만히 있는 유리를 보고 희주는 덧붙였다. "뭔가 있을 거 같은 사이트를 하나 알아내기는 했어. 도시괴담 사이트인데 등급 올리는 절차가 조금 까다로워서 출석 체크하고 댓글 남기는 중. 좀 허들이 높은 편이 나아. 그만큼 걸러진 정보가 많다는 뜻이니까. 정회원 되면 글도 올릴 수 있어."

"지금은 뭔데?"

"손님."

흠. 유리가 고개를 끄덕였다. 뭐가 되었든 다른 세계 안에 침투하는 건 어려운 일이다. 그 자신만 해도 얼마 전까진 생각도 못하던 아이돌 세계에 대해 배우며 예상보다 높은 장벽에 당황하지 않았던가? 동시에 거기엔 새로운 일에 도전한다는 흥분도 있었다. 유리는 무의식중에 머리카락을 매만졌다. 부드러웠다. 어제도 늦게까지 들여다본 새 얼굴이 이젠 눈을 감으면 거울 없이도 보였다. 이런 얼굴이라면 뭐든 될 수 있어. 이제껏 미래를 생각하면 산더미처럼 쌓인 통나무로 막힌 울퉁불퉁한 오솔길의 이미지가 떠올랐는데, 가장 큰 줄기 하나를 걷어내니 그 앞에 잘 뚫린 아우토반이 펼쳐져 있었다. 너무 늦은 거 같아. 진짜 될까? 춤 같은 건 춰본 적도 없는데. 아무나 되는 게 아니잖아. 희주 앞에선 우는소리를 했지만 진심이 아니었다. 기운을 얻기 위한 투정이었다.

그도 그럴 게 무슨 말을 해도 희주에게선 좋은 반응만 돌아왔다. 방금도 유명 아이돌이 외국 매체와의 인터뷰에서 유려한 솜씨로 대화하는 영상을 떠올리며 "요즘은 외국어도 다 잘하더라. 근데 그거 지금 배워서 할 수 있는 거 맞아? 영어유치원부터 다녀야 하는 거 아냐?" 중얼거리자 먼 곳을 보던 희주가 고개도 돌리지 않고 무심하게 대꾸했다. "영어만 잘한다고 해서 성공한 아이돌 있어? 사람이 매력 있어야지."

그 말이 든든해서 일부러 한번 더 물었다. "그런가?"

"응. 그리고 영어 잘하면 좀 띠꺼워."

"그건 그냥 니 생각 아냐?"

"여자들 다 그래."

"니가 여자 생각을 어떻게 알아."

"좋은 말을 해줘도 이러네."

유리는 웃었다. 하하. 마음이 한결 가벼워져 집으로 들어갔다. 맞은편에서 등을 돌린 희주가 똑같이 문을 열고 들어갔다.

희주는 저녁을 먹고 방에 들어갔다. 불을 켜지 않은 채 책상 의자를 끌어와 창가에 앉아서 커튼을 살짝 걷었다. 캄캄해진 시간. 맞은편 다세대주택 3층의 얇은 커튼이 쳐진 방 안에서 그림자가 움직였다. 춤 연습을 하나보다. 희주는 어설프게 움직이는 그림자에서 눈을 떼지 못했다. 저거 뭔지 알겠다. 유튜브에 치면 나오는 힙합 루틴이다. 매번 우는소리를 하지만 동작이 나쁘지 않다. 센스가 있다니까. 한동안 부지런히 움직이던 그림자가 무릎을 짚고 숨을 고르는 듯하더니 방밖으로 빠져나갔다. 희주는 쥐고 있던 커튼을 놓았다. 그대로 어둠 속에 누워 핸드폰으로 도시괴담 사이트에 접속했다. 댓글은 이미 충분히 달았고, 출석 일수도 채워 자정이 넘으면 준회원이 된다. 준회원은 검색이 가능하다. 그러면 유리가 지금 상태 그대로 행복해지는 방도를 찾을 수 있을 거다.

아이돌이 되겠다고 다짐한 이후 유리는 긍정적으로 변했다. 미래를 얘기하게 되었다. 희망을 가진 사람을 보는 일, 그 반짝이는 빛을 옆에서 쬐는 일은 보람 있었다. 그 행복을 지키기 위해서 희주는 거짓말을 하겠다고 마음먹었다. 혹시 사거리의 미소년을 아느냐는 글을 올려놓고, 반응이 없으면 다른 사람인 척 댓글을 달 생각이었다. 아, 저는 경기 북부인데 제가 어릴 때도 그런 소문이 있었습니다. 소원을 들어주는 미소년 말씀이시죠? 저도 기억나네요. 저는 대전입니다. 저희 지역에는 해질녘의 미소년이라고, 일몰에만 나타나는 거였습니다……

원래의 세계에서도 사거리의 미소년은 도시괴담이었다. 괴담은 사람들이 만들고, 퍼뜨리고, 믿게 되면서 완성된다. 믿음은 안개처럼 흐리멍덩하던 소문에 실체를 부여한다. 그렇게 되면 사거리의 미소년은 반드시 다시 나타날 것이다. 인간이

신의 품으로 돌아가듯, 자신을 만든 희주를 찾아올 것이다. 그러면 바뀐 얼굴을 빼앗기지 않고도 유리에게 달라붙는 날벌레 같은 일들을 쳐낼 방도가 생길지 몰랐다.

그리고 흐름은 나쁘지 않게 돌아갔다. 자살 소동 이후 희주가 가장 걱정한 건 그 사건이 불러올 후폭풍이었다. 남자의 행동은 자기 생명을 유리에게 건네겠다는 선언과 다름없었다. 유리의 목숨은 남들의 두 배가 되었고, 보통의 상식인들은 두 사람 몫의 생명을 짊어진 유리의 가치를 스스로에게 설득하기 시작했다. 죽으려던 놈이 미친놈이지. 아니, 근데 박유리면 이해가 되기도 해. 걔 좀 괜찮잖아. 좀 괜찮냐? 솔직히 웬만한 연예인보다 낫다. 그래. 그런 애는 정말이지 처음 봤어. 아니, 좀 신기하다니까? 진짜 그냥 뭐지? 싶어. 어떻게 그렇게 생겼지? 솔직히 내 취향 아니거든? 근데 계속 보게 된다니까…… 얼굴 이상의 매력. 그런 걸 만들어준 건 유리가 아닌 다른 애들이었다. 거기서부터 밀려오는 커다란 감정. 알고 싶어, 갖고 싶어, 라는 감정은 유리가 아이돌 준비를 한다는 소문이 퍼지면서 제한이 걸렸다. 거리감이 생겼다고 할까. 확실한 변화는 어느 쉬는 시간에 찾아온 옆 반 여자애가 고백 대신 사인을 요청한 데서 드러났다.

"넌 꼭 성공할 거야. 파이팅!"

"어, 그래, 고마워."

마치 입장이 반대가 된 것처럼 유리는 손을 떨며 펜을 들었다. 그 모습을 보고 다른 여자애들이 줄을 섰다. 나도. 나도 사인해줘. 여기. 이름 적어줘. 이름 앞에 '사랑하는'이라고 써줘. 추신 써줘. 나한테 뭐 하고 싶은 말 없어? 점점 까탈스러워져도 최소한의 상식은 작용했다. 이름 석 자만 적는 모습을 보다가 희주가 말했다.

"사인 하나 만들어두는 게 좋겠다."

"어?"

"사인. 앞으로 많이 해야 하니까."

"됐어. 창피하게."

그러나 그날 자습 시간 내내 유리는 골똘한 얼굴로 이니셜을 조합한 낙서를 그렸다. 그걸 보며 희주는 가만히 미소 지었다. 역시 다른 세상으로 건너가는 게 빠르다. 아주 높은 담을 짓자. 그러면 여우들은 그것이 세상에서 가장 달콤한 포도임을 알아도 감히 따먹을 생각을 하지 못할 테니까. 보디가드, 유명세, 아우라 따위가 유리를 감싸고 있는 동안 방도를 찾아내면 된다. 희주는 길게 하품했다. 어젯밤 늦게까지 사거리의 미소년에 대해 찾았다. 접근 권한을 얻은 게시판의 글들을 2년 전 것까지 거슬러올라가 읽었지만 눈에 띄는 건 없었고 결국 새벽에야 잠들었다. 이대로 못 찾는 건 아닐까. 걱정이 되는 한편 졸음이 쏟아졌다. 희주는 교실 책상 위에 팔을 베고 엎드렸다. 천천히, 꿈이라는 모래사장에 발을 내디뎠는데 어디선가 띠롱, 하는 소리가 들렸다. 희주는 옅은 잠에서 깼다. 의자에 앉아 있던 국어 선생이 고개를 들었다. 교실을 훑으며 느리게 말했다. 한 번만 더 걸리면 뺏는다잉. 성의 없는 말투였다. 아무도 답을 하지 않고, 선생은 다시 자기 핸드폰으로 고개를 숙였다. 희주는 몸을 일으켜 유리를 보았다. 얼굴이 조금 굳어 있었다. 카메라는 보이지 않았다. 하지만 희주는 알았다. 그 소리. 그건 한순간을 포착하는 단발적인 소리가 아니었다. 누군가 동영상으로 유리를 찍고 있었다. 어디선가 뱀 한 마리가 기어든 셈이었다. 그것이 눈꺼풀이 없는 눈으로 계속해서 유리를 지켜보았다.

두 사람은 점심도 거르고 외진 곳에 있는 벤치로 갔다. 걸어가는 동안에도 몇 번 셔터 소리가 들렸다. 무시하려고 해도 귀에 달라붙어 이명처럼 맴돌았다. 희주가 유리의 주의를 돌리려고 말을 걸었지만 유리는 입을 열지 않았다. 시선은 소멸된다. 기억에는 남아도, 물증으로 남진 않는다. 그러나 사진은 잔인하게 순간순간을 남긴다. 눈을 감거나, 하품을 하느라 콧구멍이 커지고 입이 쩍 벌어지는 찰나까지. 아. 안 그래도 자기 모습에 신경쓰는 앤데 이러다가 노이로제 걸리는 거 아냐? 유리와 벤치에 나란히 앉아, 희주는 보이지 않는 곳에 있는 눈알들을 노려보았다. 그러거나 말거나. 시비를 거는 듯 찰칵,

하는 소리가 들렸다. 누가 여자애들을 만만하다고 하는 거야. 진짜 말도 안 되는 소리다. 유리가 팔을 툭툭 쳤다. "왜?"

상체를 기울이자 작게 속삭이는 목소리가 들렸다. "화장실 가고 싶어서."

"그래."

자리에서 일어나려던 희주의 손을 유리가 잡았다. 살짝 식은땀이 밴 손이 닿자 희주는 작은 일이 아니라는 걸 알았다. 다시 이런 걸 신경써야 하는구나. 일곱 살에서 졸업한 지 10년이 지났는데 똥을 싸는 게 이슈가 된다니. 화장실 입구에 모여 분초 단위로 시간을 재고 있을 여자애들을 상상하니 못할 짓이다 싶었다.

"내가 담임한테 말할게. 먼저 조퇴해."

"아니, 이것 때문에 그러는 건 좀."

"괜찮아. 얼른 가. 내가 가방 챙겨 갈게."

유리는 말없이 벤치에서 일어났다. 운동장 끝으로 총총 걸어가는 유리의 뒷모습을 보다가 희주는 교실로 돌아왔다.

시시한 오후 수업을 마치고 오랜만에 혼자 집으로 향했다. 졸졸 흐르는 개천을 따라 걸었다. 원래 이렇게 멀었나. 새삼스레 피곤했다. 누군가 먹던 컵라면을 그대로 던졌는지 난간대에서 개천에 이르기까지 붉은 면발이 흩어져 있었다. 가까이서 보니 토사물이었다. 비둘기가 그걸 열심히 쪼아먹고 있었다. 쟤네는 담배꽁초도 먹고 비닐봉투도 먹고. 누군가의 위장에 대고 쇠몽둥이를 꾹 누른 것처럼 지저분한 것들이 잔뜩 게워진 동네에서 벌어지는 더러운 순환을 못 본 척 지나려는데 눈앞에 무언가 와 하고 달려들었다. 희주는 잠시 자신의 키를 떠올렸다. 얼마 전 쟀을 때 181센티였다. 그래도 어른이 아니라면 언제 어른이 되는 걸까? 주민등록증이 나오면? 교복을 벗으면? 희주는 애들만 보면 비명을 지르는 할아버지를 의자에 앉히며 인사했다.

"안녕하세요."

그의 손길에 몸을 맡긴 노인이 웃었다. 돌아가려는 희주의 옷깃을 뒤에서 당겼다.

"줘!"

무얼? 생각하다가 희주는 아아, 깨닫고 고개를 끄덕였다.

"사탕이요. 그거 제가 아니라 제 친구가 들고 다녀요."

그러면서 실밥 하나 없는 주머니에 손을 넣었다. "보세요. 아무것도 없죠?" 노인은 정신이 완전히 나간 건 아닌지 희주의 말을 이해한 듯 얌전히 눈을 감았다. "내일은 걔랑 올게요." 희주는 고개를 숙이고 다시 길을 갔다. 몇 걸음 걷다가 화들짝 되돌아왔다. 그러고 보니…… 둘 말고도 또 있었다. 사거리의 미소년을 본 사람이.

"할아버지."

희주는 그 앞에 쪼그려앉아 노인의 손을 잡았다.

"할아버지. 기억하세요? 몇 주 전에 여기, 여기서 저랑 박유리, 제 친구랑 있는데 저 개천 쪽에 누가 나타나서 할아버지가 가리켰잖아요. 기억나세요?"

노인의 눈이 느리게 껌뻑였다. 100년도 더 산 거북이처럼 주름진 눈꺼풀 안에 있는 두 개의 눈동자가 초점 없이 허공을 바라보았다. 희주는 그 앞으로 얼굴을 들이댔다. "할아버지, 기억 안 나세요? 그렇게 오래된 일은 아닌데. 엄청나게 잘생긴 사람이 왔잖아요. 여기에. 소원을 들어줬잖아요. 기억 안 나세요?" 노인의 눈꺼풀이 다시 떨렸다. 구취 나는 입이 살짝 벌어졌다. 아. 신음처럼 가는 숨을 내쉬며 노인이 팔을 들었다. 허공을 가르는 손가락을 보고 희주는 소름이 쭈뼛 돋았다. 다시 왔나? 희주는 천천히 뒤를 돌았다. 목이, 눈알이 뻐근했다.

가로등이 서 있을 뿐 아무도 없었다. 기운이 좀 빠져 희주는 중얼거렸다. "할아버지. 기억 안 나세요?"

"아빠! 지나가는 애들 잡지 말랬지!" 벼락같은 호통이 들렸다. 노인의 뒤쪽에 항상 닫혀 있던 서점의 유리문이 열려 있었다. 의외로 새것 같은 잉크 냄새를 맡으며 희주는 서점 주인을 향해 황급히 손을 내저었다.

"아녜요. 제가 여쭤볼 게 있어서요. 여기서 누굴, 본 적이 있으신가 해서요."

"뭐 뺑소니 이런 거예요? 아버진 오락가락해서 증거 안 돼요. 우리집은 CCTV도 없고."

"그런 건 아니고요. 그," 희주는 머리를 굴렸다. "이 동네의 민담, 뭐 그런 지역 어르신들의 이야기를 채집한다고 해야 하나……"

말을 흐리는 희주에게 서점 주인이 알겠다는 듯 고개를 끄덕였다. "수행평가? 조사하고 싶은 게 뭔데요?"

수업을 충실하게 들었다면 개천이 똥물이 되기 전까지 하던 개구리알 먹기라든지, 차로 삼십 분 걸리는 옆 동네의 무형문화유산인 줄다리기라든지, 뭐라도 떠올렸을 거다. 그러나 희주는 머리도 나쁘고 순발력도 좋지 않았다. 그는 더듬다가 발음을 뭉개며 웅얼거렸다. "어, 그게. 사거리의 미소년이라는 민담인데……"

"저, 미안한데 잘 못 들었어요."

"사거리의…… 미소년이라고……"

무슨 소리를 하느냐는 반응을 예상했고 아예 무시당할 수도 있다고 생각했다. 그러나 서점 주인의 반응은 태연했다.

"요즘도 그걸 알아요? 근데 그건 민담이 아니고 책에 있는 얘긴데."

"예?" 놀란 희주가 되묻자 서점 주인이 손짓했다.

"들어와요. 좀 찾아봐야 하거든."

형광등 빛이 파리한 서점 안쪽엔 아무도 꺼낸 적 없는 것 같은 책들이 쌓여 있었다. 창이 없어서 묘하게 어둑어둑한 실내를 가로지른 주인은 끄트머리에 있는 철제 계단으로 내려갔다. 사람 하나 간신히 지나다닐 1층에 비해 지하 서가는 꽤 넓었고 습한 냉기가 돌아 오싹했다. 주인이 벽면의 이중 슬라이딩 책장을 밀었다. 무릎을 굽히고 쪼그려앉았다가 다시 일어나 까치발을 들더니 높은 곳에 꽂혀 있던 책 한 권을 꺼냈다.

"여기 있네."

희주는 주인에게서 책을 건네받았다. 이 세계에도 사거리의 미소년을 아는 사람이 있다니. 더불어 그의 정체를 알 수 있는 힌트까지 단번에 손에 넣었다. 두근거림과 약간의 혼란을 느끼며 희주는 책장을 넘겼다.

"……없는데요."

속이 온통 희었다.

"어머, 없어? 빠져나갔나보다." 주인이 안타깝다는 듯 허벅지를 쳤다. "종종 이런 일이 있거든요. 책 밖으로 빠져나가서 진짜가 되는 일이. 세계는 의외로 막이 얇으니까."

주인이 미간을 찌푸리고 기억을 더듬었다.

"나도 아주 옛날에 봤는데. 음, 엄청나게 잘생긴 소년에게 반해서 죽겠다는 여자애들이 달라붙고 그런 장면이 있었던 건 확실해. 좀 우스웠어서 기억나요."

"그래서 어떻게 됐어요?"

"죽었지."

"예?"

"여자애들이 '죽을 만큼 사랑해!' 그랬더니 '그럼 죽어!'라고 했거든. 그랬더니 정말 사거리의 미소년의 말을 따라서 집단 자살했어요." 서점 주인이 웃었다. "살짝 개그거든."

그렇게 말한 서점 주인은 다시 1층으로 향했다. 희주도 생각에 잠긴 채 그 뒤를 따랐다. 만약 그걸 종이로 읽었으면 희주도 같은 반응을 보였을 거다. 과장된 이야기는 우스우니까. 그렇지만…… 희주는 옥상에 올라갔던 선배를 떠올렸다. 난간에 교복을 입은 여자아이들이 나란히 서 있는 모습, 손을 맞잡고 인간 기차처럼 길게 늘어선 모습이 그려졌다. 바람이 불어 치맛자락이 나부끼는 여자애들이 산뜻하게, 이온음료 광고처럼 활짝 웃으며 외친다. 박유리! 죽을 만큼 사랑해! 그리고…… 희주는 몸서리를 쳤다. 고개를 저어 생각을 돌렸다.

"이건 가정인데요, 만약 현실에서 그런 일이 있으면요, 그런, 여자애들의 마음을 막을 방법이 없을까요."

답이 돌아오지 않아도 상관없는 질문이었다. 의외로 서점 주인은 텅 빈 책을 옆구리에 낀 채 계단을 오르며 즉답했다.

"성직자가 되면 될 거 같은데요. 머리를 밀고 절에 가든, 신부가 되든 신의 품으로 가면 인간이 빼앗아오긴 어렵지."

"신의 품으로요."

"음, 그렇죠."

그 순간 서점 주인은 떠올리고 있었다. 요셉. 동경하던 두 학년 위의 선배가 졸업 후 사제의 길을 간다고 했을 때 그와 친구들은 얼마나 안타까워했던가? 한편으론 그 누구도 선배의 유일한 사람이 되지 못함에 안심했다. 선배에게 우리는 언제나 이끌어야 할 어린 양으로서 평등할 것이다. 우리 중에서 가장 아름다운 저애마저도. 열일곱의 서점 주인은 모은 손에 고개를 파묻은 아름다운 동급생의 어깨를 감싸안았다. 그래. 실컷 울어. 네 뺨에 떨어지는 보석 같은 눈물도 어차피 선배 앞에선 차가운 돌덩이일 테니. 정말이지, 불공정한 사랑엔 이골이 났다! 내 밭이 말라 죽는다면 네 밭도 말라 죽었으면 좋겠어. 온 지구가 사막이 되고 사랑의 물 한 방울 떨어지지 않는 것이 낫다고 생각하던 과거의 자신을 떠올리고 서점 주인은 웃었다. 그 나이엔 그랬지. 뜨거웠어. 서점 주인은 유리문을 열어주며 인사했다.

"도움이 좀 되었나요? 잘 가요. 또 모르는 거 있음 물으러 오고."

희주는 고개를 숙여 보이고 서점에서 나왔다. 걸으며 검은 수단에 로만 칼라를 두른 유리를, 푸릇하게 머리를 깎은 모습을 상상했다. 완전히 사랑의 뿌리를 잘라버린다. 그럴싸하지만 결코 완전한 답이라곤 할 수 없었다. 유리에게서 평범한 행복을 뺏어버리는 일이 되지 않을까. 그건 아이돌의 길도 마찬가지일지 모르지만…… 희주는 고개를 저었다. 분명 어딘가엔 잔혹하지 않고, 무섭지 않고, 정확하고 따뜻한 사랑만 받는다는, 얼핏 불가능해 보이는 미션을 성취할 길이 있을 거다. 아마도.

발걸음이 무거웠다. 집 앞에 도착한 희주는 가방을 전해주기 위해 유리의 집 벨을 눌렀다. 위에서 희주의 이름을 부르는 소리가 들렸다. "잠깐만!" 계단에서 유리가 맨발에 슬리퍼 차림으로 내려왔다. 아주 먼 길을 달려온 사람처럼 얼굴이 연분홍색으로 달아올라 있었다. 그가 희주의 소매를 당기며 다짜고짜 외쳤다. "연락이 왔어."

"응?"

"기획사에서 연락이 왔다고."

"어떻게?" 희주는 어리둥절해서 물었다. 희주가 알기론 아직 유리가 오디션에 응모한 적은 없었다. 그래도 기본은 갖추고 도전해야지 싶어 혼자 노래와 춤을 연습하는 단계였다. 그런데 어디서, 어떻게 알고 연락이 왔다는 거지?

"이거 봐." 유리가 핸드폰을 내밀었다. 반쯤 창문이 열린 창가. 일렁이는 커튼 옆으로 무언가를 골똘히 생각하는 듯한 유리의 옆모습이 찍혀 있었다. 처음엔 조금 먼 거리를 잡던 앵글이 문득 줌을 당긴 듯 가까워졌다. 그 순간 유리가 고개를 들었고 렌즈와 눈을 마주쳤다. 아주 잠시였고, 아름다웠다. 흔들리던 화면이 검은색으로 바뀌었다.

"나도 받은 거야."

유리가 같은 반 여자애의 이름을 말했다. "몰랐어. 얘가 이런 거 하는지." 유리가 핸드폰을 조작하고 다시 내밀었다. 희주는 놀랐다. SNS 계정 하나에 유리의 사진만 가득했다. 책상에 엎드려 자는 사진, 급식을 먹는 사진, 운동장을 걷는 사진, 체육 시간에 스탠드에 앉아 있는 사진…… 그 근처에 같이 나온 블러 처리된 사람은 희주 자신이었다. 팔로어 수가 적지 않았다.

"이걸 본 기획사에서 오디션을 보지 않겠냐고 연락이 왔대. 그래서 걔가 내 연락처를 알려준 거야."

DM으로 캐스팅되는 경우가 있다는 걸 모르진 않았다. 다만 오래 친구가 없었기에 SNS 계정을 만들 생각조차 못하고 있었다. 아직 인터넷에 사진을 올려 관심을 모을 마음을 먹을 정도로 나르시시즘을 기르지 못했고, 노력 없이 얻은 이 얼굴을 언제 잃을지 모른다는 불안이 더해져 의외로 찍은 사진도 많지 않았다.

희주는 여자애가 보냈다는 메시지를 읽었다. 그는 꽤 초창기에 유리에게 고백을 했다 거절당했지만, 그후로도 마음을 접지 않고 있다가 어느 순간 팬으로 각성한 듯 보였다.

나는 내가 널 남자로 사랑하는 줄 알았어. 만나고 싶고, 만지고 싶고. 거절당한 뒤에도 그 마음을 버리지 못한 건 인정해. 하지만 렌즈를 통해 너를 바라보게 되면서 나 스스로도 내 마음을 오해했다는 걸 알았어. 내가 원한 건 내가 보는 네 모습을 많은 사람들이 보는 거더라. 내가 너를 보는 방식으로, 애정의 방식으로 다른 사람들이 너를 보는 거였어. 네가 모두의 인정을 받고 행복해지는 거. 그게 내 행복이었던 거야. 이번 기회로 네가 멀리멀리 날아갔으면 좋겠다. 멀리서도 널 응원할게. 하지만 나를 잊으면 안 돼. 너의 1호 팬이.

약간의 쓸쓸함을 남기며 여자애의 긴 쪽지는 끝났다. "어떡하지?" 고개를 들어보니 유리가 빤한 눈으로 보고 있었다. "아직 아무 준비 안 됐는데. 기본 루틴도 잘 못하는데. 뭐라고 답해야 하지?"

희주는 유리의 어깨를 잡았다. "해야지. 당연히." 눈을 맞추고 한 글자 한 글자 또렷하게 말했다. "준비된 사람은 없어. 기회가 온 그때, 그때가 준비된 때인 거야."

유리의 눈이 일렁였다. 겁먹은 눈동자 안쪽에서 불이 환하게 켜졌다. "좋아."

두 사람은 유리의 방에서 1분짜리 노래와 춤 영상을 찍어 보냈다. 오디션 생각이 있다고 하니 곧장 전화가 왔다. 희주는 유리가 엉거주춤한 자세로 전화를 받는 동안 그를 지켜보았다. 예. 예. 그날 가능해요. 가, 감사합니다. 떠듬떠듬 전화를 끊은 유리가 이번주 금요일 정식으로 오디션을 보러 가게 되었다고 했다. 때마침 개교기념일이라 소문내지 않고도 서울에 다녀올 수 있었다. "뭐래?" "그냥. 영상 잘 봤다 그러고. 금요일에 보자고 하고." "잘한다지?" "그런 얘기는 안 하던데." "잘될 거야. 역시 프로는 보는 눈이 있다니까. 내가 말했잖아. 너 센스 있다고."

금요일, 희주는 버스터미널까지 유리를 배웅했다. 창가 좌석에 앉은 유리가 희주를 향해 손을 흔들었다. 희주는 유리를 올려다보며 생각했다. 넌 괜찮아. 반드시 잘될 거야. 한 번도 의심해본 적 없어. 그리고 집으로 돌아와 그날은 종일 바깥만 바라봤다. 창문에 바싹 붙어앉아 익숙한 얼굴이 올려다보기를, 환하게 웃기만을 기다렸다. 시간은 느리게 흘렀다. 그럼에도 어느 순간부터 컴컴해졌고 가로등이 켜지기 시작했다. 초조함에 자리에서 일어나 현관 밖으로 나갈까 생각하던 차에 멀리서 눈에 익은 그림자가 보였다. 희주는 재빨리 집밖으로 뛰쳐나갔다. 걸어오던 유리가 고개를 들었다.

"잘했어?"

어디서부터 말을 해야 할까. 유리는 망설였다.

혼자만 보는 오디션인 줄 알았는데 약속 장소인 건물 1층 로비에 얼쩡대는 또래들이 보였다. 모여보니 전부 다섯이었고, 그중 교복을 입은 건 자신뿐이었다. 지정된 시간이 되자 어떤 여자가 경비원이 지키고 선 출입구 안쪽에서 나왔다. 목소리를 들으니 전화통화를 했던 여자였다. 웃는 얼굴이 친절해 보였다. 여자는 쉴새없이 말을 걸며 지원자들을 지하의 대기실로 안내했다. 복도 맞은편이 오디션장이었다. 볼펜과 종이를 받아 수기로 이력서를 써서 건넸다. 유리의 순번은 마지막. 먼저 들어간 사람들이 나오기를 기다리는 시간이 아주 길고 지루하게 느껴진 한편, 자기 이름이 호명되었을 때는 의자에서 벌떡 일어날 정도로 놀랐다. 심장이 비대해진 기분. 갈비뼈 안쪽이 오로지 심장만으로 꽉 채워진 것 같은 두근거림에 때때로 눈앞이 흐리기도 했다. 목 안쪽의 가는 관이 조였고 화장실 가고 싶었다. 도살장으로 끌려가는 듯 걸었다. 숨을 헉헉댔다. 방안에는 방금 전의 여자와 남자 한 명과 빨간불이 들어온 카메라가 있었다. 동아줄이라도 되는 듯 저도 모르게 간절한 눈길로 여자를 보았다. 여자는 유리의 긴장을 풀어주려는 생각인지 농담을 건넸다. 뭐라고 했는지…… 솔직히 못 알아들었는데 웃었다. 노래를 하고 춤을 췄다. 어디서 배웠어요?

아니요. 그냥 유튜브 보고…… 그래요? 여자는 혹시 다른 노래는 없느냐고 물었다. 혹시 몰라 준비한 발라드곡도 불렀다. 고마워요. 그 정도면 됐어요. 이마를 가린 상태로, 드러낸 상태로 정면과 옆모습 등을 찍었다. 잘 나오네. 잘 나와. 여자는 두 번 말했다. 결과는 머잖아 알려준다고 했다. 입 밖에 내기엔 민망한 생각이지만 답을 알 것 같았다. 아, 됐구나. 굳이 말로 하지 않아도 느껴졌다.

두 사람은 골목을 거슬러올라 개천 방향으로 갔다. 오솔길을 따라 조그만 언덕에 오르자 공터가 나왔다. 두 사람은 벤치에 앉았다. 발아래로 조그맣고 별 볼 일 없는 두 사람의 세계가 내려다보였다. 그 끝이 바깥으로 이어져 있다는 게 믿기지 않는 작은 마을. 초라한 마을.

희주도 나름대로 조사해서 알고 있었다. 오디션을 통과한다면 유리는 더는 이 마을에 머물지 못할 거다. 학교를 그만두고 서울에서 다른 사람들과 부대끼며 지낼 것이다. 연습실에서 종일 땀에 젖어 춤을 출 것이다. 낯선 환경 속에서 끓어오르는 감정들. 불투명한 미래. 그런 것과 맞서 싸워야 할 것이다. 만일 실패한다면 남는 것은 써먹기 어려운 춤과 노래, 중졸이라는 최종 학력뿐이었다. 그러나 괜찮겠냐고, 희주는 묻지 않았다. 결심한 사람에게 할 수 있는 건 등을 떠밀어주는 것뿐이다. 남자라면 누구나 인생에 한 번은 자기를 걸어야 할 때가 있고 둘 다 지금이 그때인 걸 알았다. 그래서 약간은 감상에 젖어 언덕길을 내려왔다. 늘 헤어지는 집 앞에서 마지막인 것처럼 손을 흔들었다.

그렇게 모든 준비를 마쳤음에도 여자에게 연락이 오지 않는 건 어째서일까? 유리는 말없이 기다렸다. 오디션을 본 시점에서 3주가 지나고 한 달이 될 때까지, 중간에 낀 연휴를 셈에서 제외하고 손가락을 꼽으면서 최후의 최후까지 기다렸다. 다른 회사에 넣어보면 되지. 아무것도 묻지 않던 희주가 어느 날 그렇게 말했다. 틀린 말이 아니다. 기회는 도처에 있다. 이번 경험을 도약의 발판 삼아 다음에 더 잘하면 된다. 구겨진 마음을 펴는 데 약간의 시간이 필요할 뿐이다. 자신이 느낀 분위기. 주고받은 눈빛. 그런 건 전부 필요에 의한 연기로, 담당자가 자신의 희망을 꺾지 않기 위해 친절하게 군 것뿐이다. 그리고 박유리, 객관적으로 생각해봐. 거기 있던 다섯 중 한 명만 뽑는다고 하면, 넌 너 뽑을 거야? 아니지? 그날 같이 있던 네 사람은 이미 연예인처럼 보였다. 평생을 아름다웠던 사람만의 자부심을 온몸에 두르고 있었다. 미남이 된 지 반년이 조금 지났을 뿐인 자신이 흉내내기엔 벅찬 태도다. 그런 걸 심사위원들은 느낀 거다. 그러니까, 괜찮았다. 연습하는 시간을 늘렸다. 말보다 행동으로 보여주기 위해 애썼다.

유리는 다음 오디션을, 그다음 오디션을 봤다. 1차를 통과

하는 건 쉬웠다. 기다렸다는 듯 길어도 이틀을 넘기지 않고 연락이 왔다. 다들 어디서 이런 복이 굴러들어왔냐는 듯 깜짝 놀랐다. 달아오른 미소를 숨기지 않고 당장이라도 계약을 할 것처럼 달라붙는 어른들. 환대. 환대받는 기분. 오히려 지나치게 적극적인 태도에 겁이 났다. 저도 생각해야 하니까요. 설마 이런 큰 회사가 사기를 칠까마는 그래도 알 수 없는 게 세상일이니까. 그런 말을 대놓고 할 순 없으니, 전염된 흥분을 떨치고 침착한 태도를 취했다. 저는 아직 미성년자잖아요? 그러니까 정말 저를 원하신다면 조금만 기다려주세요. 조금만……
그런데 그렇게 지겹고 끈덕지게 달라붙던 인간들이, 돌아서면 언제 그랬냐는 듯 연락을 주지 않는 거다. 버림받은 기분. 화가 나기보단 황당했다. 원래 다 이런 건가? 어른이 되면 이렇게 남의 마음을 갖고 노는 데 익숙해지나? 아니야. 그렇지 않아. 나한테 문제가 있어서 그래. 그러면 도대체 그 문제라는 것은 뭘까. 내가 뭘 못한 걸까? 남의 눈엔 보이고 내 눈에는 보이지 않는 흠이라는 게 뭘까. 한번 들기 시작한 의심은 주변 모두에게로 번졌다. 눈을 마주치면 '나야! 나랑 마주쳤다고!' 호들갑을 떠는 여자아이들, 약간의 거리를 두고 쫓아오는 선배들, 어딜 가나 따라붙는 시선이 무서워졌다. 그들의 관심이 애정이 아닌 조롱 같았다. 싸구려 화가에게 속아 벌거벗은 처녀처럼 스스로가 참을 수 없이 바보처럼 느껴졌다.

그럴 때 솔직하게 털어놓을 수 있는 건 희주뿐이다. 유리는 풀이 죽어 운을 뗐다.

"사거리의 미소년은…… 아이돌이 될 운명은 아닌가봐."
"왜 그렇게 생각해?"

말은 그렇게 했지만 희주 역시 그가 번번이 최종 오디션에 합격하지 못하는 걸 알고 있었다. 그래도 역시, 유리의 입으로 "맨날 최종에서 떨어지잖아"라는 말을 듣자 마음이 아팠다. 실패는 말하는 인간만큼 듣는 인간도 괴롭게 만든다. 다 알고 있었어. 그래도, 너만은 모르길 바랐는데 너도 알고 있었구나. 그래도 희주는 가슴을 쭉 펴고 한 치의 거짓 없이 말할 수 있다는 걸 기뻐하며 말했다.

"계속했으면 좋겠어. 너 진짜 잘하거든."

순도 높은 진심은 뱉는 사람도 듣는 사람도 금방 알아채기 마련이다. 그래서 유리는 용기 내었다.

"뭐가 문젠지 잘 모르겠어. 나 춤추는 거 봐줄 수 있어?"

물론 희주는 전문가가 아니었다. 그리고 유리는 스스로에 대한 기준이 높았고, 그런 성향이니만큼 백치 백 명의 환호보다 학자 한 사람의 정확한 비평에 가슴이 떨리는 타입이었다. 그러나 희주는 희주니까. 백치도 학자도 아닌 친구니까 달랐다. 유리는 오디션에서 선보이는 몇 개의 루틴을 보여줬다. 힙합, 재즈…… 숨을 몰아쉬었다. 무릎에 손을 짚고 땅을 보며 답이 오길 기다렸다.

"개잘하는데."

희주는 무슨 말을 더 하지 않았다. 더 할 줄도 몰랐다.

"그냥 봤어. 너무 잘해서. 완전 신기한데? 사람이 이렇게도 움직이는구나."

그 말이 왜 그렇게 의지가 되었을까? 근거도 없는 칭찬이 짜증난다기보단 안심이 되었다. 그뒤로 유리는 새로운 동작을 익히면 가장 먼저 희주 앞에서 선보였다. 희주도 점점 춤을 보는 눈이라는 게 생겼고, 춤이란 그냥 흥을 표현하는 게 아닌 음악을 눈에 보이도록 하는 기술이라는 걸 알게 되었다. 두 사람은 엉터리 코치와 천재 선수가 되었다. 넌 진짜 아이솔레이션 잘되네. 너도 될걸? 난 못해. 아냐, 한번 해봐. 장난을 치고 웃다가도 유리는 다시 춤을 췄다. 땀을 흘리면 기분이 좋았고, 그러다보면 다음이라는 게 있을 거 같았다. 무서운 사랑을 피해 아이돌이 되려던 처음 목표는 잊고 유리는 춤과 노래에 빠졌다. 그렇게 한 해가 끝났다. 새해에도 유리는 연습을 했고, 그 옆엔 희주가 있었다.

순진한 기대와 희망이 깨진 건 방학이 끝나기 전날이었다. 3월 1일. 유리는 간만에 일을 쉬는 엄마와 저녁을 먹고 다음 날 먹을 우유를 사 들고 돌아오다가 자기 집 우편함에서 갈색 봉투를 꺼내는 희주를 보았다. 더 볼 것도 없다는 듯 갈기갈기 찢는 희주. 도대체 뭐지?

"뭐해?"

말을 던지자 희주가 소스라치게 놀랐다. 어쩔 줄 모르는 손. 숨기는 손. 그보다 유리가 빨랐다. 유리는 원숭이처럼 매달렸다. "아무것도 아냐." 가지처럼 팔을 뻗은 희주가 외쳤다. "뭔데." "아무것도 아냐. 정말 아무것도 아니라니까."

그리고 바닥에 툭, 떨어진 사진. 반쯤 포기한 희주의 질끈 감은 눈. 유리는 허리를 굽혔다. 가로등 불 아래서 찢긴 사진 조각을 맞췄다. 반지하 층계참에 서 있는 유리. 홀복을 입은 여자가 팔을 쓰다듬게 가만히 두는 유리. 웃는 유리.

그걸 보는 순간 피식 웃음이 났다. 이래서였구나. 이게 기획사에도 갔겠다. 그리고 음, 순식간에 많은 것이, 모든 것이 포기되었다. 사람들에게 변명할 마음도 없었다. 한국에는 커피숍의 수보다 많은 업소가 있고, 그러면 거기서 일하는 사람이 있고, 그중에 누군가는 아이를 낳고, 또 그 아이가 자라서 어떤 꿈을 꾸거나 삶을 도모하는 동안 아이를 낳은 여자는 여전히 일을 하고, 포주가 되어 인센티브를 떼가고, 외상값을 떼먹히고, 사기도 당하고, 비위를 맞추고, 술을 마시고, 술을 아주아주 많이 마시고, 담배는 끊고, 그리고 남는 시간엔 시장을 봐 와서 생색내듯 갓 지은 밥을 자식에게 해먹이고 오늘 학교에서 뭐했어? 공부 열심히 해라, 전기장판 위에 누운 아이의 엉덩이를 두들기다가 전깃불 아래서 갑자기 모든 게 수치스러워져 터뜨리듯 말하려다가 그런데 도저히 어디서부터 시작해야 할지…… 말을 할 방도를 찾지 못해서…… 입을 꾹 다문 채로 니가 날 이해해줬으면 좋겠고, 근데 나처럼 살진 않았으면 좋겠다고 전한다는 걸, 어떤 자식들은 엄마의 무릎을 베고 누워 있는 동안 알게 된다고. 그래서 배신하지 않겠다고 다짐하는 순간이 온다고 말할 이유가 없었다. 이 지옥에 같이 있더라도.

  유리는 상당히 개운함을 느꼈다. 역시 꿈은 꿈인 채로 두는 게 낫다. 세계는 영원히 건너갈 수 없게 벌어진 채로 있는 게 낫다. 만일 더 늦게 알려졌다면 엄마가 이런 말을 들어야 했을지 모른다. 요즘은 예전 같지 않잖아요? 좀 놀던 애가 춤 잘 추고 노래 잘한다고 나도 아이돌이나 해볼까? 그런 게 아니라는 거죠. 재능, 끼, 인성을 포함해서 정말 전방위적으로 본다고 생각하면 돼요. 생활기록부상의 폭력 문제 같은 건 당연히 안 되고요. 하여튼 최대한 깨끗해야 하고 흠이 있어선 안 되죠. 명문대 가는 것보다 어렵다고 보시면 돼요. 거긴 몇천 명 뽑지만 저희는 짧으면 3년, 길면 5년 텀으로 딱 한 팀 데뷔시키거든요. 계산할 것도 없이 답이 나오죠. 저희만 그런 게 아닙니다. 정말 작은 회사가 아닌 이상에야 다 보죠, 이런 건. 사람으로 하는 사업은 리스크가 크니까요.

그리고 그 말 아래 숨겨져 있는 진의. 유리는 누군가의 롤모델이 될 수 없습니다. 물과 염분 헤모글로빈. 피는 씻길 수 없습니다. 앉아 있던 자리에 남은 체온처럼 기분 나쁜 미지근함이…… 당신의 피가 저 아이에겐 흐르고 있기 때문에. 애비 없는 자식이에요. 지금은 저애 얼굴이 하나로 보여도 언젠간 들통날 일입니다. 여러 얼굴의 모든 눈에서 하나도 빠짐없이 피가 흐를 겁니다.

먼저 운을 뗀 건 희주였다.

"좀 걸을까?"

둘은 좁은 골목의 바깥으로 나갔다. 차 한 대가 간신히 들고 나는 집 앞 골목에서 한 블록만 바깥으로 나가면 여전히 할로겐등과 네온사인이 빛나는 거리가 있고 그 거리의 지하와 돼지갈빗집 건물 2층의 방석집에는 여자들이 앉아 있었다. 남자들이 서성인다. 들어갔다 나온다. 식당에선 끓이고, 찌고, 볶는 소리가 난다. 연기. 타는 돼지, 내장, 양념. 고춧가루 듬뿍, 보글보글 탕을 끓이고 그걸 허어, 시원하다고 뱃속에 집어넣는 사람들이 있다. 살아 있는 사람들. 살아 있는 움직임들. 먹고, 사고, 싸고. 허어. 시원하다. 우웩. 토사물이 넘치는 거리. 비둘기가 쥐처럼 우글거리는 거리. 쪼아먹는 거리. 짧은 거리가 끝나고 다시 똥물 같은 천변길이 나왔다. 걷다가 희주가 말했다.

"예전엔 이 물도 깨끗했어. 내가 일곱 살 때까지 엄마랑 여기서 빨래를 했다니까. 향긋한 빨랫비누 냄새가 났어."

그거 다 꿈 아냐? 라고 유리는 묻지 않았다. 언젠가는 그랬을 거라는 걸 알았으니까. 누구나 깨끗한 순간이 있다. 유리는 어느 낮에, 돌아가는 빨래를 보며 잠든 엄마의 곁에서 조용히 들숨과 날숨을 구경하던 순간을 떠올렸다. 5, 6학년에 걸쳐 같은 반 애한테 끔찍하게 맞았던 일과 졸업식 때 그애의 엄마와 자신의 엄마가 같은 가게에서 일했었다는 걸 알고 그애를 조금 덜 미워하게 되었던 것도 떠올렸다.

어느새 두 사람은 조그만 언덕 위로 올라와 있었다. 내려다본 마을은 미세먼지로 부옜다. 빛들은 전부 희미했다. 가로등 없이도 언덕은 어둡지 않았다. 안개가 반사한 빛으로 옆에 선 사람의 얼굴도 선명하게 보였고, 높게 자란 나무들은 수런수런, 고백하기 좋은 데시벨로 잎을 비볐다. 비밀을 쓸어 날리기 좋은 바람이 불었다. 유리가 입을 열었다.

"왜 사거리의 미소년이 되고 싶다고 했냐고 물었지? 난 그런 소원 빈 적 없어. 나는…… 사랑받고 싶다고 했어. 영원히 꺼지지 않는 사랑을 받게 해달라고 빌었어. 얼굴을 준 건, 그 사람의 방법이었던 거야."

"어쩐지." 희주의 말에 유리가 고개를 들었다. 무슨 뜻이냐는 눈빛을 보냈다. 말해도 되나. 희주는 망설이다가 답했다.

"실은, 나한텐 니가 사거리의 미소년으로 안 보이거든."

"그럼 뭘로 보이는데?"

"그냥 박유리로 보여. 처음 봤던 박유리 그대로."

"뭐?" 유리의 얼굴이 일그러졌다. 그가 달아오르는 두 뺨을 문질렀다. "존나 쪽팔리네."

"왜?"

"내가 한 짓들 다 병신처럼 보였을 거 아냐."

"그런가? 그냥 넌데. 처음부터 그냥…… 넌데."

"너는 나한테 관대하네."

"그런가?"

"응." 유리가 한 박자 쉬고 말했다. "고맙다. 친구가 좋긴 좋다."

그 말을 듣고 희주는 웃었다. 생각했다. 있지. 무언가 이상하다고 생각하지 않았어? 같이 마주쳤는데 네 소원만 들어준 거. 실은 사거리의 미소년은 내 소원도 들어줬거든.

나는 단지 너의 앞집에 사는 여자애일 뿐이었어. 우리는 친구였던 적이 없고 매일 세 걸음 앞서가는 너를 지켜보다가 나는 너를 알고 싶어졌어. 아니, 너랑 사귀고 싶던 게 아냐. 섹스하고 싶던 게 아냐. 너라는 존재를, 개념을 가장 깊이 알고 싶었어. 너 자신보다 더 깊이 알고 싶었고, 앎으로써 갖고 싶었다. 그래서 영원한 관찰자로 너의 곁에 있게 해달라고 빈 거야. 그렇게 뭐든지 들어주는 사거리의 미소년이 나를 네 친구로 만들어준 거야. 이렇게 말하면 넌 믿을까?

희주가 중얼거렸다. "내가 여자였으면 우리는 친구가 될 수 없었겠지."

"그게 무슨 말이야?"

"너도 바뀌었으니까 믿겠지. 난 사실 여자였어. 사거리의 미소년이 날 남자로 만들어준 거야."

"진짜야?"

"진짜면 어떡할래?"

유리의 눈동자가 멈췄다. 떨고 있었다. 약간의 침묵 뒤 희주는 웃었다. "잘 속네, 우리 유리."

"미친 새끼가."

희주는 날아오는 유리의 손길에 어깨를 웅크렸다. "아아, 아파 아파. 잠깐만. 진짜. 진짜로 말할게."

"……"

"사실 난," 희주가 헛기침을 하고 목소리를 낮게 깔았다. "사이보그 전사야. 미래에서 너를 구하러 온 거야."

유리가 코웃음쳤다. 희주가 뻔뻔하게 덧붙였다. "진짜야. 터미네이터 몰라?"

"예, 기계인간님."

"뻥이야. 사실 난 사거리의 미소년이야. 근데 네가 내 얼굴을 가져가는 바람에 희주라는 애의 몸을 잠시 빌린 거야."

"미안하네. 가져가서."

"응. 진짜 나는 외계인이야. 여기서 몇억 광년 떨어진 별에서 지구 침략을 위해 왔는데 지구인들을 죽여야 하는지, 살려야 하는지, 그 가치를 판단하기 위해 이곳에 머물게 된 거야. 그러니까 네 가치를 나한테 증명해봐. 지구인이 살아야 한다는 걸 보여줘."

유리가 맞장구를 쳤다. "어떻게?"

"춤을 춰봐."

"춤이면 돼?"

"응, 그럼. 우리는 아름다움과 예술을 숭배하는 종족이거든."

유리가 웃었다. 희주는 핸드폰으로 음악을 틀었다. 밤에 산에서 이러면 미친놈 같지 않나? 그러면서도 유리는 움직이기 시작했다. 그 모습을 희주는 눈으로 담았다. 역시 잘해. 너만큼 잘하는 사람은 없다.

"넌 잘될 거야."

"그래. 고맙다."

"진짜야. 내가 그렇게 되게 할 거거든."

자정이면 3월 2일이 된다. 희주는 앞으로도 작년 오늘을 잊지 않을 것이다. 늘 같은 일만 일어나는 거리. 사람들이 우유를 사고 빨래를 하고 눈물을 흘리고 도망치고 싶어하며 발목을 득득 긁는 이 거리에 유리가 나타났다. 그를 본 순간 희주의 뇌 안으로 설탕물이 스며들었다. 유리가 스며들었다. 희주는 유리에게서 눈을 떼지 않고 생각했다. 크고 작은 고난이 있어도 결과적으로 너는 행복해질 거야. 아름다움의 왕좌에 앉아 영생을 누릴 거야. 내가 널 그렇게 만들 거야. 그걸 위해 나는 신이 되었거든. 너를 알아주지 않는 세계 따위는 버리고 새 것을 만들어 너에게 주기 위해서 밖으로 나와 소설을 쓰게 되었거든. 영원히 너의 바깥에. 닿지 못해도 우리가 함께 있다고 믿는 것. 이것이 내 사랑이라고 한다면.

최애의 아이

우미는 사랑에 빠졌다. 증상은 여러 가지가 있었다. 고무지우개 위에 손톱으로 한 남자의 이니셜을 새겼다. 회의 시간에 골똘한 척 고개를 기울인 채 하나의 이름을 반복하여 적거나 십자 선을 그어 가지런히 배치된 눈, 코, 입을 그리고 검은 볼펜으로 마구 지웠다. 요 며칠 점심엔 식사를 거르고 산책을 나갔다. 차가운 겨울바람을 맞으며 도착한 강가. 설탕 부스러기처럼 반짝이는 눈 위엔 전날 적어둔 이름이 남아 있었다.

유리♡우미

우미는 마치 남이 남겨놓은 낙서를 발견한 것처럼 놀라며 그것을 뿌듯하게 바라보았다. 종일 이런 식이었다. 우연히 본 음악 방송에서 유리가 빵! 하고 쏜 사랑의 총알에 맞은 뒤로 우미는 오로지 두 가지만 했다. 유리 생각을 하거나 유리 생각을 하지 않으려 애쓰거나.

이 사랑이 처음은 아니었다. 마음을 주는 데 있어 우미는 중고품이었다. 나 진짜 다 줬어. 아까울 거 하나 없는데 못 줄 게 뭐람? 있는 거 없는 거 닥닥 긁어 주다보면 다 준 것 같아도 또 차오르는 순간이 있었고 그럼 또 줬다. 사랑을 받는 것보다 하는 게 좋아서 계속 줬다. 어느 날엔 내가 이 사랑을 접는 게 죄가 되겠구나, 이렇게 마음을 주다가 그만두면 그 사람의 기둥이 무너지겠구나, 싶어 스스로가 무서워질 정도로 줬다. 우주적 엔트로피의 측면에서 못할 짓을 한 거지. 우미는 생각했다. 어느 평행 우주에선 돌이나 미니 다육이인 유리가 펙 하고 죽었을지도 모를 힘이었다. 비록 이 우주에서 유리는 이런 사랑은커녕 우미의 존재조차 모른다 해도.

"내년에 봬요."

옆 팀 과장이 인사하고 사무실을 나갔다. 한 해의 마지막까지 함께 달린 그를 향해 우미는 고개를 꾸벅 숙인 뒤 엑셀 파일을 마저 정리했다. 기계적으로 손만 움직이며 지난 사랑들을 떠올렸다. 모두 애정 결핍 환자였다. 타고난 성품 탓도 있지만, 걔들이 그렇게 된 데는 환경상의 문제도 있었다. 잠도 안 재우고. 밥도 제대로 못 먹게 하고. 바쁠 땐 며칠 동안 하루 한 시간밖에 못 잔다고 하던데, 유리도 그렇겠지? 밤 열시쯤 사무실을 나와 버스를 탄 우미는 술냄새가 나는 옆자리 사람을 피해 유리창에 이마를 댔다. 새삼 반추한 지난 남자들은 같은 틀로 찍은 듯 비슷했다. 바깥에 보여주기 위해 취사선택한 행동도 닮았고, 캐릭터를 만들어내는 하느님의 창의력에도 한계가 있었다. 우미는 그들을 과거라는 끈으로 묶어 처분했다. 다 아픈 애들이었어. 편의점에 들러 맥주 네 캔을 가방에 쑤셔 넣으며 잔인한 한 줄 평을 남겼다. 그런데 유리는 달라. 사랑을 갈구하지 않아. 그냥 거기 있는데 사랑스러운 거야.

유리의 왼쪽 손목에는 어머니로부터 선물받은 단향목 묵주가 채워져 있었다. 우미가 아는 한 그건 채워진 이래로 단 한 번도 유리의 손목을 떠나지 않았다. 성처녀 마리아가 세상의 더러움으로부터 성소년을 지켰다. 그래서인가. 유리는 나이에 비해 막무가내로 천진난만할 때가 있었다. 예를 들면 지금. 연말 무대를 마치고 쏟아지는 컨페티를 신기하다는 듯 바라보는 눈엔 거짓이 없었다. 우미는 모니터를 향해 손을 흔들며 외쳤다. 유리 최고! 흥분해서 벽을 퍽퍽 쳤다. 호쾌하게 들이마신 맥주 캔을 내려놓고 껍질 깐 귤을 입에 넣으며 생각했다. 이게 유리의 대단한 점이다. 그렇게 밀도 높은 인생을 살았는데 아직 때를 덜 탔다는 거. 어떻게 그럴 수 있는지 모르겠지만 유리에게 삶은 신기한 것이고 거기엔 기대와 희망뿐이었다. 그런 순수함이 빛을 내뿜고, 빛은 한 사람만의 것이 아니기에 저절로 주변을 둘러싼 사람들의 뺨에도 쏟아진다. 마치 지금처럼.

우미는 모니터에 손 키스를 날리고 이를 닦고 불을 끄고 누웠다. 사라진 천장등의 빛이 눈꺼풀 안쪽에 인공 태양처럼 떠올랐다. 멀리서 불꽃이 터지는 소리가 들렸다. 해피 뉴 이어! 우미는 몸을 뒤척였다. 스물세 살이 된 유리에게 말을 걸었다. 생일 축하해, 유리. 입속말로 웅얼거리며 노래를 불렀다. 그러자 눈앞에 유리의 웃는 얼굴이 나타났다. 아주 딱딱하고 커다란 레몬 사탕처럼 굴려도 굴려도 녹지 않았다. 시다. 희다. 달다. 우미는 찔끔 흐르는 눈물을 닦았다. 이렇게 되면 우미처럼 둔한 사람도 인정할 수밖에 없었다. 나, 사랑에 빠졌다.

그래서 새해의 첫날, 아침 일찍 일어나 가까운 산에서 해돋이를 보고, 집에 돌아와 뜨거운 물로 씻고 떡만둣국과 남은 귤까지 먹어치운 우미는 어떤 충동 없이, 30대 여자의 냉정한 판단력으로 유리의 아이를 가지기로 마음먹었던 것이다.

병원에 들어섰을 땐 양가죽 부츠가 반쯤 녹은 눈으로 젖어 있었다. 막히더라도 택시를 타고 올걸 하고 후회했다. 접수원이 타자를 치며 몇 가지를 물었다. 정자 삽입 시술이 맞으신가요? 도네이터분 성함은 박유리님 맞으실까요? 생리 이틀 차가 맞으시죠? 우미는 전부 맞다고 했다. 직원에게서 신분증을 돌려받은 뒤 우미는 소파에 앉았다. 앞서 대기중이던 여자 세 사람의 얼굴을 곁눈질로 살폈다. 저중에 나 같은 사람이 또 있을까? 탐색을 시도하던 우미의 눈에 지난여름부터 신년호까지의 『보그』가 이 빠진 데 없이 비치돼 있는 것이 포착되었다. 우미는 9월호에 손을 뻗으며 안심했다. 만일 대기실의 누군가가 자신 같았다면 유리가 처음 단독으로 표지를 장식한 잡지에 손을 대지 않고는 못 배겼을 거다.

우미는 '1999년, 서펙의 여름방학'이라는 표제의 화보를 넘겼다. 승마 모자를 쓰고 마방에서 포즈를 취한 유리는 왕자 내지는 귀족처럼 보였다. 분명 사람들이 열광할 만한 지점이 있었지만, 이런 유의 '멋진' 잡지 사진은 우미와 코드가 안 맞았다. 세련된 사람들이 만들어준 이미지는 짜임새가 튼튼했다. 그러나 우미의 지론에 따르면 애초에 젊음이란 해지기 위해 발명된 것이므로 젊은 아도니스에게 어울리는 건 명품이 아닌 싸구려 천이었다. 만약 우미가 유리의 사진을 찍었다면 폐공장을 섭외하고 청바지를 입혔을 거다. 입안이 쪼글쪼글해질 때까지 페인트 사탕을 빨아 파랗게 물든 혓바닥, 아무하고나 주고받는, 고양이 같은 혓바닥을 드러내 보일 것이다. 더러운 매트리스에 깔린 보푸라기 인 담요 위에서 까슬까슬한 음모를 내보일 것이다. 젊음은 거기 존재하니까. 루이비통이니, 디올

이니…… 입었다기보다 모시는 꼴로 옷을 걸친 모양새는 아름답기보다 역했지만 그건 유리의 탓이 아니었다. 애초에 명품이란 때 타고 미끈한 얼굴들에게 어울리니까. 그나마 골프가 아니어서 다행인 걸까? 골프와 승마 중 뭐가 더 역겨운지 고민하는데 간호사가 이름을 불렀다.

"이우미님, 들어오세요."

우미는 자리에서 일어나 검진실로 향했다.

검진을 마치고 실장과 대면했다. 안경을 쓴 여자 실장은 무척 전문적으로 보여, 우미는 습관적으로 그를 연상이라고 생각하다가 그만두었다. 내심 자신을 아직 20대처럼 여기는 버릇을 고쳐야 했다. 이젠 책임감이 필요한 때니까.

실장은 침착하게 기본적인 것부터 설명하기 시작했다. 준비성 철저한 우미는 미리 연습해온 답을 말했다. 쌍둥이를 희망하실까요? 하나면 충분해요. 그럼 과배란 주사를 맞으실 필요는 없고 배란 유도제면 되겠네요. 생리 주기도 규칙적이셔서요. 약은 시간 맞춰 드시고 가볍게, 너무 무리가 되지 않는 선에서 운동하시고…… 여기 색연필로 밑줄 그어진 곳에 서명해주시고 뒷장에도……

시술 동의서와 개인정보 수집·이용·제공 동의서에 서명하는 우미에게 실장이 툭 말을 던졌다.

"혼자서는 키우기 쉽지 않으시거든요. 어쩌다 이런 결심을 하게 되신 걸까요?"

우미는 진심을 감추는 데 선수였다. 직장생활을 하다보면 누구나 그렇게 변한다. 맞지 않는 상대에게 맞추고, 웃고, 자기 자신이 싫어지는 농담을 던지는 일에 익숙해지며 반들반들 닳는다. 이 질문에 대한 대답도 이미 정해져 있었다. 나이가 있어서 늦기 전에 낳고 싶었어요. 난자를 얼려도 되지만 지금이 적기랄까, 체력이 달리기 전에 키우고 싶어서요. 병원에 답할 말만 준비된 게 아니었다. 애를 원하는 게 시대착오적이라고 생각하는 지인들에겐 일을 좀 쉬고 싶어서 선택했다고 할 생각이었고, 보수적인 상사에게는 이렇게 말할 예정이었다. 여성의 의무 중 하나인 재생산을 통해 국가에 이바지할 것이며…… 준비해둔 얼굴이 수십 개였고, 변검 하듯 필요에 따라 바꿔 쓸 자신이 있었다. 그런데 갑자기 그러고 싶지 않아졌다. 우미는 펜을 건네며 심플하게 답했다.

"유리의 아이를 원하니까요."

무심한 표정의 실장이 모니터로 몸을 돌렸다. 마우스 버튼을 딸깍대는 소리. 긴장으로 우미의 어깨가 뻣뻣하게 굳었다. 실장이 물었다.

"다른 병원에서 상담받은 적 없으시죠?"

우미는 고개를 끄덕였다. 방금 전 사랑의 진정성이라는 측면에서 가점을 받았다는 걸 느끼고 안도의 숨을 내뱉었다. 전에도 물론 다른 남자의 아이를 가지고 싶다는 생각은 한 적 있다. 엄마! 하는 외침에 번쩍 품에 안아올렸던 망상 속의 아이들. 지난 사랑들과 우미의 이름을 조합해서 만든 엉터리 이름의 어린것들은 우미의 사랑이 차갑게 식음과 동시에 어딘지 알 수 없는 기억 저편에 방치되었다. 그 남자들의 아이를 안 가져서 다행이다. 몇 번의 충동을 참을 수 있었던 건 순전히 삶에 쫓기며 살았기 때문인데 그게 이런 식으로 도움이 될 줄이야. 우미는 짐짓 무거운 목소리로 덧붙였다.

"없어요, 유리 외에는. 걘 제 인생의 사랑인걸요."

실장이 책상 앞으로 몸을 기울이더니, 손을 뻗어 내원객들이 볼 수 있게끔 진열된 팸플릿을 하나 뽑아 내밀었다.

"기존에 아시는 모자보건사업은 일반 혼인 관계에 있는 여성분의 경우에 적용되는 법이고요. 이우미님의 경우에는 한부모가족지원 분과로 들어가요. 사랑열매 지원은 일반인 정자를 공여받는 경우라 해당이 안 되시고, 3페이지에 보시면 있는 희망열매, 여기 해당되세요. 그리고 희망씨앗 보금자리라고, 소득 분위에 따라 신청 가능한 사업이 있는데 이것도 일단은 팸플릿 하나 챙겨드릴게요. 자세한 건 댁에 가져가 확인해보시고……"

우미는 고개를 주억거리며 들었다. 예상외로 잘되어 있는 정책에 놀라다가 문득 인터넷에서 본 댓글이 떠올랐다.

낳는 게 헐값인 덴 이유가 있죠. 정치인이야말로 인구가 늘어나길 원하는 사람들이거든요. 누군가는 그 사람들이 먹던 접시를 치우고 마당의 잔디를 깎아줘야 할 거 아니겠어요?

그러자 순식간에 불쾌한 감정이 밀려왔다. 우미는 개천에서 난 용 특유의 끓는 분노를 담아 마음속으로 침을 뱉었다. 이 아이는 다를 것이다. 너희들 밑에서 빼앗기기만 하지 않을 것이다. 너희 아들들을 기죽게 만들고 딸들의 마음을 뺏을 것이다. 그게 가능한 건……

"그리고……" 실장이 덧붙였다. "구입하실 때 이미 서명 완료하셨겠지마는, 태어난 아이가 열세 살이 되었을 때 프로필을 찍어 해당 기획사에 보내셔야 합니다. 알고 계시죠?"

결과에 따라 기획사에 소속될 수 있다는 것, 그땐 아이의 꿈과 희망이 뭐든 데뷔를 준비해야 한다는 건 오히려 우미에겐 호재였다. 아빠를 존경한다고 말하는 아들. 아빠처럼 되고 싶다고 말하는 아들을 낳는다면 얼마나 좋을까? 기획사에 2세가 창출할 경제적 이득과 소유권의 10퍼센트가 넘어가는 것쯤이야 견딜 수 있었다. 십일조 내는 거라고, 머리카락을 한 움큼 잘라 건넨다고 생각하면 그만이었다(살짝 마음 아프긴 해도 자신은 조선시대 유생이 아니니까 참을 수 있었다).

"실은 그랬으면 좋겠어요."

진심을 담아 말했음에도 실장은 대수롭지 않다는 듯 넘겼다.

"많이들 그렇게 말씀하시더라고요. 오히려 좋은 기회라고."

많이들 그런다니. 특별할 게 없다는 듯한 태도에 살짝 울컥했다. 물론 실장의 말이 옳았다. 아이는 부모의 복제가 아니라 전혀 다른 배합으로 태어난 제3의 생명체니까. 머리론 알지만 기묘한 반발심이 들었다.

"앤 진짜 할 수 있을 거예요. 유리의 아이니까."

그 말을 하며 우미는 반사적으로 배에 손을 얹었다. 수정은커녕 시술비도 지불하기 전이었는데 그런 말과 행동이 나왔다. 아이를 낳겠다고 결심한 새해 첫날부터 우미의 몸은 이미 준비를 마친 상태였으니까. 실장이 웃으려다가 농담이 아니란 걸 알았는지 애매한 표정을 지었다. 묘하게 이겼다는 기분으로 우미는 어깨를 활짝 펴고 병원을 나섰다. 돌아가는 택시 안에서 한강 위로 쏟아지는 눈을 보며 학창시절에 배운 시를 떠올렸다. 은쟁반에 하이얀 모시 수건을 깔고 기다린다고 했나? 얼어붙은 강 위에 쌓이기 시작한 눈이 모시 수건처럼 희었다. 모든 건 마련되었다. 이제 아이만 있으면 만사형통이었다.

배란 예정일 이틀 전에 초음파를 보러 갔다. 왼쪽에서 두 개의 난포가 아주 잘 자라고 있었다. 시술 예약을 잡고, 타이밍이 알맞아 곧장 난포를 터뜨리는 배 주사와 엉덩이 주사를 맞았다. 시술 시간은 내일 아침 여덟시. 오래 걸리지 않는다고 했지만 꿈의 첫발을 떼는 날이기에 반차 대신 연차를 썼다. 연초부터 급작스레 자리를 비운다고 한소리 들었지만 알 게 뭐람. 우미는 마음속으로 엿을 날리고 다음날 아침 병원에 갔다. 시술이 이뤄지는 지하엔 보호자가 들어올 수 없는 탓에 혼자 있는 여자들뿐이었다. 우미는 문득 유리의 팔목을 떠올렸다. 버진 메리. 성처녀의 공간에 가호가 있길. 마지막으로 신분증 검사를 하고, QR 코드를 찍고, 우미가 원하는 기증자가 유리가 맞는지 두 번 더 확인한 뒤, 최종적으로 지장을 찍었다. 우미는 모든 질문에 고개를 끄덕이며 이렇게까지 진심을 담아 '그렇다'고 대답한 적은 없다고 생각했다.

시술실은 포근한 분위기였다. 은은한 간접등 아래 놓인 개나리색과 상아색의 체크무늬 침구 위에 눕자 의사가 들어왔다. 유리의 정자는 아주 건강하지만, 그래도 첫번째 시도에 바로 성공하는 경우는 드물다고 했다.

"저, 선생님."

우미는 조심스레 손을 들었다. 말을 하는데 입이 바싹 마른 게 느껴졌다.

"어제 깊은 잠을 못 잤는데 괜찮을까요?"

의사가 다 안다는 듯 부드러운 미소를 지었다.

"긴장되시죠. 너무 걱정 마세요. 마음 편히 가지시고요."

별일 아니라고 생각하려 해도 역시 작은 것 하나까지 신경

쓰였다. 떨리는 마음…… 우미는 더 묻는 대신 챙겨온 유리의 포토 카드에 입을 맞추고 머리맡에 두었다.

"다리 벌리시고요…… 조금 이물감이 있을 순 있는데 금방 끝납니다. 힘 빼시고요……"

가만히 눈을 감고 우미는 생각했다. 이걸로 유리에게 얼마가 돌아갈까. 음원을 들으면 6퍼센트, 음반을 사면 2퍼센트 정도 돌아가고, 크고 작은 사진·키링·포토 카드·부채·포스터 따위의 얼굴을 쓰는 상품 수익이 실연자에게 제일 많이 돌아간다고 들었다. 그렇다면 나와 뒤섞이는 이것에 대해서는 얼마만큼의 수익을 얻는 걸까. 유리에게서 나온 거니까 전부 주고 싶다. 수송 비용, 보관 비용, 기타 등등…… 제하는 것 없이 바로 보내주고 싶다. 온전한 대가를, 순수한 돈을, 중간에 누구도 끼어들지 못하게 일대일로 주고 싶다. 우미가 바라는 게 있다면 그 정도였다.

"다 끝났고요. 십 분 있다가 나오시면 됩니다."

의사가 방을 나갔다. 우미는 그대로 눈을 뜨지 않고 시간을 쟀다. 관자놀이를 타고 흐른 눈물이 머리카락을 적셔 축축했다. 우미는 잠시 뒤 눈물을 닦고 어기적어기적 시술실을 나왔다. 병원 1층의 카페에서 치아바타 샌드위치와 캐모마일 티를 사 먹고 집으로 돌아와 아기방에 갈런드를 달았다. 남은 시간 종일 유리의 영상을 보다가 평소보다 일찍 잠자리에 누웠다.

2주 뒤에 우미는 로또에 당첨됐다. 피검사 수치가 805가 나왔다고 의사가 덧붙였다. "1차에 바로 되시는 경우는 드문데. 축하드립니다." 누군가는 임테기 단계에서 눈물이 났다고도 하는데 우미는 심장이 빨리 뛰기만 할 뿐이었다. 물론 기쁘기도 했지만, 그보다 될 일이 되었다는 느낌이 가장 컸다. 물리적으론 일주일 전쯤 배가 아파서 착상통임을 확신했고, 미신적으론 하늘을 날던 용이 손바닥만하게 작아지더니 목구멍으로 쏙 미끄러져 들어오는 꿈을 꾸었던 것이다.

  비용이 덜 들어 다행이지. 만일 2차, 3차까지 갔으면 모아둔 돈이 바닥났을 거다. 그런 안심을 하는 한편 남은 유리의 상품이 다른 여자의 자궁강 내로도 들어간다고 생각하면 아쉬웠다. 돈만 있다면 다 샀을 텐데. 아니면 늦었지만 시위를 나갈까? 지금도 기획사 앞에 모여 있을 팬들 사이에 슬그머니 끼는 거다. 아이돌의 인권을 보장하라! 사생활을 팔지 마라! 아이돌은 물건이 아니다! 비인간적인 처우는 용인되어서는 안 된다! 근데 임신 초기에는 조심해야 하니까 진짜 가지는 못하고 그저 상상만 할 뿐이었고……

  회사에 임신 사실을 밝혔다. 분명 인공수정이라고 했음에도 약혼자에게 버림받았다는 루머가 돌았다. 왜지? 헤어진 남자의 애를 낳는 게 더 평범한가? 납득하기 쉬운가? 우미는 치실로 어금니 사이를 문지르며 곰곰이 생각했다. 상품화되었다고 해도 이런 방식의 인공수정은 '미저리 시술'이라고 불렸고, 〈그것이 알고 싶다〉나 〈궁금한 이야기 Y〉 같은 시사 프로그램의 단골 소재였다. 점심시간에 한번 얘기가 나온 적이 있는데 모두 치를 떨었다.

"아우, 미친년들이지."

"저 건너 건너 아는 사람이 했는데요. 뭔가 좀 이상할 거 같잖아요, 사람이? 근데 겉으론 진짜 멀쩡하게 생겼어요."

"그런 인간들이 존재한다니 소름이 끼친다."

고개를 주억거린 건 분위기를 맞추기 위함이었다. 속내는 그때나 지금이나 같았다. 그런데요…… 좋아하는 남자의 아이를 가지고 싶어하는 건 당연한 마음 아닌가요?

우미는 가글을 뱉고 윗니와 아랫니를 확인했다. 첫 월급을 받자마자 교정한 이는 고르고 희었으며, 뒤엔 말발굽 모양의 장치가 붙어 있었다. 보이지 않는 곳에서 억누르는 힘이 우미의 이를 고르게 만들었다. 우미는 머리카락을 어두운 밤색으로 물들이고 레이어드 커트를 한 거울 속 30대 여자와 눈을 마주쳤다. 입을 크게 벌리자 멀쩡해 보이는 그 여자도 입을 크게 벌렸다. 우미는 눈을 부릅뜨고 그 여자의 목구멍을 빤히 들여다봤다. 사람들이 말하는 미친년이 튀어나오길 기다렸다. 하지만 아무것도 안 보였다. 새끼 용도 없고 그냥 까말 뿐이었다.

모성보호로 업무 시간이 앞뒤로 한 시간씩 줄었으나 사흘

만에 유명무실하다는 걸 알았다. 애를 가진 거지 일이 줄어든 건 아니었기에 자리를 비울 수 없었다. 다섯시에 퇴근 카드를 찍고 마우스를 움직이다보면 이전과 똑같이 열시, 열시 반이 됐다. 이 정도는 아무것도 아니지. 애를 키우는 건 싸움이니까. 그리고 우미에겐 싸울 용기가 있었다. 지독한 몸의 통증도 이를 악물고 참았다. 출근할 때마다 24시간 설렁탕집의 역겨운 누린내를 피해 한 정거장 일찍 내려 걷는 것도, 축축한 하반신도, 가슴 통증도 전부 참았다. 오히려 우미는 변화를 긍정적으로 받아들였다. 삼킬 수 있는 게 과일뿐이라는 걸 깨달은 후엔 포도 한 알을 톡 터뜨려 달콤한 즙을 천천히 음미하는 법을, 이름도 예쁜 설향 딸기의 시원한 감미가 도는 가운데 흰 부분을 공들여 핥는 법을 배웠다. 모과에 코를 대고 흠뻑 숨을 마셨고, 책상 위에 폭탄처럼 레몬을 두었다. 털투성이 공 모양의 코코넛, 모자이크화 속 무어인 공주가 귀와 머리에 달고 있던 장신구 같은 석류, 작은 새의 눈처럼 까맣게 빛나는 씨를 뱃속에 품고 있는 노란 파파야의 화려한 생김새를 즐겼다. 눈에도 혀가 달리고 이가 달렸다. 지켜보는 일만으로 영양을 흡수하는 건 본래 우미가 살아오던 방식이어서, 우미는 이 탐닉을 기꺼워하는 아이를 느끼며 그가 영리하게도 자기 출생의 비밀을 아는 모양이라고 생각했다. 우미와 아이 두 사람은 틈이 생기면 빈 카트를 끌고 백화점 지하를 거닐었다. 바다 건너에서, 전국 각지에서 모인 신선한 과일을 눈으로 따먹었다.

엄마와 회사를 빼고 가장 먼저 소식을 전한 건 은정이었다. 열네 살에 만난 20년 지기 친구는 우미가 말을 끝내자마자 물었다.
"너네 엄마가 뭐라고 안 하시던?"
"우리 엄마 알잖아. 손주만 볼 수 있으면 그만이래."
은정은 이해한다는 듯한 눈빛을 보냈다. 우미를 향한 엄마의 유난스러운 사랑은 이미 오래전 우미의 유전자를 보존해야겠다는 결론에 도달했다. 학원 한번 안 보냈는데 좋은 대학에 간 똑똑한 딸. 대학 4년 내내 10원 한 장 타 쓴 적이 없는 딸. 바늘구멍보다 좁다는 대기업에 입사해서 다달이 용돈 보내주는 딸. 사고 한번 친 적 없는 얌전한 딸. 어떻게 내 뱃속에서 이런 자식이 나왔나 싶게 놀라운 딸. 그런 딸이 자신과 똑 닮은 자식을 낳아서 엄마로서의 행복을 누리는 건 당연한 수순이었다. 그런데 왜 남자친구가 안 생기지? 내가 제 아빠랑 잘 사는 모습을 못 보여줘서 그런가? 차마 엄마가 입 밖으로 뱉지 못했던 죄의식은 우미가 아이를 가짐으로써 씻겼다. 그래도 애가 자기 피를, 내가 물려준 내 피를 끔찍하게 생각하는 건 아니었구나. 게다가 남들에게 부끄럽지 않게 설명하기 좋은 롤 모델도 있었다. 사유리 알지? 요즘 젊은 애들 사이에서 그런 게 유행이더라고. 우리 때랑 달라. 요즘 애들은 야무져서 남자한테 기대지 않고 살아……

"아는 사람 지인이 했단 얘긴 들었는데 실제로 하는 사람 처음 봤다."

은정이 아이스커피를 쪽 빨아 마시고는 말을 이었다.

"하긴, 근데 내 주변에선 할 사람이 너밖에 없긴 하다."

은정은 우미가 연애 한번 하지 않고 아이돌에만 미쳐 살았다는 걸 누구보다 잘 알았다. 고등학생 때 두 사람은 같은 아이돌 그룹에 열광했다. 그후 성인이 된 은정에게 길고 짧은 인연이 일곱 번 스쳐가는 동안 우미는 늘 혼자였다. 그걸 눈이 높다고 해야 하나? 여전히 소녀처럼 환상에 젖어 현실에 발붙이지 못하고 사는 친구가 가끔은 정신 나간 것처럼 보였고, 솔직히 한심하다고 생각한 적이 대부분이었다. 그런데 오늘 얘기를 들으니 우미와 자신이 완전히 다른 종족이라는 걸 인정할 수밖에 없었다.

은정은 우미의 방에 붙은 유리의 브로마이드를 떠올렸다. 우미가 그 안에 손을 집어넣어 다른 차원에 있던 유리를 끄집어내는 장면을 상상했다. 결국 해낼 줄이야. 아니, 아무리 그래도 이런 길을 택하나? 연애 경험 없는 거야 알고 있고, 가끔 야한 얘기를 할 때도 불편한 얼굴로 우물쭈물하던 걸 보면 남자 경험도 없는 거 같은데 애가 좀…… 극단적이었다. 사랑은 마음먹기에 달린 건데. 적당한 사람을 만났다면 이런 미친 선택은 안 할 수도 있지 않았을까? 여러 생각이 들었지만 당사자 앞에선 내비칠 수 없어 간신히 던진 질문이 이거였다.

"그거 꽤 비싸다던데. 모아둔 돈 다 쓴 거 아냐?"

"그건 아니고."

질문을 받은 우미는 고개를 저었다. 적금을 깬 건 맞는데, 어차피 유리를 쫓아다니며 썼을 비용을 따지자면 비싼 것도 아니었다. 자잘하게 앨범과 굿즈를 사 모으는 것도 다 지출이고 해외 투어 콘서트는 휴가를 긁어모아 꼭 따라가는 편이었으니 앞으로 5년만 더 유리를 사랑한다고 가정해도 오히려 이쪽이 가성비 좋았다. 이사할 때도 앨범은, 와, 진짜 손쓸 수 없는 짐이었는데 아이는 달랐다. 포장할 필요 없고, 자기 발로 트럭에 올라탈 수 있고, 추가 비용 0원! 게다가 앞으로 25년은 낡고 닳고 시들어가는 대신 성장하며 아름답게 개화할 테고, 그걸 보는 동안 예상치 못한 자극이 가득할 것이다. 우미는 이제껏 그런 굿즈를 가져본 적이 없었다.

"그러니까 후회 안 해."

"대단하네."

은정은 얼음을 건져 씹으며 자신의 일상을 떠올렸다. 남편과 둘이 영혼까지 끌어모아 마련한 전셋집, 나란히 누우면 꽉 차는 거실, 가끔 엄마라고 불리는 상상을 하지만 인간 하나를 더할 여력이 없는 빠듯한 생활을 떠올렸다. 대단하네, 라니. 부러움과 비아냥이 섞인 자신의 말을 곱씹으며 은정은 웃었다. 현실의 다양한 갈래에서 최선의 선택을 하며 살아왔다고 자부했지만 우미는 아예 경우가 달랐다. 장애물이 나오면 우회 루트를 찾는 게 아니라 그걸 직선으로 뚫고 갔다. 세상은 욕심 있는 사람에게 다 주는구나. 나는 부러워. 네가 미친년이라서. 기필코 원하는 남자의 애를 낳겠다고 그 지랄 한 것도, 그 돈 버는 것도 부러워.

그러나 우미는 대단하단 말에 담긴 복잡한 심경을 눈치채지 못하고 남들도 다 하는 일인데 뭐, 라며 이상하게 겸손한 태도를 취했다. 아니, 애를 낳는 게 문제가 아니라…… 은정은 헛웃음을 삼켰다. 됐다, 늘 이렇다니까. 얘는 바보라서 이런 걸로 화를 내면 나만 좀스러운 년이 된다. 한 번은 알아채라, 좀. 20년 동안 싸운 적 없는 친구라는 게 말이 되냐? 나만 패배하는 기분이라는 게? 은정은 빨대 포장지를 갈가리 찢으며 말을 돌렸다.

"아들인지 딸인진 언제부터 알 수 있는 거야?"
"아들이야."
"벌써 알 수 있어?"
"아니, 그냥 알아."
네가 아들을 원하는구나? 아주 확신에 찬 말투여서 "네가 그렇게 느끼면 그런가보지" 외에는 할말이 없었다. 아무리 둔한 우미라도 이번에는 속에 든 뾰족한 가시를 알아챌 것 같아 급하게 덧붙였다. "그런 건 엄마가 제일 잘 안다고 하니까."

우미는 긍정도 부정도 하지 않았다. 짧은 침묵. 은정은 공백을 참지 못하고 이 사실을 아는 사람이 또 있느냐고 물었다. 그러자 친구 중엔 은정이 네가 처음이라며, 대학 동기들은 모른다는 답이 돌아왔다. 그 말에 은정은 묘한 만족감을 느꼈다. 은정이 우미와 관계를 유지하는 건 우미가 결정적인 순간에 친구로서 은정을 제일 좋아하고 의지한다는 걸 보여주기 때문이었고 은정은 그런 것에 약했다.

만족스럽다는 듯 미소를 띤 은정을 보며 우미는 마지막 대학 동기 모임을 떠올렸다. 서른을 넘겼는데도 넷 중 셋이 월 200을 간신히 넘겨 받았다. 쌓아봤자 물경력. 도시 빈민의 기로에 선 여자들 사이에선 앓는 소리만 나왔다.

그래도 서울에 있는 대학 나왔는데 이게 말이 되냐? 근데 솔직히 민속학과 나와서 할 게 없긴 하지. 탈춤 줄 것도 아니고. 무용과도 아닌데 웬 탈춤. 야, 무용과는 시집이라도 잘 가지. 민속학과는 씨발, 뭐 있냐? 향이 언니는 어떻게 삼성 갔대? 그 선밴 경영 복전했잖아. 사랑 선배는 뭘 하길래 맨날 유럽에 있어? 그 선배 원래 부자야. 맞다, 너네 중에 유선이랑 연락하는 애 있어? 걔 고향 내려가서 공무원 할걸? 걔도 공무원이야? 진짜 공무원 말고 할 게 없구만. 아니, 할 거 있는데 우리만 모르는 걸 수도 있지. 다 이러고 살진 않을 거 아냐. 야, 우미 넌 전과하길 진짜 잘한 거야. 우린 미래가 없어. 우리 팀 대리는 퇴근하고 코딩 학원 다녀서 이직했는데 나도 코딩 배울까. 그것도 체력이 있어야 하지. 기르면 되지. 수영 어때? 내 친구 구청에서 하는 체육센터로 수영 다니는데 좋다더라. 그런 덴 물이 좀 지저분하지 않아?

그럼 다라이에 물 받아놓고 발이라도 휘저어…… 싫은 소리 하고 싶은 걸 꾹 참고 헤어진 뒤로는 연락할 마음이 안 들었다. 더구나 아이를 낳을 거라고 하면 돌아올 말은 뻔했다. 혼자 힘들지 않겠어? 누가 같이 키우는 게…… 비꼬는 게 아니라 진짜 걱정인 건 알았다. 근데 그런 걱정이랄까, 패배자의 사고 자체에 전염되고 싶지 않았다. 우미에겐 개천 용 특유의 자기 확신이 있었다. 쉬운 일은 아니지만 나는 이겨낼 거다. 이애도 잘 자랄 거다. 대학 동기들은 징징대기만 할 줄 알지 이런 확신을 이해 못했다. 그래서 은정한테만 말한 거였다. 20대에 가정을 이룬 친구에게는 안정감이 있었다. 싫은 소릴 침처럼 내뱉는 법이 없었다. 한결 기분이 나아진 둘은 산후조리원을 열심히 고르고 헤어졌다. 다음에 보자며 지하철역 앞에서 손을 흔드는 은정을 보고 우미는 생각했다. 역시 은정은 다르다. 옛 친구만이 줄 수 있는 위안이 있다.

각자의 준비를 하던 우미와 유리 중에 먼저 산통을 겪고 결과물을 내놓은 건 유리였다. 새 미니 앨범 공개일과 음악 프로그램 녹화 일정이 잡히자 덩달아 우미도 바빠졌다. 쏟아지는 인터뷰·유튜브·예능·잡지 촬영·매일 올라오는 쇼츠 등등 놓치는 게 태반이었지만 딱 하나, 사인회 일정만은 빠뜨리지 않고 살폈다. 대면과 영상통화 중 고민할 것도 없이 대면을 선택했다. 아이돌을 오래 좋아했어도 팬 사인회 응모는 처음이었다. 어릴 땐 돈이 없었고 벌기 시작한 다음엔 할말이 없었다. 아무리 쥐어짜도 노고가 많으십니다…… 외엔 무슨 말을 해야 할지 몰랐다. 그게 초면인 인간에게 우미가 갖출 수 있는 최대치의 예의였다.
 물론 인간 대 인간이 아닌, 남자와 여자로 접근하면 좀 달랐다. 다른 멤버는 몰라도 최애 앞에선 남녀의 역학이 작동되기 마련이었다. 열 살만 어렸으면 저 몇 살처럼 보여요? 라거나 저 무슨 일 할 거 같아요? 라고 묻고 승무원이나 필라테스 강사 같은 답을 바랐을지도 모른다. 하지만 우미는 여자로서 자신감이 없었고, 자신이 남자로서 사랑하는 상대 앞에서 여자로 보이려고 애쓰다가 패배하는 걸 감당할 만큼 맷집이 좋지도 않았다. 정말, 정말 운이 좋아서 최애가 나를 여자로 봐준다 해도 그건 미친 여자가 되는 지름길이었을 것이다. 붕괴!

파괴! 그런 앞날밖에 상상할 수 없었는데, 이게 참, 나이 덕이라고 해야 할까. 세월이 우미를 미개봉 중고로 만들어준 탓에 용기를 낼 수 있었다. 미남 공포증은 여전했지만 어쨌든 아이에게 아빠 얼굴 한 번은 보여줄 필요도 있었다.

대략적인 당첨 커트라인에서 안전을 위해 넉넉히 앨범 스무 장 정도를 더 사자 당연하게 당첨이 됐다. 당일엔 반차를 쓰고 숍에 갔다. 이벤트 홀에 사인회가 진행될 단상이 놓여 있고 그 맞은편으로는 대기석이 마련돼 있었다. 번호 순서대로 대기석에 앉았다. 옆 사람은 젊다기보다 어린 여자애였다. 통통하고 앉은키가 작았다. 키가 크고 깡마른 우미와는 정반대라 나란히 앉은 꼴이 어쩐지 우스웠다. 여자애는 달라붙는 옷을 입어 드러난 우미의 배를 신기한 듯 훔끔댔다. 우미는 고개를 꼿꼿이 세우고 앞을 보다가 충동적으로 고개를 돌렸다.

'만져볼래?'

뇌가 망가진 군인이 타국의 어린애 앞에서 잔인한 심술을 부리듯.

'느껴봐. 이게 생명이야.'

순전히 머릿속으로만, 그렇게 말을 걸었다.

기실 여자애는 옆자리 아줌마 따위엔 관심이 없었다. 그는 거대한 쇼핑백에 손을 넣어 천사 링과 천사 날개와 천사 화살과 영원히 시들지 않는 가짜 분홍 장미로 엮은 화관을 정리한

다음 가방을 열더니 수정 화장을 시작했다. 메이크업포에버의 파우더를 두껍게 내린 앞머리 위에 펴 바르고, 끝을 부러뜨린 꼬리빗으로 앞머리를 빗고, 다시 파우더를 펴 바르고, 머리카락을 진짜 한 올 한 올 정리하고, 가방을 다시 뒤적이더니 겔랑의 누아 G 마스카라를 꺼내 이번에는 속눈썹을 한 올 한 올 칠하고 디올 립글로스를 꺼내 발랐다. 그걸로 끝인 줄 알았는데 다시 파우더를 꺼내 바르고, 아니, 그럴 바엔 고정을 시키지? 싶게 빗으로 또 한 가닥 한 가닥 빗기를 무한 반복했다. 내가 쟤였다면 밖에서 거울 오래 못 볼 거 같은데. 시니컬하던 우미의 시선이 시간이 지날수록 점점 부드러워졌다. 보다보니 기세가 있어서 예뻐 보였고, 그애의 나르시시즘이 납득됐다. 쟨 자기가 뚱뚱하다고 굶을 생각 하진 않을걸. 엽떡 먹고 매운 닭발에 치즈 추가해서 주먹밥을 둘둘 말아 먹고 빙수도 먹고 탕후루도 먹고 즐겁게 살 테지. 그러니까 이런 데 올 수 있었겠지. 아르바이트해서 모은 돈으로. 뻗치는 자신감과 에너지로. 진짜 열심히 살았겠네. 부럽네. 그렇게 남자 앞에 서는 걸 두려워했던 순간이, 여자로 평가하는 눈빛과 마주치면 등골이 오싹해져 움츠리고 다녔던 자신의 20대가 생각나 슬퍼졌다. 거기에 대한 반발로 미소년을 사랑하게 된 건지도 모른다. 그렇게 인이 박여버린 높은 미적 기준이 거꾸로 자기 자신을 슬프게 했다. 스스로를 사랑할 수 있는 기회를 놓쳐버렸고, 그

기회는 앞으로도 오지 않을 것이다. 진짜 비참하지? 그런데 이렇게 비참한 내가 사랑할 수 있는 아이를 가졌다는 건 얼마나 행운인가. 다른 누구도 아닌 유리의 아이를.

차례가 가까워졌다. 우미는 줄을 섰다. 크게 부르지도 않은 배를 손으로 받치고 단상 위에 올랐다. 유리는 다섯 멤버 중 맨 마지막 순서였다. 다른 네 명의 사인을 해치우듯이 받고 심호흡을 하며 유리에게 다가가는데 다리가 휘청했다. 손을 흔들던 유리가 몸을 반쯤 일으켰다.

"아이고, 아이고. 조심하세요."

우미는 현기증으로 일렁거리는 눈을 두 번 깜빡였다.

"괜찮으세요?"

"아, 잠깐 현기증이 나서. 감사합니다. 정말 괜찮아요."

다가오던 매니저가 다시 뒤로 물러났다. 우미는 단상에 마련된 의자에 앉았다. 마음에 성벽을 세웠는데, 단단하게 쌓았는데 앞이 흐릿했다. 안 울기엔 너무 아름답잖아. 눈앞의 너의 얼굴은. 걱정스러운 표정의 유리는 실제로 보니 입체감이 넘쳐서 살아 있는 인간 같았다. 너 진짜 살아 있는 인간이네. 인간이었네. 나 진짜 너 사랑하는데. 사랑하는 네가 인간이었다니. 그걸 모르고 있었다는 생각이 이제야 들었다. "임신하신 거예요?" "네." "오셔도 괜찮은 거예요?" "응, 위험한 시기는 넘겨서 남편이 허락해줬어요. 저기 어디 있는데."

대충 이벤트 홀 바깥을 가리켰다. 몰린 사람들 뒤쪽에서 얼쩡대던 남자가 손을 흔들었다. 유리는 보는 사람이 놀랄 정도로 다정한 표정을 지었다.

"아, 진짜네. 기쁘다. 정말 축하드려요."

우미가 사랑해 마지않는 사르륵 녹는 미소. 우미는 일어섰다.

"한번 만져볼래요? 만져도 돼요."

그래도 되나? 등뒤의 매니저를 향해 힐끔대는 눈빛. 우미는 웃었다. 이래서 좋은 거야. 겉보기에 멀쩡하다는 게. 구호 원피스를 입고, 귀에는 말발굽을 닮은 페라가모 간치니 귀걸이를 하고, 무엇보다 왼손 네번째 손가락에 부쉐론 콰트로 클래식 링을 낀 여자. 너무 졸부 같지도 않고, 적당히 상식 있어 보이는데다 조잡스러운 소품을 착용해달라고 하거나 애교를 시키거나 무리한 부탁을 해 본전 뽑아낼 생각 없고, 단지 유리가 일상의 행복이 되어주는 것에 감사 인사를 전하기 위해 경험 삼아 온 밤색 머리의 여자. 아니, 그딴 것보다 남편이 기다리고 있는 여자. 특히 마지막이 자신을 정상으로 보이게 한다는 걸 우미는 알았다. 어이없지. 저게 제일 싼데.

매니저가 고개를 끄덕였다. 눈치를 보던 유리가 조심스레 손을 얹었다.

"와."

신기해하는 얼굴. 감격한 얼굴. 등뒤에서 찰칵찰칵대는 소음이 커졌다. 이 순간은 '임신한 팬분이 신기한 유리ㅜㅜㅜ'나 '출생률 올리려는 정부의 프로파간다' 따위의 코멘트가 달려 박제될 것이다. 저 풋내나는 얼굴이 아기를 신기해하는 초보 아빠나 조카 탄생을 기다리는 삼촌으로 해석되어 물고 빨릴 것이다. 고전적 미남인 거랑 나이들어 보이는 건 다른데 유리를 아저씨, 삼촌이라고 부르는 어린 팬이 많았다. 자기들이 은교가 되고 싶다, 이거지. 실제 아저씨를 한번 보여줘야 하는데. 우미는 앞 광대에 도톰하게 살이 오른 작은 얼굴을 보며 말했다.

"너처럼 예쁜 아기 낳고 싶어서 태교할 때 영상 많이 봐."
"와, 진짜요? 영광이다. 딸이에요, 아들이에요?"
"아들."
"이름은 지으셨어요?"
"아직. 태명은 있어요."
"뭐예요?"
"2세."
"오, 뭔가 세련됐다."

시간 됐어요. 매니저가 부드러운 목소리로 말했고, 아, 잠시만요, 유리가 고개 숙여 그제야 사인을 한 뒤 건넸다. 앨범을 챙겨 단상을 떠나는 우미의 등에 대고 유리가 외쳤다. "누나, 오늘 와줘서 고마워요!" 두 손을 흔들어주는 유리를 향해 우미도 손을 흔들었다. 계단을 내려와 제자리에 돌아왔다. 그제야 손이 떨렸다. 참았던 눈물 한 방울이 흘렀다. 고마워. 이걸로 나 평생 치 사랑을 받았어. 받는 것도 눈부시게 좋다는 걸 알았어.

유리와 멤버들이 떠났다. 자리에서 일어나는 사람들과 섞여, 우미는 오늘의 순간을 천천히 복기하며 펜스 밖으로 나갔다. 남자가 다가와 부축하듯 가볍게 팔짱을 꼈다. 그 상태로 지하 주차장까지 가 우미는 운전석에, 남자는 조수석에 올라탔다. 우미는 지갑을 꺼내 현금을 건네며 생각했다. 분명 멀쩡한 남자로 넣어달라고 했는데. 멀쩡함의 기준이 다른가?

"고생하셨습니다."

인사를 했는데도 남자는 미적거렸다. 우미는 안전벨트를 풀고 밖으로 나가 조수석 문을 열었다.

"조심히 가세요."

배부른 여자의 매너에 남자는 어쩔 수 없다는 듯 물러났다. 찜찜한 표정으로 돌아서는 뒤통수를 노려보며 우미는 속으로 욕했다. 내가 널 왜 태워주냐? 개새끼. 인생 편하게 살려고 하네. 지상의 주차장 입구에 아직 여자애들이 모여 있었다. 기다릴 걸 그랬나? 문득 후회했다가 금방 고개를 저었다. 일을 마쳤으니 유리도 좀 쉬어야 했다.

오랜만에 밤 운전을 하니 피곤했다. 씻고, 케일과 바나나를 넣은 스무디 한 잔을 만들어 마셨다. 핸드폰을 들어 심부름 업체 후기란에 별점 세 개와 한 줄 평('어중간합니다')을 남긴 다음 쌓인 메일 몇 개를 쳐내고 침대에 누웠다. 모든 것이 준비된 상태, 완전히 경건한 마음과 깨끗한 손으로 다시 앨범을 펼쳤다. 멤버들에게 사인받던 순간을 복기했다. 임신부가 된 이래, 아니, 태어난 이래 젊고 꾸민 남자들에게 제일 관심받고 대접받은 하루였다. 물론 성적 긴장감이 제거된 융숭한 대접이었지만, 그게 어디냐. 내가 그냥 여자였으면 그러지 못했을 거야. 내가 그애들을 남자로 보지 않아서 가능하기도 했고. 그 돈을 내고 갈 정돈 아니지만 즐거웠다. 그리고……

우미는 괴로움과 슬픔이 벌레처럼 우글거리는 하수구 뚜껑을 열었다. 마음을 단단히 먹고 유리에게 사인받은 페이지를 폈다. 환하게 웃는 유리의 얼굴 위로 호쾌하게 서명이 되어 있었다. 우미는 입을 비쭉 내밀었다. 왜 여기다 한 걸까. 속상하게. 사진 속 얼굴 한가운데에 떡하니 그어진 유성펜 자국을 우미는 매만졌다. 수만 번, 수십만 번 인쇄된 사진이다. 스치는 바람만큼도 유리의 피부를 벗겨내지 못한 복제품이다. 그래도 유리의 얼굴이다. 이 한 장마저 아끼고 싶다. 언젠간 쓰레기가 되더라도 내 손이 닿는 동안만은 귀하게 여기고 싶다.

우미는 유리와의 대화를 떠올렸다. 그의 눈빛을, 손을, 입체감을 지닌 얼굴의 윤곽을 떠올리며 속지를 매만졌다. 그러다 문득 페이지를 넘겼고, 몰래 적힌 글자를 보고 펑펑 울었다. 거기엔 요청하지 않은 추신이 있었다.

P.S. 우미 누나~♡
이새 건강하게 나으세요!

❖

배가 눈에 띄게 나오기 시작했다. 제일 살쪘을 때 수준을 넘어선 지는 이미 오래였다. 호르몬의 변화라는 말이 주는 애매함이 아닌, 한 몸에 정말 두 사람이 살고 있다는 실감이 났다. 2세가 아닌 이새라는 이름을 갖게 된 아이에게 소리 내어 말을 걸고 대화하게 됐다.

우미는 친구가 적었다. 말주변도 없었고, SNS를 하지도 않았다. 그래서 그동안은 속으로만 하던 생각들을 왕의 필경사가 먼 미래를 등에 업고 써내려가듯이, 마법사가 최면에 걸린 미녀의 귀에 속삭이듯이 이새와 나눴다. 네 아빠 오늘 화장 이쁜데? 숍 바꾸길 잘했다. (자체 제작 콘텐츠를 보고) 아니, 뭐 저딴 게임을 시켜? 저러다 허리 다치면 어쩌려고. (유튜브 예능에서 한 짧은 콩트를 보고) 역시 아직 연기는 아니다. 아이돌이 체질이다. (윤종신의 〈You Are So Beautiful〉을 들려줌)

엄마가 완전 네 아빠 주제가 찾았어. 들어볼래? 네 아빠는 무조건 뒷머리 쳐야 하는데 왜 자꾸 기르지? 눈빛 봐. 보통 애가 아니라니까. 저러니까 입사하고 한 달 만에 춤 1등을 해서 포상으로 할머니랑 제주도 여행 다녀왔지. 너네 아빠 대단하지, 그렇지?

데뷔 2주년 기념으로 기획사에서 제작한 자체 콘텐츠를 보곤 울었다. 미래가 불투명한 연습생 기간. 8인조에서 7인조로, 결국엔 5인조로. 그런 식으로 흩어지고 찢어지면서 인생이 다른 사람의 손에 달려 움직이는 일을, 불합리하지만 결과적으론 받아들일 수밖에 없는 일을, 그후로도 극명하게 삶의 궤적이 바뀌는 일을 유리는 겪었고 견뎌냈다. 게다가 유리는 지금 기획사에서만 연습한 성골 출신도 아니었다. 전에 다니던 중소 기획사가 도산하고 스무 살이 넘어 회사를 옮겼다. 자기보다 어린 데뷔 조 멤버나, 그늘 없는 연예인 2세나, 밤 열시면 마중나온 엄마의 폭스바겐에 올라타는 연습생들을 보며 혼자 상경한 군산 출신의 유리는 어떤 생각을 했을까? 잘 알려진 과거사임에도 막상 눈으로 보니 감정 조절이 안 됐다. 어쨌든 지금 얘들은 성공했는데. 잘 굴리면 5년 뒤엔 서울에 건물 하나는 살 수 있을 텐데! 그렇게 오염될 텐데! 감정적인 연출 때문에 눈물이 났다. 우미는 콘텐츠팀을 탓했다. 미친 개또라이 회사. 한 먹이고 있어, 진짜…… 우미는 티슈를 뽑아 콧물을 닦왔다. 울어서 미안해. 근데 엄마 슬픈 게 아니라 아빠한테 고마워서 이러는 거야. 저렇게 고생해서 엄마 만나러 온 거잖아. 그게 고마워서 그래.

이새는 벌써부터 우미의 좋은 친구가 되어줬다. 지루할 틈 없이 공부할 걸 만들어줬다. 공부는 다치지 않고 세계를 넓히는 가장 쉬운 방법이었고, 우미는 알에서 갓 깨어난 새처럼 눈에 보이는 걸 다 쪼아먹었다. 막 입덕한 것처럼 맘 카페를 들락거리며 기쁨과 슬픔에, 그다지 즐겁지만은 않은 순간에 대해 공감했고, 불안을 나눴고, 이 여잔 진짜 미친 여자네……라고 욕도 했다. 아들 엄마와 딸 엄마의 신경전. 잘사는 사람과 아닌 사람의 신경전. 우미는 보이지 않는 피가 흐르는 다툼을 황제처럼 높은 자리에서 떨어져 관찰했다. 다 바보 같다. 그치? 자식 위한다고 하지만 결국 다 자기만족을 하려는 여자들뿐이었다. 불쌍한 사람들 같으니. 우미는 배를 쓰다듬으며 말했다. 넌 나의 구원투수가 될 필요 없어. 받으려고 자식을 낳는 사람도 있지만 난 아냐. 주는 건 내가 할게. 내가 널 지켜줄게.

그럴 자신이 없었으면 애초에 시작하지도 않았다. 우미는 겁이 많았고 확신이 없으면 움직이지 않았다. 남이 볼 땐 난관이라도 그가 된다고 판단한 일은 됐다. 입학도, 취업도, 집을 사는 것도 어깨 높이의 열매를 따듯 쉬웠다. 이새를 낳는 일도 비슷했다. 3.4킬로그램의 남아는 손가락, 발가락이 열 개 다

달렸고 아주 건강했다. 우미는 한 번 기절했다 깨어나긴 했어도 어쨌든 자연분만했다.

 은정이 산후조리원에 방문했을 때도 우미는 얼굴은 거칠어도 눈에 힘이 있었다. 은정이 준비한 아기 옷과 루즈 디올을 내밀자 우미는 무척 기뻐했다. 몇 번씩 손바닥만한 옷을 갰다 펼치며 만지작거리고, 각질이 일어난 입술에 립스틱을 살살 펴 발랐다. 거울을 보던 우미의 손이 멈췄다. 그리고 참지 못하겠다는 듯 입술을 비죽댔다.

 "은정아, 유리가 실은 유복자다."

 "……"

 "아버지는 사고로 돌아가시고, 어머니가 서른네 살 때 혼자 유리를 낳으셨대. 23년 전에."

 "……"

 "나도 지금 서른넷이다? 그리고 낳았어."

 "우미야……" 은정이 말을 끊었다. 도대체 어디서부터 시작해야 하는지 막막했지만 침을 삼키고 입을 뗐다. "우미야, 놀라지 마. 놀라지 말고 들어. 네 아기……"

 "왜. 뭐가, 뭔데?" 우미의 눈빛이 순식간에 변했다. 있을 수 있는 여러 가지 사고가 우미의 눈앞을 스쳤다. 입술이 빠르게 달싹였다. "왜?무슨일인데?간호사가뭐래?아니말하지마안돼안돼안돼" "아, 아냐. 오해하지 마." 은정이 손을 저었다. "아니야, 무슨 일 생긴 거 아니야. 건강해. 아주 건강해. 아기한테 문제는 없어. 아주 튼튼해."

"그럼 뭔데? 뭘 말하려고 하는 건데?"

은정은 두 손을 빨래 쥐어짜듯 모았다. 어떻게 말할까, 고민하다가 자기 입으로 뱉는 대신 남의 말을 전달하는 것을 택했다. 리모컨을 들어 TV를 켰다. 뉴스 채널로 돌리자 때마침 중년 남자의 얼굴이 나오고 있었다. 우미는 머리맡을 더듬어 안경을 썼다. 의사 출신의 여당 정치인. 차차기 대선 주자로 거론된다고 하던가. 롤 모델이니 젠틀한 중년이니 힙한 정치인 열풍의 선구자라면서 그의 스타일 따위를 칭송하는 홍보 방식을 보고 우와, 진짜 징그럽다고 생각했다. 그런데 저 사람이 왜?

그냥 봐봐, 라는 표정으로 은정이 입술을 깨물며 우미의 눈치를 살폈다. 조용한 입원실. 서서히, 아나운서가 하는 이야기가 귀에 들려오기 시작했다. 정자 바꿔치기 논란…… 아이돌의 유전자를 판매한다고 내걸고 실제로는 정자 기증을 희망하는 일반인 남성 추려…… 케이팝 열풍에 힘입어 범국가적으로 추진되었던 이 사업은…… 장관이 기증자 리스트에 올라 논란…… 애초에 판매 자체가 말이…… 그렇지만 아이돌은 사실상 공공재와도 같은…… 최소한의 선이 있어야…… 기증자 대부분은 사회적으로 성공한…… 일부 기증자는 명문 의대의 실험 팀으로…… 좋은 두뇌 좋은 유전자…… 이전에도 노벨상 수상자의 정자를 보관하는 사설 정자은행이…… 장관은 거시적인 안목으로 인류의 발전을 도모하려 한 것이라고 주장해……

무슨 말인지 잘 모르겠어. 우미는 핸드폰을 켜 뉴스난에 들어갔다. 홍수처럼 쏟아지는 댓글은 더 해독하기 어려웠다.

오빠한테 오면 공짜로 박아줬을 텐데 도태녀들 가지가지ㅋㅋ

그래도 사기 아닌가? 1억을 넘게 줬다는데

ㄴ 너 여자지?

　니 새끼 낳기 VS 1억 내고 아이돌 새끼 낳아서 독박육아

ㄴ 밸붕 ㄷㄷ

ㄴ 이런 얘기는 왜 함 어차피 여기 있는 새끼들 전부 입뺀인데……

간호조무사가 들어왔다. 이우미 산모님, 젖 먹일 시간입니다. 아기 안아주시고요. 우미는 반사적으로 아기를 안았다. 천에 싸인 아기. 폭신하고 따끈한, 빵 같은 아기.

빵!

가만히 넋을 놓고 있는 우미를 대신해 간호조무사가 아기의 머리 위치를 조정했다. 아기가 젖을 빨기 시작했다. 살아남으려는 듯 열심히 오물댔다. 배를 채운 아기를 다시 간호조무사가 데려갔다. 은정은 조심스레 입을 뗐다.

"괜찮아?"

뭐가? 하는 눈빛의 우미에게 은정은 다시 말을 건넸다.

"아기가……"

"내 아기야."

"응."

"내 아기야."

단호한 말투였다. 은정은 안심했다. 울고불고 난리를 피울 줄 알았는데 진짜 엄마가 되었구나. 역시 제 배 아파 낳으면 모성이 생기는 거야. 그게 누구의, 어떻게 만들어진 아이일지라도. 근원적으로 자식은 엄마의 것이다. 비록 성은 아빠를 따르더라도 자기 배 아파 낳는 건 못 이기는 거다. 다행이다. 다행이라고 은정은 생각했다.

❖

반년 뒤. 우미는 시장을 걷고 있다. 아기띠를 매고 천천히, 어물전 앞에서 마른오징어, 미역, 옥춘 따위를 구경했다. 분식집에서 어묵꼬치 하나를 들자 주인이 말렸다. "좀 이따 사진 찍는다고 해서. 포장은 되는데." 그러고 보니 검은 옷을 입은 남자들이 여기저기 보였다. 아마 경호원일 테지. 겁먹은 눈빛으로 살짝 뒤로 물러서자 바로 곁에 있던 경호원의 눈길이 한결 부드러워졌다. 우미는 그 짧은 순간에 그가 자신에 대한 판단을 마쳤다는 걸 알았다. 하나로 낮게 묶은 머리. 보풀이 인

밤색 카디건과 뉴발란스 574. 기미를 가리기 위해 살짝 덧바른 파운데이션. 무엇보다 왼손 약지에 낀 반지. 평범한 여자다.

우미가 물러난 타이밍에 맞춰 그 남자는 다가왔다. 상인들의 손을 잡으며 인사를 하다가 분식집 앞에서 멈췄다. "사장님, 여기서 먹고 가도 되나요." 사장은 기다렸다는 듯 꼬치를 건져 멜라민 접시에 담아 건넸다. 남자가 웃으며 기다란 어묵을 씹었다. "국물 떠먹게 컵도 좀." 사람 좋게 너스레를 떨었다. 그런 남자의 모습을 보다가 우미는 입을 크게 벌렸다. 뱃속 깊숙이 숨어 있던 미친년이 목구멍으로 기어나왔다. 그 여자는 피를 통하지 않고도 전수된 미친년의 비기를 썼다.

비명 지르기.

악! 소리를 지르는 것과 동시에 경호원이 몸을 틀었고, 순간 남자와 눈이 마주쳤다. 그것만으로 우미는 그 남자가 우미의 정체를 알아챘다고 확신했다. 감정을 숨기려는 흐리멍덩한 눈빛이 팽팽한 기대와 긴장과 혐오가 어린 눈빛으로 바뀌었기 때문이다. 혼탁하고 더러운 눈이었다. 보자마자 우미는 남자의 뇌 속 극장에서 자신이 경험한 오 분의 시술이 강간 포르노로 뒤바뀌어 상영되는 중임을 알았다. 그가 우미를 정복했다고 여기는 걸 알았다. 뒤이은 상영작은 가난한 정부가 아이를 내세워 동정을 구하는 삼류 멜로일 것이다. 당신 아이예요. 한 번만 안아주세요. 꺼져! 그런 더러운 아일! 우미는 이어질 영화를 무대예술로 바꾸기로 했다. 무대예술의 진정한 묘미는 예기치 못한 사건이 벌어졌을 때 발생한다. 우미는 손을 높이 들었다.

그 자리에 있던 모두가 한동안 육고기를 먹지 못했다. 어떤 이는 극심한 불면으로 한동안 병원 신세를 졌고, 어떤 이는 자기 생리혈을 바라보는 것에도 거부감을 느끼게 됐다. 다만 한 사람, 우미만이 자기가 무슨 일을 저질렀는지 기억하지 못하는 사람처럼 태연했다.

그건 우미의 방어기제였다. 끔찍한 범죄를 저지른 소년범들이 저는 착한데요, 라고 대꾸하다가 너는 한 사람을 죽였어, 그래도 네가 착하니? 라고 물으면 아, 그러게요, 한다는 사례와 같다.

걔들은 뇌의 발달 시기를 놓친 거라고? 그럼 바꿔 말하자. 우미와 같은 화이트칼라 계층에 소시오패스 비중이 높다는 건 익히 알려진 사실이다. 나라 곳간 빼먹는 건 눈감아도 공병을 훔친 기초 수급자 노인한테 실형을 주는 판사를 생각하면 이해가 갈 것이다.

아니, 이럴 땐 여성주의적 관점에서 생각해야 한다. 육아 스트레스는 정말 문제적이다. 실제로 많은 여자가 상상 속에서 자기를 죽이거나 자기 아이를 죽인다.

헛소리 집어치우고 그냥 눈에 보이는 대로 보면 된다. 우미는 제 아이가 유리처럼 예쁘지 않으니까 죽인 거다. 완전히 정신 나간 외모 지상주의자니까.

아니, 다 틀린 얘기고 우미는 그냥 기분이 나빴던 거다. 반골 기질이 있어서 너희들이 시키는 대로 내가 할 것 같아? 비명 지르고 싶었던 거다. 자기들만 인간인 줄 아는 역겨운 인간들에게, 너희들의 정자가 들어간 아기도 바닥에 내려치면 공평하게 토마토가 된다고 말하고 싶었던 거다.

일부 우아한 사람들은 이렇게 정리하기도 했다. 원래 그런 사람들 중에 좀, 이상한 사람이 많지 않아? 그러니까 멀쩡하지 않은 부모 밑에서 자란 사람 말야……

면회실로 은정이 들어왔다. 그는 유리창 너머로 친구의 얼굴을 빤히 보다 참지 못하고 울음을 터뜨렸다. 고개를 푹 숙인 채 엉엉 소리 내어 울던 그가 두 뺨을 문지르며 물었다.

"넌 죄의식도 없니? 도대체 왜 그런 거야?"

우미는 은정의 시선을 피하지 않고 입을 열어 짧게 답했다.

"말했잖아. 내가 원한 건 딱 하나라고. 유리의 아이를 갖는 거."

마유미

1

 희구대는 대한민국 강원도 웅랑특별자치군 웅랑면 희구리에 위치해 있다. 삼성산 입구 삼거리에서 북동쪽으로, 오래된 돌무덤을 지나 갈지자로 난 계곡 길을 따라 오르다보면 어느 순간 시야가 탁 트이며 푸른 산자락을 뒤편에 업고 바다 쪽을 향해 돌출된 해안 절벽에 다다르는데 그곳이 동풍막이, 혹은 희구암이라고 불리는 희구대다. 해발 333미터. 인공물로는 도쿄타워와 같은 높이인 희구대에서 보는 풍경은 조선시대 100대 절경 중 하나로 꼽혔다. 정철이 꿈속에서 신선을 만나 창해수, 유하주라는 귀한 술을 마셨다고 비유한 장소로 유명하고, 관런 설화로는 '일곱 아들을 낳은 처녀'라든지, '뱃구레가 큰 아들'이 있다. 그 밖에도 여자들이 짝이나 자식을 구했다거나 바다에 나간 아버지나 남편의 무사 귀환을 빌었다는 등의 기록이 남아 있지만 무엇보다 희구대의 이름을 가장 널리 알린 것은 자살의 명소라는 이야기다. 1990년대 초, 세기말 오컬트 붐을 타고 제작된 전국 방송의 한 꼭지로 〈자살바위의 미스터리―강원도 웅랑군 희구대〉라는 영상이 16분 35초간 방영된 것은 웅랑의 역사에 남을 사건이었다. 오명이라면 오명이지만 백령도나 대성동 자유의 마을에 비해 알려지지 않은 탓인지(여론조사 결과 국민의 85퍼센트 이상이 웅랑이라는 지역을 몰랐고, 7퍼센트는 삼팔선 이북에 있다고 착각했다) 군 차원에서 공식적으로 항의하거나 잘못된 인식을 적극적으로 수정하려는 노력은 없었다. 오히려 거꾸로였다. 1996년, 웅랑군수는 웅랑군을 시로 승격시키기 위한 일환으로 당해를 관광의 해로 지정했다. 군청은 웅랑의 자연물과 사찰, 유명 음식점을 소개하는 팸플릿을 기차역 및 관광지에서 무료로 배포했는데, 이때 희구대 소개란에 자살바위라는 별칭도 함께 실렸다. 죽기 직전 보고 싶어지는 멋진 경치라니! 이것이 사람들의 호기심을 자극했다. 관광객이 줄을 잇자 산길은 정비되었고, 10월엔 단풍놀이 철을 맞아 이례적으로 기차가 증비되었다. 발길은 다음해 IMF 사태가 터진 뒤로도 이어지며 웅랑의 자살자 수

증가에 크게 기여했다. 그뒤 자살바위가 언급된 인쇄물은 전면 회수, 폐기되었고 공식적인 문건에 자살바위란 명칭은 다시 등장하지 않는다.

물론 그후로도 희구대를 재발견하려는 시도는 계속되었다. 공명왕이 희구대에 있던 정자에서 시구를 지었다는 기록을 근거 삼아 유형문화재로 지정하려고 하거나, 공식 홈페이지 내 '군민의 소리' 난을 통해 접수한 의견을 바탕으로 하트 모양 자물쇠를 걸 수 있는 철망을 설치해 연인들의 스폿을 조성하려 했던 것이 대표적인 예다. 둘 다 채택되진 않았다. 전자의 경우 주춧돌 하나 발견되지 않은 탓인지 공명왕이 여장을 즐기는 기이한 취미가 있었고 나라를 망친 폭군이었던 탓인지 확실치 않지만, 후자의 의견이 기각된 이유는 확실했다. 자살바위를 연인들의 장소로 활용하자니. 그런 비상식적인 얘기를 누가 좋아하겠는가? 어쨌든 이러한 크고 작은 시도는 지난 세기에 마침표를 찍었다. 1999년 8월, 서울발 관광버스를 타고 온 열두 명이 희구대에 올라 집단 자살한 일명 '자살버스 사건' 이후 희구대로 향하는 유일한 길이었던 등산로는 폐쇄되었다. 그렇게 희구대는 사람들의 기억에서 지워졌다. 그러나 웅랑의 원주민들은 알고 있다. 언제든 희구대에서 다시 사건이 일어날 거라는 거. 그건 경제가 몰락한 탓도, 우울증 탓도, 범인 탓도, 죽고 싶어질 만큼 멋진 풍경 탓도 아니다. 희구대가 이야기를 필요로 하기 때문이다. 하필 현주가 희구대에서 몸을 던진 덴 그러한 이유가 있다. 그러니까, 나의 탓이 아니다.

❖

"이거 좋다."
"사진 찍어줄까?"
"그래."
현주가 전시물 앞에서 걸음을 멈췄다. 뱀술을 담글 만한 크기의 아크릴 튜브가 간장으로 채워져 있고 그 안에 나무로 된 야구 배트가 들어 있었다. 나는 전시물에 조금 더 붙으라고 손짓하며 맞은편 벽에 등을 붙이고 엉거주춤 쭈그려앉았다. 지나가는 사람을 피해 셔터를 누르자 화면 속에 방금 전 현주의 모습이 박제되었다. 찍히는 것이 낯설다는 듯, 토트백 손잡이를 꼭 쥔 모습이 순박해 보였다. 어쩐지 마유미가 묻어 있는 듯한 멋진 사진이었다. 현주도 만족스러워했다.

평일 낮 미술관은 한산했다. 낮은 실내 온도에 팔을 문지르며 작가가 도미 기간 동안 남긴 기록물을 읽었다. 중산층 도련님이 미국에 가서 받은 충격이 어마어마했는지 쪽지, 일기, 가족에게 보내는 편지, 작품 구상을 한 듯한 낙서 등 많은 구절에서 소수자로서의 자기를 발견한 놀라움과 열등감이 드러났다. 남성성을 박탈당한 남자. 거기선 불행을 예술로 승화할 수 있다는 예술가 특유의 피학적인 기쁨도 느껴져, 나는 방금 본 오브제를 다시 한번 곱씹었다. 작가는 총, 칼만이 침략의 도구가 아니라는 걸 아는 사람이었다. 삼키는 것. 녹여버리는 것. 파묻어 질식시키는 것도 전략이라는 것을 알았다. 그리고 작가는 남자가 되길 포기한 남자, 온몸의 지방이 흘러내리고 주름이 잔뜩 진 커다란 여자가 되고 싶은 남자, 가슴과 뱃살과 물렁한 사타구니를 갖고 싶어하는 남자였다. 현주가 중얼거렸다.

"가끔 팔뚝이 얼굴만한 남자가 돼서 거들먹거리거나 맘에 안 드는 사람을 죽을 때까지 패는 상상을 하거든?"

"응."

"남자들도 그런 거겠지? 내가 남자가 된다고 상상하면 곧장 수컷의 모습을 떠올리는 것처럼, 그 사람들도 본능적으로 알고 있는 거겠지? 간장 같은 여자가 진짜 여자라는 걸 말야."

"글쎄."

"그런 남자들도 나를 보면 역겨운 마음이 들까? 내가 남자 아닌 남자들이 역겹다고 생각하는 것처럼?"

"설마."

"내가 그 사람들을 싫어하는 건 나 역시 가짜 얼굴을 갖고 있기 때문이야." 현주가 한 박자 쉬고 중얼거렸다. "마유미 말이야."

　나는 대꾸하지 않았다. 마유미는 마유미고 너는 너야. 그런 대답이 올라왔지만 삼켰다. 최근 현주가 저런 말을 하는 빈도가 늘었다. 단지 마유미의 움직임을 연기할 뿐이면서, 메소드 연기를 한다며 자기 엄마에게 패악질을 부리는 아역 같은 소리를 한다. (아역도 저런 멍청한 소리는 하지 않을지 모른다.) 아무도 현주에게서 마유미를 발견하지 못할 텐데. 전 세계 박스 오피스를 강타한 대작에서 관객들이 본 건 노란 눈에 푸른 얼굴을 한 나비족이지, 얼굴에 콕콕콕콕 녹색 센서를 붙인 배우가 아닌 것과 같다. 영광은 우리 것이 아니다. 있다면 전부, 마유미의 것이다.

　현주는 수사적인 질문을 던진 것이 부끄러운 듯 웅랑은 어땠냐고 화제를 바꾸었다. 무슨 말을 골라야 할지 망설이다 흥미로운 곳이라고 했다. 그 말대로였다. 하루 두 번 완행열차가 다니는 웅랑을 좋은 관광지라곤 할 수 없다. 바다는 검고 차가워 원주민만이 발을 디딜 수 있다. 방치된 그대로의 자연은 거칠었고, 러시아산 냉동 명태로 끓인 맑은 탕은 살이 다 부서져 있었다. 검은 바위들이 독특한 육각기둥 모양으로 치솟은 주상절리를 구경하거나, 둘레길의 우드데크를 따라 적당히 걷다가 앤티크 카페에 앉아 신선한 커피의 향과 여유를 즐길 수도 없었다. 그래서 좋았다. 명물은 침묵이요, 넉넉한 것은 오직 무관심뿐인 음울한 바닷가 마을엔 이상하게 사람을 끄는 구석이 있었다.

"좋았겠는데. 원래 알던 데야?"

그렇다고 해야 하나, 아니라고 해야 하나? 애초에 가고 싶었던 곳은 웅랑 중에서도 희구대였다. 중학생 때, 실화를 기반으로 한 탐사 프로그램에서 다룬 '자살버스 사건'을 본 이후 희구대는 줄곧 내 호기심의 대상이었다. (잭 더 리퍼나 제프리 다머의 살인 루트를 따라 관광하는 패키지도 있다니, 세상에 별종이 나만 있는 것은 아니다.) 그러나 현재는 모래내해변에서 기암괴석 사이로 우뚝 선 모습을 볼 수 있을 뿐, 직접 올라갈 순 없다. 그래도 한때 웅랑에서 가장 미는 관광지였던 만큼 관련 지역 박물관은 남아 있어, 아쉬운 대로 그곳을 방문했다.

규모는 작아도 나름대로 충실한 곳이었다. 안내 데스크 옆 작은 서가에서 역사 자료 및 스크랩북을 열람할 수 있었다. 주전시관의 벽면을 따라 걸린 사진과 그림 자료의 퀄리티도 좋았고, 한가운데 달걀노른자처럼 자리한 디오라마도 무척 정밀했다. 나는 거인처럼 고개를 디밀고 조그만 집과 나무, 투명 에폭시를 발라 번뜩이는 파도를 보았다. 버튼을 누르면 높이 솟은 바위 위에 뾰족한 전구가 켜지며 기계 여인의 목소리가 희구대에 대한 설명을 읊었다. 재밌어서 몇 번을 듣고 마지막으로 별관에 딸린 3D영상실을 방문했다. 15분짜리 영상을 한 시간에 두 번 상영했는데 때가 맞았는지 입장하자마자 불이 꺼지며 천혜의 자연, 전설의 도시 웅랑의 희구대로 당신을 초대합니다, 라는 멘트가 흘러나왔다. 그러나 보이는 건 검은 화면뿐이어서 고장인가? 싶어 자리를 뜨려는 찰나 스크린 한구석이 흰 우유 한 방울을 떨어뜨린 듯 서서히 밝아졌다. 제자리에 앉았지만 화면은 다시 볼링 핀 같은 실루엣의 여자가 절벽 앞에 서 있는 장면에서 멈추었다. 암만 입장료가 무료래도 그렇지. 너무하는 거 아닌가. 실망스러워 이번엔 진짜 나가려는데 문득 여자가 천천히 몸을 돌려 나를 보려 하고 있다는 걸 깨달았다. 그와 눈을 마주쳐서는 안 된다는 것도. 턱이 덜덜 떨렸다. 눈꺼풀을 닫아 시야를 차단하려고 했지만 불가능했다. 알 수 없는 힘에 결박된 내게 돌아가는 여자의 귀밑머리가 보이기 시작했다. 옆모습이, 높게 솟은 광대뼈가 보이기 시작했다. 그리고 흘기듯 이쪽을 노려보는 눈동자와 눈이 마주치려는 순간, 소리를 지르며 팔을 뻗는 내 어깨를 누군가 툭툭 두드렸다. 고개를 들어보니 안내 데스크에 앉아 있던 여자가 겁먹은 표정으로 나를 내려다보고 있었다. 그제야 가위에 눌렸었다는 걸 깨달았다.

"너무 안 일어나셔서요."

"아," 나는 머쓱한 얼굴을 했다. "죄송해요. 좀 피곤했나봐요."

"괜찮으신 거죠?"

"물론이죠."

"그럼, 넉넉히 보고 나오세요."

여자는 종종걸음치며 데스크로 돌아갔다. 내가 방문하기 며칠 전 한 노인이 영상을 보던 중 심장이 멈췄다는 것은 나중에 알았다. 그러나 문제는 그게 아니었다. 나는 꿈을 잘 꾸지 않는다는 거, 아니, 꿈일수록 이성적으로 굴어 꿈이 현실의 기억이나 마찬가지가 되어버린다는 사실이 중요했다. 꿈에서 나는 불이 나면 끄고, 돼지가 품으로 달려오면 피하고, 똥이 마려우면 항문에 힘을 주었다. 그래서 부자가 되지 못했다. 하지만 나는 분명 그 여자를 떠밀었다. 꿈에서 어떤 끝을 본 것도, 살인을 저지른 것도 처음이었다. 그 일은 생각보다 훨씬, 엄청나게 찝찝했다.

"뒷부분은 빼. 너무 칙칙해."

"마유미 얘기 아냐. 그냥 그런 일이 있었다고."

"아, 네 얘기야?"

"응."

"그러면 마유미는? 옹랑에 가서 뭘 했는데?"

"마유미답게 지냈지. 혼자 산책하고, 박물관 가고, 숙소에서 책 읽고."

"음." 현주가 어중간한 감탄사를 내뱉었다. "그건 좀, 너무

시시하지 않아? 이건 어때?" 현주가 들려준 이야기는 다음과 같았다. 저물녘에 바닷가를 산책하다 숙소로 돌아간 마유미는 마당에서 불을 피우고 있던 젊은 네 남녀와 마주친다. 그들은 함께 저녁을 먹자며 마유미를 초대한다. 마유미는 그중 한 남자에게 자꾸 눈이 간다. 그 남자의 시선도 자신에게 향한다는 걸 알고 있지만 그에겐 애인이 있고 마유미에게는 돌아갈 곳이 있다. 그러나 늦은 밤, 우연히 둘만 남아 대화하던 중 서로가 서로의 첫사랑을 닮았다는 걸 알게 된다. 그리고 요동치는 마음……

"요즘 연애 관찰 프로그램이 유행이잖아. 약간 그런 풍으로. 시청자들이 아, 얘들 눈에 익었다, 캐릭터 파악 좀 됐다 할 무렵에 새로운 멤버가 딱 등장하는 느낌으로다가. 결과적으로는 아무 일도 일어나진 않지만, 뭔가 있었다는 뉘앙스를 풍기면서 재밌는 여행이었어요, 그러는 거야. 교수랑 젠틀맨도 살살 건드릴 수 있을 거 같고. 어때?"

"마유미가 누굴 좋아하는 건 좀 그래. 역효과가 나지 않을까 싶은데."

"지금은 좀 시시하잖아. 자극이 필요하다고."

현주가 인상을 찡그렸다. 교수와 젠틀맨이 쓰는 캐시가 줄어든 건 나도 알고 있었다. 요즘 주식 장이 좋지 않아 그런 거 같다고 얘기했지만, 현주는 불안을 지우지 못했다. 아무래도 최근 인기가 급상승하고 있는 신인 버튜버에게 마음이 쏠리는 것 같다며 마유미에게 변화를 줄 필요가 있지 않겠냐고 했다.
"뭔가 좀 다른 게 필요해."
"알았어. 한번 고려해볼게."
말은 그렇게 했지만 절대 그럴 일은 없다고 나는 생각했다. 마유미는 얌전한 애다. 처음 만난 사람들과 고기를 먹고 술을 마시는 일 따윈 일어날 리 없다. 우리 시청자들도 그런 걸 원하지 않는다. 통계가 그걸 증명하고 있다. 그들은 평균적으로 기품 있는 사람들이다. 마유미를 손주처럼 생각하는 어른들. 딸처럼, 공주처럼 아끼는 사람들, 진짜 사랑이 무언지 아는 이들이 마유미를 사랑한다.

현주에게서 방송 대본을 써달라는 부탁을 받은 건 1년 반 전의 일이다. 그때 나는 일 없이 노는 상태였다. 번거롭기만 하던 5만원짜리 잡문도 궁한 지 오래로, 쉽게 말해 세상에 내 글을 원하는 사람은 아무도 없는 상황에 맞닥뜨려 잠과 우울로 시간을 때우고 있었다. 세상에 존재하는 아름다운 것들을 엮어서 하나로 만들어냈는데, 훔친 구슬을 썼다고 배척당했다. 충격이 꽤 컸다. 나는 몰라도 내 글이 폭격당하자 둥지 잃은 까마귀처럼 망연했다. 점점 인간이 싫어졌다. 그들이 내세하는 불가능한 요구—새것을 창조하라—가 싫어졌다. 내겐 베끼는 재능만 있을 뿐 만드는 재능은 없다. 그러나 사람들이 원하는 건 초월적인 재능이었다. 하늘에서 뚝 떨어지는. 레퍼런스 따윈 없는.

"이번엔 그럴 거 없어. 맘껏 가져다가 써도 되는 모델이 있거든."

"누구?"

현주가 자기 얼굴을 가리키며 씩 웃었다. 다큐멘터리 대본을 쓰라는 거야? 물으니 아니 아니! 하고 현주가 고개를 저었다.

"캐릭터를 만드는 거야."

"응."

"그런데 움직이는 건 나지. 그걸 보고 네가 이야기를 붙이면 되고."

무슨 소리를 하는 건지 잘 이해되지 않았다. 자기를 모델로 무언가를 써달라는 걸까? 현주는, 미안한 얘기지만 어떠한 영감이 떠오르는 인물이 아니었다. 많은 여자애들처럼 누군가의 뮤즈가 되길 꿈꿨으나 그런 자질이 없었다. 현주는 잊은 걸까? 우리가 이렇게까지 가까워진 건 지나치게 서로를 닮았기 때문이라는 걸? 거울을 증오하듯, 미워하면 한없이 미워할 수 있는 관계라서 그 두려움 때문에 휴전했다는 걸? 자기 말을 도무지 이해하지 못하는 내게 현주는 이편이 빠를 거라면서 마유미를 소개해줬다. 그리고 그를 보자마자 나는 현주가 말하고자 하는 바를 깨달았다. 아름다운 소녀. 마유미는 내가 자신에게 생을 불어넣어주기만을 기다리고 있었다. 현주가 그의 팔다리를 움직이는 것만으론 가게 앞의 공기인형과 다를 바 없었고, 기계의 펌프질 따위론 마유미를 채울 수 없었다. 나는 마유미 앞에 무릎을 꿇었다. 작은 턱을 들어 속 깊이 숨을 불어넣었다. 그의 피가 돌게 하는 것. 숨살이꽃, 뼈살이꽃, 살살이꽃. 그건 내가 만든 이야기였다. 네가 잘할 줄 알았다니까. 현주는 웃었지만 실은 반대다. 죽은 줄도 몰랐던 나를 살린 건 마유미였다. 삶을 원하는 마음, 살아가고자 하는 마음을 준 건 내가 아닌 마유미다. 마유미가 그걸 주었다.

미술관 근처 지하철역 개찰구 앞에서 현주와 헤어졌다. 이따 집에서 보자고 하고 현주는 도심 내부의 순환선으로 갈아타는 방향으로, 나는 외곽 방면으로 향했다. 조금 일찍 나온 덕에 퇴근 시간과 겹치진 않아 편히 갔다. 그럼에도 도착역에 내렸을 때 등줄기가 축축하게 젖어 있던 건 다른 이유 때문이었다.

현주에게 부탁을 받은 지 벌써 한 달이 지났다. 그간 별말이 없던 건 잊어서가 아니라 민망해서였다는 듯, 현주는 웅랑에 가는 내게 돈을 부쳤다. 명목이야 취재만 하지 말고 맛있는 거라도 먹고 오라는 선의였지만 20세기에 해외여행 가는 것도 아니고, 서울역에서 무궁화호 열차에 올라타면 갈 수 있는 국내 여행, 그것도 1박 2일 일정에 큰돈을 주는 덴 분명 목적이 있었다. 하루빨리 요양보호사를 자르라는 거다. 현주는 싫은 소리 하는 걸 끔찍하게 싫어했다. 나라고 좋을 리 없다. 그래도 어떤 일은 해야만 했다. 돈 때문에도 그랬지만 할 사람이 없으니까 해야 했다.

숨을 한 번 크게 쉬고 미닫이문을 열었다. 한 걸음 내딛는 순간 밑창에 무언가 달라붙은 게 느껴졌고, 발을 들자 뭉개진 밥알이 보였다. 이모님이 먹다 떨어뜨린 주먹밥인 듯했다. 불쾌했지만 그보다 훨씬 역겨운 건 공기 중에 떠다니는 지독한 악취였다. 순식간에 얼굴이 굳어졌는데, 보조 침대에 누워 있던 이모님은 깊은 잠에 빠졌는지 일어나지 않았다. 괜한 심술에 발을 쿵쿵대보아도 반응이 없었다. 뒤척이지도 않고 곤히 자던 그가 번뜩 몸을 일으킨 건 내가 오고 십 분도 더 지난 뒤였다. 그는 나를 보고는 새끼 짐승처럼 놀라더니 미소도 뭣도 아닌 어색한 표정을 지으며 웅얼댔다.

"아유, 깜빡 졸았네. 잠깐만, 잠깐만 기다려봐. 아이고, 우리 언니 똥 쌌네. 얼른 닦아줄게. 저, 밖에 나가서 잠깐만 기다려."

그 말에 떠밀리듯 복도로 나가서, 이토록 비싸고, 그래서 나 같은 사람은 오로지 건강할 때만 들어올 수 있는 병원 1인실의 지저분한 광경을 떠올렸다. 티슈, 과도, 안경집, 벗어둔 운동화, 말라비틀어진 과일 껍질. 전부 제자리랄 게 없이 널브러져 있는 그곳은 이모님의 살림집이었다. 아줌마는 잠자는 시궁창의 공주고. 처음부터 그랬던가? 그렇진 않았던 것 같다. 손끝이 야물진 못해도 나름대로 애를 쓰는 듯하던 이모님은 내가 아줌마의 친딸이 아니라는 걸 알자 점점 게을러졌다. 병실에선 똥냄새도, 죽어가는 사람 냄새도 아닌 버림받은 사람의 냄새가 풍겼지만 온전히 이모님 탓을 할 수만도 없었다. 당연하지. 자기 딸도 외면한 인간을 누가 돌보겠는가?

이모님이 과일을 씻으러 간 사이 병실로 들어갔다. 곧장 창가로 다가가 문을 열었다. 어스름이 내려앉은 시간. 들리는 거라곤 산비둘기가 빛을 먹어치우며 구구구구 우는 소리뿐이고, 누운 자리에선 하늘과 산 귀퉁이만 보이는 교외 요양병원에서 아줌마는 무슨 생각을 하고 있을까? 떨리는 마음을 감추고 침대 머리맡으로 가서 몸을 기울여 인사했다.

"저 왔어요." 그러자 아줌마의 눈꺼풀이 부르르 떨렸다. "잘 지내셨죠?"

깜빡이는 눈. 나는 이불을 걷어 그의 손을 쥐었다. 돈을 번 손, 시를 쓴 손, 꽃을 가꾸던 손이 이젠 토막 난 것처럼 움직이지 않았다. 나는 한때 모녀의 보금자리였던 조그만 아파트를 떠올렸다. 소파 뒤편엔 이제껏 현주가 받은 상장이, 맞은편 TV장 위엔 지방 문예지의 시상식 현수막을 배경으로 꽤 유명한 중견 시인과 현주, 꽃다발을 안은 아줌마가 함께 찍은 사진이 걸려 있었다. 거기서 열 걸음 떨어진 베란다엔 다육이 화분으로 이루어진 작은 정원이 있었고, 그 위의 열린 창으로 아줌마는 떨어졌다. 11층이었다. 그럼에도 4층 높이에서 떨어진 정도의 충격만 받은 것은 행운이었다. 죽지 않은 건 불행일까? 내게는 그래 보이지만 현주는 어떤지 알 수 없었다. 확실한 건 그 때문에 현주의 삶이 예상치 못한 방향으로 흘러갔다는 것뿐이다.

이모님은 물이 뚝뚝 떨어지는 사과 두 개를 손에 쥔 채 들어오자마자 창문부터 닫았다. "언니 감기 걸려. 그렇지? 춥지, 언니?" 당연히 대답은 돌아오지 않았지만 그래그래, 알았어, 보채지 마, 하며 추임새를 넣는 이모님을 보니 이전에 본 식사 장면이 떠올랐다. 조용히 입을 우물거리던 이모님이 갑자기 위잉, 소리를 내더니 주먹밥으로 공중 묘기를 부렸다. 비행기가 굳게 닫힌 아줌마의 입가로 착륙하고, 조종사는 만족스럽다는 듯 외쳤다. 냠냠짭짭. 아유, 맛있다. 맛있지? 응, 그렇게 맛있어? 그럼! 이거 다 내가 하지 누가 했겠어. 솜씨 좋지?

아줌마가 그것을 좋아할 리 없었다. 보통은 이런 똥구덩이에선 식욕이 돋지 않는다. 그러나 이모님은 태연한 얼굴로 과도를 들고 천천히, 붉은 껍질을 탈피시키듯 벗기며 아줌마에게 말을 걸었다. 그 모양새가 꼭 왕따 소녀의 잠긴 방문 앞에서 떠드는 눈치 없는 반장 같았다. 자기가 하는 게 대화가 아닌 침묵의 구덩이에 말을 던지는 행위라는 걸 모르는 척하는 태도랄까. 내가 포크를 매만지는 동안 이모님은 부지런히 수다를 떨면서도 혼자 사과 하나를 다 먹어치웠다. 그가 가느다란 트림을 뱉더니 끈적한 손가락을 쪽쪽 빨고는 주머니를 더듬었다. "참, 보여줄 게 있는데." 이모님의 주머니에서 핸드폰이 나왔다. 화면을 몇 번 터치하자 익숙한 간주가 흘러나오고 마유미가 트로트 경연 대회 결승곡을 따라 부르기 시작했다. 이건 대박이라고, 무조건 먹힌다는 현주의 말에 내키진 않지만 찍은 건데, 그 말대로 혼자 조회 수가 뾰족하게 튀어나온 바람에 나로서는 달갑지 않은 영상이었다. 이모님이 말했다.

"며칠 전에 이거 틀고 있는데, 언니가 손가락을 움직이더라고."

"아, 정말요?"

"의사 선생님은 평소랑 똑같다고 했는데, 나는 분명 봤거든."

"그랬구나."

"응. 분명 딸애 목소리를 들어서 반가웠던 걸 거야. 이게 언니가 좋아하는 노래라며?"

"네?"

"언니가 그러던걸. 자기가 좋아하는 노래라고. 이렇게,"

이모님이 몸을 일으켰다. 두 팔로 상체를 지탱하고, 입을 맞출 듯 가까이 아줌마와 얼굴을 맞댔다.

"가까이서 눈을 보고 있으면 저기 깊은 곳에서부터 언니 목소리가 들려와. 영미야, 영미야. 우리 불쌍한 영미. 어쩌다 이런 고생을 한다니. 얘, 영미야 미안하다. 내가 이렇게 누워서 꼼짝을 못하는 바람에 너한테 못할 일이나 시키구. 참 부끄럽다. 얘, 영미야, 나 일어나면 우리 같이 꽃놀이라도 가자. 저기 진해나 팔공산 벚꽃축제를 가도 좋고 뒷산이라도 좋다. 같이 가서 꽃구경 실컷 하자. 고맙다. 너처럼 착한 애는 없을 거다. 정말 고맙다, 고마워⋯⋯ 그렇게."

후후. 이모님이 웃었다. "마유미, 참 예쁜 아가씨야. 어쩜 이렇게 경희 언니랑 똑같이 생겼다니? 언제 한번 얼굴 봤으면 좋겠는데, 시간 내기가 쉽지 않을 거야. 그렇지?"

"예, 뭐."

"그래도 가끔은 시간 좀 내줬으면 좋겠어. 언니가 많이 보고 싶어하는데. 그렇지, 언니? 많이 보고 싶지? 응? 뭐라고?"

어린 소녀들이 비밀을 나누는 모양새로 이모님이 아줌마의 입가에 뺨을 댔다. 그리고 한참을 다시 주절주절, 혼잣말도 대화도 아닌 걸 속삭이더니 얼굴을 붉히며 고개를 들었다.

"나 참, 알았어. 언닐 누가 말려. 고집부리는 거 보면 쇠심줄이 따로 없다니까. 그래, 아무래도 작가 선생님이 잘 알겠지."

이모님의 입에서 나온 작가 선생님이라는 호칭이 나를 가리

킨다는 걸 조금 늦게 깨달았다.

"뭔데요?"

"아니, 시를, 참. 언니가 시를 좋아하잖니? 그래서 매일 읽어주다보니까 나도 할 수 있는 거 같은 기분이 드는 거야. 언니도 자꾸 써보라고, 망해봤자 종이 한 장 버리는 건데 그게 뭐가 무섭냐고 그러고. 그래서 얼마 전부터 틈날 때마다 쓰는데 그걸 읽어보라고 이렇게 성화를 하네."

듣고 보니 소지품이 엉망진창으로 널린 서랍장 위에 납작한 책 몇 권이 놓여 있었다. 『어디로 가는가』 『내일도 찬란할 당신에게』 『황홀한 것은 장미꽃이 아니요, 귀한 건 당신의 미소입니다』 등등…… 이름도 들어보지 못한 시인의, 어디서 출간된 건지도 알 수 없는 시집들에 무섭게 손때가 타 있었다. 어떤 반응을 보여야 할지, 마음의 준비도 안 됐는데 이모가 수첩을 꺼내 읽기 시작했다. 제목은 '노란 꽃'. 시의 화자는 절벽 위를 걷고 있다. 남들은 먼바다의 푸르름과 흰 바위의 웅장함만 보지만 화자는 절벽에 핀 노오란 작은 꽃과 마주친다. 어떤 비바람에도 굴하지 않고 바위 틈새에 뿌리내린 꽃. 그 청초하고도 굳센 의지를 보고 살아갈 힘을 얻었다고. 노래를 마친 그가 나를 돌아봤다.

"언니가 이걸 제일 좋아해."

나는 웃었다. 말할 수 있을 것 같았다. 일을 그만둬달라고.

너무 지저분해서 견딜 수 없다고.

하지만 그게 오늘은 아니었다. 오늘 입을 뗀다면 엉뚱한 소리 하게 될 것 같았다. 아줌마는 트로트 따윈 귀가 따갑다며 경멸한다고. 그의 침실엔 직접 필사한 문정희의 「꿈」이 걸려 있고 책장엔 최승자와 브레히트가 꽂혀 있고 마유미는 절대, 절대 이곳에 찾아올 리 없다고.

결국 찾아온 목적을 이루지 못한 채 자리에서 일어났다. 마지막으로 돌아보았을 때 이모님은 두번째 사과를 깎는 중이었다. 아이, 맛있다. 아이, 맛있어. 아삭아삭. 소리를 내는 이모님의 입가에서 사과가 부스러졌다. 조그만 침거품이 일었다.

돌아가는 지하철에서 생방송에 접속했다. 이어폰을 끼는데 오늘의 피로 때문인지 손이 떨렸다. 아, 마유미. 지금 내겐 마유미가 간절하게 필요했다. 무슨 얘기를 하고 있으려나? 모래 내해변에서 어린이들을 만난 얘기를, 그애들이 가지고 놀던 흰 공이 하늘 높이 올라가 태양처럼 보였다는 이야기를 하고 있으려나? 기대감에 소리를 키웠는데 웬걸, 마유미는 현주가 만든 별 볼 일 없는 하룻밤 이야기를 늘어놓고 있었다. 웃통을 벗고, 흰 목장갑을 낀 근육질 남자에게서 고기를 받아먹었다는 말을 들었을 땐 생방송이라는 사실을 잊고 전화를 걸 뻔했다. 지금 무슨 소리를 하는 거지? 마유미는 벗은 남자를 만나면 관찰하지 않는다고. 징그러워서 눈을 돌려 피한단 말이야.

기분이 불쾌해져서 화면을 껐다. 화면이 어두워지자 남은 것은 현주의 목소리뿐이어서 그가 이야기한다고 생각하니 아무렇지 않게 들을 수 있었다. 철제 손잡이에 머리를 기댔다. 눈을 감고 듣는 현주 목소리가 무척 좋아서, 마유미에게 목소리를 줄 수 있는 건 역시 현주밖에 없다는 걸 새삼 느꼈다. 나는 우리가 처음 만난 스무 살 때를 떠올렸다. 신입생 오리엔테이션 날, 자기소개 시간에 현주는 아나운서가 되고 싶다고 했다. 높은 경쟁률을 뚫고 입학한 나는 들떠서, 스무 살은 꽃이 피는 시기라는 걸 믿을 정도로 순진해서 당연히 현주가 그렇게 될 줄 알았다. 그럴 만도 한 게 현주는 눈에 띄게 다재다능했다. 순발력이 좋아 게임에서 몇 번이나 우승했고, 단결과 협동심을 기른다는 명목으로 팔다리를 휘적이는 허접한 율동을 할 때도 새파란 단체 티를 입은 가운데 단연 독보적으로 빛났다. 아나테이너 하면 되겠다. 아나테이너? 엔터테인먼트형 아나운서 말야. 고마워. 너도 꼭 작가가 될 거야. 삼행시 게임 되게 잘하더라. 그냥 한 건데 뭘. 그런 얘기를 하며 돌아오는 고속버스 안에서 우리는 친구가 되었다. 전부 목소리와 얼굴을 나눌 수 없다는 거, 움직임과 몸통을 분리할 순 없다는 사실을 알기 전의 이야기다.

쫓겨나듯 내린 플랫폼에 사람은 없었다. 창백한 빛을 맞으며 계단을 오르는데 전화가 걸려왔다. 현주에게서였다. 오는 길에 맥주 좀 사다줄 수 있느냐는 부탁에 알겠다고 하자 현주가 잠시 멈칫하더니 물었다.
"괜찮아?"
"뭐가?"
"아니. 좀 헉헉대길래."
"지금 언덕이라."
"그렇구나…… 생방 봤어?"
"끝에만."
"괜찮았어?"
"응. 근데 좀 다르게 했더라."
"아, 말하다보니 반응이 좀 약하길래 애드리브 좀 넣었어."
부러 위악을 떠는 듯 당당한 말투에 오히려 화가 가라앉았다.
"그러면 다음 내용도 바꿔야 하는데. 모순이 생기잖아."
"미안."
내가 침착하게 굴자 현주는 안심했는지 덧붙였다.
"그래도 사람들 반응 좋지 않았어? 변화를 줘도 괜찮을 거 같아. 약간 이중적인 면을 넣는 거지. 지나치게 일관성이 있으면 사람들이 물린다고 해야 하나, 그렇잖아. 우리가 원하는 건 사람들을 미치게 하는 거지, 떠나게 하는 게 아니니까."
나는 가드레일이 설치된 언덕 중턱에 잠시 멈춰 서 숨을 골랐다. 발밑으로 마을이 한눈에 내려다보였는데 어디로 눈을 돌려도 수많은 빛으로 가득했다. 현주는 저 안에 든 사람들을 생각하고 있는 걸까. 불이 켜진 방 하나에 적어도 사람 하나. 그들을 전부 다 유혹해야 한다고, 구독자를 늘려야 한다고. 나는 말이지, 저것들이 작은 구슬 같다고 생각한다. 꿰고 엮어 빛의 화환을 만들어서 종일 빗긴 마유미의 머리카락 위에 얹어주고 싶다고 생각한다.

"뭐 괜찮은 소스 없나. 사람들이 좋아할 만한 거."

현주가 중얼중얼 이야기를 이었다. 적당히 대꾸하며 편의점 안으로 들어갔다. 맥주를 사고, 과자도 한 봉지 사고, 혹시 참고가 될까 싶어 수입 코너 구경을 하다가 마유미가 좋아할 거 같은 신상 초콜릿도 구입했다. 이름이 길고 복잡하고 그래서 우아해 보이는 피치 진저 앤드 케리케리 만다린, 그리고 말버러 시솔트 앤드 캐러멜 사프란 다크 맛으로. "나중에 협업 같은 거 해도…… 같은 버추얼끼리는 약점 잡힐 일도 없고……" 마유미는 하여간, 고전적 의미의 여자애다. 노래 가사처럼 설탕과 스파이스로 이루어진 여자애. 피는 녹인 초콜릿, 살은 마시멜로, 관절은 둥근 사탕으로 만들어진 여자애. 먼 옛날의 귀족처럼 같은 피로만 섞이고 섞여서 점점 순수해지는 여자애. "트로트 영상 또 찍어도 되고. 저번에 조회 수가……" 그렇게 단걸 좋아하는데 살이 안 찐다는 것도 참 특이한 일이다. 하긴, 돼지처럼 욱여넣지 않지. 새처럼 우아하게 먹지. "아, 먹방 찍어도 좋겠다. 왜, 역 앞에 할매가래떡볶이 생겼잖아, 거기 마라떡볶이에 곱창이랑 치즈 추가해서……" 그렇다고 완전 새침만 떨진 않는 것이, 지난번에 레스토랑 갔을 땐 후식으로 레몬과 베르가못 타르트가 나왔다. 다들 딱딱한 페이스트리를 자르려고 달그락달그락 나이프를 접시에 부딪치고, 부스러기를 흘리며 허우적대는데 마유미 혼자서 와, 맛있겠다 하고 손으로 집어 덥석 물었다. 그걸 보고 사람들이 깜짝 놀라던 모습이란.

후후, 나도 모르게 웃었다. "뭐야, 듣고 있어?" 귓가에서 현주가 짜증을 냈고 동시에 있는 줄도 몰랐던, 앞서가던 여자와 눈이 마주쳤다. 여자는 안면 근육이 굳어버렸는지 눈동자만 나비를 좇듯 움직이다가 내 흔적기관 같은 가슴에 시선이 멈췄다. 그제야 나는 내가 숨을 헉헉대며 여자의 뒤를 쫓고 있었다는 걸 깨달았다.

"응. 듣고 있어. 집에서 마저 얘기하자."

나는 부러 내가 낼 수 있는 가장 높은 목소리로 답했다. 그리고 의심을 완전히 거두지 못한 여자의 눈동자가 내 뒤를 쫓는 걸 느끼며 빠른 걸음으로 그를 앞질러갔다.

현주는 내가 사온 술을 보고 툴툴댔다. 엘더플라워? 스트로

베리 앤드 라임? 애플사이다는 맥주도 아닌데다 이래서야 기껏 사온 초밥과 어울리지도 않고, 아니, 애초에 술꾼이 단거 좋아하는 거 봤냐고 불평을 내뱉었다. 짧은 투정을 마친 그가 광어 초밥을 하나 입에 넣고 씹으며 물었다.

"그래서 아까 하던 얘기 말인데, 뭐 괜찮은 거 있어?"

"응. 스토커에게 쫓기는 걸로 하자."

"스토커?"

"할 수 있어?"

"대본만 있으면야. 그런데 갑자기 웬 스토커?"

"그건……"

나는 방금 본 여자의 얼굴을 떠올렸다. 그 불쾌한 표정. 겁을 먹은 동시에 혐오스러워하는 표정이 1학년 때 과대표를 닮아 있었다. 걔도 현주처럼 아나운서 준비를 했고, 진짜 되었다. 한번은 술자리에서 현주에게 뒤트임이랑 코끝 필러랑, 그리고 교정만 하라고, 그러면 턱은 안 쳐도 될 거라고 충고를 해주기도 했다. 고3 때 하지. 그때가 싼데. 그 자리에서 그는 자신에게 고백한 과 동기 얘기를 하면서 울기도 했다. 걔가 입학했을 때부터 지켜봤다고 그러는데 손이 벌벌 떨리더라니까. 거절했다가 무슨 해코지라도 당하면 어쩌지, 겁이 나가지고…… 과대표가 눈꼬리를 내리고 강아지 같은 표정을 짓자 동기들이 분개했다.

동기 1: 개 같은 새끼.

동기 2: 맞아 맞아.

과대표: 진짜, 마음에도 없는 애들이 괜히 착각해서 그러면 너무 골치 아파.

동기 3: (맥주잔을 테이블에 내리친다) 지당한 말씀!

과대표: 여기서 공감 못하는 사람 없을 거야. 〔동기들(코러스): 맞아맞아!〕 여자라면 다 겪어본 일이잖아. (갑자기 구석에 앉아 있던 나를 돌아보며) 그치? (마음의 소리: 너도 비록 생김은 그렇지만 삶은 돼지 내장 같은 성기가 달려 있으니 여자 맞지? 그런 너도 여자로 받아들이고 끼워주는 나는 관용의 천사, 여자 중의 여자고?)

동기들(코러스): 오, 당연하지! 모름지기 여자라면 그런 경험 한두 번은 있지.

스무 살의 나: (그런 일은 겪어본 적도, 겪을 일도 없다는 걸 알지만 고개를 끄덕인다)

동기들(코러스): (술잔을 테이블 위로 쿵쿵대며) 원 오브 어스! 원 오브 어스!

'미래의 나' 무대 위로 등장한다.

미래의 나: 마유미는 과대표와도, 길에서 만난 여자 따위와도 비교할 수 없는 여자 중의 여자인데. 그를 숭앙해서 미쳐버

린 사람이 한둘쯤 있지 않을까?

"……여자라면 누구나 겪는 일이니까."
"흠." 현주가 생새우 초밥을 집었다.
"그래서 어떤 얘기인데? 범인은 누구고?"
기다렸다는 듯이 이야기가 줄줄 나왔다. 범인은 아주 능숙한 사람이다. 오래전부터 마유미를 좋아했지만, 그간 발톱을 숨기고 있었다. 그것이 드러난 계기는 현주, 아니, 마유미가 발설한 해변가에서 멋진 남자를 만난 이야기다. 사실 마유미는 전부터 그 남자의 존재를 알고 있었다. 그렇지만 시선이 느껴진다 싶은 애매한 느낌뿐이라서 이제껏 방송에서도 말하지 않았다. 마음 한구석으론 불안을 안고 있으면서, 사람들한테는 밝은 모습만 보여주었다. 그게 자기의 역할이라고 생각하니까. 사람들을 행복하게 해주는 거. 웃는 모습으로 힘을 주는 거 말야. 속에서 무언가 치솟았다. 불쌍한 마유미. 말도 못하고 속만 끓이다니 바보다, 바보. 자기를 사랑하는 사람이 얼마나 많은데. 그래서 말할 수 없다는 걸 알지만, 그래도 마유미는 바보다. 나에게만은 기대도 괜찮은데.
"나쁘진 않네."
현주가 고개를 끄덕였다. "시청자 중 한 명 같다는 뉘앙스를 풍기면 교수는 범인이 젠틀맨인 줄 알고, 젠틀맨은 교수인 줄 알 거 아냐. 딱 좋다." 현주가 광어 초밥을 하나 더 집었다. "그런데 결정적인 계기가 뭐야? 방송에서 말해야겠다고 마음먹은 계기. 방송 본 사람들이 신고할 정도는 아닌데 찜찜해할 만한 거. 증거라기엔 좀 가벼운 거. 그런 게 뭐가 있지?"

반사적으로 입이 열렸다.

"밥이야."

"밥?"

나는 지역 박물관에서 읽은 정보를 얘기했다. 응랑에는 죽은 이를 밖으로 불러낼 적에 밥 세 덩이를 현관 앞에 두는 관습이 있다. 제사가 끝난 뒤에도 향을 끄는 데 그치지 않고 제삿밥을 숟가락으로 뚝뚝 떠서 문밖에 놓는데, 그렇게 하지 않으면 조상신이 나갈 길을 찾아 헤매다 눌러앉아 악귀가 된다나. 문제는 산 사람의 영에도 그 주문이 통한다는 것이었다. 그래서 응랑 사람들은 저주하는 사람의 집 앞에 밥을 뭉쳐 두었다. 그것은 절대 주워먹어서도, 밟아서도 안 되고 들짐승이나 날짐승이 먹어치우거나 저절로 사라질 때까지 두어야 했다. 함부로 건드렸다간 급살을 맞게 된다는 것이다. 그랬던 응랑도 이젠 제사를 지내지 않는 집이 태반이고, 아파트 복도에 밥덩이가 있으면 관리사무소에서 금방 쓸어내는 지금, 옛날 옛적 이야기는 미신에 지나지 않았다. 못이 박힌 짚 인형을 보면 기분은 나쁘지만, 그것과 몰락, 질병, 죽음 사이의 과학적인 상관관계는 발견할 수 없는 것과 같은 이치였다. 아무도 믿지 않는 저주는 힘이 약하다. 어차피 전부 옛얘기인데다, 마유미에게 해가 될 것도 없고 그럭저럭 이야기로서도 재미있었다.

"그치?"

"그렇긴 한데⋯⋯" 현주가 던진 질문이 의외로 정곡을 찔렀다. "우리집 앞에 밥을 두고 간다, 그거지? 어떻게 알고 찾아온 건데?"

나는 손톱을 깨물었다. 만약 마유미가 버추얼계가 아닌 일상계였다면 쉬웠을 거다. 행동반경을 알기 쉬우니까. 꼭 특정되는 가게나 건물이 찍히지 않더라도 사람을 찾는 건 어렵지 않았다. 한 스토커는 눈동자에 비친 가로등 번호를 보고 피해자의 집을 찾았다고 했으니 마음만 있으면 식은 죽 먹기였다. 나는 눈앞의 마유미, 아니 현주를 보았다. 부지런히 초밥을 집어삼키는 그에게서 마유미의 그림자는 찾을 수 없었다. 고민이 깊어졌다. 둘이 이렇게 딴판인데⋯⋯ 우연히 거리에서 목소리를 들었다고 해야 하나? 아니면⋯⋯ 내가 머리를 굴리는 사이 현주가 접시 위로 손을 뻗었다. 그가 이번에 잡은 것은 기름이 오른 통통하고 매끈한 연어 초밥이었다. 새콤한 밥알이 부드럽게 풀어지다 으깨지고 뭉개졌다. 손가락을 빼는 현주. 어린아이처럼 맨손으로 집어먹는⋯⋯

"네일을 보고 찾아온 거야."

"아." 현주가 손톱을 들여다보았다.

"확실히, 손은 내 손이지. 아직 기술이 거기까진 발달하지 못했으니까."

"응. 그리고 네 손톱 디자인이 무척 독특해서 알아낸 거야. 어차피 다들 마유미가 서울에 사는 것쯤은 알고 있잖아? 2호선 서쪽 라인이라는 것도. 네일 숍이 많아봤자 수백 개 밑일 거고, 요즘 가게들은 다 인스타에 사진 올리니까 그걸 보고 찾았다고 하면 돼. 마유미는 너처럼 손에 반점이 있잖아. 그리고 웬 남자가 마유미 사진을 내밀면서 이분이 여기 단골 맞느냐고 묻는 걸 이상하게 여긴 주인이 마유미에게 알려준 거고. 어때?"

"그럴싸하네." 현주가 문어 초밥을 집었다. "그대로 결말 없이 흐지부지 끝내도 되겠다. 다음 이야기는 스스로 생각하게 하고. 사람들 되게 잔인하잖아. 겉으론 점잖 빼는 주제에 머릿속으론 별짓을 다 하니까 그냥 그러게 냅두자고. 아! 세트로 시면 이게 싫다니까." 현주가 미간을 찡그리며 내 접시에 달걀 초밥을 올렸다. "이건 너 줄게." 나는 노랗고 폭신폭신한 달걀 초밥을 입에 넣었다. 설탕을 듬뿍 넣어 달콤했다. 눈을 감고 그것이 마유미의 붉은 점막에 닿아 부드럽게 뭉개진다고 상상했다.

피곤했는지, 잠시 좀 눕겠다던 현주는 이도 닦지 않은 채 그대로 잠이 들었다. 깨울까 하다가 담요를 덮어주고 조도를 낮춘 뒤 일을 시작했다. 방송을 마친 현주가 올린 녹화본엔 벌써 댓글 몇 개가 달려 있었다. 그중 좋아요 수가 가장 많은 두 개에 나도 좋아요를 눌렀고, 어떤 것엔 답글을 달았고, 이상한 것은 관리자 권한으로 삭제하고, 신고했다. 그런 다음 짬짬이 마유미의 지난 영상을 보며 웃다가, 남은 초밥을 먹다가, 현주와 나눈 이야기로 다음 대본을 작성하고 나니 시간은 어느덧 네시가 넘어 있었다. 몸이 찌뿌둥해 기지개를 켜고 자리에서 일어나 커피 한 잔을 내렸다. 무척 향기로워서, 누군가와 나누고 싶은 마음이 들어서, 나는 조심스레 마유미의 방문을 열었다. 텅 빈 공간이 나를 맞았다. 원래 이곳에서 생방송과 후작업을 했지만 얼마 전 큰비가 내려 물이 샌 김에 리모델링 공사를 하는 중이었다. 벽을 꾸미던 인형도, 팬이 보내준 것처럼 직접 만들어 붙인 플래카드도 사라지고 지금은 시멘트 벽에서 냉기가 뿜어져나올 뿐이었지만 마유미를 느낄 수 있었다. 문밖에 서서 핸드폰을 부여잡은 채 가슴 졸이던 첫 방송의 순간, 구독자 백 명을 넘긴 날 케이크를 사서 초를 밝힌 일, 첫방 기념으로 키우기 시작한 화분이 꽃을 피우고 씨를 떨구고 다시 거기서 꽃을 틔웠던 지난 1년. 눈을 감고 공기를 들이마셨다. 이곳 어딘가에 녹아 있던 그애의 세포가 내 안으로 들어왔다.

나를 숨쉬게 하는 마유미. 내가 기른 마유미. 나의 마유미.

 어쩌면 이 방에 들어온 건 이걸 다시 보고 싶어서가 아닌가, 생각하며 주머니에서 봉투를 꺼냈다. 종일 품고 다녀 체온에 데워진 그것은 웅랑에서 찍은 내 몸에 마유미 얼굴을 합성한 사진이었다. 뭐라고 할 수 없는 감정이었다. 종교화를 밟기 직전 신자의 심정이 이럴까? 떨리는 손으로 갱지 봉투를 열었다. 낮에도 확인했지만 사진 속엔 여전히 바다를 등지고 해안에 우뚝 선 마유미가 있었다. 물론 진짜 마유미만큼 아름답진 않았다. 키만 불쑥 크고 지나치게 큰 갈비뼈가 갑옷 같고 그러면서 가슴은 하나도 없이 앙상한 탓에 남자가 여자 옷을 걸친 것도 같았다. 그래도, 그래도 마유미의 얼굴을 하고 마유미와 같은 옷을 입고 있어서 조금은 아름다웠다. 전신을 감싸는 긴 기장에 목에는 스카프처럼 두를 수 있는 긴 천이 달린 원피스. 소매에 푸른 장미가 새겨진 그 새틴 원피스를 나는 마유미에게 입히고 싶었다. 그래서 NFT를 구입했고, 0과 1의 씨실과 날실로 엮은 옷이 늘어선 옷장에 한 벌을 추가했다. 가격은 진품과 같아서, 그리고 나니 내가 살 수 있는 건 방글라데시 공장에서 여성과 아동을 착취해 만든 패스트패션 브랜드의 5만 원짜리 모조품뿐이었다. 나는 그 옷을 벽장에서 꺼내 입고 방 한가운데 섰다. 당연히 아쉽진 않다. 응. 이런 식으로라도 같은 옷을 입을 수 있어 행복하다고 느끼며 나는 다시 사진을 손에 쥐고 눈을 감았다. 귀를 기울이자 멀리서 누군가의 목소리가 들렸다. 옛날 옛날 웅랑이라는 바닷가 왕국에……

마유미라는 여자애가 살았다. 아름다운 애너벨 리. 여름에는 꿀빛 피부로 젖은 모래를 밟고 다니고 겨울이면 분홍색 암석 같은 조그만 발뒤꿈치를 양모 양말에 숨기고 다니는 마유미. 몇 년 뒤면 자기 이름을 딴 괴담이 생긴다는 것도 모른 채 마유미는 벗은 몸으로 쏘다녔다. 여름에만 이곳을 방문하는 소년들과 함께 산으로, 바다로, 자살바위 위로. 그 어린 신은 심술궂은 장난을 좋아했다. 살아 있는 사마귀를 소년에게 먹여 유치 사이로 형광색 진물이 죽 배어나오게 했고 다음날은 주목나무 열매를, 다음날은 개똥을 주둥이에 밀어넣었다. 소년들은 전부 마유미의 종이 됐다. 해변에 핀 희고 조그만 갯개미자리를, 절벽에 핀 노란색 갯고들빼기와 그것을 꺾으면 나오는 뿌연 즙을, 더러운 휴지를 갖다 바쳤다. 어머니의 비취반지를 갖다 바쳤다. 붉은 심장과 가짜 루비를, 첫 키스를, 첫 주먹질을 갖다 바쳤다.

그러나 그 누구도,

마유미는 사랑하지 않는다. 다만 거기 있을 뿐이다. 나르시시스트 미소녀 마유미. 그는 자기 몸이 깃털 뭉치로 빚어졌다는 걸 안다. 약한 숨결에 사라질 거라는 걸, 몸을 만지면 신성모독이라는 걸 안다. 이렇게…… 손가락이…… 가슴을 타고 내려간다면…… 불경한 일이 될 거라는 것을…… 안다. 밭은 숨이 나왔다. 발가락 근육이 안쪽으로 말렸다. 비가 그친 다음에 오르막길을 오르는 일, 아저씨의 등, 그 뜨겁게 김이 오르는 폴로셔츠에 코를 바짝 대고 출근 시간 2호선을 타는 일, 그가 내리고 나서 올라탄 사람에게서 풍기는 입냄새, 설사가 쏟아질 거 같은 엉덩이에 힘을 주고 걷는 일, 오로지 그런 것에서만 실감을 느끼던 증오스러운 나의 몸을 마유미가 움직였다.

  나는 마유미의 일본인 팬이 남긴 댓글을 떠올렸다. 그는 우연히 알고리즘에 이끌려 이곳으로 왔다며, 어느 순간 매일 마유미만 기다리는 자신을 발견했다고 했다. 언젠가부터 일본어 댓글이 한국어로 바뀌었다. 귀여워요가 사랑해요로, 점점 길어지고 살이 붙었다. 최근엔 이런 댓글이 있었지. 마유미. 나는 지금 한국어를 배우고 있어요. 열심히 공부하고 있습니다. 조만간 한국에 가고 싶습니다. 그곳에서 당신을 만나고 싶습니다. 현주가 그걸 보고 물었다. 이 사람이 한국에 오면 누구랑 만나야 할 거 같아? 나? 아니면 너? 그때는 그냥 웃고 말았지만 지금은 대답할 수 있다. 그럴 리가 있겠어. 인천공항에 내려, 순진한 얼굴로 두리번거리며, 공항철도를 타고 홍대입구역의 에스컬레이터를 통해 지상으로 올라간 그가 식당에 들어가 2인분이요, 라고 주문을 한 끝에 드디어 왔네, 라며 웃는 얼굴로 속삭이는 상대는 화면 속 마유미일 것이다. 그는 거기에 숟가락을 들이대고 같이 지도를 찾아보고 명동의 노점에서 열쇠고리를 사고 야간 개장한 경복궁의 어둠 속에서 조용히 입을 맞출 것이다. 당연하지 않아? 그만큼 마유미는 진짜다. 진짜라서 마유미를 찌르면 피가 철철 흐를 거다. 이 글을 읽는 사람들의 손이 젖을 거다. 그리고 그런 마유미를…… 나는 지켜주고 싶다.

문을 연 채 변기에 쪼그려앉았다. 오줌을 누는데 현관에서 발소리가 들렸다. 이 새벽에 택배인가. 맨발로 나가 문을 여는데 발바닥이 밥덩이를 밟은 듯 끈적했다.

들어보니 아무것도 없었다.

2

자살바위로 알려진 희구대가 실은 살인바위라는 주장은 『TheBig&SmallWorld Magazine』 제29권 제1호(통권 120호)에 공식적으로 제기되었다. 1987년, 올림픽 준비 과정과 분단 상황을 취재하기 위해 서울과 파주, 강원도 일부 지역을 방문한 롭 슈머는 휴전선 근처 해안 지역의 호기로운 기상과 거친 자연에 매료되었다. 특히 그의 눈을 사로잡은 건 외조모의 고향 아일랜드 클레어 카운티의 모허 절벽을 조그맣게 떼어다둔 듯한 해안 절벽이었다. 가이드는 그곳이 반도에서 손꼽히는 명경으로 사람이 많이 죽어 자살바위라고도 불린다는 것을 알려주었다. 산세가 험하다지만 해발 300미터가 겨우 넘었다. 이른 아침에 출발하면 실컷 보고도 점심 전에 돌아올 수 있었다. 그러나 또 한 명의 원주민 여성 가이드─한 사람에게 가이드가 둘이나 붙을 일이 없을뿐더러, 맥락상 당시만 해도 남아 있던 군부대를 상대하던 매춘부가 분명하다─가 그를 막았다. 슈머가 반복해서 '나는 자살하지 않아요. 그리할 생각도, 의지도 없습니다'라고 끈기 있게 말했지만 요지부동이었다. 무언가 수상해 이유를 물으니, 절대 가지 않겠다는 다짐을 받아낸 가이드가 그제야 그곳은 자살바위가 아닌 살인바위라고 했다. 이름 없이 죽어간 사람이 한둘이 아닌데 쌓인 원한이 보통이겠느냐는 것이었다.

슈머는 겁을 먹는 대신 여행 잡지 편집부에 근무하던 친구에게 연락했다. 그는 동북아시아의 작은 분단국가, 그 안에서도 휴전선 근처에 위치한 작은 어촌 마을에 전승되는 살인바위 이야기를 전했다. 때마침 아시아 붐이 일었겠다, 한 꼭지 내주지 못할 정도는 아니어서 편집장에게서 허락을 받아냈다. 상당한 열의를 갖고 있었는지 슈머는 예정보다 일주일 일찍 원고를 송고하며 기획을 시리즈화하고 싶다는 의사를 밝힌다. 그러나 이때 흔히 KAL기 폭파 사건이라 부르는 대한항공 858편

폭파 사건이 일어난다. 일본 여권을 갖고 있던 범인이 실은 북한의 첩보원이라는 것이 밝혀지자 한가하게 전설이나 세시풍속 따위를 취재할 시간은 없어졌고, 제2의 라프카디오 헌이 되고 싶었던 슈머의 야심도 유야무야되었다. 훗날 슈머는 조현병이 발병하여 마흔넷이라는 이른 나이에 스스로 생을 마감한다.

슈머의 기사가 객관적으로 잘 쓴 것이라고는 할 수 없다. 충분히 시간을 들이지 않은 탓인지, 소통의 한계 때문인지 근거는 빈약하고 문장은 단순하다. 그럼에도 슈머의 기록은 당시 지역민들이 희구대를 어떻게 인식하고 있었는지 확인할 수 있는 단초가 된다는 점에서 귀중한 사료다. 그 일부를 옮기면 다음과 같다.

희구대의 세번째 이름, 살인바위
―있을 곳을 찾으려는 여자들의 분투

어느 시대나 그렇겠지만 편견으로 가득찬 동양의 바닷가 마을에서 젊은 여자가 남편 없이 살아가기란 쉬운 일이 아니다. 특히 남성 대비 여성의 인구가 1대 3인 옹랑의 바닷가에서 남자란 껍질만 있어도 좋은 것이다. 나로선 이 억척스러운 아마조네스들의 조상이 남편을 필요로 했다는 것이 믿기진 않지만, 육로도 해로도 변변찮은 고립된 이곳에서 피를 이을 씨앗은 무엇보다 중요했는지 모른다.

가이드 이영혜씨(23)가 들려준 전설을 정리하면 다음과 같다.

혼자 사는 여인에게 마음에 드는 남자가 생긴다. 그가 총각이라면 별다른 문제가 없지만, 때론 결혼한 남자가 여인의 마음을 사로잡을 때가 있다. 이때 여인은 남자의 둘째 부인이 되거나 몰래 그를 유혹하지 않는다.

당당하게 그 집 대문으로 들어가서 이 집은 내 집이고, 남편은 내 남편이라고 말한다. 그러면 원래의 집주인 여자는 그를 박대하지 않고 식사를 차려 먹인 뒤 신령님에게 물어 답을 찾자며 함께 희구대에 오른다. 그곳에서 두 사람은 담판을 짓는데*, 이긴 사람은 바다로 가고 진 사람은 돌아와 남자의 아내로 산다**.

특이한 것은 돌아온 사람이 누구든, 원래 그 집에 살던 여

---

* 정확히 무슨 대결인지는 가이드도 알지 못했다. 아마 전승되는 와중 그 잔혹성 때문에 생략된 것이 아닌가 싶다.

** 몇 번을 물었지만 가이드는 이긴 사람이 아닌 진 사람이 마을로 돌아오는 것이 맞는다고 했다. 그들은 아마 거친 바다에서 한 남자의 아내로 사는 것보다 한순간 절경을 즐기고 죽는 것이 낫다는 것을, 달리 말하면 생의 지난함을 파악했는지 모른다.

자의 이름을 쓴다는 것이다. 만일 새로 온 여인과 살게 되어도 사람들은 그를 선대의 이름으로 부른다. 그리고 새로 집주인이 된 여자는, 선대가 어느 누구와 어떤 불공정한 계약을 맺었든 그것에 객관적인 증거만 있다면 군말 없이 약속을 지킨다. 자식들도 그를—설령 자신보다 나이가 어려도—어머니로 대한다. 그러다 누군가 대문으로 들어와 이 집은 나의 집이고 남편은 나의 남편이라고 말하면 같은 일이 반복된다. 그것을 이상하게 여기는 마을 사람은 아무도 없다.

❖

요양병원 별관 카페는 한적했다. 호두목으로 통일된 내부 인테리어는 묵직한 안정감을 주었고, 레이 찰스의 음악과 에어컨 바람이 기분좋게 실내를 맴돌고 있었다. 그리고 유리 통창 밖 야외 테이블은 따개비처럼 들러붙은 사람들로 붐볐다. 이상기후로 평년 기온을 훨씬 웃도는 날씨가 이어짐에도 해바라기를 하러 나온 사람들이었다. 피로와 기미로 뺨이 얼룩진 사람들. 자존심 세울 때를 제외하고는 안쪽에서 커피 한 잔 시키지 않는 사람들. 그들과 또래라고는 도무지 믿을 수 없는 단정한 외모의 송주 이모가 내 맞은편에서 냅킨을 가늘게 찢었다. 팥죽색의 긴 손톱이 딱정벌레처럼 번뜩였다.

"내가 안 그래도 걱정이 됐거든. 애라고, 뭐 모른다고 무시할 거 같아서. 근데 오늘 그 꼴을 보니까 말이 안 나오더라. 어디서 저렇게 지저분한 여자를…… 나 먹고사는 거 바쁘다고 너무 신경을 안 쓴 것 같아. 그래도 너 하는 거 보고 놀랐다? 생각보다 똑소리 나서. 하여튼 잘했어. 너, 착하다고 하는 말 욕인 거 알지? 영리하게 살아. 자기 잇속 챙기면서."

그러더니 송주 이모는 쥐고 있던 냅킨으로 눈물을 찍기 시작했다. 어떻게 해야 할지 몰라 창밖으로 시선을 돌리다가 가까이에 있는 조그만 연못과 그 주변을 뱅글뱅글 도는 사람들을 보고, 기분이 이상해졌다. 어쩌면 저들은 마법에 걸린 백조가 아닐까? 누군가 쐐기풀로 옷을 지어주지 않는 이상 아름다운 털을 가진 고귀한 생명체로 돌아가지 못하고 저렇게 우중충한 인간으로, 추하고 병들고 늙은 모습으로, 손톱에 똥이 낀 모습으로 살아가야 하는 거다. 기나긴 악몽에서 깨어나지 못한 채.

커피를 삼켰지만 나 역시 꿈의 일부인 것 같았다. 방금 전 병실에서 있었던 일, 아니 정확히는 내가 한 일이 실감나지 않았다. 누군가의 생계를 끊은 일. 고래고래 소리를 지른 일. 내일부터 나오지 마시라고, 당신처럼 더러운 사람은 태어나서 처음 봤다고 나이 많은 여자에게 소리지른 거. 그게 전부 내가 한 짓이 맞나? 아니야. 내가 뱉은 말은 단 한 마디였다. 트로트 경연 대회 우승자의 노래를 병실이 떠나가라 시끄럽게 틀어놓은 이모님에게, 언니도 팬클럽이잖아, 내가 언니 것까지 문자 투표 했잖아, 그렇게 호호 웃는 이모님에게 아줌마는 그런 거 싫어하시는데요, 한마디한 게 다다. 그랬더니 이모님이 기분 나쁜 표정을 지었고, 왜 저러는 거지? 저 썩은 표정. 돈 받는 내내 앉아 밥을 먹거나 졸거나, 하루에 두세 번 기저귀나 갈고 그마저도 제때 갈지 않아 살이 짓무르게, 욕창이 생기게 했으면서 왜 저런 표정을 짓지? 억척스러움에 어울리지 않는 꽃무늬, 시 따위를 몸에 두르고, 그러면 여기가 똥구덩이가 아니게 되는 것마냥 굴면서 왜 저러는 거지? 그런 생각이 들었고, 단지 생각만 했을 뿐인데 정신을 차리니 이모님은 병실을 나가고 없었다. 나는 아연했다. 목은 아픈데, 그건 확실하게 느껴지는데 무슨 일을 한 건지 전혀 와닿지 않았고…… 그때 누군가 내 팔을 움켜쥐고 달콤한 형벌이 차려진 이곳으로 데려왔다. 도무지 다 삼킬 수 없을 거 같은 디저트의 산 앞으로.

누워 있는 친구 딸의 친구와 친구 어머니의 친구인 두 사람 사이에 공통점은 없었다. 그 둘 가운데에도 연못이 있어, 할 수 있는 건 주위를 뱅글뱅글 도는 것뿐이었다. 나는 은박지에 묻은 밤크림을 핥았다. 접시 위에 흩어진 제누아즈 부스러기를 손가락으로 찍어 먹었다. 그러면서 송주 이모가 입을 떼기만

마유미

을 기다렸지만 그는 좀처럼 고개를 들 생각이 없어 보였다. 언제쯤 일어나야 예의 없어 보이지 않을까 시간을 재는데 그제야 약간 코를 훌쩍이며 송주 이모가 새삼스레 안부를 물었다.

"잘 지내니?"

"예에. 이모는요?"

"나도 잘 지내지."

"……"

"……"

"……현주도 잘 지내요."

"그래. 그건 알아."

만나진 않아도 연락은 하는구나, 싶어 고개를 끄덕이는데 이모가 가방 안을 더듬더니 핸드폰을 꺼냈다. 약간의 조작 끝에 스피커에서 그놈의 결승곡 반주가 나왔고 진짜로 토가 나올 거 같아 입을 틀어막는데 목소리가 흘러나왔다. 내가 잘 아는, 우리가 잘 아는 마유미의 목소리였다.

"경희랑 닮았어."

"……"

"이것 말야. 경희랑 똑같다고."

그가 핸드폰 사진첩을 열었다. 옛날 사진을 모아둔 폴더에 교복을 입은 학생 둘이 검은 바위 위에 앉아 찍은 사진이 있었다. 안경을 쓰고 활짝 웃고 있는 건 젊은 송주 이모, 그 옆에

양 갈래로 땋은 머리를 하고 다문 입꼬리만 새침데기처럼 살짝 올리고 있는 얼굴은 마유미였다. 움직이지 않는, 아줌마의 처녀 시절 얼굴.

"경희가 탤런트가 되고 싶어했던 건 아니?"

"……"

"이쁜 애였어. 몇 번 서울서 온 사람들한테 제의도 받았고. 촌구석에서 태어나지만 않았다면 뭐든 할 수 있었을 거야. 세상 밖으로 나가고 싶어했는데. 애가 들어서는 바람에……"

이모는 그렇게 말하며 화면 속 여고생의 얼굴을 어루만졌다. 그 말을 듣고서야 어쩌면, 어쩌면 그가 친구의 인생을 갉아먹은 현주를 미워하고 있을지도 모른다는 걸 깨달았다. 핸드폰을 쥔 이모의 손끝이 희게 질렸다.

"이모!"

누군가 외치는 소리가 들렸다. 고개를 돌리자 잰걸음으로 다가오는 현주가 보였다.

"이모. 오랜만이에요."

송주 이모가 자리에서 일어나, 두 팔을 벌리는 현주에게로 몸을 돌렸다. 각도 때문인 척 은근히 밀어내는 걸 알아챈 건 나뿐만이 아니었기에, 현주의 얼굴에 작게 금이 갔다. 그러나 현주는 이따금 올라오는 악플에 대처하듯 아무것도 눈치채지 못한 척, 방긋방긋 웃으며 고향 어른들의 안부를 묻고, 은퇴 준비는 잘되어가는지 묻고, 애견 콩돌이는 건강한지 물었다. 모든 흐름이 매끄러워서 역시 아나운서를 준비했던 애는 다르구나, 감탄했다. 눈앞에서 몇 번 팡파르가 터졌다. 힘내요. 기운 내요. 그런 문장이 떠오르면서 금화 모양 캐시가 불꽃놀이의 잔해처럼 위에서 아래로 흘러내렸다. 현주도 그걸 본 모양인지 본격적으로 이야기에 올라타서 지난 1년 반 동안 내가 드나들며 보았던 것을 이모에게 그대로 전달했다. 똥오줌보다 지독한 죽음의 냄새가 얼마나 견디기 힘든지, 게으르고 손끝이 무딘 요양보호사를 대할 때면 얼마나 속이 터질 것 같던지, 그의 어정거리는 걸음만 봐도 답답했으며 선물받은 과일을 숨겨두곤 잊어서 다 썩은 걸 한참 뒤에야 꺼내 버렸을 때는 더이상 안 되겠다고 생각했다고, 그런데 차마 자르겠다는 말을 꺼내지 못해 미루고 미루다가 오늘까지 왔다고 마치 겪은 것처럼 얘기했다. 저런, 너무 안됐네요. 뭐 그런 사람이 다 있대. 그런 댓글이 올라오길 기다리듯 미간을 잔뜩 찌푸렸다.

그러나 이모 얼굴에 떠오른 건 현주에 대한 연민이 아니었다. 그는 어딘가 알 수 없는 표정으로 자기 핸드폰을 들었다.

"이걸 계속해야겠니?"

자동 재생되고 있던 화면 속에는 여전히 마유미가 있었다. 그는 내가 무척 좋아하는, 폴리츠 디테일로 허리를 강조하는 원피스를 입고 서촌에 전시를 보러 갔던 이야기를 하고 있었다.

"이모."

예상한 듯 현주가 자연스러운 미소를 띠며 말했다.

"이거 괜찮아요. 무슨 이상한 일 하는 것도 아니고요. 사람들이랑 얘기하다가 가끔 노래 부르고, 그게 다예요. 옛날식으로 말하면 탤런트 같은 거예요."

"그 말이 아닌 거 알잖아." 이모가 한숨을 쉬었다. "보기 어렵다, 현주야. 이런 일 하는 거, 아무리 생각해도 경희가 좋아할 것 같지 않아. 좀 모욕적이라는 생각 안 드니?"

가라앉은 분위기에 입만 다물고 있는데 현주가 방긋 웃는 얼굴로 물었다.

"이모. 엄마 친척 어른 중에 명호 삼촌 기억해요? 부산에서 무역상 하시던."

송주 이모가 눈을 크게 떴다. "네가 삼촌을 알아? 너 태어나기 전에 돌아가셨는데."

"엄마한테 많이 들었거든요. 그분이 집에 놀러올 때마다 그렇게 외제를 사다주셨다면서요."

"그래, 그랬지."

현주가 꿈에 젖은 듯 촉촉한 목소리로 말했다.

"할머니한테는 내쇼날의 하늘색 전기스토브나 빨간색 코끼리밥솥을 주고, 할아버지한텐 대모갑 안경테나 시가를 선물하고, 엄마 몫으로는 벽에 걸 수 있는 커다란 세계지도를 사주고, 무릎에 앉히고 몇 시간이나 이야기를 들려주고…… 엄만 그게 너무 좋고, 또 당연한 일이라 자라면 자기도 코즈모폴리턴이 될 줄 알았대요. 종일 사람 구경만 해도 심심치 않다는 신주쿠 마루이 백화점 앞을 얼쩡대거나 상하이의 조그만 찻집에서 끽연가들 사이에 끼어 마작을 하고, 톈진 길거리에서 마화를 먹고, 밤의 몽골 사막에서 쏟아지는 별들을 보며 오들오들 떨고 그럴 줄 알았대요."

현주가 한 박자 쉬고 뱉었다. "근데 이모 지금 엄마요, 누워 있잖아요."

"……"

"그래서 제가 이거 하는 거예요. 이거는요, 국경을 넘는 것보다 더 대단한 일이에요. 이 화면 속이랑, 여기를 오고가는 일이에요. 사람들이요, 전 세계에서 이걸 봐요. 움직이는 엄마를 본단 말이에요. 이 안에서 엄마는 누워 있는 사람이 아녜요. 영원히 젊은 처녀애고, 뭐든 할 수 있고……"

"아니야."

누군가 현주의 말을 끊었다. 이상한 목소리. 잠시 뒤 나는 그게 나의 것이라는 걸, 내가 자리에서 일어나 두 발로 서 있다는 걸 알아챘다. 쇠가 긁히는 것처럼 끽끽대는 소리가 났다. 아마 반쯤 유체이탈을 했던 게 분명하다. 내 입으로 말하면서도 나는 목소리의 주인이 너무 떨고 있어서 그가 곧 쓰러질 거라고 생각했다. 저기, 침착해. 속으로 말을 걸었지만 소용이 없었다. 지나치게 떨고 있어 불쌍해해야 하는 건지 무서워해야 하는 건지 알 수 없는 목소리가 한번 더 말했다.

"마유미는 아줌마가 아니야. 마유미는……"

마유미는…… 뭔데? 마유미는 뭐냐고. 긴장한 상태로 다음 말을 기다렸는데 목소리는 말을 하지 않았다. 한참이 지나도 답이 없어서 귀를 기울이다가 나는 조용한 건 나뿐만 아니라 카페 전체라는 걸 깨달았다. 모두의 시선이 나를 향해 있는 거, 내 머리카락이 축축하게 젖었다는 거, 그건 이모님이 내게 물을 끼얹었기 때문이라는 것은 조금 더 늦게 알았다. 송주 이모가 돌처럼 굳었다. 놀란 현주가 입을 틀어막았다. 나는 숨을 몰아쉬는 이모님과 눈을 맞췄다. 그의 눈동자에 비친 젖은 머리의 괴상한 여자를 보느라 누군가가 카메라로 그 장면을 찍고 있다는 걸 끝까지 알아채지 못했다.

❖

이모님은 입을 열지 않았다. 짧은 시간, 우리가 나눈 건 눈의 대화뿐이었다. 그걸로 충분하다고 느꼈는지 그는 그대로 자리를 떠났다. 몇 번 그날의 일을 곱씹었다. 이모님이 아줌마에게 했던 것처럼 거울에 이마를 붙이고 내 눈을 보았다. 그리고 그 속에 반사되었을 이모님의 얼굴을 생각했다. 그는 내게 무얼 말하고 싶었던 걸까? 왜 자기에게 모욕을 주었냐고 화를 내고 싶었던 걸까? 할 만큼 했다고 주장하고 싶었던 걸까? 이제껏 더러운 일엔 손 하나 까딱 안 한 주제에, 돈만 내면 다냐고 묻고 싶었던 걸까? 실은 자기가, 아줌마를 가장 아끼고 사랑했다고 말하고 싶었던 걸까? 진짜 가족처럼? 그들이 학대와 사랑을 오가듯이, 누구보다 환자의 죽음과 장수를 기원하듯이, 자신 역시 무책임과 게으름과 애정을 오갔다고?

어쩌면 이모님도 자기가 무얼 말하고 싶은지 몰랐을지도 모른다. 그런 것은 의외로 자각하기 어려우니까. 그 일을 통해 내가 확실하게 안 사실도 요양보호사 파견 업체의 상담 업무 담당자가 내게 사과하고 싶어하지 않는다는 것뿐이었다. 당연하지. 그 일은 그의 잘못이 아니다. 그 사실을 그도 알고 나도 알았기에 침묵했다. 상대방이 죄송합니다, 정말 죄송합니다, 앞으로 이런 일이 없게 주의하겠습니다, 라는 말을 의미가 사라질 때까지 반복하도록 내버려두었다.

문제는 그다음에 일어난 두 가지 일이었다. 하나는 내가 물을 맞는 장면을 누군가 찍어 온라인 커뮤니티에 올린 것이었다. 그 자체로는 있을 법한 일이었으나 '버추얼 인플루언서의 실체'라는 제목이 문제였다. 내가 게시글을 발견한 건 업로드가 된 직후였다(나는 마유미에 관한 단어가 인터넷에 올라오면 알람이 울리도록 설정해두었다). 내가 개인정보 침해로 신고 버튼을 누르기 전에 게시글은 삭제되었으므로, 사실상 게시물이 존재했던 건 오 분 정도에 불과하다. 글을 본 사람은 150명을 넘지 않았고, 올라온 시간도 늦은 밤이었지만 사진은 순식간에 일파만파 퍼졌다. 현주와 송주 이모의 얼굴은 제대로 모자이크 처리가 되어 있었다. 그런 반면 멍청히 입을 벌린 나의 얼굴은 잔혹할 정도로 선명한데다 마유미의 사진과 나란히 있어 개그맨과 아이돌 가수의 얼굴을 비교하는 원시적인 예능 프로를 떠올리게 했다. 현주는 꽤 충격을 받은 듯했다. 그는 평소보다 조심히 걷고, 숨도 조심히 쉬며 내 눈치를 살폈다. 그러나 내겐 거기 찍힌 것이 나라는 실감이 없었다. 그보다는 내가 다른 사람의 카메라에 찍힐 수 있는 존재라는 것 자체가 믿기지 않았다. 내가 궁금한 건 단 하나, 어째서 사진 찍은 사람이 나를 마유미라고 생각했는지뿐이었다. 왜 현주가 아니었을까? 물을 맞은 게 나라서? 이모님이 그렇게 소리라도 질렀나? 아니면 사람들이 댓글에 쓴 것처럼, 여자애의 껍질을 뒤집어쓰고 여자 같은 짓을 하고 싶어하는 인간은 분명 남자—그렇게 보이는 나—일 것이기에?

  나는 현재 인터넷에 유통되고 있는 사진 속 인물은 마유미가 아니라 채널 관리자라는 해명문을 올렸다. 말미에 심려를 끼쳐 유감입니다, 라는 표현을 썼다가 제대로 사과하지 않았다는 반발에 죄송합니다, 라고 고쳤다. 그랬더니 진정성이 느껴지지 않는다는 피드백이 돌아와서 같은 내용을 손으로 써서 올리자 이번에는 단순히 내용을 베끼는 건 원숭이도 하겠다는 비아냥이 들어왔고, 요구에 맞춰 새로운 반성문을 썼지만 그럼에도 148명이 구독을 취소했다. 적은 숫자지만 우리처럼 구독자가 적은 채널에는 치명적이었다. 나는 한 시간에도 몇 번씩 화면을 새로고침 했다. 늘어나는 건 마지막으로 업로드한 영상에 달린 댓글뿐으로 전부 악플이었다. 우리 채널 시청자는 연령대가 높기 때문에 고루하다고 해야 하나, 링 위에 올라선 게 아니라 잘 보존된 언어의 박물관을 둘러보는 느낌의 문장이 많았음에도 마음이 아팠다. 특히 실망했다, 기만당했다 따위의 댓글을 읽으면서는 상당히 고통스러웠다. 이 사람들은 어째서 알지 못하는 걸까. 마유미는, 설령 그 팔다리를 움직이는 건 현주고, 말을 쓰는 건 나고, 눈 코 입은 아줌마에게서 떼 왔더라도 그 모든 이와 별개의 존재라는 걸, 마유미는 정말로 있다는 걸, 어째서 알아주지 않는 걸까?

두번째 일은 사진 유출 사건과 연달아 일어났다. 모르는 번호로 메시지가 왔다. 제목은 '마유미'. 내용은 없고 링크만 있었다. 개인 번호까지 유출된 걸까. 무시하려고 했는데, URL의 시작이 익숙했다. 클릭하자 우리가 이용하는 동영상 공유 사이트의 생방송으로 접속이 되었다. 방송 제목 역시 '마유미'.

그러나 그 안에서 움직이는 건 스무 살의 처녀가 아닌 쉰셋의 마유미였다. 초보자의 솜씨인지 데스마스크를 쓴 듯 움직임이 뻣뻣했고, 얼굴 윤곽선이 자주 무너졌지만 그 얼굴의 주인이 아줌마, 지금의 현주 어머니라는 건 충분히 알 수 있었다. 불쾌한 골짜기에 빠진 얼굴을 보고 싶지 않은 건 당연해서, 시청자는 나뿐이었다. 그는 채팅 창에 내가 접속했다는 문장이 뜨든 말든 신경쓰지 않고 하던 일을 계속했다. 배경은 낡은 방이었다. 누렇게 바랜 벽지가 성능이 나쁜 카메라로도 확연히 잡혔다. 그 안에서 늙은 마유미는 꽃을 돌보고, 앉아서 천천히 시를 읽기도 했다. 전에 한번 본 적이 있는 『내일도 찬란할 당신에게』라는 시집이었다. 도대체 무슨 짓을 하는 거지? 차마 화면을 끄지도, 방을 나가지도 못한 채 낭독을 듣는데 갑자기 여자가 카메라 가까이 다가왔다. 흠칫 놀라 몸을 뒤로 뺐다. 날 보는 건가? 아니다. 그럴 리 없다. 그가 보는 건 자기 자신이었다. 그는 손을 뻗어 화면을 더듬더니 자기에게는 자기와 똑 닮은 딸이 있다고 중얼거리기 시작했다. 언젠가 약속했어, 딸이랑 같이 꽃구경을 가자고. 핸드폰 화면을 끄는데 심장이 벌렁거렸다. 그리고 다음날, 같은 시간에 다시 모르는 번호에게서 링크가 도착해 열어보니 다시 구독자 0명의, 이제 막 개설된 채널에서 어제의 늙은 마유미가 꽃을 가꾸고 있었다. 다음날도, 그다음날도 마찬가지였다.

그러한 두 가지 사건으로 마유미는 잠시 쉬게 되었다.

현주와 나는 좁은 방에서 거의 나가지 않았다. 서로를 등지고 있는 듯 없는 듯 누워 있었다. 잠을 많이 잤고 밥은 거의 먹지 않았고 가끔 자정에 가까운 시간이 되어서야 산책을 나갔다. 약간의 거리를 둔 채, 인적 없는 길이 푸르게 변할 때까지 걷다보면 우리가 아이를 잃은 부모 같았다. 마유미가 너무 커서 그를 제외하곤 우리 사이에 할말이 없었다.

예고한 방송 재개를 일주일 앞둔 날. 집이 아닌 근처 카페에서 약속을 잡았다. 같은 집에서 씻고 나와 같은 길을 걸어 함께 카페에 도착하는 모양새가 우스웠지만, 그래도 뭔가, 오랜만에 외출해서인지 조금은 들뜨기도 했다. 나는 노트북을 열었다. 오랜만에 방송을 할 생각에 떨리는 건 현주도 마찬가지인 듯했다. 나는 딱딱하게 굳은 그의 얼굴을 풀어주기 위해 농담을 던지려다가 도무지 생각나는 말이 없어 곧장 본론으로 들어갔다.

"너무 걱정하지 마. 대본은 다 준비되어 있으니까. 전에 했던 스토커 얘기 있잖아? 그걸로 가려고."

그러자 현주가 고개를 저었다.

"그만두자."

"응?"

"그런 건 우습게만 보일 거야. 이미 마유미가 버추얼이고,

그 안에 있는 건 우리 같은 애들이란 게 알려졌잖아. 올라오는 댓글도 뻔하기만 할 거야. 한심하다, 줘도 안 먹을 것들이 뭐 이런 거겠지."

생각지 못한 반응이었다. 그러나 여기서 강하게 나가면 현주는 금방 자리를 박차고 일어날 것이다. 조금은 화가 났지만 달래는 투로 물었다.

"그러면 넌 뭘 하고 싶은데?"

"웅랑에 가자."

"……"

"거기서 영상을 찍어서 올리자. 첫 로케이션 출장이야. 스튜디오가 아니라."

"거긴 이미 마유미가 간 데잖아. 얼마 전에 간 데를 왜 또 가자는 거야?"

현주가 침을 삼켰다. "마지막 방송 때 말야, 해변가 펜션에 묵은 얘기를 했지?"

"응."

"거기서 운명의 짝을 만났다고 했어. 비록 다른 사람의 연인이지만 그와 마유미는 한눈에 서로를 알아보았다고 했지. 우연히 둘만 남은 기회에 대화를 나누다가 그는 마유미의 첫사랑을, 마유미는 그의 첫사랑을 닮았다는 걸 알게 되었고 말야."

"응."

"참 신기하다고 되뇌다가 첫사랑을 닮은 남자애가 첫사랑이 맞았다는 걸 알게 되었어. 알고 보니 개명을 한 거야. 마유미는 낯선 사람들 앞에서 이름을 말하기 싫어서 가짜 이름을 말했기 때문에, 그애가 몰라본 거고."

"응."

"하지만 그애에겐 이미 장래를 약속한 연인이 있었어."

"응."

"다 거짓말이었어."

"……"

"이야기를 하자는 게 아냐. 이번엔 진짜로 가고 싶어. 진짜로 가서, 진짜 내가 있다는 걸 보여주고 싶어."

현주가 무슨 소리를 하는 건지 잘 이해되지 않았다. 현주는 현주고, 마유미는 마유미인데? 둘은 다른데 진짜 자신을 보이겠다니 그게 무슨 소리인가. 진짜 마유미는 화면 속에 있는데? 내가 마유미가 아니듯, 현주는 한 번도 마유미였던 적이 없는데?

나는 친구의 감정이 상하지 않게 최대한 부드러운 톤으로 말했다.

"무슨 말 하는지 잘 모르겠어. 그러니까, 마유미가 아니라 네 개인 방송을 하고 싶다는 거야? 약간 다큐멘터리, 아니, 브이로그풍으로? 그 대본을 나보고 쓰라는 거야?"

현주가 고개를 저었다. "아니야. 마유미의 방송을 하는 거야. 근데 껍질을 벗은 진짜 마유미를 보여주는 거지. 꾸미지 않은 마유미. 처녀자리에 A형, 달콤한 걸 좋아하고, 수줍음을 많이 타지만 의외로 덤벙대고, 가끔은 짓궂을 때도 있지만 본성은 착한 아이. 잘 때는 반드시 아버지가 파리 출장길에 사오신 홈웨어를 입는 영원한 처녀애 따위가 아니고 진정한 나 말이야."

그가 핸드폰에 메신저 창을 띄웠다. 그것은 교수, 젠틀맨, 그리고 몇몇 사람들과 몰래 주고받은 메시지였다. 거기서 현주는 마유미를 연기하는 것이 아닌, 자신의 진짜 면모를 내보이고 있었다. 흔한 젊은 여자애처럼 시시덕대며 점심으로 먹은 냉면, 보도블록 위에 누워 있는 길고양이, 고층 건물에 걸린 뭉게구름 같은 쓸데없는 사진을 잔뜩 보내고 있었다. 그들은 그런 현주에게 캐시 대신 구애하는 문장을 쏟아부었고 나는 그중 하나를 읽었다. 전에 댓글을 남긴 일본인이 쓴 메시지였다. 그는 약간은 어색한 문어체의 한국어로 내달 보름 일정으로 비행기표를 끊었다는 사실을 전했다. 마유미. 나는 당신을 만나는 것을 오래 기다렸어요. 당신은 아름다워요. 우리의 만남은 둘도 없는 만남입니다. 그것을 받을 수 있어 무척 기뻐요……

현주가 누구와 어떤 추잡스러운 메시지를 주고받든 그런 것은 상관없었다. 내 눈에 들어온 건 오로지 그들이 현주를 부르는 호칭이었다. 그들 전부 현주를 마유미라고 부르고 있었다.

"이 사람들이 나한테 용기를 줬어. 진짜 나라도 괜찮다고. 굳이 자기 자신인 걸 숨기지 않아도 된다고."

입을 다물고 있는 내게 현주가 물었다.

"내키지 않아?"

나는 침을 삼켰다.

삼키고, 고개를 저었다. "네가 가고 싶다면 가야지."

안심했다는 듯 현주가 웃었다. 그가 자리에서 벌떡 일어나더니 카운터로 향했다. 잠시 뒤 돌아온 그의 손에 들린 건 뜨끈한 접시에 올려진 와플이었다. 구운 빵 위에서 아이스크림과 시럽이 줄줄 흘러내리고 있었다. 현주가 다정한 친언니처럼 와플을 한입 크기로 썬 다음 내게 포크를 쥐여주며 말했다.

"고마워. 간 김에 희구대도 가자. 막아뒀느니 어쩌니 해도 분명 샛길이 있을걸? 기대된다. 100대 절경이라잖아. 거긴 좀 더 추우니까, 벌써 단풍이 들었을지도 모르겠다."

9월의 아침은 쌀쌀했다. 비가 오고 며칠 사이에 기온이 뚝 떨어져 창을 열고 있으면 금방 코끝이 시렸다. 그래도 뭉게구름은 예쁘고, 공기가 맑았다. 현주와 나는 등산복을 챙겨 입고 기차에 올랐다. 평일인데도 의외로 등산객이 많았지만 웅랑까지 간 사람은 우리 둘과 주민으로 보이는 중년의 딸과 노년의 부인뿐이었다. 시간은 정오를 넘기고 있었다. 절경이라고 소문난 해질녘에 희구대에 도착하려면 아직 여유로웠다. 우리는 지난번에 나 혼자 들렀던 식당에서 동태탕을 먹고, 민박집 주인에게 부탁해 짐부터 풀었다. 희구대 출입은 법적으로 금지되어 있으니 찍지 않을 예정이었다. 촬영은 내일 아침, 현주가 잠에서 깨는 순간부터 시작하기로 했다. 곰팡내가 나는 좁은 방을 둘러보며 현주가 웃었다.

"마유미는 이런 데에서 안 묵을 거야. 그치?"

"……"

"여기서부터 시작하는 거야. 내 얘기도, 네 얘기도."

필요한 짐만 간단히 싸서 역 근처로 나갔다. 광장에 있는 슈퍼에서 빵과 물, 초콜릿을 산 뒤 시계탑 앞에서 택시를 잡아 탔다. 복장도 그렇고, 희구대에 가느냐고 물으면 어쩌나 걱정했는데 우리 같은 사람이 적지 않은지 기사는 아무 말 없었다. 옛 삼성산 입구 자리에서 요금을 치르고 내렸다. 오 분 정도 산 방향으로 걷자 한때 주차장으로 사용했던 버려진 공터가 나왔다. 찐 옥수수, 감자, 고구마 팝니다. 얼음물, 아이스커피 팝니다…… 낡은 채로 방치된 현수막을 지나 오 분 정도 더 걷자 입구의 돌계단이 보였다. 공식적인 등산로는 폐쇄된 채였다. 그러나 당분간 출입을 금한다고 적힌 안내판과 빙빙 둘러쳐진 밧줄을 비웃듯이 사람의 흔적이 눈에 띄었다. 바로 옆엔 그리 오래되지 않아 보이는 빵 봉지가 버려져 있고, 조금 떨어진 나뭇가지엔 산악회 리본이 달려 있었다. 우리는 그 흔적을 따라 안쪽으로 들어갔다. 공기가 맑은 만큼 차가웠다. 묵직한 구름이 머리 위에 드리워, 안 그래도 갑자기 쌀쌀해진 기온이 더 떨어져 우리는 몸을 떨었다. 제대로 준비를 하고 왔음에도 초행길에다가 금지된 길을 걷는 데서 오는 긴장감까지 더해져 얼마 오르지 않아 지쳤다. 무릎이 뻣뻣했다. 자주 쉬면 더 힘들다는 걸 알면서도 몇 번씩 번갈아가며 숨을 돌릴 수밖에 없었다. 우리가 무릎을 짚고 땅만 바라보는 동안에도 구름은 착실히 몰려와, 중턱쯤 도착하자 빗방울이 떨어지기 시작했다. 비옷을 걸치고 등산을 계속하자 옷 안쪽에서 뜨거운 김이 솟구쳤다. 숨이 차서 단추를 끄르고 빗물로 얼굴을 씻었다. 들끓는 가래침을 몇 번이나 뱉었다. 그렇게 걸었다. 정신없이 눈앞에 보이는 돌만 하나하나 밟으며 기계처럼 두 다리를 움직이는데 어느 순간 커다란 소나무가 나타났고, 그걸 끼고 돌자 흰모래가 미끄러지는 완만한 오르막이 나왔다. 순식간에 시야가 트였다. 바다. 그것이 우리 앞에 펼쳐져 있었다. 언제부터인가 그친 비 대신 바람이 불며 나뭇가지에 매달려 있던 물방울들을 축포처럼 머리 위로 흩뿌렸다.

"끝내준다."

현주가 중얼거렸다. 나는 대꾸 없이 먼 곳에서부터 첩첩이 쌓인 검고 흰 구름을 보았다. 발톱으로 할퀴듯, 날카롭게 휘어진 거대한 적란운이 수면 가까이에 뜬 조그만 흰구름을 뒤쫓고 있었다. 문득 이런 의문이 들었다. 똑같은 날씨는 존재하지 않는다. 옛날 사람들은 이 풍경을 보지 않았다. 그런데도 그들은 어떻게 이곳이 절경이라는 걸 알았을까.

절벽 끄트머리, 아슬아슬한 곳에 자리한 벤치에 앉아 숨을 돌렸다. 쉬면서 틈틈이 들이마신 물은 반병 정도밖에 남지 않았다. 점심이 좀 짰나봐. 현주가 민망한 듯 웃었다. 그의 물병은 이미 산중턱에서부터 비어 있었다.

하산용으로 한 병 더 사두길 잘했다고 생각하며 내 것을 나눠 마셨다. 빵은 나만 반 개를 먹었고, 판 초콜릿은 부숴 한 입씩 먹었다. 더 먹으라고 권했지만 현주는 고개를 저었다. 기운이 달릴 수도 있으니 먹어두라고 했는데도, 입이 달아서 싫다고 했다. 먹어서 열을 내야 할 만큼의 추위도 아니라서 그냥 두었다. 현주는 깊은 바다로 해가 풍덩 들어가는 걸 보고 싶었는데, 생각해보니 이쪽은 동쪽이라 불가능하네, 라며 웃었다. 대신 우리는 조금은 차가운 분홍색의 빛이 내려앉는 광경을 마음껏 보았고, 있는 줄 몰랐던 달의 모서리가 점점 짙어지는 것을, 서로의 얼굴이 점점 어둠에 잡아먹히는 것을 보았다. 나는 그 시간이 내가 기다리던 시간이라는 걸, 그렇게 형체만 남은 시간을 개와 늑대의 시간이라고 부른다는 걸 알았다.

현주가 입을 뗐다.

"엄마랑 왜 싸웠는지 말 안 했지?"

"……"

"알아버렸거든. 엄마가 유부남이랑 바람피운다는 거. 그렇게 아빠를 죽일 새끼라고 했으면서, 자기가 불륜녀 처지가 된 거 보니까 어이가 없더라고. 그게 살인보다도, 강도보다도 잔인한 일이란 걸 자기 인생이랑 내 인생을 망쳐가며 알려줬으면서 본인이 그런 길을 갔다는 게 믿기지 않았어. 그래서 엄마랑 연락을 끊은 거야."

현주가 픽 웃었다. 대꾸도 하지 않았는데 주절주절 떠들기 시작했다.

"그날 엄마가 시인네 집에 있었던 거 알아?"

"……"

"떨어진 거. 우리집 아니라 시인네 집이라고. 시 창작 교실 선생 말이야. 병원에서 그랬잖아. 4층에서 떨어진 정도의 충격이라고. 운이 좋았다고. 근데 운이 좋았던 게 아니라 엄마는 진짜 4층에 있었어. 그 집은, 그 사람이 낙향해서 왔을 때 엄마가 소개해준 물건이지. 우리집이랑 구조가 똑같고 층수만 다른 집. 거기서 무얼 하려고 했는지는 몰라. 내가 아는 건 그 사람이 엄마를 두고 또다른 여자와 바람을 피우고 있었고 그 문제로 둘이 다퉜다는 것뿐이야. 처도 아니면서 처 노릇 하지 말라는 말에 엄마는 단단히 화가 나 있었어. 그래서 그 집에 들어가서 뛰어내린 거야. 내 마음 같아선 그 사람을 잡아 족치고 싶었어. 감옥에 집어 처넣고 싶었지. 그런데 그럴 수 없었어. 그때 그 사람은 10킬로미터는 더 떨어진 문화센터에서 강의를 하는 중이었거든. 무엇보다 엄마가 그 남자랑 불륜 관계라는 걸 말하고 싶지 않았어. 엄마가 그런, 유부남이랑, 얼굴도 개떡같은, 여자애들 성추행하고 나가리 돼서 깡촌에 내려온 그 개새끼를, 좋다고 쫓아다닌 게 믿기지 않았거든. 우리 엄마 엄청 똑똑한 사람이야. 너도 알잖아. 전혜린 책을 손때가 타게 읽던 우리 엄마, 문정희 시를 읽으면서 눈물을 흘리던, TV에서 〈세계테마기행〉이 나오면 죽기 전엔 갈 수 있을까? 중얼거리던 엄마가 그랬다는 게 믿기지 않았어. 밥은 굶어도 『김찬삼의 세계여행』은 팔지 않고 천경자의 〈타히티의 소녀〉를, 그 복사본을 너무 아껴서 걸어두지도 못하고 빛바래지 않게 옷장에 잘 넣어뒀다가 이따금 한 번씩 꺼내보기만 하던 엄마가 어째서 그런 선택을 한 걸까? 도무지 모르겠어서, 엄마가 되어보려고 한 거야. 엄마의 옷을 뒤집어쓰면 이해가 될까 싶어서."

ㅎㅎ. 현주가 웃었다. "물론 처음엔 그랬지. 근데 하다보니 너무 재밌더라고. 이경희가 되는 거. 젊고 예쁜 사람으로 다시 사는 거. 너나 나나, 이미 늙었잖아. 스무 살에 우리는 이미 늙

은 상태로 만났잖아. 그래서 몰랐어. 사람들이 왜 그렇게 젊음을 찬양하는지. 엄마가 되어보니까 알겠더라. 찬양. 그래, 엄마 같은 인간은 찬양을 받고 있었어. 그래서 이렇게, 생각했던 거보다 길게…… 마유미로 살아버린 거야. 마유미는, 그런 존재인 거야. 흔한 마더 이슈에서 태어난." 현주가 쓰게 웃었다. "가족 문제에 너까지 끌어들여서 미안하다."

말을 마친 현주가 개운하다는 듯이 일어났다. 일어나서 절벽 끝으로 다가가 기지개를 켰다. 소금기 섞인 찬바람이 거칠어서, 입이 잘 떨어지지 않았다. 침을 삼키려고 해도 목구멍이 꽉 막혀 넘어가지 않았다. 눈앞에 보이는 현주의 실루엣은 검었다. 그를 따라 몸을 일으키자 현기증이 일었다. 흰 우유에 떨어뜨린 한 방울의 검은 잉크처럼, 흐려진 시야에서 보이는 건 현주뿐이었고……

그리고 그다음은 잘 기억나지 않는다. 바람이 불었던 것 같기도, 추웠던 것 같기도 하다. 먼바다 위에 빗방울이 떨어지는 소리가 귀까지 푹 눌러쓴 바람막이 후드 위로, 우비 위로 크게 들린 것 같기도 하고, 바위가 매끄러웠던 것 같기도 하고, 뭔가 새가, 새가 머리 위를 난 것도 같고, 그리고 나의 팔이, 눈앞으로 뻗어나온 나의 팔이 생각보다 길었던 것도 같다. 전부 꿈보다 실감이 느껴지지 않았다. 손바닥에 남은 감촉도 가짜 같았고 후회도 느껴지지 않았다. 기억나는 건 목소리. 생전 처음 듣는 낮게 웅얼거리는 소리뿐이었는데 그마저도 의심스럽다.

"나의 마유미는 그렇지 않아."

그렇게 웅얼거리던 것. 그게, 내 목소리가 맞던가?

❖

아줌마가 병상에 누운 후 처음 맞이하는 생일이자, 아파트를 팔고 적금을 깨고 내가 사는 집으로 현주가 이사온 지 일주일째 되는 날이었다. 아직 풀지 않은 상자가 쌓인 방에서 나는 무기력하게 누워 있던 현주를 일으켰다. 세수를 시키고, 억지로 옷을 꿰입혀서 지하철에 태웠다. 도무지 눈에 띄지 않는 빵집을 찾아 헤매다, 결국 원내 카페에서 팔리지 않아 몇 번 크림을 걷어내고 다시 바른 게 분명한 케이크를 사서 병실에 들어간 건 면회 시간을 넘긴 저녁이었다. 오늘이 아줌마의 생일이라고 사정사정을 하는 내게 간호사는 딱하다는 듯 그럼 한 시간만 있다가 나가라고 했다. 나는 아줌마보다 더 시체 같은 얼굴을 한 현주를 의자에 앉히고 부산스레 케이크를 준비했다. 입으로는 생일 축하 노래 어떻게 하지? 사랑하는 아줌마라고 해야 하나? 그럼 너무 박현빈 노래 같지 않냐? 그런 얘기를 하며 속으로는 아줌마가 돌아가신다면 언제를 제삿날로 해야 할까, 그가 자기 발로 베란다에서 떨어진 날일까, 의사가 사실상 사망 선고를 내린 날일까, 그도 아니면 코에서 호스를 떼는 날일까, 그런 생각을 하면서 초를 꽂고 으아, 뜨겁다, 현주야, 이거, 이거 좀 잡아, 부러 호들갑을 떨며 불을 붙였다. 타오르는 심지. 흰 크림 위로 뚝뚝 떨어지는 분홍색 연두색 노란색 촛농. 결국엔 사랑하는 아줌⋯⋯님⋯⋯으로 끝난 노래. 나는 두 사람을 등지고 창을 열었다. 녹은 파라핀 냄새가 가는 끈처럼 풀려나가 먼 곳에 있는 빛 속으로 향했다. 나는 그 빛의 정체가 무언지 알고 싶어서 눈을 가늘게 떴다. 점점이, 성냥갑처럼 일렬로 늘어선 빛은 아파트가 틀림없었다. 붉게 반짝이는 건 십자가일 테고, 노란 것은 소도시의 랜드마크인, 거대한 철골 맥주잔에 노란색 네온사인이 조용히 차오르는 모양새의 비어가든 공장 직영점 간판일 테다. 그 안에서 하루 일과를 마치고 소란스럽게 먹고 떠드는 사람들을 상상했다. 여름밤, 모기에게 뜯기면서 킥보드를 타고 단지 안을 달리는 어린아이들과 부엌에서 풍기는 호박 지지는 냄새⋯⋯ 어떤 평화 같은 걸 그렸다. 요양병원은 거기서 너무 멀리 떨어져 있었다. 면회 시간이 한참 지난 산중턱의 요양병원은 조용했다. 지나치게 조용해서⋯⋯ 나는 벌벌 떨며 뒤를 돌았다. 그러나 아줌마가 누운 침대 위에 몸을 드리우고 있던 현주는 그의 목을 조르는 것이 아니었다. 다만 눈을 맞추고 있었을 뿐. 한때 이모님이 그랬던 것처럼.

현주가 마유미를 소개해준 건 그로부터 일주일이 지나서였다.

현주의 죽음은 실족사로 결론지어졌다. 장례식에는 내가 모르는 사람도 왔다. 한동안 엎드려 있다가 어깨를 들썩들썩 흔들며 떠난 남자가 혹시 젠틀맨이거나 교수가 아닐까 상상해보았다. 송주 이모는 많이 울었다. 눈이 부은 그에게 현주의 죽음을 아줌마에게 알렸느냐고 묻지 못했다. 새로 오신 이모님이 아줌마에게 마유미 영상을 틀어주는지도, 아니, 아줌마가 살아 있는지도 이젠 모른다. 병실에 가지 않은 지 오래되었다.

그리고 마유미는 다시 돌아왔다. 그날 희구대에서 내려와, 계획한 대로 엿새 뒤에 리모델링을 끝낸 방에서 팬들에게 선물받은 인형을 등지고, 신라호텔에서 산 조그만 망고 쇼트케이크를 잘랐다. 시간이 지나면서 빠졌던 시청자 수는 천천히 채워졌다. 모두 하나같이 점잖은 사람들뿐으로, 나는 그들이 마음에 든다. 모두 마유미를 아끼고 소중히 여길 줄 안다.

마유미는 요즘 뜨개질에 도전하고 있다. 손재주가 없어서인지 아직은 서툴다. 그래도 연두색과 연분홍색이 섞인 목도리를 2주에 걸쳐 하나 떠냈다. 군데군데 코가 빠진 곳이 있다. 누가 보아도 초보자의 솜씨구나 싶지만, 모두 그런 점을 사랑스럽다고 한다. 순수한 마유미. 언제나 긍정적인 마유미. 나의 마유미는 그렇다. 그런 마유미를 나는 영원히 지키고 싶다. 그와 달리 나는 가끔 무언가 실수를 하는 기분이 든다. 무슨 실수냐고 물으면 글쎄, 할말은 없고 그냥 그렇다. 약간은 찜찜한 기분. 근데 원래 삶이라는 게 다 그렇다. 여러분이 아시는 것처럼 내게는 아무 일도 일어나지 않는다.

* 110쪽에 등장하는 전시물은 박이소의 〈무제〉(1994)로, 미제 야구방망이를 간장에 절인 형태의 설치미술 작품이다.

해변 지도로부터의 탈출

크리스마스이브에 미도는 서른이 되었다. 만 나이로 그랬고 1월 1일이 되면 한국식으로 서른둘이 된다. 그때도 세계적으로는 서른이고, 또 새해부터는 만 나이를 도입한다고 하니 변함없이 서른인 건 맞는데 그렇게 말하면 정직하지 않은 사람 같다. 어려 보이려고 발광하는 것 같다. 발광 맞지만.

그러나 미도가 희도의 나이를 추월할 일은 없고, 희도에게 미도는 언제나 세 살 어린 동생이기에 희도는 야, 너도 이젠 늙었다, 말하면서도 여전히 미도를 아기 취급한다. 그것이 어색함에서 나오는 태도라는 걸 미도는 알고 있었다. 부모님이 이혼하면서 찢어져 산데다가, 한배에서 나온 것 같지 않게 성격이 달라서 더 사이가 어색하다. 남에게 조심스럽듯 둘은 서로에게 조심스럽다. 지금 부모님은 두 분 다 돌아가셨다. 희도는 전주에 살고 미도는 경기도에서 서울로 직장을 다니고 있다. 많아봐야 1년에 두세 번 만나고 그마저도 요 몇 년은 코로나 때문에 보지 못했다. 직접 보는 희도는 아저씨가 다 되었고 그래서 더 어색하다고 해야 하나, 볼 때마다 이 사람이 희도인가 깜짝 놀라지만 이따금 나누는 메신저로는 편하게 대화할 수 있었다. 특히 희도가 선우의 이야기를 꺼낼 때면 미도는 웃기지 않아도 ㅋㅋ을 찍어 보내고 슬프지 않아도 ㅠㅠㅠ를 보낼 수 있는 문자언어의 세계에 감사했다. 서로의 웃는 얼굴을, 우는 얼굴을 보지 못하면서 그렇다고 믿는 약속이란 얼마나 소중한가?

희도가 물었다.

―선우는 주말에도 일하니?

―응.

―연말인데도 바쁘구나.

검은 점 세 개가 물결치다가 사라졌다.

―실은 내가 펜션을 빌려뒀거든. 선우랑 가서 하루 쉬다 오라고.

―언제?

―이번주 주말에. 너 생일 선물 겸 겸사겸사. 아는 형이 에어비앤비를 하는데 싸게 해준다고 하시더라고.

성수기엔 아는 사람에게 부탁할 필요 없이 붐빌 텐데. 게다가 동해 바다라 해도 속초나 강릉도 아닌 이름도 낯선 동네에 위치한 펜션이라 미도는 중고등학교 때부터 아는 형의 시계나 옷 같은 것을 터무니없는 가격을 주고 사던 희도가 또 당했구나, 싶어 마음이 아팠다. 그러나 꾹 참고 고마워, 라고 쓰고 무모증 사자가 엉덩이를 흔드는 이모티콘을 연달아 보냈다. 희도의 답장은 조금 늦게 왔다.

─뭘. 생각해보니까 이제껏 동생한텐 제대로 해준 것도 없네. 미안하다.

그 말에 미도는 어디서 맞고 들어온 날 아홉 살짜리 희도가 현관에 서서 씩씩대며 그 새끼 죽여버리러 갈 거라고 했던 일이 떠올랐다. 희도와의 추억은 슬픈 것이 많고 기쁜 것일수록 매만지면 서글퍼져 미도는 눈물을 뚝뚝 흘리며 기차표를 예매했다. 가서 바다도 보고 맛있는 것도 먹고 와야지. 나를 위해 살인을 다짐한 아홉 살짜리 남자애가 있는데 내가 행복하지 않을 건 또 뭔가? 미도는 일어나서 상을 치웠다. 어찔어찔한 머리를 붙잡고 소주병을 현관에 내놓고, 한입 남은 케이크를 먹어치운 다음 크림까지 손가락으로 싹싹 긁어먹고 접시에 고개를 처박고 혀로 핥았다. 눈을 감고 누우니 방이 뱅글뱅글 돌았다. 신난다. 내일도 신나게 보낼 수 있겠다. 뭔가 웃겨서 미도는 혼자 낄낄 웃었다. 인생을 즐기자! 즐겁게! 즐겁게! 구호를 외치며 허공에 주먹을 질렀다가 옆으로 누웠다가 핸드폰을 매만지다 약간은 우울한 상태로 잠이 든 건 거의 해가 밝아올 무렵이었다.

❖

사람의 피부 면적은 1.5제곱미터에서 1.9제곱미터. 피부를 벗겨 지도처럼 펼치지 않는 이상 인간은 자기 몸의 3분의 1도 보지 못한다. 잭슨빌에 사는 도널드 켐튼이 중국의 존재를 믿지 않는 이유가 거기 있다. 보이지 않는 게 어떻게 존재한단 말인가? 같은 이유로 그는 나치도, 오존층의 구멍도, 신도 악마도 믿지 않았다. 그래서 뒤통수에 칼이 박힌 채로도 멀쩡했다. 그가 쓰러진 것은 찬장에서 떨어진 부엌칼이 두개골을 뚫고 들어간 지 삼십 분이 지난 뒤. 영화관 앞에서 만나기로 한 그의 여자친구가 팝콘 통을 바닥에 떨어뜨리며 비명을 지른 다음이었다. 쇼윈도로 자기 뒷모습을 보기 전까지 켐튼은 멀쩡했으며, 열두 시간에 걸친 대수술을 받은 뒤에도 멀쩡했고, 여전히 멀쩡한 채로 지구가 둥글다고 믿는 사람들을 계몽하는 데 시간을 쓰고 있다. 보안 카메라에 찍힌 켐튼의 모습, 덥수룩한 더티 블론드 위로 칼 손잡이가 뿔처럼 솟은 남자가 다운타운 방향으로 걸어가는 모습은 영생에 대한 새로운 영감을 준다. 어쩌면 천국은 자기 죽음을 알아채지 못한 사람들이 사는 곳이 아닐까?

미도는 자기 몸의 정복자였고, 그래서 천국에 가지 못했다. 가죽처럼 펼쳐진 육체 지도에서 그가 알지 못하는 땅이란 없었다. 뜨거운 곳과 차가운 곳, 젖은 곳과 메마른 곳, 부드러운 곳과 뻣뻣한 곳에서 매 순간 국지전이 일어났다. 미도는 현대의 신이 비명에 응답하는 대신 귀를 막는 것처럼 자기 몸의 주둥이를 틀어막기 위해 애썼다. 그러나 불가능했다. 젖은 천을 겨드랑이에서 떼어내거나 엉덩이에 낀 팬티를 고쳐 입는 정도로 날 때부터 갇힌 몸에서 벗어날 순 없었다. 오랜 옥살이에 그는 비굴해졌다. 맞고 자란 개 같은 미도. 그가 편안함을 느끼는 순간은 오로지 체벌이 내려지는 순간이었다. 나이가 들수록 손을 대는 사람이 줄어들었기에 미도는 과거를 몇 번이고 되새김질했다. 미도의 반엔 유독 미도를 괴롭히는 애가 있었는데, 그애에게 배를 걷어차이면 세상이 극도의 고화질 화면처럼 보였다. 팽팽해지는 교실의 공기. 모두 숨을 죽이고 두 사람을 주목했다. 미도는 날카로운 기억을 슬쩍 몸에 대봤다. 피가 슬몃 배어나오는 부위를 끝이 뭉툭해질 때까지 매만지고, 또 매만지다가 마지막엔 입안에 넣고 굴린 다음 꿀떡 삼켰고, 목구멍 뒤로 넘어가 쌓인 것들은 미도의 뱃속에 모여 잊을 만하면 주린 배가 울리듯 달그락 소리를 냈다. 그러면 미도는 거대한 눈이 자기를 내려다보던 순간, 영화의 주인공이었던 한순간이 미친듯이 떠오르고 그게 그리워져서 당장 그 남자애를 찾아가 어린애가 물풍선 만득이 사랑하는 햄스터를 쥐어 터뜨리듯이 으스러뜨리고 싶어져서 비명을 삼켰다. 그런데 그 애는 고등학생이 되자 그런 건 다 날뛰는 호르몬 때문이었답니다, 라고 말하고 싶은지 점잖고 친절해졌다. 여자애들에게 인기가 많아졌다. 개 같은 자식. 빨리 걷어차지 못해? 미도는 어이가 없어서, 보라, 외치고 운동장의 흰모래 한가운데서 목을 그었다. 동맥에서 뿜어져나온 피가 운동장을 가득 메웠다. 모두 미도를 피해 도망쳤지만 피는 살아 움직이는 듯 높게 파도쳐 도망치는 그애의 종아리를 적셨다. 미도는 활짝 웃었다. 이제 그애는 독이 오른 다리를 잘라야 할 것이다. 미도를 걷어차주지 않는다면 그 아름다운 다리 따위는 존재해봤자 의미가 없으니까. 그러나 모든 일은 미도의 상상일 뿐. 좋아하는 선생님에게 교우 관계가 원만하지 못하다는 한 줄 평가를 받는 사람이 미도였다. 슬프지만 그것이 진실.

바다의 바람은 찼다. 금방 뺨이 얼었는데 그 감각이 개운하고 나쁘지 않았다. 미도는 모래밭에 손바닥 자국을 남기고 먼 바다를 향해 소원도 하나 빌어보고 다이어트에 효능이 좋다는, 간수에 삶은 달걀도 샀다. 다섯 개 묶음으로 팔았는데 맛은 없어서 따뜻한 맛으로 한 알 먹고 남은 건 주머니에 넣어 손난로 대신 썼다. 해가 기울기 시작하자 몸이 식었다. 사람이 거의 빠진 해변에 드물게 남은 것은 붙어선 연인들뿐이었다. 턱을 달달 떨면서 미도는 버텼다. 여기까지 왔는데 희도에게 멋진 해넘이 사진 하나 안 찍어 보내기엔 아쉬웠다. 때마침 지나가는 남자가 있어 언제쯤 해가 바다로 들어가느냐고 물었더니 그는 미도의 얼굴을 빤히 보고 농담인지 아닌지 헷갈린다는 얼굴로 말했다.

"여긴 동쪽인데요."

"네?"

"그, 해는 서쪽으로 지는데요."

민망해하는 미도에게 남자가 손을 내밀었다. "그래도 여기도 멋있어요. 거기 서 계시면 사진 찍어드릴게요."

괜찮다고 하려다가 얼결에 핸드폰을 건넸다. 대충 한두 장 찍어줄 줄 알았는데 남자는 오래 공을 들였다. 미도는 어색하게 모은 두 손을 꾸물댔다. 평소 사진 찍는 걸 좋아하는 편이 아닌데다, SNS를 하지도 않았다. 대충 찍어주셔도 돼요. 미도가 웅얼거렸지만, 이리로 가봐라, 저리로 가봐라 하며 어찌나 시간을 들이던지 불쑥 신종 관광지 사기가 아닌가 하는 마음이 들었다. 설마, 하면서도 찜찜함에 얼굴이 굳을 즈음 남자가 핸드폰을 건넸다.

"잘 나왔는지 모르겠네요."

다행히 남자는 뭘 요구하지 않고 가던 길을 갔다. 미도는 사진첩 속 몇 장의 흔들린 사진을 지우며 단순히 손재주가 없거나 추워서 손가락이 얼어붙었던 모양이라고 생각했다.

펜션은 해변에서 도보로 갈 수 있는 거리에 있었다. 거실 겸 부엌에 침실 하나가 딸린 단출한 구조였고 그래서 좋았다. 비싼 곳이었다면 희도에게 빚진 기분이 들었을 것이다. 미도는 가방을 내려놓고 바닥에 누웠다. 멀리서 사람들이 저녁 준비를 하는 소리를 들으며 계곡에 놀러갔던 어린 시절을 떠올렸다. 차갑고 끈적한 공기. 땀흘리던 사람들. 엄마가 맨손으로 불쑥 입에 넣어준 건 결을 따라 찢은 잿빛 살코기였다. 무슨 고기냐고 묻자 아빠 친구가 구라고 했다. 구가 뭔데? 그때 지나가는 사람의 품에 안겨 있던 분홍 귀 몰티즈가 아르릉대며 짖었다. 저 자식 영리하네. 어른들이 와르르 웃었고 무언가 깨달은 희도가 헛구역질을 했다. 개고기야? 미도가 묻자 누군가 답했다. 다른 거야. 쟤가 개고 이거는 구야. 미도는 고개를 끄덕이고 다시 입을 벌렸다. 더 먹을래. 어른들은 웃었고 고기 한 점을 더 주었지만 미도가 계속 먹고, 어른 상에 달려들어서 먹자 대견해해야 하는 건지 징그러워해야 하는 건지 애매한 듯한 얼굴을 했다. 미도는 희도를 달래러 갔던 엄마가 돌아와서 놀라 떼어낼 때까지 맨손으로 고기를 뜯어먹었다. 배고프다. 허기가 배를 쑤시는 느낌에 미도는 현실로 돌아왔다. 배고파. 그는 누운 채로 몸을 웅크렸다. 뼈마디를 으깨는 듯한 피로에 꼼짝할 수 없었다. 그때 문을 두드리는 소리가 났다. 옆방인가 싶어 무시했는데 목소리가 들렸다.

"미도야."

"……"

"나 선우야."

미도는 일어나 현관문을 열었다. 열린 틈으로 남자가 들어왔다. "오래 기다렸지. 물이 늦게 끓어가지고."

그가 고깃국이 든 냄비를 식탁 위에 올렸다. "춥다. 식기 전에 먹자."

미도는 목안의 수분이 일시에 사라지는 것을 느꼈다. 무언가 말하려 했지만 바람소리만 났다. 멀뚱히 서 있는 미도를 두고 선우는 저녁 준비를 시작했다. 부지런히 움직이는 뒷모습을 보며 미도는 입을 뗐다. "선우야."

"응?"

"어떻게 왔어?"

그게 무슨 질문이냐는 듯 선우가 웃었다. "그냥 왔지."

그게 아니라…… 미도가 다시 물었다. "어떻게 알았어?"

"다 알지."

"정말?"

"응. 희도가 나랑 놀러오라고 빌려줬잖아."

"희도를 알아?"

"당연하지. 너는 미도. 나는 선우." 선우가 미도의 눈치를 보았다. "싫어?"

미도는 고개를 저었다.

"그럼 됐네. 기다려, 금방 데울게."

선우가 햇반을 꺼내 전자레인지에 돌렸다. 미도는 식탁 의자에 앉아 그런 선우의 뒷모습을 보았다. 살짝 긴 뒷머리. 볕에 탄 목의 피부 아래로 두꺼운 동맥의 모양새가 그대로 드러나 있었다. 미도는 마른침을 삼켰다. 극도의 긴장감이 엄습했다.

당연하지. 아까 처음 만난 남자인데.

❖

미도와 선우는 해변에서 만났다. 해변은 1. 〈해변 지도로부터의 탈출〉이라는 게임의 최종 목적지와, 2. 〈해변 지도로부터의 탈출〉의 이면 세계를 지칭하는 단어다. 맥락에 따라 읽으면 된다.

게임을 시작하는 순간 유저는 임의적으로 한 장소에 떨어진다. 각 장소마다 미션이 있고, 그걸 클리어하면 찢어진 지도 조각을 받을 수 있는데, 전부 모아 지도를 완성하면 보물이 숨겨져 있다는 해변으로 갈 수 있었다. 애들이나 하는 단순한 게임이었다. 그러나 어디선가 '진짜 보물'이 있는 '진정한 해변'은 따로 있다는 소문이 돌며 사람들이 몰렸다. 게임 속에서 사람들은 '진정한 해변'으로 탈출하기 위해 트럭의 아이스크림을 몇천 개 삼키거나, 버려진 호텔에서 뛰어내리거나, 민박집의 어린 딸이 비명을 지르는 가운데 장작불 속으로 뚜벅뚜벅 걸어들어갔다. 결과는 물론 실패였다.

미도가 해변에 당도한 건 소문이 과거의 것이 되고 서버가 한가해졌을 무렵이었다. 미도가 원한 건 그저 걷는 것이었다. 끝없이 이어진 듯 보이는 해변이지만, 유저가 접근할 수 있는 영역은 극히 일부분이었다. 멀리 보이는 모래밭이나 기암절벽은 리얼리티를 강화하기 위한 그래픽일 뿐이란 걸 알면서도 미도는 계속 전진 버튼을 눌렀다. 단지 산책을 하려고 동작을 반복하던 미도는 어느 순간 쑥, 다른 곳으로 넘어갔다. 한동안은 자신이 이면 세계로 넘어갔다는 걸 눈치채지 못했다. 그 장소는 〈해변 지도로부터의 탈출〉 속 세상과 같았고 모든 것이 그대로였기 때문이다. 차이가 있다면 그곳엔 순수한 해변, 정확히는 해변 그래픽을 제외하곤 아무것도 보이지 않았다는 것뿐. 그건 자기 자신도 마찬가지라, 미도가 스스로의 존재를 확인하기 위해선 '.'나 'ㅋ'을 눌러 머리 위에 갈고리 같은 말풍선을 띄워야 했다. 그러나 미도는 투명인간의 기쁨을 깨달고 침묵했고, 그건 거기에 있을 다른 유저들도 마찬가지인 듯했다. 매일 미도는 해변을 걸었다. 파도치는 소리, 높은 곳에서 별이 얼어붙는 소리도 들리지 않는 조용한 해변에 노래하는 사람이 나타난 건 미도도 모르게 마음속에 고독이 커질 무렵이었다. 노래라 해도 소리가 없는 곳이니 들은 건 아니었다. 요컨대

그대 기억이 지난 사랑이 내 안을 파고드는 가시가 되어

라는 가사를 입력하면 그게 노래인 공간이었다. 그런데 이상하게도 글자를 본 순간 미도의 귀엔 정말 음악이 들렸다. 미도는 타자 치는 사람에게 라디오 남자라는 별칭을 붙여주었다. 남자의 타자 속도가 빠르지 않았기에 노래는 0.5배속으로 늘어져 들렸다. 미도는 세 개의 점이 더듬더듬 물결치는 말풍선을 보며 다음 문장을 기다렸다. 그렇게 동방신기의 〈My Little Princess〉와 샵의 〈내 입술… 따뜻한 커피처럼〉과 〈눈의 꽃〉과 〈응급실〉을 듣는 동안 반년이 지났다. 비틀스의 〈Norwegian Wood〉를 들었을 때는 상상하던 것보다 아름다운 음악이라 놀랐다. 물론 단어와 단어의 길이, 띄어쓰기를 보고 그렇게 느꼈다. 가난한 집 애들이 그렇듯 미도도 영어를 못했다.

❖

"뜨거워. 천천히 먹어."

국을 덜어주는 남자의 손이 떨렸다. 오래 굶은 걸까? 니코틴이나 알코올 중독일까? "너도 많이 먹어." 미도는 대꾸하며 미소 짓는 남자의 이를 집중해서 보았다. 보기엔 말짱하니 진주처럼 고른 게 쥐 인간으로 산 지 얼마 안 된 것 같았지만 맨밥을 크게 떠서 씹지도 않고 삼킨 다음에 국을 마구 떠넣는 모습은 늘 주리고 있는 사람처럼도 보였다. 단순히 식탐이 많을 수도 있고.

미도는 국에는 살짝 혀만 대고 밥알을 젓가락으로 쑤셨다. 이런 상황에서 밥이 넘어가다니 대단한 남자다. 하긴 쥐 인간으로 살려면 보통이 아니어야 한다. 어디든 자기 집으로 만드는 뻔뻔함, 자기는 사랑받고 있다는 자신감이 있어야 한다. 미도같이 제집이 없으면 불안한 소시민이랑은 비교도 할 수 없는 그릇인 거다.

쥐 인간에 대한 제일 우아한 설명서는 아녜스 바르다의 '이삭 줍는 사람들과 나' 3부작의 2편인 〈동방박사들〉이다. 바르다가 미국으로 카메라를 돌려 서브프라임 모기지 사태 이후 묵을 곳을 찾아 돌아다니는 사람들과 그들을 환대하는 이들을 찍은 이 75분짜리 기록영화는 쥐 인간을 단순한 떠돌이가 아닌 공간 자본주의에 저항하는 침입자로 재해석한 작품으로서 현재는 공공기관이나 초중학교 등에서 교육자료로도 활용되고 있다. 정치적이면서 우아하고, 미학적으로도 걸작이었다. 그걸 통해 쥐 인간을 배웠다면 좋았겠지만, 미도를 가르친 건 〈잠긴 문은 없다. 내 이름은 자유 소녀―일본 네즈미온나〉라는 케이블 다큐멘터리였다. 미도는 그 내용을 거의 완전히 기억하고 있었다.

일본의 쥐 인간은 네즈미닌겐이라고 한다. 그중 눈에 띄는 양식미를 갖춘 10대 후반에서 20대 초반의 여자를 쥐 여자라는 뜻의 네즈미온나라고 하는데, 피부를 검게 태우고 음陰의 판다처럼 눈 주변을 새하얗게 칠하는 특징이 있었다. 그들은 대체로 낮에는 거리를 어슬렁대거나 음식을 구하러 다녔다. 경우에 따라선 일을 하는 등 사회생활을 영위하기도 했지만 대부분의 네즈미온나는 직업이 없었다. 또래 친구들과 모여 공원에서 춤을 추던 한 네즈미온나가 밤이 되자 주택가로 향했다. 그리고 '느낌이 오는' 집을 찾아 가리켰다. 저기서 잘래! 2층짜리 연립의 가파른 철제 계단을 오르는 네즈미온나의 뒷모습을 카메라가 잡았다. 벨을 누르자 안에서 인기척이 들리더니 자다 깬 집주인이 그를 맞았다. 화면이 바뀌고 카메라맨이 물었다.

―아는 사람인가?

―전혀. 지금 처음. (봅니다)

―그런데 왜? (모르는 사람을 들였나)

―방이 비어서. 공간의 낭비다.

두 남자가 바보 같은 대화를 하는 동안 네즈미온나는 짐이 쌓인 좁은 방 한구석을 차지하고는 꾸물꾸물 근처에 있는 옷가지를 끌어다가 덮고 잤다. 카메라는 먼 곳에서 조용히, 그 곤히 잠든 얼굴을 찍었다.

미도는 입을 딱 벌리고 정신없이 화면을 보았다. IMF 사태 이후 한국에서 쥐 인간을 보는 건 드문 일이 아니게 됐다. 그러나 같은 이들이라도 일본이라는 이색적인 국가를 배경으로 화면을 통해 보는 일은, 뭐랄까, 훨씬 촉촉하고 매끈했다. 지금 생각하면 그 영상엔 공간을 무상 점거한다는 전위가 성性이라는 세속적인 매개를 통해 매매로 변환되어 기존 가치를 파괴한다는 비하적인 뉘앙스가 담겨 있었지만 그때 미도는 그런 것까지 알지 못했다. 그저 화려한 머리를 한, 무척 조그맣고, 또 일본 여자답게 웃는 얼굴에 덧니가 드러나는 쥐 여자들의 미소에 매혹되었다. 나도 저들처럼 되고 싶다. 경극 배우나 파친코 프로, 다카라즈카 가극단 단원들과 태국의 스파이더 쇼맨도 기억에 남았지만 네즈미온나는 그런 차원이 아니었다.

저렇게 되고 싶었다. 특히 또래의 네즈미쇼넨이 나왔을 때 미도의 마음은 절정에 달했다. 그는 친누나와 함께 일곱 살 때부터 네즈미닌겐으로 살았다고 했다. 직모의 살짝 긴 앞머리 사이로 드러난 눈매가 날카로웠다. 카메라맨이 물었다.

—학교는?
—때때로 간다.
—선생님이 뭐라고 안 하나?
—아무도 없을 때 간다.
—언제? 밤에?
—(고개를 끄덕이며) 밤의 학교가 좋다. 책상도 칠판도 마음대로 쓸 수 있다.

미도는 땀이 밴 주먹을 살짝 쥐었다. 자기 뱃속에 우글거리는 게 뭔지 몰라도 무심히 과일을 깎는 엄마 옆에서 드러내선 안 된다는 건 알았다. 그는 침을 삼키고 열두 살의 네즈미쇼넨을, 낫토를 올린 식빵을 우물우물 씹어 먹는 잘생긴 얼굴을 눈으로 잡아먹었다. 그리고 지금, 그때의 유아적인 충동, 신경 줄기 하나하나에 각성제를 들이부은 듯 온몸이 찌릿찌릿하던 기억이 벽에 던진 실타래처럼 되돌아와서 미도는 거의 기절할 것 같았다.

하지만 정신을 차려야 했다. 쥐 인간에게 빠지면 답도 없다. 놔두면 사라질 떠돌이를 기둥서방으로 만드는 건 집주인이다.

미도의 다짐을 아는지 모르는지 남자는 햇반 하나를 금방 비우고 더 데우려고 일어났다. 벌떡 일어난 그의 키가 새삼 커서, 미도는 인간의 부피랄지, 존재감이라는 것에 겁도 나고, 그깟 햇반 하나쯤이야 위에 닿기도 전에 녹여버리는 그의 용광로 같은 젊은 육체를 생각하니 몸의 어떤 부분은 젖고 어떤 부분은 메마르고 어디는 뜨겁고 어디는 차가워져서 계속 물만 마셨다. 그토록 허기졌던 게 거짓말 같았다. 미도는 젓가락을 내려놓았다. 그리고 다시 식탁 앞에 앉아 밥을 욱여넣는 그를 향해 입을 뗐다.

"낮엔 뭐했어?"

"아." 남자가 우물대며 대답했다. "극장에 있었어."

"뭐 봤어? 재밌었어?"

"음, 피곤해서 좀 잤어." 남자가 덧붙였다. "요즘은 다 자동화된 거 알아? 티켓도 안 뽑아도 되고 문 앞에 지키고 서 있는 사람도 없어. 표는 모바일로 구입하고 들어가서 앉으면 돼. 안 사고 보는 사람도 많을 거야."

"그래도 되겠네. 만석은 거의 없을 테니까."

"응. 〈아바타〉나 뭐 그런 게 아닌 이상 그렇지. 한 사람만 표를 사도 영화는 틀어주니까."

"좋겠네. 대관한 기분 나겠다."

"그래도 역시 공간의 낭비라고는 생각해. 의자도 푹신하니 잘 사람은 자고, 누군가를 기다리는 사람은 앉아 있다가 약속 시간이 되면 나가고. 그래도 되지 않나?"

"모두가 그런다면 극장은 망할 거야. 영화사는 쫄딱 망하고 아무도 영화를 만들지 않을 거야."

"부자들이 도와주면 안 되나."

"안 도와주지. 부자일수록 돈 쓰길 싫어하니까. 부잣집일수록 담벼락이 높잖아."

"그런가?"

"응."

"영화가 만들어지지 않는 건 슬프다."

두 사람의 눈이 마주쳤고 미도는 늦은 밤 화장실에서 바퀴벌레를 본 느낌을 받았다. 움직임을 멈춘 벌레도, 안경을 벗은 흐린 시야의 미도도 둘 다 서로의 존재를 알고 있다. 그러나 미도는 변기로 살그머니 다가가 오줌을 누고 바퀴벌레도 얼룩인 척 젖은 벽에 꼭 붙어 있는다. 조심스레 물을 내린다. 문을 닫는다. 다음날 일어나보면 화장실 타일은 희고 말끔하고 치약 거품이나 오줌 얼룩 따위가 묻어 있는데 그것은 검거나 다리가 달려 있지 않으므로 미도는 안심하고 이용한다. 그런 기분. 그러니까, 쥐 인간과 하루를 보내기 위해선 이쪽도 어느 정도는 연기력이 필요하다는 이야기를 들은 적이 있는데 정말 그랬다.

그리고 미도는 훌륭한 배우라서, 다정한 선우가 설거지를 하는 동안 아이스크림을 먹었다. 미도는 TV 채널을 성의 없이 돌리며 네즈미오나 다큐에서 생략된 부분을 생각했다. 짙은 화장과 자긍심은 씻어내릴 수 없는 법이라며 웃던 먼지투성이의 불결한 육체보다 엄마의 눈썹을 찡그리게 만든 게 바로 그거였다. 생략된 부분. 이제는 미도 또한 카메라가 멀거니 바라보던 2층의 불 꺼진 창이 뭔지, 그 안에서 어떤 일이 일어날 가능성이 있는지 알았다고 할 수 있었다. 이 남자도 그렇게 살았을까? 빈 건물이나 미완공된 빌라가 아니라 다른 사람의 집에 들어갈 때면 따뜻한 물과 이불을 빌리기 위해 다른 무언가는, 이를테면 자존심 같은 건 쉽게 팔아도 된다고 생각하려나? 미도는 언젠가 그에게 문을 열어준 여자 중 하나가 되었다고 상상했다. 매번 다른 여자와 만나는 남자를 기쁘게 해줄 수 있을까 하는 생각이 든 한편 저 자식이 기쁘든 말든 무슨 상관이야, 아니, 기쁘면 안 되지, 집주인은 난데, 저 남자는 나를 등지고 누워 흑흑 울고 나는 아침 태양처럼 번뜩이는 얼굴로 눈을 떠야지, 라고 섹스가 아닌 복수를 앞둔 사람처럼 생각했다.

미도가 그러든가 말든가 남자는 설거지를 마치고 미도 곁으로 파고들었다. 아니, 그건 어디까지나 미도의 감각이었고 실제로는 피자와 햄버거로 췌장이 작살난 푸에르토리코인 한 사람은 너끈히 앉을 수 있는 거리를 두고 앉았다. 흘러내리는 지방. 미도의 손등에 연녹색 설탕물이 떨어졌다. 남자가 일어나 티슈를 뽑아 건넸다. 내심 그가 자기 손을 핥길 기대했다는 걸 깨달은 미도는 한숨을 쉬었다. TV에선 바보 같은 연예인들이 남의 집 문을 두드리며 쥐 인간 흉내를 내고 있었다. 아무도 어떤 각오도 하지 않는 시시한 풍경에 저건 쥐 인간에 대한 모독이 아닌가 싶어 남자의 눈치를 살폈지만 그는 태연하게, 놀랍게도 재미있다는 듯이 화면을 호기심 가득한 눈으로 보고 있었다.

"볼만해?"

미도의 물음에 남자가 대꾸했다. "그냥 보통이라고 해야 하나. 막 보고 싶지는 않은데 또 틀어놓으면 보게 되고. 이래서 바보상자라고 하는 건가."

"아저씨 같아. 그런 말 하는 거."

"그런가?"

"응. 아무도 바보상자라고 안 할걸. 애들은 이제 TV는 늙은 사람이나 보는 거라고 한대. 그건 알지, 어쩔티비?"

"알지. 어색하게 말하면 더 아저씨 같은 것도 알지? 그냥 받아들여."

"뭐를?"

"나이도 그렇고, 그냥 자기 자신을."

틀린 말은 아니지만 어쩐지 서글퍼졌다. 미도는 중얼거렸다. "네가 보는 내가 어떤 사람인진 몰라도 지금 이건 내가 아니야."

"그래?"

"응. 나는 달라."

"뭐 상관없어. 너는 미도고, 나는 선우고 그거면 됐지."

남자가 손을 뻗어 리모컨을 집었다. 멀었던 두 사람의 거리가 이번엔 진짜 가까워졌다. 미도의 몸에서 반응이 일어났다. 어떤 흥분과 기대가 미도의 눈꺼풀 안으로 차올라 얇고 뜨거운 막을 형성했다. 울고 싶은 기분이란 눈물이 고인 다음에 따라온다. 미도는 침을 삼켰다. 약간의 위액이 역류한 기분. 신 것이 핏속에서, 눈 뒤쪽에서 흘러나오는 것을 막기 위해 TV에 집중했다. 연예인들이 유럽 저택을 흉내낸 거대한 철문 앞에서 거부당하고 있었다. 진짜 쥐 인간이라면 애초에 저런 곳은 노리지 않았을 거야. 거절당하기에 낮은 너무 짧고 밤은 무척 기니까. 연극적으로 좌절하는 반질거리는 얼굴의 연예인들 아래로 '오늘따라 높은 문턱'이라는 자막이 지나갔고, 안타까워하는 탄식이 효과음으로 등장했다. 이걸 보는 사람 중에는 쥐 인간을 내쫓은 사람도 있겠지. 그런 사람들도 연예인이 온다면 냉장고에 고기를 재워두고 기다릴 거야. 두 손을 모아 기도 하겠지. 두 발이 뽀얀 천사가 자기 집 문을 두드리길. 무심하게 문을 열고 따뜻한 식사를 나누고 그리하여 최종적으로 광영이 비치기를. 설령 천사의 탈을 쓴 사탄이라도 그들이 금발에 붉은 뺨을 가지기만 했다면 받아들일지 모른다. 쥐새끼 거죽을 입은 천사보다 말끔한 사탄 쪽이 테이블 매너가 좋을 테니. 그렇지만 나는 달라. 미도는 생각했다. 더러운 천사를 들여보낼 것이다. 천사가 원한다면 문밖으로 따라 나갈 것이다. 그가 원하는 건 천사, 만질 수 있는 나만의 천사이지 어디에 있는지는 중요하지 않았으니까.

❖

미도는 라디오 남자가 군중 사이에 둘러싸여 있다는 걸 알았다. 누군가 잘 들었습니다, 라고 하면 저도요, 저도요 하고 흰 말풍선이 꽃잎처럼 피었다. 미도는 감사의 마음을 표하지 않았다. 라디오 남자가 자리를 뜨면 정전기가 이는 모니터를 쓰다듬으며 그가 사라진 저 너머의 공간을 상상했을 뿐이다. 미도는 친구가 없고 다른 사람의 집에 초대된 적이 없다. 그래서 상상 속에서 남자가 있는 곳은 대부분 아빠와 희도가 사는 다세대주택이거나 PC방이었다. 늘어난 티셔츠 밑으로 뒷목을 따라 길게 척추뼈가 돋아난 소년이 타이핑을 한다. 고함과 비명소리와 우두두두 총을 쏘는 효과음이 쏟아지는 가운데 후드를 푹 뒤집어쓰고 가사를 적는다. 한번은 엄마를 따라갔던 교회 권사님의 2층 단독주택을 떠올렸다가 말도 안 되지, 라며 기각했다. 그와 자신이 같은 종이라는 건 구가 서로의 냄새를 맡듯 알 수 있었다.

시간을 따라 해는 지고 하늘엔 달이 떴다. 파도가 훑고 간 모래는 검어졌고 다시 말랐다. 미도는 매일 밤 모래밭 대신 낡은 식탁 의자에 앉아 해변이 밝아오는 모습을 지켜보았다. 오분에 한 번, 검은 개 한 마리가 묵상하듯 앉은 그를 통과해 화면 한가운데를 가로질렀다가 다시 한쪽 끝에서 나타나길 반복했다. 제자리를 도는 개. 규칙성 있게 밀려오는 파도. 파도는 달의 인력 때문에 친다. 월경은 달의 주기에 따른다고, 반 애들이 떠드는 걸 들은 기억이 났다. 해변의 달은 언제나 변함없는 손톱 모양이니까 해변의 여자들은 피를 흘리지 않을 거다. 그들은 자매를 하나로 묶어주는 피의 경험, 고통의 자긍심을 갖지 못한 대신 번거로움에서 자유로웠다. 그러므로 해변은 미도의 낙원이었다. 이곳의 아이는 바구니에서 태어난다. 조그만 아이스크림 트럭에서는 수만 개의 콘이 나오고, 개는 걸어도 걸어도 지치지 않는다. 결정적으로 여기엔 라디오 남자가 있다. 미도는 남자가 매일 밤 자신의 근처에 앉는다는 걸 알았다. 보이지도 않는데 어떻게 아느냐고? 그냥 알았다. 오래

전 루됭의 수녀들이 악마의 손길에 발작을 일으키거나 성처녀가 오를레앙의 언덕에서 천사의 말씀을 듣고 칼을 뽑아들었듯이 미도도 라디오 남자의 존재를 느꼈다. 그래서 두 사람의 앉은 거리가 더는 가까워질 수 없을 때 먼저 말을 걸었다. 현실에선 결코 하지 않을 일이 가능했던 건 게임이라서였다. 게임 속에선 여자라고 말하는 것만으로 주목 대상이 되니까. 괴롭힘과 치근거림, 상냥한 관심…… 뭐가 됐든 주목을 받으며 미도는 뻣뻣함과 축축함, 홧홧함과 불쾌함, 무엇보다 당혹스러운 자긍심에 중독되었다. 간택당한 라디오 남자 역시 여자애인 미도에게 관심을 가졌다. 두 사람의 대화가 길어졌다. 해변에 머무는 시간이 길어졌다.

그렇게 꿈속의 왕자님과 밤새도록 대화하며 미도는 부럽기만 했던 같은 반 여자애들이 치가 떨리도록 멍청하다는 걸 깨달았다. 예쁜 애들은 한심했고 오타쿠들은 바보 같았다. 이론을 증명하듯 그들이 단지 젊은 남자라는 이유만으로 감자떡 같은 생물 선생이 아다인지 아닌지 가늠하는 얘기를 들었을 땐 죽고 싶을 정도로 울적해졌지만, 여전히 최악인 건 그중 어느 무리도 미도를 끼워주지 않는다는 거였다. 미도는 자신이 그들보다 낫다는 걸 증명하고 싶었다. 너희는 갖지 못한 사랑이 나를 진정한 여자로 만들어주고 있다고 자랑하고 싶었다. 그러나 불가능했다. 라디오 남자는 해변에만 존재하는 남자다. 만나선 안 돼. 만날 순 없다. 그러나 부정할수록 그를 만나고 싶은 생각이 커졌다. 먼발치에서라도 좋다. 아니, 사는 동네라도 알고 싶다. 역 근처에서 얼쩡거리며 지나가는 남자 모두에게 그의 그림자를 덧씌우다가 돌아오면 되니까. 아니, 어쩌면 그는 만나고 난 뒤에도 나를 사랑해줄지 모른다. 중요한 건 마음이니까. 마음만으로 이렇게 좋아하게 되었으니까. 그러나 그 말대로라면 왜 이렇게 그 남자를 만나고 싶은지, 목소리를 듣고 싶은지, 그가 앉았던 의자를 훔쳐와서 숨을 흠뻑 들이마시고 얼굴을 문지르고 싶은지 답을 할 수 없다는 것을 알면서도 어쨌든 미도는 그가 이름을 물었을 때 올 것이 왔다고 생각했다. 절망과 두근거림, 젖고 메마르고 뜨겁고 차가운 감각 속에서 일부러 못 알아들은 척 답했다.

—스카이블루.

—아니. 진짜 이름 말야.

—……

—그거 말고 진짜 네 이름.

어째서 스카이블루가 진짜 이름일 순 없는 걸까? 안타까움은 잠시였고 묘한 흥분에 휩싸여 미도는 타이핑을 했다.

—미도.

—난 선우야.

잠깐의 침묵은 두 사람이 서로의 이름을 곱씹고 있다는 걸 알렸다. 미도와 선우. 선우와 미도. 그것만으로 보이지 않던 벽이 녹았다. 라디오 남자의 영업은 종료되었다. 선우는 노래가 아닌 미도의 얘기를 들었고, 미도 역시 가사가 아닌 선우의 생각을 읽었다. 둘은 수렁처럼 서로에게 빠졌다. 사진을 보내달라는 선우의 말에도 미도는 당연한 수순이라고 생각했지, 처음처럼 놀라진 않았다.

—저장 안 하고 그냥 보기만 할게. 궁금해서 그래.

미도는 떨리는 손으로 자판을 눌렀다.

—네가 먼저 보여주면.

말풍선 속 점이 움직이다가 멈췄다. 대답 대신 빠르게 전송된 사진 속에 있는 건 미도보다 약간 연상의 남자였다. 스무 살? 스물한 살? 멀끔한 얼굴엔 아직 애티가 있었다. 미도의 상상 속에서 선우는 한 번도 얼굴을 보이지 않았다. 고양이처럼 둥근 등만 보이거나 후드를 푹 눌러쓰고 있었고, 다가가 후드를 벗긴다고 해도 저 얼굴이 있을 거란 생각은 들지 않았다. 이런 걸 믿으라니. 미도는 슬프고 안심도 되고 기뻤다. 자기 얼굴 하나 보이지 못하는 남자. 그런 남자가 미도에게 어울리는 짝이다. 미도는 속아주기로 했다.

—잘생겼어.

—그런가? 평범한데.

—아니야. 잘생겼어. 대학생이야?

—응. 스물한 살.

—그렇구나.

미도는 망설이다가 말했다.

—난 고등학생이야.

—왠지 그럴 거 같았어. 학교 가면 안 졸려?

—졸려. 그게 중요해?

—중요하긴. 그렇다고 해서 너랑 멀어질 이유도 없고.

선우는 덧붙였다.

—나만 보여줘서 좀 그런데.

—오늘은 어렵고 이번주 안에는 꼭 보여줄게.

—진짜?

—응. 캠도 고장났고, 보여줄 만한 게 없어서 그래.

말은 그렇게 했지만 미도에겐 이미 방에서 찍은 사진이 몇 장 있었다. 학교에서 입는 부대 자루와는 다른 딱 맞는 교복을 입고 판판한 가슴 아래에는 휴지를 뭉쳐 넣고, 짧은 치마 밑으로 허벅지가 훤히 드러나게 찍은 사진이었다. 며칠 뒤 미도는 거기서 얼굴만 잘라 보냈다. 이걸로 충분할까? 조마조마했지만 다행히 선우는 충분한 듯 보였다. 가장 중요한 부분은 숨겼음에도 미도를 아름답다고 칭찬했다. 미도는 기쁨을 주체하지 못하면서 떨리는 손으로 쳤다.

—너무 말라서 볼품없어.

─예쁜데ㅋㅋ 그렇게 말하면 욕먹어.

현기증이 날 정도로 좋았다가 다음 순간에는 바닥으로 추락한 듯 울적해졌다. 네가 날 예쁘다고 하는 건 보이지 않는 부분을 네가 멋대로 상상하고 있기 때문이야. 정말 네가 내 모든 걸 보고도 그런 말을 할 수 있을까? 선우의 요구에 미도는 사진을 더 보냈다. 선우는 늘 달콤한 말로 미도를 띄웠지만 언제나 끝에는 얼굴도 보고 싶다며 칭얼댔다. 하지만 얼굴은 보여줄 수 없었다. 네 얼굴 먼저 보여주면, 이라는 핑계도 먹히지 않았다. 그렇게 고민하는 미도의 눈에 들어온 게 미주였다. 출석 번호가 미도의 바로 다음인, 깨어 있는 내내 거울을 보는 게 용인되는 여자애. 대추 같은 얼굴의 중년 남교사도 끈적한 뉘앙스 없이 찬탄할 수 있는 여자애가 미주였다. help를 쓸 줄 모르는데도 그애가 스튜어디스가 되고 싶다고 했을 때 모두들 가능하지, 라고 납득한…… 말하자면 보르조이 같은 여자애였다. 미도는 아르바이트를 하러 간 예식장에서 그 주둥이가 뾰족한 개를 딱 한 번 실제로 보았다. 얌전하고, 금빛 털은 손이 닿기도 전에 매끄러질 듯 빛이 나서 저것은 짐승이 아니라 귀족이구나, 했는데 그 귀족이 치마도 걷지 않고 오줌을 쌌다. 줄줄이 이쪽으로 흘러오는 황금빛 오줌 줄기에 놀라기도 전, 쪼그린 자세를 취하더니 똥도 눴다. 어머. 주인은 당황한 듯 가방을 뒤졌지만 미도는 그 소리 없이 말끔하고 야생적인 배변 활동을 보고 반했다. 그것을 철장이나 TV의 동물 다큐멘터리가 아닌 손닿는 곳에서 볼 수 있다는 건 대단한 행운이었다. 아름다운 것이 살아 움직인다니! 눈앞에서! 그게 자신이었으면 좋겠다고, 미도는 줄곧 생각했다. 미도가 아니라 미주로 걷고 말하고 움직이고 싶다고. 그리고 해변은 뭐든 가능한 세계였다. 미련한 짓인 걸 알면서 미도는 미주의 사진을 보냈다. 10만분의 1 확률로 선우와 미주가 아는 사이면 어쩌지. 갑자기 어, 한미주 너였어? 그런 말을 하면 어쩌지. 알고 보니까 둘이 친남매? 아니, 오빠의 친구의 친구? 아니, 전혀 모르는 사이더라도 선우는 어차피 의심할 거다. 이런 여자애가 모니터 뒤에서만 사람을 만난다는 건 말이 안 되니까. 그런 생각에 물어뜯은 손톱이 쓰리고 손끝이 새빨갛게 부풀었는데 선우는 어린애처럼 기뻐했다. 미도가 인터넷에 떠돌아다니는 얼짱 남자의 사진을 받고 기뻐한 것처럼 기뻐하며 답례로 자기 사진을 한 장 더 보내주었다. 미도는 배꼽이 빠져라 웃었다. 가짜 얼굴을 주고받으며 기뻐하는 두 사람. 한심하다. 그렇게 생각하면서도 선우의 사진을 A4용지에 인쇄했다. 손에 쥐자 따끈했다가 금방 식어서, 싸늘한 게 선우가 죽은 것만 같아서 미도는 충동적으로 종이를 입에 넣었다. 역겨운 맛. 순간 구역질이 났다. 눈물을 머금은 채 변기로 가서 고개를 처박았다. 그러나, 그러나……

❖

 씻고 나오니 남자는 거실 소파에 자리를 잡고 있었다. 깨어 있을 땐 괜찮지만 역시 잘 땐 좀 불안하다며 늦은 밤 쥐 인간을 내쫓는 사람이 있었다. 남자는 그런 거절을 몇 번 당했는지 얌전하게, 어딘지 체념하는 듯한 표정으로 공손하게 두 손을 모으고 있었다. 미도는 말없이 침대에 올라 낡은 이불을 걷어 올렸다.
 "같이 자죠."
 "괜찮으세요?"
 "거실 춥잖아요."
 남자가 비척비척 몸을 일으켜 침대로 들어왔다. 줄곧 실내에 함께 있었는데도 가까이 붙으니 서늘했다. 이불이 바스락거렸고 그가 미도를 등지고 누웠다. 미도는 그의 드러난 어깨를 툭툭 두드렸다.
 "얘기 좀 하실래요?"
 거절당할 거란 예상과 달리 남자는 별다른 저항 없이 돌아누웠다. "무슨 얘기요?"
 "선우 얘기요. 선우가 누군지 말해줘야 할 거 같아서요."
 남자가 눈을 끔뻑였다. "친구 아녜요?"
 아니에요. 미도는 침을 삼켰다. "헤어진 애인이에요."

"그런데 희도는……"

"희도한테는 거짓말했어요. 날 걱정하니까."

"아." 남자가 살짝 죄책감이 드는 표정을 지었다. "이름이 선우길래. 생각해보니 남자도 여자도 될 수 있는 이름이네요." 남자가 벌린 입을 다물고 복잡한 표정으로 고개 숙였다. "죄송합니다."

"어쩔 수 없죠. 모르고 그런 건데. 이름은 아까 사진 찍어줄 때 봤어요?"

"예. 메시지 온 걸 봤어요. 선우랑 같이 못 가서 아쉽겠다고."

"그렇구나. 짧은 시간에 많이 봤네요."

"그렇다고 제대로 본 건 아니었네요."

"제대로 볼 수도 없었죠. 내가 거짓말을 했으니까."

미도는 쓴웃음을 짓고 어째서 자신을 골랐는지 물었다. 그러자 당신이 오랫동안 해변에 혼자 있었기에 골랐다는 답이 돌아왔다. "오해하진 마세요. 쫓아다닌 건 아니니까. 그냥 눈에 밟혔을 뿐이에요. 보통은 다 짝으로 다니니까 아무래도 말을 걸기가 어려워요. 그런데 여기까지 혼자 오는 사람들은, 뭐랄까," 남자가 눈치를 살피며 덧붙였다. "외로운 사람이 많거든요. 그래서 문을 쉽게 열어줘요. 방이 남을 확률도 높고."

"그냥 두드려도 열어줬을 텐데."

"음. 아는 사람 흉내를 내는 편이 성공 확률이 높거든요. 왜,

연인끼리 서로 모르는 사람인 척하고 그런 플레이 하잖아요? 그 반대라고 보시면 돼요. 캐스트가 바뀌었을 뿐 잘 아는 연극이라고 생각하면 덜 무섭잖아요. 물론 좀 끈적해질 때도 있어서 자주 써먹진 않아요. 일테면 나이드신 분들한테 자식 흉내는 안 내죠. 가지 말라고 붙들 때가 있거든요. 그렇게 눌러앉는 사람도 있지만 저한텐 안 맞아요. 만약에 선우씨가," 남자가 눈치를 보며 덧붙였다. "그런 분인 줄 알았다면 흉내내지 않았을 거예요. 그냥 하루 재워달라고 했을 거예요."

문득 궁금해져 어째서 쥐 인간으로 사는 건지 묻자 남자가 스스럼없이 입을 뗐다. 쥐 인간이 되기 전 그는 다큐멘터리 촬영 팀의 막내로 일했다. 일주일에 130시간을 일하는 말도 안 되는 스케줄에 영혼이 깎여나갈 무렵, 처음으로 간 해외 로케가 토레 다비드였다. 세계에서 가장 높은 빈민촌으로 잘 알려진 그곳은 쥐 인간의 성지였지만, 촬영 당시 대부분이 퇴거를 앞두고 있었다. 90년대 초 공사가 중단된 고층 건물에 사람이 하나둘 모이기 시작한 것이 시초로, 당시 50여 가구가 그곳을 터전 삼아 버티고 있었다. 다큐의 중심에 있는 건 20층에 사는 남자, 일명 페페라고 불리는 호세 가르시아였다. 다양한 민족과 연령대, 성별과 종교를 망라하는 쥐 인간들에게 공통된 것이 있다면 빈곤이었지만 호세 가르시아는 달랐다. 그는 회사원 겸 폐허 마니아였다. 젊은 시절엔 체르노빌을 방문한 적도 있고 지금도 1년에 한 번씩 가까운 고스트 타운 투어를 간다고 했다. 언젠가 일본을 방문하고 싶네요. 집 내벽에 붙여놓은 기누가와 온천 호텔 사진을 가리키면서 웃는 호세 가르시아에게 어째서 폐허에 살며 폐허를 탐방하느냐고 물으니 약한 사람은 자기 집만 고향으로 여기고, 강한 사람은 어딜 가도 고향처럼 느낀다는 인용이 돌아왔다.

―어디에든 내 집이 있다는 걸 확인하고 싶은 거죠.

마지막날, 호세 가르시아는 촬영진에게 식사를 대접했다. 그가 품에 안고 있던 갈색 종이 뭉치를 풀자 팔뚝만한 소고기 한 덩이가 드러났다. 한눈에 봐도 검붉고 질긴 양짓살로 국물 내기에 충분했다. 호세 가르시아가 커다란 통에 물을 끓이자 자연스레 사람들이 모였다. 다들 어디선가 수프에 넣으면 좋을 것을 하나둘씩 가져왔다. 썩은 부분을 도려낸 당근이라든지, 싹을 뜯어낸 감자, 양배추의 바깥 잎, 말린 카사바와 쌀 등…… 호세 가르시아가 남자의 그릇 가득 묽은 수프를 담아주었다. 내내 음식이 맞지 않아 고생하던 그였지만 그 누린내 나는 국물의 감칠맛엔 중독되었다. 귀국한 뒤로도 계속 생각이 났다. 비결이 뭘까? 1년 뒤, 남자는 일을 그만두었다. 다시 찾아간 토레 다비드에 호세 가르시아는 없었다. 묘하게 피하는 사람들에게 물으니 호세 가르시아가 반년 전 총에 맞아 죽었다는 것이었다. 더욱 놀라운 것은 호세 가르시아의 정체였다. 본명은 미겔 앙헬 호세 가르시아 페르난데스. 마약과 건설 사업을 기반으로 성장한 쿨시나탄 카르텔의 숨은 보스로, 토레 다비드에 사는 빈민 대부분이 그의 도시 건설 계획 때문에 삶의 터전을 잃은 이들이었다.

─그는 우리를 쫓아냈어요. 동시에 우리 이웃인 페페였습니다. 진짜라는 건 그런 식으로 되어 있죠.

남자는 진짜 호세 가르시아가 누구인지 알기 위해 목숨을 걸고 카르텔의 취재에 나선다……

미도는 망설이다 물었다. "그거 넷플릭스 영화 아녜요?"

"보셨네요." 남자가 씨익 웃었다. 그러고 보니 푹 들어간 보조개가 방송사 인턴 애덤 벨렁엄 역할의 가스파르 울리엘과 비슷했다. "알 게 뭐예요. 진실은 믿음으로써 생기는 건데요. 뭐 어쨌든 누군가의 영향을 받아서 쥐 인간이 된 건 사실이니까요. 의외로 전염성이 높거든요."

그가 이번엔 정말 솔직하게 말하겠다며 꺼낸 이야기는 술에 취해 완공 직전 시공사가 도산한 아파트에 들어가서 잤는데 예상외로 편하더라는 뻔한 내용이었다.

"눈을 떠보니까 아침이더군요. 원래 살던 쥐 인간이 나를 노려보고 있었어요. 얼마라도 주고 싶어 반사적으로 주머니를 뒤지려는 나를 쥐 인간이 막았어요. 우리의 긍지를 꺾을 셈이냐, 이러면서요. 무슨 만화 대사 같죠?" 남자가 웃었다. "아무튼 그후로는 쭉 이렇게 살고 있어요. 오늘처럼 가끔은 따뜻한 고깃국도 얻어먹으면서요."

"몰랐어요." 미도가 말했다. "펜션 사장님이 주신 건 줄 알았어요."

"여긴 사람들이 버리고 가는 게 많거든요. 다 못 먹고 남은 고기나 먹다 남은 과자, 식은 닭강정이나 아이스크림도 많이 두고 가고 운이 좋으면 맥주도 네댓 캔씩 남아요. 무겁고 처치 곤란인 걸 치워주니 서로 좋죠. 비수기엔 좀 힘들지만요."

"일은 안 해요?"

남자가 너털웃음을 터뜨렸다. "여기 와선 아직…… 이 동네 마트들은 좀 인간적이거든요. 어떤 데는 어차피 버리는 거면서 고기의 랩을 벗겨 침을 뱉는다든지, 빵을 발로 밟아서 내놓는데 여긴 괜찮아요. 그런 걸 할 인력이 없어서 그런진 몰라도, 가끔은 먹을 게 너무 많아서 처치 곤란일 때도 있다니까요? 그럴 땐 아무리 배가 불러도 음식을 남기지 않고 다 먹어요. 열심히 접시를 핥고 나면 굉장히 뿌듯해요. 그런 게 우리 자부심이죠. 낭비하지 않는 삶이."

"나도 어릴 땐 쥐 인간이 되고 싶었어요."

"그래요?"

"네."

"지금은 어때요? 지금도 그런 생각 해요?"

미도가 갈라진 목소리로 말했다. "가끔은요."

그는 때때로 낯선 집에 들어가는 생각을 했다. 가스계량기와 현관 매트와 메마른 화분을 뒤져 열쇠를 찾아낸 뒤 문을 따고 집안에 들어간다. 낯선 거실에 상을 펴고 그 위에 먹을 걸 올려둔다. 잠시 뒤, 귀가가 늦은 주인이 들어온다. 그는 어떤 생각을 할까? 화를 내며 나가라고 할 수도 있지만 반색하며 얼른 한잔해요, 라고 말을 걸지도 모른다. 그 사람은 너무 외로워 누군가 방문을 열고 들어오길, 아침저녁으로 걸레질한 깨끗한 바닥이 흙발에 짓밟히기만을 기다린 사람인지 모른다. 미도처럼.

"지금도 늦지 않았어요." 어둠 속에서 남자의 검은 눈동자가 빛났다. "용기를 가져요."

이번엔 정말 한 치의 거짓도 없는 눈동자. 미도는 두 사람 사이에서 쥐 인간이 태어나는 상상을 했다. 아이는 아무도 없는 밤의 수영장에서 헤엄치는 법을 배울 것이다. 어둠 속에서 책 읽는 법을, 두 다리로 모래사장을 뛰어다니는 법을, 버려진 라디오를 주워서 노래가 나오게 하는 법을 배울 것이다. 어느 여름 셋이 나란히 누워 있을 때 남자가 고친 라디오가 노래를 시작한다. 파도 소리에 뒤섞여 박선주와 조규찬의 목소리가 여름의 미지근한 바닷물처럼 귓구멍을 파고든다.

내 마음 널 사랑하고 싶은 거야
나의 마음 너에게만 주고 싶어

남자의 눈이 일렁였다. 미도는 자기 눈 역시 촉촉하게 젖어 있다는 걸 감각으로 알았다. 뜨겁고 건조하고 젖고 메마른 미도의 몸이 한없이 넓어졌다. 그는 그 안으로 남자를 초대하고 싶었다. 남자와 자기 사이에 새로운 생명을 초대하고 싶었다.

남자가 말했다. "고마워요. 혼자 있고 싶었을 텐데."

미도가 고개를 저었다. "아녜요. 여긴 충분히 넓은데요. 세 사람쯤 있어도 괜찮을 정도로요."

"지금 한 사람이 더 생긴다면 어떻겠어요?"

"그건 불가능해요."

"가능해요. 미도씨가 원한다면요."

"정말 그렇게 생각해요?"

"네."

"그렇게 말씀하시면 저도 할 수 있어요."

"정말이죠?"

"네."

"다행이다." 남자가 웃었다. 그리고 번뜩 몸을 일으키더니 현관으로 나갔다. "들어와." 미도는 어리둥절해서 그를 보았다.

들어온 것은 젊은 여자였다. 젖은 머리카락 위에서 눈송이가 반짝이고 있었다. "인사드려." 남자의 말에 여자가 고개를 꾸벅 숙였다.

"제 친구예요. 당신이 잠들면 나 대신 이 방에서 재우려고 했어요. 이 방은 2인용이니까 당신이 불편할까봐요. 그런데 당신이 이해해준다니 정말 기뻐요. 우리 둘 다 여기 있어도 되지요?"

남자가 빛나는 눈으로 미도를 보았다. 여자도, 눈 오는 밤 바깥에서 기다리느라 얼어붙은 코끝이 붉게 물든 여자도 이쪽을 빤히 보았다. 미도는 그 눈빛에 패배해 고개를 끄덕일 수밖에 없었다. 남자가 다시 한번 고맙다고 인사하고 여자에게 물었다.

"춥지?"

"아니야. 괜찮아. 계속 불 쬐고 있었어."

"뭐가 아니야. 꽁꽁 얼었는데."

서로의 뺨을 매만지던 두 사람이 차츰차츰 가까워져 하나의 실루엣이 되었다. 두 명의 순교자가 서로의 시체를 껴안고 있듯이. 그리하여 죽음 뒤에 인간으로 추락한 듯이. 서로의 손을 맞잡은 투신체처럼. 두 발을 미역으로 꼭 묶은 익사체처럼 간절히 끌어안은 끈적한 하나의 덩어리가 되었다.

남자가 고개를 돌려 미도를 보고 웃었다.

"당신은 좋은 사람이에요. 정말로."

❖

 명동역 CGV 앞에서 미도와 선우는 만나기로 했다. 미도의 생일 겸 크리스마스이브였다. 미도는 사진 속의 남자가 나오지 않을 것을 알았다. 선우도 마찬가지일 테지만 둘은 그 점에 대해선 아무 말도 하지 않았다. 원하는 건 그저 서로가 존재한다는 걸 눈으로 보는 것뿐. 그뿐이었지만 미도는 조금이라도 예쁘게 보이고 싶어 방과후 쇼핑센터에 갔다. 그러나 역시 여자애들이 득시글대는 가게를, 똑바로 보지도 못한 채 통로만 뱅글뱅글 돌다 나왔다. 사람이 옷을 고르는 게 아니다. 옷이 사람을 선택하는 것이다. 쫓겨난 미도에게 선택지는 몰래 꺼내 입는 수선된 교복뿐이었다. 나는 열일곱 살이다. 비참한 젊음이지만 나이가 들면 그마저 갖지 못한다. 그러니까 괜찮을 거야. 선우는, 이런 나도 마음에 든다고, 좋아한다고 해줄 거야…… 미도는 그런 희망을 갖고 얇은 교복 위에 목도리 하나를 두르고 장갑을 끼고 나갔다.
 저녁부터 눈이 내린다는 일기예보가 있었다. 지하철을 타고 약속 장소로 가는 내내 미도는 보이는 모든 남자가 선우라고 가정했다. 청바지를 입은 저 남자는 어떤가? 좀 통통하지만 나름대로 평범하다. 패딩을 입은 남자는? 저 정도도 괜찮아. 방금 내린 남자는 어때? 아니야. 딱 봐도 너무 멀쩡해. 저 코트

입은 남자이길 바라는 건 너무 양심 없는 짓이겠지. 내 주제에. 아주 할아버지만 아니면 괜찮다. 몇 살까지? 30대? 음, 40대라도 괜찮다. 아빠보다 어리면 괜찮다. 아니 동갑이어도, 한두 살쯤 많아도…… 명동역에 다다랐을 때쯤 미도는 지하철 안의 어느 남자와도 사랑할 준비가 되어 있었다. 그를 사랑해주기만 한다면.

영화관은 지하철역 입구와 가까웠다. 주변을 얼쩡거리는 사람들은 모두 누군가를 기다리고 있었다. 미도는 그 틈에서 선우를 발견했다. 어떻게 선우인 걸 알았어? 누군가 그렇게 묻는다면 글쎄, 그런 건 그냥, 알게 된다고 말할 수밖에 없는 감각이었다. 선우는 근처에 있는 다른 사람들처럼 멋을 내느라 추운 차림을 하고 있었다. 눌러쓴 검은 모자. 체인이 달린 바지. 그리고 그가 손에 든 조그만 안개꽃 다발을 보고 미도는 웃었다. 믿기지 않았고 그다음엔 진이 빠졌다. 쥐색 하늘 아래서, 구세군의 종소리 속에서, 코트를 입은 연인들 사이에서, 여자의 비치는 검은 스타킹과 미니스커트 옆에서, 고기만두와 마늘이 듬뿍 들어간 김치를 씹으며 내뱉는 하얀 입김 옆에서, 샌드위치맨이 몸에 두른 팻말과 달리 예수도 구제할 수 없는 고통 속에 멍하니 서 있었다. 발을 구르고 싶었다. 소리를, 꽥꽥 지르고 싶었다. 그러나 미도의 몸, 차갑고 젖은 몸은 언제나 그렇듯 모든 감정을 조용히 삼켰다. 다시 보아도 한 손에 안개

꽃을 꼭 쥐고 두리번대는 건 머리를 짧게 자른 통통한 여자애였다.

옆에 서 있던 여자와 부딪히기 전까지 미도는 자기가 떨고 있다는 걸 알아채지 못했다. 여자는 새하얗게 질린 미도의 얼굴을 보고 깜짝 놀라 미도의 팔을 붙잡았다. "어디 아파요?" 고개를 저었지만 여자는 팔을 놓지 않았다. 때마침 영화관 앞에 도착한 의아한 표정의 남자에게 여자가 말했다. "오빠, 조금만 바래다주자. 이 학생 몸이 안 좋은가봐. 응? 어차피 앞에 십 분은 광고니까." 미도가 고개를 저었지만 여자는 완고했다. "아녜요. 같이 가요." 팔짱을 꼭 끼고 그렇게 말했다. 미도는 여자에게 붙들려 경호견처럼 한 걸음 앞서가는 남자의 뒤를 얌전히 따라갔다. 춥지 않아요? 왜 이렇게 얇게 입었어요. 그렇게 말하는 여자의 눈을 보지도 않고 고개만 끄덕이며 두 사람의 도구가 되었다고 느꼈다. 연인에게 오늘은 남자가 믿음직한 모습을 보인 날, 여자가 다정한 모습을 보인 날로 기억될 것이다. 어쩌면 몇 년 뒤에도 두 사람은 기억나? 그해 크리스마스이브에……라고 회상할지 모른다. 그렇지만 가장 높은 확률로 그들은 자신을 잊을 거다. 둘의 세계는, 조각처럼 꼭 맞아서 다른 사람이 끼어들 틈이 없을 거다. 미도는 달리는 차 중 한 대가 인도로 들어와 두 사람을 치어버리길 바랐다. 고기완자처럼 으깨버리길 바랐다. 뺨이 축축하게 젖어 고개를 들어보니 눈이 내리고 있었다.

"아."

저도 모르게 고개를 치켜든 미도의 목에서 목도리가 흘러내렸다. 재빨리 목을 감쌌지만 이미 툭 튀어나온 울대뼈가 드러난 다음이었다. 두 사람의 표정이 묘하게 일그러졌다. 남자가 조용히 바닥에 침을 뱉었다. 가자. 여자는 미도에게서 떨어져, 무언가 말하려는 듯 힐끗 고개를 돌렸다가 이내 아무 말도 없이 남자의 손을 잡고 돌아서 갔다. 젊은 연인의 머리 위로 눈송이가 쏟아졌다. 거대하고 아름다운 열매. 미도의 뺨에 내린 열매들은 체온에 녹아 사라졌다. 미도가 집에 도착할 때쯤 눈은 추적추적한 진눈깨비로 바뀌었다.

❖

잠이 든 두 사람을 두고 미도는 방에서 나왔다. 발걸음이 자연스레 가까운 해변으로 향했다. 푸른 어둠 속을 걸으며 미도는 가장 넓은 땅을 가진 독재자도 그가 가진 땅에서 벗어날 수 없다는 사실에 대해 생각했다. 다리에 느껴지는 피로가 어제 발이 푹푹 빠지는 모래사장을 걸은 탓이라는 걸 깨달았다. 지난 일은 전부 과거가 된다고 해도 어제의 몸은 오늘의 몸에 영향을 준다. 오늘의 몸은 내일의 몸을, 내일의 몸은 그다음날의 몸을 변화시킬 것이다. 미도는 해변에서 네 발로 선 검은 그림자 하나를 보았다. 단모종의 귀가 쫑긋하고 매끈했다. 개인가, 구인가? 판단하기도 전 그림자는 멀리, 미도의 손이 닿지 않는 곳으로 도망갔다. 다시 해변을 걸으며 미도는 생각했다. 선우와 해변에서만 만났다면 좋았을걸. 그러면 두 사람은 15년의 세월이 지난 지금도 산책을 하고 같은 음악을 듣고 대화를 나누었을 것이다. 미도에게는 죽지 않은 남자친구가 있고, 진짜 남자친구가 있고 선우에게도 여자친구가, 진짜 여자친구가 있고 두 사람에게는 바다에 빠져도 젖지 않는 자유로운 해변이 있었을 것이다. 그 모든 걸 버린 미도는 서른 살이 되었고 다시는 열일곱으로 돌아갈 수 없다. 그러나 미도의 몸은 기억하고 있다. 처음 해변에서 두 사람이 손을 잡던 날 마우스를 쥐고 있던 손의 열기를. 모니터에 입을 맞춘 순간 가볍게 입술 위를 스치던 솜털처럼 찌릿찌릿한 전율을. 그날 선우와 눈이 마주친 순간 자기 몸이 메마르고, 축축하고, 차갑고, 뜨겁던 것을. 그것만이 변함없는 진실이라는 것이 미도를 압도했다. 파도가 그를 삼켰다.

러브 오브 마이 라이프

사랑의 대단한 점은 사람을 순식간에 변화시킨다는 거 아닐까? 좋은 쪽이든 나쁜 쪽이든 상관없다. 트롤리 게임에서 중요한 것은 방향을 바꿀 버튼이 있다는 사실이니까. 달리고 싶은 철마! 무쇠의지의 나는 심신미약의 숭배자로, 역사와 윤리를 포기한 짐승으로(조상님 죄송합니다. 저는 인권을 포기했습니다!), 어깨를 채찍으로 내리치는 종으로 나 자신을 바꾸려 하고 있다. 살을 빼거나 외국어를 배우거나 보지 않을 영화를 보는 수준이 아닌 완전한 탈바꿈, 변태하길 원한다. (그건 아주 끝내준다. 진짜 사랑 앞에선 껍질을 버리는 일 따위엔 저항감이 들지 않는다.) (경험상 하는 말이다.) 요즘은 진정한 자기라느니 자아 같은 게 유행하는 모양인데 존귀하지도 유일하지도 않은 나는 납죽 엎드릴 때가 가장 행복하다. 콧속이 얼어붙는 추운 겨울에 난방이 켜진 바닥에 엎드리면 몸이 살살 녹는 것 같지? 주무르는 대로 뭉쳐질 거 같은 기분이 들지? 통 안의 고양이처럼? 그래, 그런 거다.

모르겠다면 서글픈 일이고.

❖

토요일 아침 열시. 정우는 I역 상점가 맞은편 낙원PC방에 있다. 입구에서 바로 왼편으로 꺾으면 보이는 가장 안쪽부터 다섯번째 자리에서 바카라를 하는 중이다. 어떻게 아느냐고? 당신은 주일예배를 빼먹는 목사를 본 적이 있나? 정우의 신성은 뒤섞이는 카드에 있고 환희의 순간은 손맛에 있다. 종일 투신해도 한 번 올까 말까 한 절정을 맞기 위해 정우는 배가 주린 것도 견디며 향을 피우고(메비우스 스카이블루), 간악한 유혹을 뿌리치며(왼쪽 게 될 거 같은데) 고난(지나치게 푹신해 불편한 의자와 정겨운 이웃—패배자들)을 견딘다. 천재지변이 일어나거나 분신을 대신 보내지 않는 이상 *그가* 평산하이츠—우리집에 있을 일은 없다. 101호는 두 달 전부터 비어 있고, 102호에 사는 사람은 많아도 서른을 넘지 않은 젊은 여자인데 방에서 나오지 않은 지 내가 아는 것만 해도 반년째다.

(어디서 돈을 조달하는지는 모르겠으나 매일 밤 피자 배달부가 문을 두드린다. 그런데 박스가 배출된 적은 없다.) 옆집 할머니는 손주를 보러 가 저녁 일곱시는 되어야 들어온다. 누군가를 만날 일도, 내가 집에 오갔다는 사실을 누군가 발설할 일도 없다. 그걸 알지만, 알고 있지만, 평산하이츠의 2층 창이 보이기 시작하자 심장이 거세게 뛰었다.

숨을 깊이 들이쉬고 유리문을 밀었다. 계단을 올라가 201호의 손잡이를 돌리자 잠겨 있지 않은 문이 싱겁게 열렸다. 부엌 하나, 거실 대신 미닫이문으로 나뉜 두 개의 작은 방이 있는 집은 일주일 전과 똑같았다. 정우가 없단 걸 알았지만 막상 텅 빈 집을 보니 어딘지 김이 샜고, 한편으론 안심도 되었다. 매일 시트가 바뀌는 깨끗한 침대에서 남의 대접을 받으면서도 무겁던 마음이 15평짜리 작은 연립에 돌아오니 가벼워졌다. 이러나저러나 내 집은 내 집인가보다…… 나는 여독을 떨치고 팔을 걷었다. 어디서부터 손을 대야 할지 모르게 구석구석 지저분해서 투덜대면서도 채찍질에 신난 말처럼 궁둥이를 치켜세웠다. 끓는 물에 적신 걸레로 바닥을 닦고, 화장실 타일 사이사이 락스에 적신 휴지를 붙여두고, 바구니 속에서 구깃구깃한 채 말라붙은 빨래를 다시 헹궈 팡팡 털어 널고, 두근거림을 억누르며…… 쓰레기통과 냉장고를 체크했다. 다행히 이상한 건 없고 텅 비어 있었다. 안도했고, 그다음엔 한숨이 나왔다. 내가 나간 뒤로 끼니는 밖에서 해결한 것이 분명했다. 작은 돈이 모여 큰돈이 되는 건데…… 문득 일전에 현관에서 집주인과 마주쳤던 것이 생각났다. 닷새 전에 들어왔어야 하는 월세가 아직이라고, 총각은 전화를 받지 않고, 낮에도 찾아왔지만 아무도 없어 아가씨가 오는 시간에 맞춰 왔다는 말에 죄인처럼 고개 숙인 채 1000원 한 장까지 그러모아 건넸다. 까먹으면 안 돼, 이번엔 진짜야! 몇 번씩 다짐받으며 정우의 손에 집세를 들려 보냈다는 걸 집주인이 알 리 없지만, 그 돈을 뜯겼다는 사실까지 들킨 것 같아 달아오른 얼굴이 가라앉지 않았다. 이제껏 남에게 아쉬운 소리 한번 안 하고 살았는데 정우랑 살게 된 후로 그런 일이 잦았다. 어쩔 수 없다. 정우는 몸만 큰 어린애니까. 냉장고는 먹을 것을 낳는 기계고, 밥솥은 밥을 낳는 기계고, 수도꼭지는 비틀기만 하면 뜨거운 물이 펑펑 솟구치는 장치라고 믿었다. (딸기를 먹은 소의 젖을 짜면 딸기우유가 나온다고 믿는 건 아닐까? 다음에 물어봐야지.) 뭐, 알아주길 바라는 건 아니지만 그래도 가끔은 걸레질을 하다가 손이 멈출 때가 있다. 땅속에 지어진 흰개미굴이 거대한 저택을 순식간에 무너뜨리듯, 정우의 무반응은 나를 지탱하는 토대에 조금씩 구멍을 내고 있다. 하지만 버틸 수 있어. 응. 무너지기 전까진 무너진 게 아니다. 일단은 가만히 있어보자.

떠오른 김에 이달 치 월세를 내야겠다고 생각한 건 오전 열한시. 점심 전에 다녀오려면 한시가 급했다. 통장은 작은방 선반 밑에 있다. 방문을 열려는데 계단을 올라오는 발소리가 들렸다. 몸이 굳었다. 지금 눈이 마주친다면 정우는 내가 돈을 훔치러 왔다고 생각할 것이다. 정우의 전 재산과 오토바이를 훔쳐 달아난 전 여자친구처럼. 아니야. 정우야, 이건 말이지, 변명을 생각하며 이도 저도 못하는 사이 문이 시원스레 열렸고……

여자는 놀란 표정도 잠시, 아아 왔구나, 싶은 표정을 지으며 안으로 들어와 개수대에서 찬물을 받아 마셨다. 그뿐이었다. 나도 아무 말 않고 이래서 정우에게서 전화 한 통이 없었던 거구나, 했다. 물론 놀라기도 했지만 여자의 외모를 보니 적어도 이런 얼굴이 정우의 취향이긴 하구나, 싶어서 안심도 됐다. 이따금 정우가 나를 내려다볼 때 성긴 정수리가 성욕을 떨어뜨리진 않는지, 통방울 같은 눈을 보며 왜 이런 여자를 만나고 있나 근본적 질문에 맞닥뜨리진 않을지 신경이 쓰였는데 답을 얻은 기분이었다. 불쾌함은 그다음이었다. 나랑 닮은 여자라니. 내가 있는데 왜 대타가 필요한 거지? 차라리 여자가 나의 분신이라면 마음이 편할 것 같았다. 집을 나가기 전 자른 손톱을 먹은 쥐가 내가 되었거나, 이 집 공기에 녹아든 살비듬이나 내쉰 숨 따위가 뭉쳐 나의 형상이 되었거나. 그도 아니면 나의 가출에 상심한 정우가 공원에 누워 있는데 어떤 노인이 슬그머니 다가와 조그만 시몽키 같은 게 든 어항을 건네길래 방에 두었더니 쑥쑥 자라 나의 모양이 되었다고 믿고 싶었다. 과학소설엔 자주 등장하잖아? 지구 탈환을 목적으로 하는 괴생명체가.

그러나 이것은 과학소설이 아니다. 내 인생이고, 계속 보니 눈앞의 여자와 나의 다른 점이 눈에 들어왔다. 일단 나보다 어렸다. 그리고 표정이 훨씬 풍성했다. 쓰는 근육 자체가 다르달까. 나는 반사적으로 뺨을 매만졌다. 시간이 지나면서 사라진 것, 정확히는 정우와 사귀면서 잃게 된 빛을 여자는 갖고 있었다. 그가 몇 살인진 모르겠으나 나란히 서면 나이 차이가 꽤나 보일 듯했다. 썅.

슬퍼하는 동안에도 시간은 흐른다. 나는 물을 다 마신 다음 말을 걸고 싶어하는 눈치의 여자를 무시하고 작은방의 문을 열었다. 엉망진창인 방 한가운데 옷장 손잡이에 걸린 치마 정장이 눈에 띄었다. 최근 유행하는 빈티지 스타일이었는데 색이 칙칙했다. 장례식장에서나 입을 법한 옷이라 저 여자 센스도 알 만하다고 비웃은 것도 잠시, 머릿속에 기계인간처럼 완벽한 몸매의 저 여자—나와 닮았는데 어떻게 그런지 알 수 없지만 아무튼—가 한 겹 한 겹 옷을 벗는 장면이 그려졌다. 실크 슬립 한 장만 남기다가, 희게 발광하는 전라가 될 때까지.

그 장면을 반쯤 누운 정우가 바라보고 있는 걸 상상하자 머리 끝까지 화가 나서 서랍을 여닫는 손에 힘이 들어갔다. 엿보고 있었는지 여자가 방안으로 들어와 뭘 하고 있느냐고 물었다. "통장 찾아요." 퉁명스럽게 대꾸하니 다시 한번 무슨 통장을 왜 찾느냐는 물음이 돌아왔다.

"월세 내려고요."

"월세?"

여자가 눈을 깜빡였다. (근데 왜 반말이지? 내가 본처니 참는다.) 정우가 이 집이 월세라는 이야기를 안 해준 걸까? 허세 부리길 좋아하는 건 알고 있지만 이런 낡은 연립 따위 자가라고 해도 폼 날 것 없는데 헛된 짓을 했구나 싶어, 이 집은 월세고 오늘은 토요일이니 얼른 가서 돈을 부쳐야 한다는 말을 숨도 쉬지 않고 내뱉었다. 여자가 어리둥절한 표정을 지었다. 우하하. 실망했지? 원래 정우는 그런 남자다. 얼굴만 반질반질하고 생활력 따윈 없다. 웬만한 각오로 감당할 수 있는 남자가 아니란 말이다. 속으로 외치며 (뺨에 흐르는 건 눈물?) 쓴지 고소한지도 애매한 승리를 만끽하는데 여자가 예상외의 말을 뱉었다.

"안 내도 되는데."

"(싸가지 없는 년.) 그게 무슨 소리예요?"

여자가 막 꺼낸 통장을 뺏어 맨 뒷장으로 넘겼다.

"자동이체로 바꿨는데."

그의 말대로 정리를 마친 통장에는 이달 치 월세가 빠져나간 흔적이 있었다. 뚫어져라 본다고 야속한 숫자가 바뀔 리 없었다. 없지만, 여기서 기세를 빼앗기면 안 되겠다는 생각이 들었다. 직접 은행에 가서 확인해야겠다 싶었다. 답을 기다리듯 내 얼굴을 힐끔대는 여자를 무시하고 집밖으로 나왔다. 1층으로 내려가는데 뒤에서 발소리가 들렸다. 돌아보니 여자가 태연한 얼굴로 계단을 내려오고 있었다. 나를 따라오는 거냐고 물으니 여자가 어딘지 새침데기 같은 태도로 머리 위 높게 뜬 태양을 가리켰다. "곧 점심때잖아요. 냉장고에 아무것도 없어서요." 핑계도 좋지. 없으면 시켜 드시면 되지 않느냐고 비꼬고 싶은 걸 삼키고 뒤돌았다. 이게 문제다. 정우랑 살다보면 인내심이 지나치게 강해진다. (뭘 참아야 하고 어디까지 참아야 하는지 알지 못하게 된다는 뜻이다.)

염천 정오에 돌아다니는 사람은 없고, 아기 머리통만한 수국만이 둥그런 얼굴을 치켜들고 있었다. 두세 걸음쯤 뒤처진 채 계속해서 나를 쫓아오던 여자는 은행까지 따라와 내 뒤에 줄을 섰다. 다른 기계를 두고 굳이 내 뒤에 서는 걸 말리지 않았지만, 무정한 기계가 혓바닥처럼 쑥 내민, 집에서 여자가 보여줬을 때와 달라진 데가 없는 통장을 확인하자 한숨이 나왔다. 때마침 이쪽을 흘끔대며 내 말 맞지? 하는 표정을 짓고 있던 여자와 눈이 마주치자 발밑의 개미굴이 조금 더 커진 기분이 들었다. 무너진다. 무너진다! 그러나 바닥은 말짱하고 여자는 빳빳한 새 지폐를 뽑아 지갑에 넣은 뒤 내 어깨를 툭툭 두드렸다. "왜요?" 쏘아붙인 주제에 어머, 이거 싸움 나는 거 아니야 싶어 어깨를 움츠리는데 여자가 태연하게 말했다.

"시장 갈 건데. 같이 가자."

당신이랑 왜요? 방금 겁을 먹은 걸 까먹고 다시 시비를 걸려고 하는데 (말이 되나? 내가 본처인데? 보통 지랄은 첩이 하고 본처는 머리 쪽찌고 한복 입고 눈물만 펑펑 쏟는 거 아냐?) 머릿속이 번뜩였다. 시장! 거기서라면 관록으로 여자의 기를 죽일 수 있을 것 같았다. 엄마 뱃속에서부터 수천 번은 더 드나든 곳이다. 어디에선 그냥 사고, 어디에선 500원, 1000원을 깎아도 되는지, 24시간 마트에서 언제 할인 스티커를 붙이는지 훤히 아는 내게 감히 시장을 같이 가자고 하다니. 너는 이제 종잇조각처럼 구겨진 자존심을 안고 집에 데굴데굴 굴러가야 할 것이다. 하하. 그런 마음으로 여자의 뒤를 따랐지만 예상외로 여자는 흠잡을 데 없이 장을 보았다. 숙주와 부추는 구멍가게를 허문 자리를 그대로 쓰는 간판도 없는 가게에서 샀고(거기가 제일 신선하다), 돼지고기는 모퉁이 집에서 남자 사장에게 500원 깎은 가격으로 샀다(여자 사장은 절대 안 깎아 준다). 마트에서는 꼭지가 마른 사과를 주물럭거려 나를 음흉히 미소 짓게 하다가 과일은 이웃 동네 마트가 맛있다고, 후숙 과일은 오히려 상미 기간을 넘긴 것을 사는 편이 훨씬 이득이라고 속삭여 실망시키고는 화룡점정으로 집과 가장 가까이 있는 구멍가게에서 1.5리터짜리 기름을 사며 1000원 더 줘도 여기서 사는 게 낫다고, 이제껏 올라온 언덕을 내려다보며 덧붙였다.

"들고 오려면 무겁거든."

빨개진 얼굴에 땀방울 하나가 주룩 흘러내렸다. 거친 숨을 내쉬는 그는 사냥에 성공한 어미 사자처럼 당당해 보였다. 피와 살점 하나 남겨주지 않는 깔끔한 솜씨에 나는 씩씩대는 것 외엔 할일이 없었다.

마지막으로 그가 잠시 들를 곳이 있다며 멈춘 곳은 3대째 이어 내려오는 떡집이었다. 오래되었지만, 전통이 깊다기보단 2층에 살림방이 붙은 낡은 상가가 사장님 명의인 탓에 지속 가능한 가게였다. 수익이 아닌 기분 전환이 목표랄까. 전부 외탁한 탓에 똑같은 얼굴의 여자들이 버글대는 가게. 어렸을 적 이 앞을 지나갈 때면 숨을 참고 빠르게 뛰던 기억이 났다. 가게 앞에 의자를 두고 볕을 쬐는 할머니 손에 잡히면 귀신에 씌어 똑같은 얼굴이 된다는 괴담이 아이들 사이에 돌았기 때문이다. 사장님이 알았다면 기분 나쁘셨겠지만, 정말이지 애들 농담엔 언제나 찌르는 구석이 있다. 내 말은, 그게 완전히 근거

없는 얘기는 아니었다는 거다. 목이 삐었을 땐 연립 지하의 침쟁이 할아범에게, 체했을 땐 약국 할머니에게 매실 엑기스를 얻으러 가는 것과 마찬가지로 벽에 희미한 그림자가 어른댄다든지, 꿈에 죽은 딸이 나오면 사람들은 떡집 할머니를 찾았다. 그 댁 할머니가 '보는 사람'이었기 때문이다. 그러므로, 그가 어린이들에게 공포의 대상이 되었던 건 어찌 보면 당연한 일이었다.

"계세요?"

여자가 구슬로 엮인 발에 손을 댐과 동시에 젊은 여자가 나왔다. 밥을 먹던 중인가, 입을 우물대는 모습이 미묘하게 주인 아줌마를 닮은 것 같기도, 닮지 않은 것 같기도 해서 얼굴을 빤히 보는데 그쪽도 나를 보아 이상하게 서로 눈을 떼지 못하는 모양새가 되었다. 안쪽에서 익숙한 얼굴의 사장님이 나왔다.

"아, 오셨네."

그가 점원의 어깨에 손을 얹으며 사용한 호칭을 듣자 답이 나왔다. "우리 조카."

"안녕하세요."

사장님이 자몽 엑기스라면 물 탄 자몽주스 같은 피가 흐를 점원이 입을 우물대며 이소룡 스타일, 그러니까 상대와 눈은 마주한 채 허리만 구부리는 독특한 자세로 인사를 하곤 말했다.

"모녀가 사이가 좋으시네요."

어머. 사장님이 놀란 듯 점원의 어깨를 내리치며 그런 말 하는 거 아니야, 라고 수습했지만 안타깝게도 그런 배려가 나를 더욱 비참하게 했다. 나는 못 들은 척 가판대 위에 올려진 색색의 꿀떡, 삶은 완두콩과 강낭콩과 꿀에 절인 밤이 박힌 영양떡 따위를 눈으로 어루만지며 속을 철철 끓였다. 모녀라니. 암만 쥐방구리 같은 떡집에서 나와 눈이 부셨다고 해도 그렇지, 모녀라니. 그렇게 내가 늙어 보인다는 건가? 그러나 짜증이 난 건 나뿐이고 (자기가 딸 역할이었으니까 그랬겠지? 어린 건 좋은 거니까?) 여자는 사장과 시시덕대며 기름을 발라 반들거리는 꿀떡 두 팩과 호박인절미 한 팩을 골랐다. 하필 정우가 좋아하는 것. 나도 좋아하는 것이어서 먹을 줄 아네, 싶다가 정우는 왜 참지 못한 걸까, 일주일만 지나면 똑같은 여자가 왔을 텐데, 싶다가 실은 하나도 안 닮았다, 마담 투소의 밀랍인형과 인간처럼 뭐랄까, 영혼? 결정적인 생기가 빠져 있다는 걸 나도 알고 거울도 알지 않는가? 싶어 울적한 기분이 되었다.

값을 치르고도 여자는 한동안 가게 안쪽의 플라스틱 의자에 앉아서 이야기를 나누었다. 나는 밖에서 떡을 보는 척하다가 덥고, 서 있으려니 힘들고, 내겐 누구도 들어오라고 하지 않는다는 것에 짜증이 나다가 이내 서러워졌다. 이 동네는 내가 나고 자란 동네다. 마을 인구가 만오천 명이 넘었지만 어디까지나 숫자일 뿐이고, 머릿속엔 '내' 동네라는 인식이 있었다. 그런 곳을 다른 사람이—저 여자도 나름대로 아는 사람이 있고 단골 가게가 있을 테지만—휘젓고 다니는 걸 보니 쓸쓸했다. 활발하고 어여쁜 소녀가 존재하는 것만으로 슬퍼지는 외톨이 소녀의 기분. 떠올려보면 여자는 처음 본 나도 마치 아는 사람처럼 편하게 대했다. 내 안에 피어나던 심술궂은 곰팡이가 속삭였다. 술집 여자인가? 그곳에서 정우와 만난 걸까? 한때 주류회사에서 물류 일을 했던 정우는 아는 사장님이 많았다. 그 전엔 웨이터 일을 했는데 그때 사귄 아는 마담도 많았다. 창이 없는 방에서 뻗어나오는 손을 정우는 거절하지 못했다. 여자들. 여자들은 정우를 좋아했고 그건 당연한 일이었다. 그는 세상에서 가장 고운 손을 가진 정원사니까. 정우가 아니었으면 난 몰랐을 거다. 내가 여자라는 걸. 내 안에도 툭 틔울 수 있는 싹이 있다는 걸. 그리고 많은 이들이 정우가 고른 꽃이 나처럼 별 볼 일 없는 여자라는 미스터리를 해결하기 위해 애를 썼다. 내가 내린 해답은 인내심이었다. 그러니까, 정우랑 살기 위해선 전쟁, 기아, 정치적 폭압을 생각해야 했다. 그렇게 남의 불행을 곱씹고서야 밥이 목으로 넘어갔고, (집에 잘 안 들어오긴 해도) 사랑하는 남자와 사는 삶이 소중하게 여겨졌다. 아무튼 나는 매일 해가 뜬 다음에야 들어오는 정우를, 신문 배달을 마치자마자 부리나케 돌아와 밥을 안치고 국을 끓이며 기다렸다. 때맞춰 정우가 들어오면 성공이다. 밥솥이 증기를 뿜을 때 들어오면 그날은 복권을 사야 한다. (맞지 않는 복권도 미래의 행복을 위한 주춧돌이라고 생각한다. 더 많이 견디는 자가 더 큰 행복을 갖는다는 걸 우리 모두 알고 있지 않은가?) 밤을 새운 정우에게선 탈취제 냄새와 박하사탕 냄새, 그리고 여자 향수 냄새와 희미한 담배 냄새가 풍겼다. 정우가 밥을 다 먹은 다음에도, 어둑한 방으로 기어들어가고 난 뒤에도 풍기는 악취는 유약한 꽃을 순식간에 시들게 하는 독이었다. 그래서 내가 꽃 중의 꽃인 것이다. 썩은 냄새를 풍기는 거대한 라플레시아. 모든 냄새를 삼킬 정도로 강렬한 악취를 풍기지 못하면 정우를 견딜 수 없다. 그게 가능한 건 오로지 나뿐이다.

자리에서 일어나기 전, 여자가 두 사람의 손을 가볍게 붙잡았다가 놓았다.

"감사해요."

"아니야. 우리가 하는 게 뭐가 있다고."

여자는 그런 인사치레를 마지막까지 주고받으며 몇 번이나 고개를 숙인 뒤 씩씩한 발걸음으로 집까지 갔다. 도착하자마자 여자는 앞치마를 두르고 점심 준비를 시작했다. 나는 부엌 벽에 등을 기대고 앉아 그런 여자의 뒷모습을 지켜보았다. 이번에도 여자는 나의 예상을 벗어났다. 내심 서툴길 기대했지만, 소리만으로 그이의 손길이 야무지다는 걸 느낄 수 있었다.

재료를 썰 때 도마에 칼이 닿는 안정적인 리듬감이라든지, 숙주와 부추, 채 썬 당근을 볶을 때 나는 가는 빗줄기 소리가 좋았다. (나는 인정할 건 인정하는 사람이다.) 게다가 그가 만든 춘권은, 하필 내가 가장 좋아하는 음식이었다. 쏴 하는 소리와 함께 집안 가득 고소한 냄새가 진동하자 본능을 따라 입안 가득 침이 고였다. 기름 소리를 뚫고 여자의 말소리가 들렸다.

"많이 먹어. 많이 했어."

"됐어요."

"같이 먹어야 맛이 나지."

계속해서 춘권의 탑을 쌓으며 여자가 말했다. 그걸 보니 문득 전에 엄마가 했던 말이 생각났다. 음식은 함께 먹어주는 사람이 있어야 맛이 난다고, 손맛은 다른 게 아닌 타인을 먹이고 싶은 마음에서 우러나는 것이라고 했지. 나는 그 말뜻을 정우를 만나고 깨달았다. 음식을 하는 사람은 사랑하는 사람의 기뻐하는 얼굴을 뜯어먹고 사는 거다. 거기엔 타는 갈증과 아픈 굶주림을 죽이는 포만감이 있어, 나는 진통제를 원하는 병자처럼 매일 정우를 먹이는 생각만 했다.

어느 여름, 둘이 놀러간 강변에서 샌들 끈이 끊어졌을 때 정우가 촌스러운 뮬을 사온 이후부터는 더 그랬다. 밑창이 얄팍한 싸구려 신은 어린애의 것처럼 조그만데다 분홍색에, 리본까지 달려 있어 나와는 도무지 어울리지 않았다. 그래서 나는 눈물을 훔쳤다. 이제껏 내가 숨겼던 것, 다른 사람은 보지 못했던 걸 정우는 알고 있었다. 이런 못난이의 안쪽에도 공주가 살고 있다는 걸. 정우를 향한 나의 마음은 언제나 그 여름에 묶여 있었고, 그때를 생각하면 마음속 깊은 샘에서 방울방울 맑은 물이 솟아나 그가 원하는 만큼 퍼줄 수 있었다. 그렇게 집세와 생활비를 냈다. 몇 번인가 정우에게 바람피우는 상대가 있다는 것도 알게 되었지만 넘어갔다. 그래도 샘은 마르지 않았건만, 정우는 내가 일주일 가출했다고 새 여자를 불렀다. 고작 일주일 만에. 미운 사람 같으니. (사랑해. 제발 정신 차릴 수 없어?) 또 그러면 다시 나갈 거야. (그런데 애초에 무엇 때문에 집을 나갔더라?)

현관에서 찌르르 벨이 울렸다. 깜짝 놀라 몸을 일으키는데 여자가 맨발로 나가 문을 열었다. 들어온 건 떡집 사장님의 조카라던 젊은 점원이었다. 그의 손엔 검은 봉투가 들려 있었다.
"두고 가셔서요."
"어머. 제일 중요한 걸 잊었네." 여자가 민망하다는 듯 웃으며 봉투를 건네받았다. "마침맞게 도착했어요. 춘권 좀 드세요. 막 튀겨서 바삭해요."
"아녜요. 일이 끝나기 전까진 아무것도 입에 대지 않습니다. 저, 드릴 말씀이 있는데요……"

점원이 눈치를 살피더니 여자를 데리고 부엌 구석으로 갔다. 저기요, 잊고 계신가본데 여긴 우리집이거든요? 그렇게 외치고 싶었지만 꾹꾹 누르고 두 사람을 살폈다. 안타깝게도 그쪽도 이쪽의 동향을 살피는지 해독할 수 있는 말소리가 없었다. 어쩔 수 없군. 나는 몸을 일으켰다. 부엌에 서서 춘권을 구경하는 척하며 엿듣는 수밖에. 그쪽에서 뭘 하는 거냐고 묻는다면 춘권 이야기를 해야지. 너무 맛있어 보이네요. 피가 노릇노릇하니 바삭바삭할 것 같아요. 숙주와 당면은 데쳐서 사용하시나요? 그편이 너무 기름지지도 않고 좋지요. 남은 재료는 채 썰어 볶아 넣고? 그렇군요. 부추, 당근, 버섯, 돼지고기 그리고…… 나는 내 눈을 의심했다. 그러나 다시 보아도 희고 가늘게 썰린 채 들어 있는 건 우엉이었다. 피가 식었다. 이건 엄마가 만든 춘권의 특징이다. 숙주를 사오라는 걸 까먹은 아버지가, 희고 가는 것이라는 이미지만 가지고 우엉을 사온 것이 의외로 맛이 좋아 계속 넣었던 우리집만의 레시피다. 정우이 바보 자식. 기름을 부은 듯 화가 치솟았다. 이걸 말하다니. 엄마와 나의 추억을 떠들다니. 벌떡 일어나 구석에서 대화중이던 두 사람에게로 갔다.
　"……그럼 본인은 모르고 있다는 거죠? 언제 온 거예요?"
　"오늘요. 낮에……"
　무언가 더 말하려던 여자가 입을 다물었다. 뻔뻔하긴. 그러지 않더라도 그가 나의 이야기를 하고 있었다는 건 알았다. 나는 침을 한번 삼키고 허리를 꼿꼿하게 세웠다. 여자의 눈을, 용기 내어 보면서 말했다.

"잠깐 자리를 비웠던 것뿐이에요."

"……"

"이젠 안 나가요."

나의 선언에 기가 죽었는지 여자가 고개를 숙였다. 거봐, 내가 이겼지. 그렇게 미소 짓는데 여자의 어깨가 가늘게 떨렸다. 이상하다. 여자에게 손을 뻗는데 점원이 나를 불렀다. 얼굴엔 평화로운 미소를 띤 채였다. "저, 여쭤볼 게 있는데요."

"뭔데요?"

"다름이 아니라, 전에도 나간 적이 있나 싶어서요."

"어딜요?"

"집을요."

"그런 적 없어요."

"그래요?" 점원이 태연하게 말했다. "나는 있는데. 전에 사귀던 남자가 잡은 물고기에 먹이 안 주는 스타일이었거든요. 같이 살고 있긴 한데 단순히 집세가 아까워서 그러나, 이럴 바엔 차라리 길에서 만나는 모르는 여자가 되는 게 낫겠다 싶을 정도로 무심했어요. 다른 여자들한텐 먼지 붙었어요, 가방 열렸어요, 그렇게 말도 잘하고 아는 것도 많으면서 왜 내 앞에서

만 꿀 먹은 벙어리가 되는지. 머리를 바꿔도 심드렁, 화장을 바꿔도 심드렁. 그래서 가방 싸들고 나섰죠. 지금 생각하면 참 피가 뜨거웠구나 싶지만요. 그래도 나는 나은 편이에요. 내가 아는 사람 중에는요……"

배부른 소리. 나는 속으로 코웃음을 쳤다. 지나가는 여자에게 말을 거는 정도로는 이르다. 나는 말야, 친척 장례식에 다녀오느라 이틀 집을 비운 동안에 정우가 여자들이랑 뒹군 흔적을 치운 적도 있다고. 옆집 할머니가 "늙은 사람이 남의 일 참견하는 건 아니지만……" "어찌나 시끄럽던지 밤에 잠을 잘 수가……" "거짓말 아니야. 내가 뭐하러 그러겠어……" 그런 얘기를 늘어놓는 동안 미소를 짓고 있다가 아는 동생들이라고, 서울에 놀러왔기에 우리집에 머물라고 했다고 거짓말을 했다. 그러고서는……

"아무렇지 않게 집에 들어가, 빈 술병과 과자 봉지, 과일 껍질이 그대로 방치되어 썩은 내를 달큰하게 풍기는 방안을 치웠대요. 그분이 아무 말 안 하니까 남자는……"

내가 괜찮은 줄 알았는지 그뒤로도 이따금, 자주 '아는 동생'들을 불렀다. 변명을 하는 것도, 소란을 피워 죄송하다고 하는 것도 전부 그 자리에 없던 나.

"한번은 말이죠, 그분이 돌아오는 길에 몹시 배가 아팠던 적이 있었는데……"

일하는 정우에겐 연락을 할 수 없어 혼자 택시를 잡아타고 응급실엘 갔다. 그대로 하루를 보내고 다음날 퇴원해 집에 왔는데 화장실에 보란듯이 펼쳐진 생리대를 발견했다. 검은 설사 같은 피가 묻어 있었고, 손을 대보니 아직 축축했다. 나는 그게 무슨 과학적 발견이라도 되는 것처럼, 오래 그 앞에 쪼그리고 앉아 일어나지 못했다. 정우가 그것을 처분하지 않은 건 단순히 게을러서일 수도, 그걸 보아도 내가 자신을 떠나지 않으리라는 걸 알고 있어서일 수도 있다. 어쩌면 이게 여기 있다는 걸 몰랐는지도. 그게 아니면 나를 시험하는 걸 수도 있고.
　"결국 그분은 그걸, 본인이 두고 갔나보다고 마무리짓고 쓰레기통에 넣었대요. 더는 생각할 시간 따윈 없었으니까요. 왜냐면……"
　정우가 돌아오기 전에 밥을 해야 했으니까. 정신을 차리니 벌써 해가 지고 있었다. 나는 냉장고를 열어 시들어가는 호박을 썰고, 감자의 눈을 따서 깍둑썰고, 뚝배기에 된장을 풀고, 화분에 열린 고추를 따서 다져 넣었다. 찌개가 부글부글 끓고, 밥솥에서 김이 솟구치자 정우가 들어왔다. 그는 내게 아무 말도 하지 않았다. 우리는 좁은 상에 마주앉아 무릎을 부딪치며 밥을 먹었다. 하지만 다음날과 그다음날, 일어나 새로 쌀을 씻고, 국의 간을 보는 수십 수백 번의 하루가 가는 동안 나는 그 생리대가 적어도 내 것은 아니란 사실을 곱씹었다. 그렇게 확신한 이유는……

점원이 천천히 입을 열었다.

"그분은 임신중이었거든요."

생긴 줄도 몰랐던 아이였다. 그렇지만 있다는 걸 안 이상 이전과 같을 순 없었다. 아이가 생기자 나는 내가 그 존재를 간절히 원했다는 걸 알았다. 정우를 닮은 아이를 낳고 싶었다는 걸. 그가 어린 시절 못 받은 사랑을 대신 주며 처음부터 키우고 싶었다는 걸 깨달았다. 아니다. 나는 정확히 정우를 낳고 싶었다. 그리고 그가 오염되지 않게, 순수한 상태로 있을 수 있게 보호하고 싶었다. 정우가 이렇게 망가져버린 건 전부 세상 탓이었다. 그를 취하게 하고 혀가 꼬이게 만드는 다종다양한 술, 사내답다고 부추기는 형님들, 한 판만 더 하자 붙잡는 게임 캐릭터, 놀다 가라고 붙잡는 마담, 꼬리 치는 냄새나는 여자들 여자들 여자들을! 전부 다 죽이고 싶었지만! 그럴 수 없으니 나는 육체를 그릇 삼아 다시 정우를 빚었다. 나의 작은 금붕어에게 세상과 유리된 어항을 만들어주고 그 안에서 평생 함께할 생각이었다. 그럴 수 있다면 세상 같은 건 필요 없었다. 그건 정말이지 금방 더러워지니까.

그러나 들뜬 기대가 무너지는 덴 오랜 시간이 걸리지 않았다. 허전한 아랫도리보다 나를 괴롭힌 건 그 쭈그러진 못난 얼굴이었다. 보통 큰딸은 아빠를 닮는다고 하지 않나? 그런데 그애는 너무나 나 자신이라서 뭉개진 토마토 같은 신생아들 사이에서도 두드러졌다. 나는 처음으로 극단주의자의 논리를 이해하게 되었다. 나 같은 인간이 늘어나는 건 숭고도 뭣도 아니다. 단지 저주일 뿐.

다행히 무관심한 정우는 나와 딸이 똑같다는 걸 알아채지 못했다. 혹시 싶은 마음에 나는 꾀를 부렸다. 이것 봐. 애 눈 깜빡일 때 미간 찡그리는 거 봐. 자기랑 똑같네. 발바닥 아치 깊은 거 봐. 자기 닮았어. 가마가 왼쪽에 있네. 자기 닮았어. 자세히 와서 한번 봐봐. 말을 걸어줘봐…… 그렇게 어설픈 마술사 흉내를 내며 정우를 속이기 위해 노력했다. 오직 정우만 관심을 가져준다면 이 서커스장의 낡은 천막도, 깨진 전구도 환희와 열광으로 매끄럽게 빛날 것이다. 늙은 사자의 잇몸에선 유리 고드름처럼 번쩍이는 기쁨이 자라날 것이고 좀먹은 여장남자의 다리 사이에 솟아나던 깊은 슬픔은 뿌리째 뽑혀나갈 것이다. 정우만 우리를 사랑한다면. 그가 딸의 뺨을 쓰다듬어준다면 나는 내가 아닌 우리를 낳았다는 기쁨을 느낄 것이고 그런 날 딸의 얼굴에 드리우는 빛은 더는 슬픔의 신호가 아닐 것이다.

그러나 정우가 아빠 노릇을 하고 싶어지는 행복한 가정을 만드는 것은 싱크로나이즈드 스위밍을 연습하는 일과 같았다. 멀리서는 웃고 있는 것 같지만 가까이서 보면 숨을 쉬지 못하게 코를 집었다. 불어터진 손발이 징그럽다. 비인기종목이라는 점도 같아, 처음 몇 번은 흥미를 보이는 듯하던 정우가 도로 무관심해지는 데도 오랜 시간이 걸리지 않았다. 세상 밖에는 영화라든지, 빌어먹을 화려한 것들이 너무 많았다. 정우는 졸라서 산 금붕어가 털도 없고, 미끈거리고, 눈은 퉁방울처럼 튀어나오고, 주둥이는 뻐끔대며 뭍에 내놓으면 무섭게 몸을 펄떡인다는 걸, 그렇게 죽었다는 걸 깨닫고 겁을 먹은 어린 애처럼 집밖으로 나돌았다. 매일 밤 소리 없이 낀 뿌연 밤안개를 덮고 홀로 딸을 재우며 나는 생각했다. 정우가 집에 들어오지 않는 거. 어쩌면 그건 이애가 나를 닮아서가 아닐까? 둘이 된 나를 감당하지 못하는 게 아닐까? 의심은 어느 여름 딸이 엄마, 이걸 보라며 내게 외친 날 터졌다. 나 공주님 같지! 그렇게 말하는 그 아이의 발에는 그날 이후 아까워 신지 않은 뮬이 걸려 있었다. 나는 비명을 삼켰다. 딸의 모습은 비유가 아니라 광대 그 자체였다. 분명 나 역시 저랬을 것이다. 우스운 꼴. 저 어울리지 않는 모양새를 보고 견딜 사람은 없다.

때마침 집에 들어온 정우가 그걸 보고 말했다.

"둘이 똑같네."

그 한마디로 막이 내렸다. 서커스장은 폐관 절차를 밟았다. 단 한 명 있던 전속 단원이 내 바짓가랑이를 붙잡고 늘어지며 이젠 어떻게 해야 하느냐고 물었다. 난 대꾸하지 않았고 단원은 일자리를 잃은 상실감을 매일 엄청난 양의 음식을 먹는 걸로 채웠다. 그다지 인상적인 연기는 아니었다. 그런 건 20년도 더 전에 내가 먼저 한 일이라고, 폭식 외의 자해나 약물 오남용이나 잠만 자는 것, 방에 틀어박혀 나오지 않는 것 전부 내가 발명한 연기라며 비웃고 싶었지만 전직 단원은 검은 피로 써내려간 대본을 하루하루 읽던 지난 시절처럼 착실하게 망가진 인간을 연기했다. 두려울 정도의 메소드 연기를 멈추게 할 사람은 극장주이자 단장이었던 나뿐이었다. 그걸 알면서 나는 그애를 내버려두었다.

고개를 숙일 수가 없었다. 지금 고개를 숙인다면 내 몸에 붙은 주름진 손을 발견할 것이다. 고개를 돌릴 수도 없었다. 베란다의 유리문에 비친 늙고 등이 굽은 여자가 보일 테니. 그리하여 선택지는, 눈앞의 딸을 보는 것뿐이었다. 그러나 감은 눈을 떴을 때 앞에 있는 건 딸이 아니었다. 주름진 얼굴, 눈물을 뚝뚝 흘리고 있는 초라한 여자. 나의 눈앞에 있는 건 나였다. 나는 믿기지 않아 그 얼굴을 빤히 보았다.
"당신이 누군지 알겠어요?"
점원이 물었다.
"나는……" 바싹 목이 타들어갔다. "나는 나인데, 왜 내가 앞에 있는 거죠? 딸은…… 딸은 어디 있죠?"

그러자 점원이 입을 열어 믿기지 않는 이야기를 들려주었다. 3개월 전 빗길에 미끄러진 트럭이 가로수를 들이받은 것, 걷고 있던 딸이 무너진 나무 밑에 깔린 것, 기적적으로 목숨은 잃지 않았지만, 식물인간이 되어 침대에 누웠다는 것. 일주일 전, 연명치료가 중단되었다는 것. 그것이…… 나라는 것. 하나같이 말이 안 되는 소리였다. 내가 여기 온 이유가 뭔데? 나는 정우를 만나러 온 거다. 그걸 위해 돌아온 거다. 정우를 향한 뜨거운 감정을 죽고 난 다음에도 어찌할 수 없어서.

"말이 안 돼요."

"뭐가요?"

"정우랑 있었던 일은 전부 내가 겪은 거예요. 당사자도 아닌 딸이 이런 감정을 느낄 리 없어요."

점원이 고개를 저었다.

"당신은 어머니의 이야기를 너무 많이 들은 탓에 그와 당신을 혼동하고 있어요. 하지만 끊어내야 합니다. 당신은 당신이고 어머니는 어머니라는 걸 알아야 해요. 둘의 인생은 같지 않아요. 이제 그만 당신의 길을 가세요."

점원이 옆을 힐끗 보고 말했다.

"어머니도 분명 그러길 원하실 거예요."

믿기지 않아 눈앞의 나를 다시 보았다. 나는, 늙고 주름이 자글자글한 나는 손에 얼굴을 묻고 울고 있었다. 그걸 보자 뇌가 두부처럼 뭉개지는 기분이 들었다. 심한 두통이 밀려왔다. 분명 저 광경을 수천 번은 더 보았다. 그리고 그때마다 외쳤다. 뭐라고 그랬지? 아, 그랬지. 울지 마, 내가 잘할게, 라고. 아빠가 또 그랬어? 다 잊어. 괜찮아. 내가 뭐든지 할게. 시키는 대로 다 할게. 그러니까 제발…… 제발 울지 마. 엄마. 좀 웃고 살자고. 삶을 지옥으로 만들지 말라고……

내가 그렇게 말했다.

침묵 속에 시간이 흘렀다.

실금하듯 웃음이 픽픽 새어나왔다. 오랫동안…… 나는 엄마를 구해야 한다고 생각했다. 그러지 않으면 엄마는 아빠에게 매여 살 거라고, 밑 빠진 독에 사랑을 부으면서, 언젠가 대가가 돌아오기만을 바라다가 인생을 끝낼 거라고 생각했다. 병실에 몸이 묶여 있는 동안에도 계속 그 생각뿐…… 그래서 다시 이곳으로 왔다. 내 안의 들끓는 뜨거운 감정을 따라서. 아빠를 죽이러. 병실의 새하얀 시트 위에 누워 있는 내내 생각하고 또 생각해서 내린 결론이 그거였다. 그가 없어야지만이 엄마가 행복할 수 있다고, 자유롭게 세상 밖으로 나갈 수 있다고 믿었다.

그리고 그 모든 게 나의 오만이었음을 알아챈 지금, 내가 할 수 있는 거라곤 눈물을 흘리는 것뿐이었다. 나는 엄마가 아니다. 그의 마음을 완전히 이해하는 일 따윈 일어나지 않는다.

진짜 엄마는 아빠만을 원한다. 평생 그랬고 앞으로도 그럴 것이다. 엄마의 구멍을 채울 수 있는 건 세상에 단 한 사람, 아버지뿐이다.

엄마가 젖은 뺨을 닦았다. 이상하지. 입을 다물고 있는데도 엄마의 목소리가 들렸다. 내가 불행하기만 한 건 아냐. 나는 나름대로 행복한데 너는 왜 그런 식으로만 생각하는 거야? 내가 불행하다고 하면 좋겠니? 죽지 못해 산다고 하면 좋겠어? 네가 그렇게 말하면서 나를 더 힘들게 한다는 걸 왜 모르니?

나는 눈앞에 놓인, 여전히 바삭하고 뜨거운 춘권을 바라보았다. 피라미드 모양으로 쌓인 춘권. 그 안에 든 우엉이라는 재료는 언젠가 아버지가 어머니를 위해 장을 봐왔다는 증거였다. 그걸 잊지 않기 위해 어머니는 어울리지도 않는 우엉을 춘권에 넣었다. 언젠가는 아버지가 알아채주기를 바라면서. 우엉이 왜 들어가 있는 거야? 그렇게 물으면 웃으며 기억 안 나? 예전에 당신이……라고 말을 트기 위해서. 그걸 시작으로 아버지는 과거의 실마리를 잡아당길 것이고 거기 꿰여 있는 서말의 기억에 엄마의 지문이 하나하나 묻어 있다는 걸 알게 될 것이었다. 그것이 엄마가 진실로 바라는 바라는 걸. 나는 모른 척했다. 단지 내가 엄마의 우는 모습, 짜증내는 모습, 기력 없는 모습을 견디기 힘들다는 이유 하나만으로. 그런 남편이라도 한 끼도 거르지 않고 먹였다는 게 엄마의 자랑이라는 걸,

러브 오브 마이 라이프

그게 엄마가 걸린 저주이고 질병이고 사랑의 주문이라는 것을 모르는 척했다.

이제 이 집의 진정한 불청객이 누구인지 알 것 같았다. 진짜 내가 하고 싶은 게 무엇이었는지도. 나는 아빠를 죽이고 싶은 게 아니었다. 나는 엄마가 행복하길 원했을 뿐이다. 그리고 사랑이 2인용 게임이라는 걸 알게 된 이상 이곳에 내가 머물 이유는 없다. 나는 나를 부르는 곳, 처음부터 내가 가야만 했던 곳으로 가야 한다.

몸을 일으키자 엄마가 내 팔을 잡을 듯 허공에 손을 휘저었다.
"먹고 가."
"……"
"방금 튀긴 거니까 먹고 가."

나는 고개를 저었다. 떡과 춘권. 전부 아버지가 좋아하는 것이고 내가 좋아하는 것이다. 아니, 아버지가 좋아했으므로 나는 떡과 춘권을 좋아하게 되었다. 좋아하는 흉내를 냈다. 어머니가 나의 안에서 아버지를 발견해주길 바랐기에. 사랑받길 원했기에.

현관의 조그만 뮬은 발 없는 유령이 아닌 공주를 위한 것이다. 공주는 유리구두가 마음에 들었다. 너무 마음에 들어 행여 금이라도 갈까 그 자리에 멈춰 있길 택했다. 나는 공주에게 손을 흔들었다.

미안, 엄마. 다신 이런 모습으로 나타나지 않을게. 엄마는 내가 가장 사랑하는 사람이니까. 누구보다 엄마가 행복하길 바라니까.

그리고 평산하이츠의 문을 빠져나갔다.

❖

평산하이츠에서 I역 상점가 맞은편 낙원PC방까지는 십오 분이 걸린다. 해는 뜨겁지만 돌아다니는 사람이 많다. 아케이드 상점가엔 문을 열지 않은 가게가 없고, 부지런한 주부들이 장을 보고 있다. 전등에 걸린 작은 현수막엔 삶은 밤 네 개, 군고구마 두 개, 대봉은 하나가 그려져 있다. 딱 둘이 나누어 먹으면 좋은 양이다. 그럴 의도로 그린 건 아니겠지만 그래서 무서웠다. 무의식 속에 숨어 있는 듯했다. 사람은 혼자 살 수 없다는, 둘이 필요하다는 사실이.

낙원PC방은 음악소리와 담배 연기로 꽉 차 있다. 빈자리가 없는 통로를 지나 안쪽에서 다섯번째 자리도 물론 차 있다. 열심히 손가락을 놀리고 있는 건 나이든 남자. 어머니의 사랑은, 그의 마음이 되어봤기에 그런진 몰라도, 뜯어보니 귀여운 면이 있었다. 화면을 보지 않아도 승패를 알 수 있는, 구겨지고, 펴졌다가, 조금 침울해지는 얼굴엔 여전히 소년 시절의 사랑스러움이 꼬리뼈처럼 남아 있었다. 그래, 아직은 괜찮은 남자였다. 물론 거리에 돌아다니는 여고생을 꼬실 순 없지. 그러면 징그러운 사람이 될 것이고 아이돌을 응원하거나 성인잡지를 구해 읽어도 마찬가지지만 깨끗한 옷을 입고, 튀긴 음식을 적게 먹고 아침마다 달리기를 한다면 금방 괜찮아질 거다. 어쨌든 엄마가 사랑하는 사람이다. 뭣보다 머리숱도 많이 남아 있고.

나는 아버지의 어깨를 두드렸다.

고전영화에서 본 악령처럼 해낼 수 있을까 싶었는데 정말 그게 되었다. 변기통에 빨려내려가는 듯한 기분도 잠시, 막상 들어가니 절반은 나와 같아서인지 생각보다 기분이 나쁘지 않았다. 으아. 나는 하품하듯 입을 크게 벌렸다. 실금처럼, 어리둥절한 표정의 아버지가 빠져나갔다. 나는 풍선처럼 공중으로 떠오르는 그에게 인사를 하고 지나가던 사람에게 물었다.

"화장실이 어디지요?"

젊은 남자는 내 얼굴을 한번 훑더니 왼쪽 끝이요, 라고 말했다. 직원인가? 여기서 살다시피 하는 사람이 화장실을 묻다니 희한하다는 얼굴이었다. 어쨌거나 상관없다. 더는 볼 일이 없으니. 나는 볼일을 마치고 손을 씻으며 도박에선 손을 씻겠다고 다짐했다. 아케이드를 벗어나자 햇빛이 쏟아졌다. 그것을 잡을 듯 주먹을 쥐었다 폈다. 역시. 다시 한번 확인해봐도 말단 부위의 움직임은 아직 둔하다. 그래도 몇 밤이 지나면 익숙해질 것이다. 어리석은 엄마. 가여운 엄마. 조금 전 화장실에서 본 것을 떠올리며 나는 웃었다. 몇 밤만 지나면 엄마는 진짜 행복을 알게 될 거야. 내가 그걸 가르쳐줄 거야.

천사와 황새

열린 창으로 여름바람이 들어왔다. 커피잔 안에서 달그락, 녹아내린 얼음의 둥글어진 모서리를 혀끝으로 느끼며 우미는 바깥의 소리에 귀를 기울였다. 가까이에서 덩치가 작은 새들이 찌르르 우는 소리가 들렸고 텅 빈 운동장의 스피커에서 힘내! 하는 여학생의 외침, 깡 하는 시원한 타격음에 이어 와아아 하는 환호가 들렸다. 우미는 운동장의 흰모래에서 눈을 돌리며 커피를 마셨다. 저걸 녹음한 사람들은 어떤 사람들일까? 무슨 마음으로 녹음을 했을까? 주름진 얼굴에서 복화술 인형처럼 어린 목소리가 새어나오는 장면을 상상하며 사나운 야유를 듣는데 무언가 툭 하고 손등에 떨어졌다. 비가 오려나보다. 무심히 하늘을 올려다본 우미는 순간 눈앞에 펼쳐져 있는 뜻

밖의 상황에 입을 떡 벌렸다. 천사, 천사의 커다란 눈에서 눈물이 흘러내리고 있었다. 패닉 상태가 된 우미는 가쁜 숨을 몰아쉬며 컥컥댔다. 뭐라 그랬지. 그 단발머리가, 인면 부유체에 이상이 생길 시, 이상이 생길 시……

 그러나 우미가 지정된 피난 장소를 떠올렸을 때 천사는 평소와 다름없는 상태로 돌아가 있었다. 가볍게 올라간 입꼬리. 일각에선 성모의 미소라고 불리는 평온한 표정도 그대로였다. 잘못 본 걸까. 머쓱해진 우미는 비웃음처럼 느껴지는 응원가를 들으며 쏟은 줄도 몰랐던 커피를 닦고 깨진 잔을 치웠다. 부엌으로 들어가고서도 한동안 발뒤꿈치가 축축해 내려다보니 큰 유릿조각 하나가 박혀 있어서, 넘어진 다음 무슨 일이 일어난 건지 알지 못해 우는 타이밍을 놓친 어린애가 된 기분으로 연고를 바르고 붕대를 감았다. 원래도 산만한 편이지만 오늘은 더했다. 잠을 자지 못한 탓일까? 아니면 오늘이 아이를 낳기 전 유리와 함께 보내는 마지막날이라?

 무엇 때문이든 상관없다. 최선을 다하자. 우미는 그런 마음으로 무쇠 냄비에서 토마토 껍질을 건져냈다. 곤죽이 된 야채는 부드러웠지만 도깨비방망이로 한 번 갈아낸 다음 다시 약한 불에 올렸다. 그렇게 한동안 나무 주걱을 젓고 있자니 마음이 편해졌다. 어쩌면 마녀들이 큰 솥을 가진 건 명상을 위해서가 아닐까? 우미는 걸쭉해진 수프를 젓고 또 저으며 역사에 이름이 남은 마녀들을, 끓는 물에 토막 낸 늙은 양을 집어넣어 어린 양으로 되돌린 메데이아와 자신의 왕이자 통치자이자 아버지를 삶아버린 어리석은 딸들을 떠올렸다. 만약 자신에게 메데이아 같은 능력이 있다면 어땠을까? 다른 건 몰라도 토막 나 솥에 들어가는 건 늙은 양이 아니라 첫사랑일 것이다. 전학 온 군인의 아들. 열다섯에 처음 만난 두 사람은 여러모로 정반대였다. 우미는 아직 생리를 하지 않았고 소년은 당혹감에 젖어 몇 번 팬티를 빨아 널은 적이 있었다. 우미에게 미래는 남은 라면 국물에 밥을 말아 먹는 내일뿐이었지만 가는 종아리에 달리기가 빨랐던 소년은 언젠가는 의사가 될 예정이었다. 다재다능하고 이따금 연초 냄새를 풍기는 소년. 재개발지구 반지하 벽에 몸을 붙이고 그가 내뿜는 연기를 훔쳐 맡는 우미. 같은 교실에 있었지만 둘이 대화를 나눈 적은 손에 꼽았다. 1년을 채우고 소년은 전학을 갔지만 우미는 소년을 잊지 않았다. 남은 사진 한 장 없이 얼굴이, 때론 놀라울 정도로 선명하게 기억에 남아 성인이 된 그를 한눈에 알아볼 수 있었다. 마치 마법처럼······

현관에서 번호 키를 누르는 소리가 들렸다. 벌써 그렇게 됐나. 정신이 퍼뜩 들어 시계를 올려보니 다행히 평소보다 이른 시간이었다.

"일찍 왔네."

우미가 부엌에서 고개를 쑥 내밀고 나이든 첫사랑에게 물었다. "밖에 많이 더워?"

"그냥 그래. 외근 갔다가 바로 오느라고."

"정말? 마지막날인데 너무하네."

"공무원이 다 그렇지 뭐."

잘되고 있어? 유리가 허리에 손을 받치고 냄비를 들여다보았다. 불쑥 다가온 기척에 숨이 묘하게 거칠어질 것만 같아 우미는 아예 숨을 멈추고 붉게 끓는 수프에 온 신경을 집중했다. 이 한 그릇에 운명이 걸린 것처럼 뚫어지게 들여다보았지만 산달의 배는 어떻게 해도 시야에 걸렸다. 옅은 땀냄새, 뜨거운 체온이 밀려오는 것을 막을 수도 없어 우미는 한숨처럼 깊게 숨을 뱉고 찬장으로 손을 뻗으며 과장되게 투덜댔다.

"저기요. 위험하니까 저리 가 있어."

키가 더 큰 유리가 대신해서 말린 바질과 파프리카 가루를 꺼내주며 말했다.

"내가 애도 아닌데."

"네 뱃속에 있는 건 애 맞는데요."

그건 그러네. 유리가 무슨 농담이라도 들은 것처럼 시원스레 웃으며 물러섰다. 우미는 간을 보는 척 고개를 숙여 붉어진 얼굴을 숨기며 유리의 몸을 생각했다. 무릎뼈, 손목뼈, 쇄골, 발목뼈. 온몸의 관절이란 관절은 툭 튀어나온 몸. 패션 디자

이녀가 성의 없이 슥슥 그은 선처럼 기아와 금욕 사이를 오가는 깡마른 몸. 거기 붙은 불룩 솟은 배는 서툰 마술사가 두 개의 자른 몸을 실수로 엮어 붙인 듯, 혹은 부러 기분 나쁘게 만든 실험품 같아서 태아보단 아기 염소들이 넣은 돌이 들었다고 여기는 게 훨씬 믿을 만했다. 한없이 실감과는 먼 이미지. 유리의 서재엔 겉표지가 딱딱하고 커다란 의학서가 많았지만 전부 영어로 쓰인데다, 값도 무게도 꽤 나가 먼지만 떨어줄 뿐 읽을 엄두도 못 냈다. 유리가 정말 아이를 가진 사실을 인지하게 된 건 꽤 최근의 일로, 우연히 바람이 책장을 넘긴 탓이었다. 우미는 검은 개미 같은 알파벳 옆에 그려진 남자의 단면도를 점자처럼 더듬었다. 몸속을 지나는 회로와 같은 선들. 인내한다면 시작과 끝을 찾을 수 있을 듯한 핏줄의 미로 사이로 짓눌린 돼지 염통이나 내장같이 생긴 것들('같이 생긴' 게 아니라 바로 그것). 그리고 유난히 크고 뻣뻣한 성기 근처에서 우미는 뜨거운 유리에 숨을 혹 불어넣어 만든 것처럼 동그란 빈 공간을 발견했다. 그제야 우미는 아, 여기서 아이가 자라는구나, 실감하는 동시에 미약한 슬픔에 잠겼었다. 얼마나 비참했을까? 그림에서나마 발기한 남자를 그린 화가의 마음은.

처음 전통적이지 않은 방식으로 아이가 태어난 뒤로 2년이 지났다. 지금까지 적합 판정을 받은 스물한 명의 남자가 출산에 성공했지만 여전히 배가 부른 남자는 논란의 대상이었다.

대단한 일을 한다는 둥, 순교자라는 둥 찬사로 장식한 달콤하고 부드러운 말을 푹푹 떠내면 밑바닥엔 씁쓸한 비웃음이 있었다. 유리 역시 그것을 피해갈 순 없었다. 국내에선 첫 시도라며 대대적으로 뉴스가 나간 다음 유리는 한편에선 신이 되었고 다른 편에선 벼락 맞아 내팽개쳐졌다. 극단적인 두 반응은 실은 하나의 전제를 공유하고 있었는데 그것은 유리가 아무나 하지 못할 선택을 했다는 것이었다. 노블레스 오블리주인가? 학자의 광기? 공무원의 책임감? 그러나 유리의 답은 단순했다.

알 때문이야.

알?

우미가 묻자 유리가 고개를 끄덕였다.

초등학교 때 일이다. 시골집에 놀러온 유리가 빈 깡통 바닥의 설탕 부스러기를 찍어 먹는 게 안쓰러웠는지 할아버지가 논에 나가 꿈틀대는 어망을 들고 돌아왔다. 물에 달걀과 튀김가루를 뒤섞어 반죽을 개는 폼이 미꾸라지라도 튀겨주려나, 싶었는데 냄비 뚜껑을 열자 안에 든 건 굵은소금에 절여져 죽은 개구리들이었다. 퍽 하고 물러선 유리를 비웃기라도 하듯 할아버지는 그것들의 허연 진액을 걷어낸 다음, 튀김옷을 입혀 기름 끓는 솥에 빠뜨렸다. 쏴아아 하는 소리가 들렸고 개구리가 벼락을 맞은 것처럼 흰 배를 드러냈다. 잠시 뒤 할아버지가 맨손으로 다리 하나를 찢어 건넸다.

먹어봐라.

……

맛있어. 닭고기맛이 나.

개도 늘어져 일어나지 않는 오후였다. 입은 심심하고 고소한 기름냄새는 식욕을 자극했다. 유리는 못 이기는 척 개구리 다리를 받았다. 튀김옷은 바삭바삭하고 안쪽에 찬 부드러운 살에선 정말 닭고기맛이 났다. 깨끗이 살을 바른 뼈를 사탕처럼 쪽쪽 빨고 있자 할아버지가 다시 다리 한쪽을 건넸다. 먹을수록 거부감이 사라지고 나중엔 더 먹고 싶어 갑갑하기까지 했다. 유리는 스스로 소쿠리로 손을 뻗었다. 마침 알맞게 식은 것 중에 어른 손바닥만큼 커다란 것이 한 놈 있었다. 그 통통하게 살이 오른 몸통을, 유원지에서 먹었던 칠면조의 넓적다리를 생각하며 크게 한입 깨문 순간, 유리는 점막 가득 밀려온 생경한 자극에 놀라 그대로 입을 벌렸다. 티셔츠와 허벅지 위로 우수수 쏟아진 검은 점. 튀겨진 개구리 뱃속에 까맣게 빛나며 가득차 있던, 그것은 알이었다.

"그러니까 이런 일이 일어난 건 어떻게 보면 당연하다는 거야. 생각해봐. 인간이 얼마나 알을 많이 먹니? 노랗고 붉은 날치알, 연어알, 문어알, 참치알, 날로 먹는 성게알, 소금에 절인 명태알, 구운 조기알, 삶은 메추리알을 먹고, 달걀을 깨고 뒤섞고 익히고 부친 것을 먹고, 별미라면서 바다거북의 알이라든지 팬에 가득차는 커다란 타조알을 먹고……"

반성회의 주장과 그다지 멀지 않은 이론이었다. 조금만 더 듣다보면 등에 채찍을 내리쳐야 한다느니 할복을 해야 한달지도 몰랐다. 우습긴 하지만 반박할 말이 없어 우미는 입을 다물었다. 그 역시 점심에 달걀 초밥을 먹으며 옆자리에 앉은 사람이 금색 접시에 담긴 성게알 초밥을 집는 걸 보고 부러움에 군침을 삼킨 적이 여러 번 있는데다 결정적으로 농담 아닌 농담이 떠올랐기 때문이었다. 영국에서였던가? 출생률 저하 문제로 각계의 석학들이 모여 만찬을 했다. 유전자 탓이다, 방사능 탓이다, 말이 많았는데 유독 침묵을 지키는 한 사람이 있어서 누군가 그에게 말을 걸었다. 당신은 아이가 태어나지 않는 원인이 뭐라고 생각합니까?

그러자 이런 대답이 돌아왔다.

글쎄, 잘 모르겠는데요. 어쨌든 이 황새 고기는 맛있군요.

마주앉은 유리가 수저를 떴다. 그가 삼키는 것이 자신이 만든 요리라는 사실에 새삼 부끄러워져 우미는 헛기침을 하고 말을 돌리듯 물었다.

"먹을 만해?"

우미의 물음에 유리가 수프를 한 숟가락 더 뜨고는 음, 하는 애매한 감탄사와 함께 괜찮다, 는 답을 뱉었다.

"좀 심심하지?"

"아냐. 맛있어. 학교 다닐 때 해먹던 맛이 나. 마지막 주는 항상 지갑 사정이 좋지 않아서, 그때그때 구할 수 있는 야채에 토마토 통조림 하나 넣어서 푹 끓여먹었거든. 들통 하나에 끓여놓고 일주일 내내 먹다보면 제일 밑바닥 한 그릇은 언제나 맛이 가기 직전이라서 평소의 배는 되는 타바스코를 뿌려 먹었어……"

그 밖에도 좀약 냄새가 밴 케이크로 사흘을 버텼다든지, 타코 하나를 사 먹는 대신 서른 블록을 걸어다녀 장을 봤다는 무용담이 자주 하는 레퍼토리였다. 우미는 적당히 맞장구를 치면서도 유리의 반짝이는 입술을 바라보며, 해질녘의 길고 진한 주황색 빛이 유리의 젖은 뒷목을 핥도록 내버려둔 채 생각했다. 어째서 유리가 하면 모든 것이 쉬워 보일까? 가난도, 좋아하던 매운 음식을 끊는 것도, 아이를 갖는 것도. 전부 실험이기 때문인가? 우미는 길게 세로선이 남은 자신의 배와 팽팽한 유리의 배를 비교했다. 만약 유리의 몸에서 자연스레 아이가 자라났다면 유리도 살이 트고 젖이 불어 배 위로 늘어졌을까? 겹친 살과 살 사이에 땀과 때가 끼고, 물렁한 허벅지 사이에 땀띠가 나고, 가랑이에선 퀴퀴한 냄새가 남아 몇 번을 비누로 문질러도 가시지 않았으려나? 그렇지 않은 유리라서 좋았지만, 그의 충만한 영양으로 빛나는 손톱과 매끄러운 머리카락을 바라볼 때면 경탄과 동시에 기묘한 마음이 드는 것도 사실이었다. 유리의 아이는 시골 하녀의 마음을 빼앗은 신사처럼 점잖았다. 우미의 지난 손님들이 우미를 골수까지 빨아먹은 다음 침대의 스프링을 망가뜨리고 마당의 채소를 몽땅 뽑고 현관 앞에 오줌을 갈기고 불을 지르고 떠난 것과는 달랐다. 그것이 부럽다고 해야 하나? 아니다. 그보다는 유리도 나와 같은 고통을 느꼈어야 했는데, 하고 생각하다가 우미는 헉하고 놀랐다. 이런 마음을 갖다니. 다른 사람도 아닌 유리에게 드러내다니 제정신인가? 우미는 머리를 퍽퍽 치고 싶어졌고, 자신이 속한 인류라는 종족 자체에 혐오감을 느끼다가 고개를 저었다. 아니, 괜찮아. 못된 생각을 하는 건 내가 모자라서이고 다른 인간들은 괜찮다. 특히 열 달 동안 유리와 함께 동고동락한 저애는 더 괜찮을 거다. 유전자는 몰라도 아름다움은 전염됐겠지. 만약 그렇지 않다면? 그렇지 않다면…… 아이를 죽일 수 있을 것 같다. 첫아이를 죽이라는 명령에 칼을 휘두른 군인들보다 더 잔인하게. 인정 없이.

우미를 생각에 빠뜨리는 것도, 거기서 깨우는 것도 전부 유리였다. 괜찮냐는 물음에 내려다보니 앞접시에 잘게 찢긴 빵 조각이 수북이 쌓여 있었다. 우미는 민망함을 숨기기 위해 원래 이러려고 했다는 듯 빵을 수프에 말았다. "너는 안 먹어?"

그냥 한 말인데 정말로 넓적한 접시에 담긴 유리의 수프는 반이 넘게 남아 있었다. 역시 맛이 없는 걸까. 유리의 혀에 비하면 경험이 일천한 자신의 혀를 탓하며 우미가 얼굴을 굳히자 유리가 손을 저었다. "맛은 진짜 괜찮아. 그냥 조금 덜 먹어 두는 편이 좋지 않을까 싶어서."

"내일 하루종일 굶어야 하잖아."

"그렇긴 한데……" 유리가 천천히 수프를 저으며 중얼거렸다. "뭔가…… 배가 별로 안 고프네. 기분이 좀 이상하달까. 아무래도 처음이라 그런가봐."

진짜 이상한 건 미래가 왔는데도 아이가 여전히 인간의 몸속에서 자라고 태어나는 낙후함이라고 우미는 생각했다. 이쯤 왔으면 수정란을 기계 뱃속에서 배양한 뒤 다 자란 태아를 추출해야 하는 거 아닌가? 그러나 줄줄이 늘어선 기계 알들에 호스로 영양이 공급되는 상상이 실현되지 않았더라도 미래는 미래다. 일단 21세기이고, 1984, 1999, 2000, 2012 같은 몇 개의 특정 숫자도 지났고, 창문 밖에는 천사, 아니 상공에 출현한 인면 부유체가 있고, 유리가 임신한 걸 보면 분명 미래가 와 있었다. 유리가 숟가락을 만지작거리다가 도로 내려놓고는 귀에 박힌 말을 했다. "넌 대단한 일을 한 거야. 다섯 번이나 미래를 만든 거니까."

"네 번이지. 한 번은 쌍둥이였으니까."

"아니, 진심으로 하는 말이야. 왜 우리 어릴 때 과학 상상화 그렸던 거 생각나? 거기에 인간이 없는 세계를 그린 사람은 하나도 없었잖아. 밝은 미래든, 나쁜 미래든, 로봇이나 유인원이 지구를 지배하는 고약한 미래든 노예나 부역자는 남아 있었어. 인간이 없는 미래란 없기 때문이야. 너는 그걸 다섯 번이나 만든 거야."

네 번이라니까…… 유리의 열정에 답할 방법이 없어 우미는 입을 다물었다. 어쩌면 그때, 자신이 네 번과 그보다 훨씬 무수하게 많은 횟수만큼 침대 위에 누워서 다리를 벌린 덴 유리의 이러한 열정도 한몫했는지 모른다. 우미는 다시 만난 날 보았던 유리의 빛나는 눈동자를 떠올렸다. 유리는 부지런히 말을 걸었지만 그보다 강렬하게 기억에 남은 건 역시나 검고 깊은 그 눈동자였다. 언젠가 우미가 낮은 곳에서 올려다본 적이 있는 그……

유리가 리모컨이 어디 있느냐고 물었다. 아직 뉴스 할 시간도 아닌데 무슨 일이냐고 묻자, 유리가 오늘 모임 사람이 인터뷰했다는 소식을 전했다. "공중파는 아니고 케이블이지만." "그래도 대단하네." 우미가 버튼을 눌러 뉴스 채널을 틀었다. 때를 잘 맞췄는지 불임 클리닉 안내가 지나고, 거대한 로고가 화면을 가득 채운 다음 안경을 쓴 아나운서가 고개를 깊이 숙였다. 첫 소식은 한 남자가 천사를 강간하겠다며 관광지 타워의 전망대에서 자위를 시도하다가 공공 음란 행위로 체포되었다는 내용이었다. 자주 있는 일이었지만, 그로부터 5미터도 떨어지지 않은 곳에 아동이 있어 큰 소동이 났다고 한다. 미친놈이네. 유리가 중얼거렸지만 우미는 정말 천사가 울지 않았구나, 다시 한번 확인했을 뿐 별다른 생각이 들지 않았다. 화면이 바뀌고 유리가 기다리던 뉴스가 나왔다. 65세 이상 노인의 안락사를 추진하는 젊은 의료인들의 정기 시위 현장을 취재한 것이었다. 그들은 장기간 이어지고 있는 불임 사태는 인류의 수가 지나치게 늘어난 탓이라며, 생식능력과 노동력이 없는 요양병원의 노인들을 시작으로 점차적인 안락사를 국가 차원에서 시행해야 한다는 뜻을 밝혔다. 짧은 머리를 젤을 발라 세운 남자가 열기를 감추지 못한 목소리로 이것은 학살도, 일방적인 폭력도 아니라고 주장했다.

"무작정 죽이자는 게 아닙니다. 단지 아이 대신 노인이 살아 있는 지금이 진정한 미래인지 얘기할 필요가 있다는 거죠. 예전엔 지혜로운 노인들이 희생을 통해 성자의 자리에 올랐습니다. 고려장, 나라야마 부시코를 생각해보세요. 그에 반해 지금 이 세상엔 성스러움이 너무 없습니다. 사랑의 땅은 메말라 갈라졌고, 그것이 작금의 사태를 불러온 거예요. 진짜 사랑은 자기 몸을 부술 줄 아는 겁니다. 웃어른들이 먼저 모범을 보여야 합니다."

장면이 넘어가고 책장을 배경으로 한 나이든 교수가 나왔다. "너무 흥분했네." 뉴스가 다음 꼭지로 넘어가기도 전에 유리가 심드렁한 태도로 TV 음량을 줄였다. "훨씬 더 잘 할 수 있는 녀석인데. 긴장했나?"

"살이 좀 빠진 거 같으시네."

"너 호선이 알아?"

"알지."

"어떻게 알아? 네 담당의도 아닌데."

"그냥…… 병원 다닐 때 오며가며 봤지. 인사는 안 했지만."

사실 우미가 제일 처음 호선을 본 것은 우미와 유리가 재회한 그날이었다. 신체검진의무법이 시행된 첫째 날. 예상했던 바지만 막상 결과지에 쓰여 있는 양성이라는 단어를 보자 자궁으로서의 자신이라는 존재가 실감이 나서 우미는 한동안 카페 테라스에 앉아 있었다. 저 앞에 오가는 키가 크고 작고, 머리가 길고 짧고, 치마를 입거나 바지를 입은, 휠체어를 타거나 걷고 있는 여자들. 그 가운데 피가 묻지 않은 자는 누구인가? 비둘기가 푸드덕 날아가고 관계자 명찰을 목에 건 남자가 맞은편 벤치에 앉더니 샌드위치를 먹기 시작했다. 삼각형의 꼭짓점 부분을 베어먹은 다음 돌려서 다른 꼭짓점을 베어먹고, 다시 꼭짓점을 먹고. 원을 그리듯 모난 부분을 먼저 잘라 먹는 모습이 특이하다고 생각하는데, 두 사람의 눈이 마주쳤다. 우미는 반사적으로 머리카락으로 뺨을 가렸다. 심장이 쿵쿵 뛰었다. 놀란 건 우미만이 아니었는지 남자가 샌드위치의 속을 뚝뚝 흘리며 우미에게 다가왔다.

"너, 우미구나."

"……"

"우미 맞지? 못 알아볼 뻔했어. 뭐랄까…… 여성스러워졌구나."

우미는 떨리는 마음을 감추며 고개를 들었다. 흰 얼굴. 검은 머리카락. 마지막으로 본 날부터 15년은 더 지났다곤 믿을 수 없게 그대로인 그가 이전엔 한 번도 우미를 향한 적이 없던 환한 미소를 지었다.

"나 유리야. 중학교 2학년 때 같은 반이었는데."

"어어……"

"너무 옛날 일이라 잘 기억 안 나지. 난 기억나. 너 맨날 종말론 읽고 그랬던 거. 요즘도 그런 거 보니? 하긴, 그럴 필요 없겠지만. 천사가 하늘에 떠 있는 세상이니까 말야."

유리가 하늘에 떠 있는 거대한 얼굴을 가리키며 웃었다. 우미는 설렘과 떨림과 미약한 두려움으로 입꼬리를 떨었다. 이 자리에서 도망가고 싶기도, 유리의 뺨을 붙잡고 키스하고 싶기도 했지만 어떤 반응이 마땅한지 알 수 없었다. 반면 유리는 무척 살가웠다. 그는 매우 긍정적인 태도로 우미의 말을 재해석했고, 그 덕에 고교 졸업 후 시급 만원짜리 설거지 아르바이트를 하며 여전히 재개발지구의 반지하방에 사는 우미는 학벌에 연연하지 않고, 요식업에 종사하며, 오랜 추억을 간직한 집에 살고 있는 자유로운 영혼이 되었다. 유리는 자신이 미국에서 의대를 나왔으며, 더 편한 길과 부모님의 반대가 있었음에도 결국엔 가정보호국에 들어갔다고 했다. "의미가 있는 일이잖아, 안 그래?" 유리가 흥분한 투로 목소리를 높였다.

"그래서 이번 법 개정이 중요했던 거야. 개인의 자유니, 뭐니 떠들지만, 인간이 다 사라진 땅에 그게 무슨 의미겠어. 중요한 건 우리가 미래를 계속해서 만들어야 한다는 사실이고, 그러려면 아이들이 있어야지. 나는 천사가 원숭이 손 같은 존재라고 생각해. 어른이 되기 싫어, 보호받고 싶어, 다들 그렇게 우는소리를 하니까 천사가 소원을 들어준 거야."

우미는 유리가 자갈밭이 된 여자의 자궁과 죽은 올챙이가 둥둥 뜬 미적지근한 담수 같은 남자의 정액을 떠올리고 있다는 걸 알았다. 잠시 아무 말이 없던 그가 찡그린 미간을 펴며 웃었다. "너무 내 얘기만 했네. 검진받으러 온 거지? 몇시 타임이야? 한시? 한시 반?"

우미가 선뜻 답을 하지 못하고 머뭇거리는데 유리의 시선이 가방 밖으로 삐져나온 결과지에 닿았다. 우미는 빠르게 종이를 구겼다. 그걸 본 유리의 눈에서 번뜩 칼날 같은 것이 스친 순간, 지나가던 짧은 머리의 남자가 유리의 어깨를 쳤다. "뭐하냐. 들어가야지." 그 사람이 호선이었다. 유리는 알겠다고 고개를 끄덕이고는 빵만 남은 샌드위치를 쓰레기통에 던진 뒤 핸드폰을 꺼냈다.

"번호 알려줄 수 있니? 나중에 내가 커피 한잔 살게."

그리고 다시 사람 좋은 미소를 띠며 지나가듯 물었다.

"할머니는 잘 계시지?"

"마지막 태교에 힘써볼까나."

지리멸렬한 뉴스가 반복되자 유리가 TV 메뉴를 변경해 동영상 공유 사이트에 접속했다. 산달이 가까워지며 부쩍 아이들이 나오는 영상을 보는 일이 잦아졌는데, 유리는 그중에서도 90년대의 영상―특히 92년 작품―을 보는 걸 좋아했다. 그해가 출생아 수로 찍은 마지막 최고점에 해당하기 때문에 기운을 받아야 한다나. 유리는 장르를 가리지 않았다. 아동용 영화, 교육방송, 다큐멘터리, 뉴스 클립⋯⋯ 매콜리 컬킨의 깜찍한 연기나 아다치 유미가 알에서 부화한 공룡을 키우는 장면은 특히나 지겹도록 봤다. 오늘은 또 무얼 보려나. 우미는 멍하니 화면을 보다가 알고리즘의 인도에 놀라 입이 벌어졌다. 병에 걸린 아이를 기도로 치료하겠다며 방치한 부모를 다룬 시사교양물이었다. 아이는 아홉 살이었지만 오랜 기간 앓으며 누워 지낸 탓에 네 살 정도로밖에 보이지 않았다. 고통이 그에게 지혜를 주어 또래에 비해 상당히 영리했고, 그와 대비되어 기도로 모든 것이 해결되리라고 믿는 그의 부모는 놀랍도록 어리석고 폭력적으로 보였다. 끔찍한 영상이었다. 화면 안엔 우울함이 감돌았고 오로지 죽음만이, 복수가 가득차 부풀어오른 아이의 배 안에 들어앉아 무서운 생명력을 뽐내고 있었다.

차마 눈을 떼지 못하고 있는데 유리가 입을 열었다.

"낮에 외근 말야, 소라씨 만나러 '섭리의 아이들'에 간 거야."

뜻밖의 이름에 우미는 놀라 대꾸했다.

"어떻게? 뭐라고 안 해?"

"일단은 공무집행으로 간 거니까. 우리 과에서 배가 부른 사람이 나뿐이잖아. 부장님이 도움이 될지도 모르니 가보라고 하더라고."

"그게 통했어?"

유리가 고개를 저었다.

"벽에 대고 말하는 거지, 뭐. 명령이라니까 만나주긴 하는데 내 얼굴을 제대로 쳐다보지도 않더라. 뭐 신념이 하루아침에 바뀌겠냐마는. 어쨌든 노력은 했어. 나는 내일 수술한다고 했고. 그 말을 듣고 나면 귀가 트이지 않을까 싶었는데 끄떡없더라고. 이대로라면 둘 다 죽을 수 있다고 하는데도 천사의 미움을 받느니 차라리 그게 낫다고 끝까지 거절했어."

아이가 태어나는 이상 희망은 있다. 지금의 어른들과 달리 미래의 아이들은 하늘에 떠 있는 천사를 해나 달처럼 받아들일 것이다. 그들은 거대한 눈동자가 내려다보는 가운데 섹스를 하는 일에 익숙해질 것이고 수정란은 부끄럼 없이 아늑하고 축축한 인간 여자의 자궁에 착상해서 불어난 아이들이 텅 빈 들판을 메울 것이다. 그것이 유리의 희망이고 믿음이었다. 잘 알고 있었지만 유리는 주문을 외듯 반복했다.

"아이만이 희망이야. 아이만이 미래고."

그러나 어두워진 표정은 밝아질 생각이 없어 보였고 부모의 어리석음을 질타하는 화면 속 사회자의 얼굴 역시 어두워지더니 특유의 음울한 배경음이 흘러나왔다. 우미는 알고리즘이 또 무슨 지옥도를 보여주기 전에 재빨리 마이클 잭슨의 1993년 슈퍼볼 하프타임 영상을 검색했다. 다양한 인종의 어린이들이 〈힐 더 월드〉를 부르는 모습을 보면 한결 기분 전환이 될 것 같았다. 하지만 우미가 영자 자판을 더듬대는 동안 다음 영상이 재생되었다. 〈이경실 이성미의 진실게임〉이었다. 리모컨을 찾는 우미의 손을 유리가 재밌을 것 같다며 저지했고, 어영부영하는 사이 두 개그우먼의 활기찬 진행으로 게임이 시작되었다. 주제는 '진짜 여자를 찾아라'. 공주님처럼 머리를 돌돌 말고 드레스를 차려입은 키가 큰 사람과 중절모를 쓰고 줄무늬

셔츠에 조끼를 걸친 작은 사람, 부드럽게 염색한 갈색 생머리를 옆으로 늘어뜨린, 그러나 목울대를 실크 스카프로 가린 어딘지 수상쩍은 미인 등등. 괴짜들이 우르르 나왔지만 누가 어떤 성기를 가졌느냐는 내기도 될 수 없을 만큼 한눈에 알 수 있었다. 유리는 기분이 한결 풀어졌는지 찻잔을 잡는 포즈를 비교하며 헤매는 MC와 게스트들을 보고 저걸 왜 몰라보느냐며 들리지 않는 충고를 던졌다. "하수빈을 생각하라니까." 하수빈은 청순한 콘셉트로 인기몰이를 했던 90년대의 여가수로, 한때 남자라는 루머에 휩싸인 적이 있었다. 근거는 그가 너무 여성스럽기 때문에 외려 남자라는 거였는데, 곰곰이 생각하면 그만큼 맞는 말이 없었다. 보통은 그냥 보통이니까. 남자도 여자도 아닌 보통. 어쩌면 그게 불임의 원인인지도 모른다는 생각이 들었지만 우미는 입 밖으로 꺼내지 않았다.

결국 게스트 중 누구도 정답을 맞히지 못하고 출연진 중에 승자가 나왔다. 여장 남자가 가발을 벗고 드러낸 짧은 머리를 쑥스러운 듯 문지르자 게스트들의 눈과 입이 크게 벌어졌다. "아 재밌다." 유리가 웃어서 상기된 얼굴을 매만지더니 식탁 앞쪽으로 몸을 기울였다.

"우리도 진실게임 할래?"

"어떻게?"

"일어나봐. 나 좀 도와줘."

유리가 손을 뻗었다. 우미가 잡아 일으키자 그가 부엌으로 가더니 과일을 담거나 튀김옷을 만들 때 쓰는 동그란 스테인리스 볼을 꺼냈다.

"옷 들어봐. 얼른."

우미가 티셔츠를 들어올리자 유리가 그 속에 볼을 끼워넣었다. 배에 닿는 느낌이 선뜩해 닭살이 돋았다. 유리는 그런 우미의 손을 잡아끌고 현관으로 갔다. 전신 거울 앞에 선 두 사람. 바깥엔 저녁 어스름이 짙게 범람하는 중이었다. 마지막으로 발광하던 태양빛이 소매에 묻은 김칫국물처럼 진한 주황색 줄을 긋다가 한줄기 녹색 광선이 되어 사라졌다. 그걸 등지고 선 두 배불뚝이의 실루엣이 비슷했다.

"진짜 임신부를 찾아라."

유리가 부러 낮춘 목소리로 중얼거렸다. "그런 타이틀로 방송이 나왔던 게 기억나…… 보는데 계속 이상한 기분이 들더라고. 뭔가 부끄럽기도 하고, 털끝에 불이 붙은 것처럼 초조하기도 하고, 눈물도 날 것 같은 그런…… 다음날 오후 식구들이 집을 비운 사이에 수건을 말아서 옷 속에 집어넣었어. 그게 되게…… 완전해진 느낌이라고 할까?"

어느새 장난기가 사라진 유리의 목소리가 떨렸다.

"실은 사상이니 뭐니 그런 건 겉치레고 그냥 아이를 갖고 싶었던 게 아닐까 하는 생각이 들어."

"거짓말."

맞잡은 유리의 손이 떨렸다. 우미는 다시 침착하게 되풀이했다. "거짓말. 유리의 말은 거짓말입니다. 그는 누구보다 신념이 강하고 그것을 위해서는 배를 갈라도 된다고 믿습니다."

짧은 침묵이 지난 뒤 유리가 목울대를 울리며 웃었다.

"정답입니다. 자. 이번엔 우미의 진실게임."

어어, 우미가 말을 질질 끌었다. "고용주가 눈치가 없어서 짜증난다?"

"뭐야. 진지하게 해야지."

"싫은데."

"그러지 말고."

음…… 우미가 곰곰이 생각하다가 입을 열었다. "가끔은 네가 아이를 낳는 일에 왜 그렇게 집착하는지 모르겠어. 그래도 상관없는 건 네가 너이기 때문이야. 너는 좋은 사람이니까. 너 같은 사람이면 아이를 가질 수 있겠구나, 그런 생각이 들거든."

유리가 약간은 혼란스러운 표정으로 물었다.

"정말이야?"

"응. 다시 네 차례."

"고마워. 고맙다고 해야 하나……" 유리가 숨을 깊게 들이마시고 뱉으며 어딘지 한풀 꺾인 듯한 말투로 중얼거렸다. "소라씨가 설득되지 않은 건 내게서 진심을 느끼지 못했기 때문이라고 생각해. 그러니까, 어느 순간부터 나도 두려워지기 시작했거든. 아이를 낳는 일이 말야."

"괜찮아. 아프지 않아. 한숨 자고 일어나면 끝나 있을 거야."

"그게 아니라……" 유리의 목소리가 떨렸다. "나 같은 아이가 태어날까봐. 나에게서 뭔가가…… 옮았을까봐 겁이 나. 그럴 리가 없다는 걸 알면서도."

"무슨 소리야. 너를 닮아야 좋은 아이가 태어나지. 그애가 다른 아이를 낳고, 또 그애가 다른 애를 낳고, 이런 일이 반복되면서 너를 닮은 아이들이 지구를 가득 메울 거야. 그러면 세상은 분명 더 살기 좋은 곳이 될 거야."

"빈말이라도 고맙다."

"아니야. 진심인걸. 네가 아니라면 나는 아이를 낳지 않았을 거야. 너도 알잖아. 안 그래?"

단지 마음을 전하고 싶었을 뿐인데, 그 말에 유리가 잡은 손을 비틀어 빼내더니 조금 떨어진 곳으로 뒷걸음질쳤다. 우미는 말없이 그의 눈을 바라보았다. 말끔한 병실, 벌린 다리 사이를 스치던 공기의 서늘함과 배를 찌르던 유리관의 날카로움과 흰 천에 덮인 채 실려나가던 옆 병실의 여자들, 이따금 우미가 속삭이던 이야기가 전파가 되어 유리의 눈 속에서 상영되었다. 우미는 자신의 눈을 응시하는 유리 역시 같은 장면을 보고 있다는 걸 알았다. 유리는 알까? 우리가 서로를 영원히

천사와 황새

비추고 있다는 걸. 반사적으로 손을 뻗었지만 유리는 한 걸음 더 멀어졌다.

"나는 강요한 적 없어."

"뭘?"

"너에게 아이를 낳으라고 강요한 적 없다고. 나는 그냥 보았다고 한 거야. 네가 너희 할머니 목을 조르고 있었던 걸……"

"아." 우미가 눈을 크게 떴다. "설마 그것 때문에 내가 애들을 낳았다고 생각했어?"

유리의 얼굴이 혼란으로 일그러졌다.

"그럼 아니야?"

바보 같기는. 우미는 새어나오려는 웃음을 참고 고개를 저었다. "질문 금지. 이젠 내 차례야."

우미는 숨을 깊이 쉬고 말했다. "내가 낳은 아이들 있지? 그건 전부 너의 애야. 네가 없었으면 태어나지 못했을 애들이야. 그래서 낳은 거지 별다른 이유는 없어. 주인이 오면 맡아뒀던 물건은 내주는 게 옳은 거잖아. 안 그래?"

유리의 목에서 쥐어짠 듯 갈라진 목소리가 나왔다.

"날 놀리는 거니?"

"아니야. 진심으로 하는 말이야." 우미가 너털웃음을 터뜨렸다. "네가 음성이고 아니고는 상관없어. 너는 최고의 수컷이라니까? 정말이야. 네가 없었으면 나는 아이를 안 낳았을 거야. 아니, 못 낳았을 거야."

 옛날 사람들은 천국에 닿기 위해 집을 높이 지었다. 그렇다면 이 동네에서 가장 천국과 가까운 것은 자신의 집일 거라고, 중학생인 우미는 생각했다. 언덕 가장 높은 곳에 있고, 전에 살던 사람이 바르고 간 구름무늬 벽지가 붙어 있고 또……
 할머니의 상태는 하루가 다르게 나빠지고 있었다. 그와 동시에 우미는 씻지 않겠다고 악쓰는 사람을 끌어내거나, 악취가 안개처럼 부옇게 차오른 욕실에서 남의 가랑이 사이를 문지르거나, 짓무른 엉덩이에 묻어 있는 암녹색의 설사를 닦아내는 일에 무감해졌다. 매일 일어나 밥을 안치고 콩나물을 다듬어 국을 끓이고 녹지 않는 싸라기눈처럼 앉은 자리에 희뿌옇게 쌓이는 비듬을 쓸어내는 일이 아무렇지 않아졌다. 언젠간 끝장이 올 테니까. 끝장은 정말로 끝장이고 그럼 앞선 반복 따위는 아무것도 아니게 된다.
 그랬던 우미의 단단한 마음은 소년의 한마디에 꺾였다.
 "밥풀 붙었다고."
 그 딴엔 여학생을 배려해 농담조로 한 말이었다. 우미는 소년이 말을 걸었다는 사실만으로 볼을 붉히는 한편 고개를 갸웃했다. 아침 따윈 먹지 않는다. 오늘 학교에 오기 전에 한 일이라곤 할머니가 엉덩이를 끌며 다닌 자리에 남은 비듬을 닦아낸 것뿐이다. 그러나 소년은 우미가 밥풀을 찾지 못하고 있다고 생각했는지 불쑥 우미의 머리카락으로 손을 뻗었다. 밥풀은 떨어지지 않고 소년의 손끝에서 발광하더니 그대로 짓뭉개졌다. 소년의 얼굴에 짧은 경악이 스쳤다.

집에 오자마자 우미는 할머니의 보따리를 들췄다. 나중에 먹으려고 했는지, 주먹밥이나 먹다 남은 조기, 봉지에 넣어둔 카스텔라, 곰팡이 핀 딸기 따위가 숨겨져 있고 구더기가 우글우글 꽃을 피우고 있었다. 할머니. 이게 뭐야? 입술을 꼭 깨물고 물었지만 우미가 그러거나 말거나 할머니는 태연한 표정으로 떡을 먹고 있었다. 잔뜩 쪼그라든 몸. 이가 없는 입을 우물거리는 모양새가 아기와 비슷했고 그걸 느낀 순간, 우미는 두려움에 몸을 떨었다. 할머니가 다시 아기가 되고 있었다. 끓는 솥에 들어간 늙은 양이 다시 어려진 것처럼. 무한히 아기이거나 노인인 상태를 반복하려 하고 있었다. 그렇다면 끝장은 언제 오지? 끝장이 오지 않으면 나는 버틸 수 있나? 계속해서 쓸고 닦는 일을, 계속되는 나빠짐을, 이 모든 일을 반복할 수 있나?

정신을 차리니 할머니가 목을 감싼 자세로 죽어 있었다. 멍하니 앉아 있던 우미의 귀에 사이렌소리가 들리더니, 공중에 인면 형태의 괴물체가 출현했다는 경고가 울려퍼졌다. 무슨 헛소리일까. 우미는 고개를 들었고, 그 순간 창밖에 있던 얼굴과 마주쳤다. 놀란 표정을 짓고 있는 흰 얼굴. 까만 머리카락.

정말로 천사라고밖에 할 수 없는 아름다운 얼굴이 거기 있었다. 쪼그려앉아 담배를 피우고 있던. 평소와는 다른 교복을 입고 있는. 벌어진 치마와 다리 사이로 보이던. 우미의 것과는 다른. 아직 생리를 시작하지 않은 우미의 가랑이와 달리 손이 닿은 적이 있는. 천사의 커다란. 천사의 그것. 우미는 황홀경에 입을 벌렸고 그 순간 천사의 사랑에 우미는 관통당했다. 허벅지가 뜨뜻미지근하게 젖은 건 할머니뿐만이 아니었다. 우미의 가랑이도 젖었다. 찔려서 피가 철철 났다.

다음날 이른 새벽 두 사람은 집을 떠났다. 유리는 간단한 검사를 마친 뒤 예정대로 열두시에 수술실로 들어갔다. 기자들이 몰려와 진을 쳤다. 유리의 지인 중 몇이 긴가민가한 표정을 지었지만 우미에게 인사를 건네진 않았다. 가정부의 얼굴 따윈 기억하지 못한다는 걸까? 그러거나 말거나 우미는 수술실 바깥에서 얼쩡댔다. 수술중임을 알리는 붉은색 불빛이 초록색으로 바뀔 때까지 얼마나 남았을까. 벽에 걸린 시계를 쳐다보고 자판기의 커피를 뽑아 마시고 괜히 허리를 한번 돌려보고 핸드폰을 만지작거리다가 우미는 벽에 기댄 채 깜빡 잠이 들었다. 꿈속에서 두 사람은 부부였고 우미는 잠든 유리를 깨우지 않기 위해 조용히 식물에 물을 주고 유리장을 열어 빛처럼 얇게 먼지가 쌓인 접시들을 닦은 다음 가까운 백화점으로 갔다. 지하 베이커리엔 색색의 장식품 같은 케이크가 진열되어 있었고 우미는 그중 생크림 베이스에 얇게 자른 딸기를 겹겹이 쌓아놓은 것을 골랐다. 초가 몇 개 필요하냐는 말에 우미는 하나면 충분하다고 했다.

곧 아기가 태어나거든요.

어머 좋으시겠어요.

돌아가는 길에는 천사가 펑펑 울었다. 세상이 촉촉하게 젖었다. 유리. 얼른 유리를 데리고 도망가야 해. 우미는 그 생각으로 달렸고 신발을 신은 채 거실을 가로질러 방문을 벌컥 열었다. 오후의 늘어지는 빛을 등지고 유리가 거기 있었다. 폭탄을 맞은 듯 터진 몸통이 식충식물의 아가리처럼 벌어져, 거기서 뻗어나온 실이 낫토나 거미줄처럼 사방에 달라붙어 있었다. 우미는 피와 내장의 정글을 헤치고 들어가 백향과 속처럼 끈적한 아가리에 파묻혀 있던 빨간 수정 구슬을 꺼냈다. 안녕, 아기야. 우미는 눈물을 닦고 구슬을 들여다보았고, 주름진 얼굴과 눈이 마주친 순간 그것을 손에서 떨어뜨렸다. 이건, 이 사람은…… 팍하고 깨지는 소리와 함께 날카로운 파편이 사방으로 튀었다. 그 안에 있던 것이 울음을 터뜨렸고 우미는 비명을 질렀고 눈을 떴을 땐 사이렌이 울리고 있었다. 수술복을 입은 사람들이 복도를 뛰어다녔고 붉은 불빛이 구조 신호처럼 반짝였다. 우미는 반사적으로 두 손을 모았다. 일단 무릎을 꿇었지만 누구에게 빌어야 하지? 알 수 없었고 사막에 내던져진 듯 메마른 입이 떨어지지 않았다. 끈적한 떡이 달라붙은 것처럼 목이 콱 막히고 숨이 가빴다. 울컥 솟아나는 건 구토인가 기도문인가? 우미는 생각나는 대로 뱉었다. 천사. 천사님. 사랑하는 천사님.

그런데 도무지 천사의 얼굴이 기억나지 않았다.

사과와 링고

죽었다는 연락만 기다리고 있었다. 사야에 대해 기다리고 있던 소식은 그것뿐이었다는 걸 사라는 깨달았다. 점심을 먹고 있는데 핸드폰이 떨렸다. 밝아진 화면 위로 마지막 메시지만 보였다.

정말 미안해. 언니도 어려운 거 아는데……

그 뒤는 잘려 보이지 않았다. 그것만으로 무슨 소리인지 알았다. 입맛이 뚝 떨어졌다. 분노가 확 치밀어 저도 모르게 숟가락을 탁 내려놓았다. 구내식당 천장의 형광등을 보다 눈을 감고 미간을 때렸다. 삐져나오려는 것을 집어넣듯, 물 한 방울이 바위를 뚫는 느낌으로 똑똑 내리치는 건 화를 참는 사라의 방법이었다.

짧은 명상을 마치자 호흡이 가라앉았다. 분노도, 무엇도 없는 무심한 표정으로 사라는 점심밥을 바라보았다. 담는 순간 식는 식판 위의 만찬. 메뉴는 쌀밥, 떡국, 맛살과 미역 초무침, 매운 닭볶음, 배추김치. '만찬'이라는 말에 어울리지 않을지 몰라도, 사라는 정말 그렇게 생각했다. 남이 영양 밸런스까지 맞춰 차려주고 마음껏 떠먹을 수 있는 밥이 흔한가? 누군가는 찐쌀이라 퍽퍽하다느니 뭘 먹어도 같은 맛이라느니 배부른 소리를 했지만 사라는 지겹지 않았다. 질릴 줄 몰랐다. 원래 그랬다. 인내심이 강한 게 아니라 아무 생각이 안 들었다. 한없이 연장만 되는 비정규직에 머무는 것도 이 성격 때문이다. 그걸 알아도 바꿀 수 없었다. 바꿀 의욕이 안 났다. 그런 건 타고난 거니까. 잡곡밥이 나왔다면 더 좋았겠지만.

　5500원. 오늘의 만찬은 5500원이다. 남길 생각은 당연히 없어 꾸역꾸역 긁어 삼켰다. 식판을 반납하고 벽시계를 보았다. 열두시 이십오분. 점심시간이 끝나는 한시까지는 아직 여유가 있었다. 사라는 좀 걷기로 했다. 날이 더워 금세 겨드랑이에 땀이 배어나왔다. 그래도 밖에 나오니 숨통이 트였다. 길을 걷는 사람들 손엔 아이스 아메리카노가 한 잔씩 들려 있었다. 그걸 보자 목이 말랐지만 참았다. 1500원 아껴서 뭐해, 그런 생각에도 몸에 밴 습관 탓에 쉬이 지갑이 열리지 않았다. 이것도 타고난 거. 환갑이 넘은 엄마도 밖에서는 커피 한 잔 사 먹지 않는다.

 오 분을 남기고 회사 앞으로 돌아왔다. 핸드폰을 꺼내 메신저를 눌렀다. 내용은 예상했던 대로였다. 언니. 진짜 내가 언니한테만은 말 안 하고 싶었는데, 언니가 아니면 말할 데가 없어. 나 지금 가스도 끊기고…… 결론을 말하면 빚을 갚아야 하니 1500만원을 빌려달라는 얘기였다. 관자놀이가 징 하고 울렸다. 소리를 버럭 지르고 싶었다. 야. 양사야. 너 이러는 게 한두 번이야? 어? 한두 번이냐고. 올해 초에 500만원 빌려 간 거 꼴랑 100만원 갚고 그런 소리가 나와? 그 말을 구깃구깃 접어 잘 삼켰다. 차라리 줄 사람이 자기밖에 없는 게 다행이라고 애써 생각했다. 만일 엄마한테 돈이 있었다면, 그래서 엄마가 '빌려'줬다면 그 돈은 뜨거운 물에 부은 설탕처럼 순식간에 녹아 사라졌을 것이다. 사야는 그런 애니까. 가족들 지갑에 손을 대고도 거꾸로 성질을 부리는 아이. 어린 시절부터 줄곧 그랬다. 가족을 미친 서울 집값을 감당하기 위해 모여 사는 타인이라고 생각하는 사라와 달리, 사야는 가족을 정말 '하나'라고 생각했다. 그러니까 가족의 돈도 자기 돈. '훔쳤다'는 말은 결코 성립하지 않았다. 이 논지를 반박할 수도 없었다. 사야의 말이 꾀를 부리기 위함이 아니었기 때문이다.

 실제로 아빠가 살아 있던 어느 해 가족 모두 사야에게 이끌려 초밥집에 간 적이 있다. 20대 초반 여자애가 맛집이라고 찾은 가게는, 누군가의 눈엔 접시가 돌아가는 싸구려 식당일지 몰라도 네 식구에겐 드문 외식 자리였다. 돈 때문에도 그렇고, 애초에 넷은 식구라는 말의 어원이 무색하게 함께 밥 먹는 게 어색한 사이였다. 바 좌석에 나란히 앉아 눈만 도록도록 굴리는 셋에게 사야는 어처구니없이 달착지근한 데리야키소스를 끼얹은 찐 붕장어 초밥이나 고무처럼 질긴 활어회 초밥을 내밀었다. 이거 먹어봐. 이것도. 그 흐뭇한 얼굴. 한 접시에 4000원밖에 안 하고, 동시에 4000원이나 하는 식사를 하며 사라는 자신보다 사야가 가족을 훨씬 위한다고 생각했다. 물론 그때도 이런 거 사줄 바에 등록금 명목으로 타간 돈이나 갚으라고 말하고 싶었지만, 어쨌든 철없는 막내딸이 가족을 위해 무언가를 한다는 건 멋진 일이었다. 비록 그게 생색에 그치는 일이라도.

내일 은행에 들르고서 다시 연락하겠다고 짧은 답장을 보낸 뒤 사무실에 들어갔다. 다들 미친 건가? 점심시간에 일을 하고. 분명 열두시에 새로고침을 하고 딱 한 시간 자리를 비웠을 뿐인데 거래처에서 보낸 메일이 쌓여 있었다. 쳐내고 한숨 돌리니 벌써 네시였다. 허리가 아팠다. 화장실에 가는 척 자리에서 일어났다. 핸드폰을 꺼내니 아니나다를까 엄마에게서 메시지가 와 있었다.

사라. 사야한테 얘기 들었어. 미안. 엄마 자식이니까 엄마가 해줬어야 하는데.

사야가 이번이 마지막이래.

엄마도 꼭 갑으라고 할게.

(사랑해유~라고 붉은색 글씨로 쓰인 플래카드를 든 소녀 이모티콘. 사야가 사줬다. 걘 이런 걸 잘 샀다.)

많이 바쁘니?

저녁에 오랜만에 삼겹살 먹을까?

덥잖아. 잘 챙겨 먹어야지.

그리고 다시 사야가 사준 이모티콘. 가히 후지다고 해도 좋을 촌스러운 미감의 소녀가 눈을 반짝이며 사라에게 힘내요!라고 말했다. 사라는 관자놀이를 문질렀다. 잠시 메신저의 발명에, 구겨진 얼굴을 숨길 수 있는 것에 감사했다. 눈치보는 엄마에게 똑같이 괜찮은 척 웃어줄 기력이 없었다. 좆되면 좆된 대로 그냥 좆됐구나, 하고 사는 것이 편했다. 1500만원을 수챗구멍에 부었는데 15000원짜리 삼겹살을 먹는다고 괜찮아지나? 아니잖아. 그러니까 그냥 살자, 엄마. 어? 서로 애쓰지 말고. 나 그럴 기력 없어. 진짜 피곤해……

그런 말 대신 오늘 늦어, 라고 짧게 답장을 보냈다. 너무 무뚝뚝한 거 같아 어금니를 꽉 깨물고 '엄마 먼저 저녁 드세요. (하트)'라고 이모티콘도 덧붙였다. 무뚝뚝하게 굴고 싶은 건 사실이었는데 그랬다. 어쩐지 엄마를 속이는 기분이 들었다. 거래처 사람을 대하듯 거짓 친절을 베푸는 게 나은지, '가족끼리'니 솔직하게 구는 게 나은지 알 수 없었다. 양심에 덜 찔리는 건지 더 찔리는 건지 헷갈렸다. 가시가 박힌 듯 따끔따끔하다는 것만 모호하지 않고 확실해서 조그만 통증처럼 거슬렸다.

자리에 돌아오고 나서도 계속 '마지막'이라는 말이 맴돌았다. 결코 진짜가 아닐 그 말. 문득 불발된 몇 번의 지구 종말이 떠올랐다. 사라가 아는 것만도 세 번은 되었다. 1992년 휴거 대소동, 1999년 노스트라다무스의 세기말 종말론, 또……

"와, 또 쏟아지네."

맞은편 선임의 말은 쏴 하는 무서운 빗소리에 묻혔다. 번쩍, 하고 빛이 난 뒤 우르릉 울리는 천둥소리가 들렸다. 사라는 이제 종말은 오컬트나 신비주의의 영역이 아닌 기상 과학의 영역이라는 걸 느꼈다. 이성적 현대인인 사라가 훨씬 믿기 쉬운 영역. 사람들의 시선이 다시 모니터를 향한 뒤에도 사라는 한동안 창에서 눈을 떼지 못했다. 몸을 부딪고 스러지는 저 비가 세이렌의 유혹 같았다. 홀리고 싶다. 사라는 중얼거렸다. 이 비가 정말로 종말의 예언이라면 이대로 뛰쳐나가고 싶다. 제정신이고 싶지 않다. 속에서 전부 내동댕이치고 싶다. 그런데 경험적으로 알았다. '마지막'이라는 말은 철회된다. 휴거 다음 날 사람들이 장막 뒤에서 나오듯 데면데면한 얼굴로 마주앉은 커피숍에서 이번엔 진짜야, 진짜 이번 한 번만 도와줘, 라는 말과 함께 유예된다. 그렇다면 도대체 마지막은 언제 온단 말인가?

마지막은 주말 오후 두시와 여섯시, 그리고 평일 저녁 여덟시에 명일아트센터에 온다.

뮤지컬 〈더 라스트〉는 소행성 충돌로 종말이 예견된 미래에 두 친구 마크와 에디가 각자의 소원을 이루기 위해 영국을 횡단하며 벌어지는 일을 다룬다. 두 차례 키스 장면이 등장하지만, 일군의 여성 관객을 노리고 만든 브로맨스 뮤지컬은 아니다. 종말에 대한 철학적인 대화가 중점으로, 〈고도를 기다리며〉의 청년 버전이라는 말도 왕왕 듣는 명작이다.

사라가 〈더 라스트〉에 빠진 건 우연이었다. 다이슨 헤어드라이어를 노리고 단 댓글 이벤트에서 얼결에 초대석에 당첨되었다. 팔까, 하다가 간만에 문화생활을 하러 갔고 팔짱을 끼고 보다가 마음이 녹아내렸다.

종말 당일, 두 사람은 에디가 가고 싶어했던 해변에 도착한다. 여행 내내 에디가 기대한 한적한 풍경과 달리 해변은 인산인해다. 압사의 위기에서 둘은 내쫓기듯 차에 오른다. 시동을 걸자 라디오에서 충돌 예정이었던 소행성이 파괴되었다는 소식이 전해진다. 사람들의 환호성을 들으며 에디는 깨닫는다. 그가 두려워한 건 종말이 아닌 삶이라는 걸. 에디의 펄떡이는 동맥 안쪽에선 청춘의 코르크로는 막아지지 않는 불안이 솟구치고 있었고, 그래서 에디는 이 여행을 기꺼워했던 것이다. 다시 돌아갈 필요 없는 여행이니까. 모든 여행은 목적지에 도착하기 전까지가 가장 즐거운 법이고, 최악은 돌아가는 순간이다. 에디는 땀에 젖은 두 손을 맞잡고 중얼거린다. 돌아가고 싶지 않아. 그리고 그 결과, 지구는 멸망한다. 그의 옆에 앉아 있던 마크는 신이었고, 마크의 소원은 에디의 소원이 이루어지는 거였기에.

허망하다면 허망한 반전이어도 사라는 좋았다. 한 인간의 곁에 그의 소원을 들어주기 위해서라면 지구도 멸망시켜줄 신이 있다는 게 좋았다. 어두컴컴한 극장에서, 때로는 커다란 벌레 같은 게 사사사삭 바닥을 기어가는 이 가짜 공간에서 사라는 자신이 손쓸 수 없이 외롭다는 걸 깨달았다. 하루하루 그저 살아만 가는 자신에게도 실은 간절히 원하는 게 있다는 것, 누군가가 곁에 있길, 늘 자신을 지켜봐주길 희망했다는 사실을 깨달았고, 그런 자신의 얼굴을 마주한 탓에 눈물이 줄줄 흘렀다. 참을 수 없게 쏟아졌다. 초대석은 앞에서 세번째 줄이었다. 커튼콜이 시작되자마자 벌떡 기립하여 박수를 치는 사라에게 마크는 조금 놀란 표정을 지으면서도 입만 뻥긋해 말했다. 감사합니다. 그후 그 뮤지컬은 사라가 살아갈 힘이 되었다.

사야의 말에 따르면, 가족은 가장 가까운 사이이니 서로의 비밀을 알고 있어야 했다. 더러운 걸 공유하고 함께 짊어져야 했다. 그렇다면 사라의 가족은 〈더 라스트〉였다. 자신이 죽고 싶어한다는 걸 아는 건 세상에 하나, 〈더 라스트〉뿐이었으니까.

공연이 끝난 건 밤 열시였다. 배우들의 퇴근길을 기다리는 무리를 등지고 사라는 지하철을 탔다. 역에서 내리자마자 클렌저가 떨어진 것이 생각났다. 드러그스토어가 문을 닫아 근처 편의점에 들어갔다. 마땅한 게 없어 망설이는데 두 명의 취객이 들어왔다. 20대 후반? 조금 큰 볼륨으로 이야기하던 쪽이 말했다. 아니, 근데 존나 솔직히, 솔직하게 말해서 돈 많은 여자랑 결혼해서 셔터맨이나 하고 싶다고. 남의 눈치 아랑곳 않는 듯 묘하게 자의식이 묻어나는 말투. 그런 말을 해도 누구도 시비 걸지 않으리라는 걸 알면서 용기 낸다는 듯한 태도에 비웃음이 났다. 그게 무슨 대단한 고백이라고. 남성성의 사멸도, 인간은 누구나 애완동물이 되고 싶어한다는 것도 놀랍지 않았다. 먹여주길 바라고, 재워주길 바라고, 이유 없이 사랑받고 싶어한다. 다만 그럴 팔자와 아닌 팔자가 있는 거다.

왠지 기분이 나빠져서 얼른 계산하고 나왔다. 집에 와서 보니 급하게 집어드는 통에 피부 타입에 맞지 않는 제품을 사버렸다는 걸 알았다. 한숨을 쉬는데 엄마가 방문을 두드렸다. 저녁은 먹었니? 자정이 다 된 시간인데 선잠을 자며 기다린 모양이었다. 엄마와 눈을 마주치자 사라는 얼굴이 굳었고, 씻어야 한다는 핑계를 대고 욕실로 도망쳤다. 느리게 이를 닦는데 점점 손에 힘이 들어갔다. 벌어진 잇몸 사이로 솔을 쑤셔넣으며 양치에만 집중하려 애썼지만 화가 났다. 사야가 저렇게 된 건 비빌 구석이 있어서라는 생각을 멈출 수 없었다. 그러니까, 애초에 엄마부터가 무르게 굴질 말았어야 했다는 데 생각이 이르자 속이 들끓었다.

그러나 엄마가 사야에게 약하듯 사라도 엄마한텐 약했다. 이번이 마지막이라는 말이 거짓말이라는 걸 알면서 속고, 또 속는 그 여자가 불쌍했다. 연민한 죄로 차용이 불행처럼 연쇄됐다. 예능 방송의 전달 게임처럼 뒤트는 몸과 몸을 거치며 점점 커진 빚이 전가됐다. 미안해. 엄마는 몇 번 울기도 했다. 우리 큰딸 너무 불쌍해. 그러면서도 사야를 사랑하기를 멈추지 않았다. 당연하지. 인간에겐 오염되지도 섞이지도 않는 몇 가지 마음이 있다. 사야를 사랑함과 사라를 사랑함은 판막 너머 다른 공간에서 일어나는 일이므로 사라가 어떻게 할 수 있는 일이 아니었다. 전엔 매번 당하는 엄마를 안쓰러워도 했고, 존경도 했다. 엄마를 위해 호구의 자긍심을 발명해야 한다고 생각했던 적도 있다. 그렇지만 이젠 피곤했다. 엄마를 보면 미래를 본 듯 암담했다. 실제로 사라의 얼굴은 점점 엄마의 얼굴과 비슷한 형태로 열심히 늙어가고 있었다. 급식 일을 하는 엄마는 하루살이였고, 한참 일할 나이인 사라의 수익 그래프 역시 답이 없었다. 더 보완하는 것보다 끝내는 게 나은 그래프였다.

"그렇지만 엄마가 이해되지 않는 것도 아니잖아."

"그렇지."

사라는 마크를 향해 고개를 끄덕였다. 변기에 앉아 있던 마크가 몸을 일으켰다. 김이 서린 거울에 대고 뿔테안경에 눌린 옆머리를 이리저리 매만지다가 문득 고개를 돌려 사라와 눈을 마주치고 씨익 웃었다.

"좆되는 거 재밌잖아."

장난기어린 눈동자. 부러 거친 욕에 허세를 뒤섞어 능글거리는 게 밉지 않았다. 두 뺨에 골격이 드러나듯 깊은 보조개가 패는 걸 보고 마음의 판막이 고무처럼 심하게 진동했다. 구토처럼 사랑이 치솟았다. 마크. 너는 왜 맞는 말만 하는데 두들겨패고 싶지가 않을까? 사랑스럽기만 할까? 그건 내가 너를 만들었기 때문이겠지. 망상 속에서만 나타나는 나의 신!

인생은 기름을 바른 미끄럼틀이다. 올라가기는 어려워도 내려가기는 쉽다. 조금만 긴장을 풀면 금방 미끄러지고 어느 순간에는 그 추락을 은밀히 즐기는 자신을 발견하게 된다. 그런데 최근엔 어쩐지, 어쩐지 시시했다. 하다못해 퇴근길에 사야 할 것도 없었고, 아침에 뭘 입지? 고민이 되지도 않았다. 얼마 전에는 회사에서 이를 닦던 중 자신이 원래 미술을 하고 싶어 했다는 사실이 떠올랐다. 버스에 올라타다가 마지막 연애가

8년 전이라는 게 생각났다.

"남자 생각도 하고 여유 있었네."

"……"

"나 버릴 생각이었어?"

마크의 말을 흘려들으며 사라는 계산을 했다. 엄마가 유방암 수술을 한 게 1년 전, 요양병원에 있던 할머니가 돌아가신 건…… 헤아려보니 반년 전이었다. 때가 되긴 됐구나. 역시 불행이 칼을 들고 쫓아와야 정신이 번쩍 난다. 사라는 기묘한 에너지가 몸에 차오르는 것을 느꼈다.

"내가 널 버리는 일은 없어."

사라는 자신이 다시 미끄럼틀에 올라탔다는 걸 알았다. 시야가 까마득하고 내장이 울렁거렸다.

세수를 마치고야 깨달았다. 클렌저만이 아니었다. 스킨도 없었다.

❖

눈을 뜨자마자 핸드폰을 만졌다. 자율 신경계가 흐트러진다는 걸 알면서 손을 멈추지 않았다. SNS에 접속해 아이디 하나를 검색했다. yang_cat…… 나머지 철자를 입력하기 전 많은 건지 적은 건지 애매한 팔로어를 가진 사야의 계정이 나왔다.

사야가 올리는 건 정보값 없는 뻔한 사진뿐이었다. 남다르 길 희망해서 결국 다 똑같아지는 개성 없는 디저트나 꽃 사진. 좀 밑으로 내리면 중소 업체에서 협찬받은 화장품이나 영양제 따위가 있었고, 더 밑으로는 셀카가 많았다. 최근에 업로드된 건 거의 고양이 사진뿐이었다. 보송보송한 회색 털의 고양이는 링고, 검고 매끄러운 털의 고양이는 사과. 양캣이라는 계정 명에서 누군가는 링고와 사과를 떠올릴지 몰라도 시작은 사야 그 자신을 지칭하는 표현이었다는 걸 사라는 알았다.

"서른 넘어서 자기를 고양이라고 부르는 여자는 미친 여자 뿐이야."

마크가 말참견을 했다. 기분이 약간 좋아졌지만 대꾸는 안 했다. 무시하고 몸을 뒤집어 침대에 엎드린 채 스크롤을 내렸다.

나이들며 팔로어가 좀 떨어졌어도 사야는 고양이상 미녀다. 자기 자신을 '양냥이'라고 불러도 우습지 않았다. 물론 얼굴에 1300만원을 붓긴 했지만, 그전에도 예쁘장했다. 두 사람이 20대 초반이었을 땐 명동 에이랜드가 힙스터 스폿이었다. 그 앞에 얼쩡대고 있으면 포토그래퍼가 괜찮은 애들의 스냅숏을 찍어갔는데 홈페이지에 몇 번 사야의 사진이 올라왔었다. 스타일 때문이 아니라 얼굴 때문이었다. 드물게 함께 외출하는 날이면 못해도 대여섯 번은 번호를 따였다. 그때의 열등감을 넘어 뿌듯한 기분이란! 그래서 사라는 사야가 괜찮은 남자를 만나 시집갈 거라고 믿었다. 원래 사야 같은 애들이 남자 보는 눈 하나는 기막히지 않나? 사라는 자매 중 하나가 엄마와 3박 4일 장가계 여행을 떠날 사위를 데려온다면 그건 사야라고 믿었다. 내가 못 하는 일이니까 네가 해야지. 그게 네가 분담한 역할이지. 그렇게 믿었다.

안타깝게도 언니의 희망이었다는 건 머잖아 밝혀졌다. 남자 보는 눈은 유전인 걸까? 사야가 만나는 건 전부 변변찮은 놈들뿐이었다. 스무 살이 넘어 골초가 된 남자. 팔과 종아리를 감싼 십수 개의 타투가 전부 비슷한 속도로 바래는 남자. 여자 앞에선 허세를 부려도 아는 형 앞에선 순한 양인 남자. 꿀 줄은 아는데 갚을 줄은 모르는 남자. 속이 터져서 사라는 충고를 던지고 싶었다. 제발 사야, 주인을 만나. 너 예쁘게 꾸며주고 밥 주는 사람 만나. 너 모욕 주려는 거 아냐. 언니도 페미니즘이 뭔지 알아. 그냥 그게 네 팔자라니까?

그런데 사야는 그러지 않았다. 20대 초반이면 모르겠는데 서른이 다 되어가도록 똑같은 애완동물끼리 만나 앙알앙알 울었다. 어릴 때 아니면 입양도 잘 안 되는데. 옆에서 보면서 속이 터졌지만 그래도 요즘은 결혼을 늦게 하는 추세라는 게 사라가 품은 마지막 희망이었다. 사야는 서른하나, 아니, 만 나이로 하면 이제 갓 서른이었다. 피부도 좋고, 언니라 감싸는 게 아니라 예쁜 얼굴인 건 맞았다. 앞자리 숫자가 바뀌었다고 깎아내릴 정도는 아니었다. 그러니까, 아직은 뭔가 기대할 수 있지 않을까?

부푼 가슴을 안고 도착한 커피숍에서 사라의 바람은 구멍난 풍선에 든 공기처럼 푸시시 빠졌다. 어쩐지 최근에 고양이 사진만 올리는 이유가 있었다. 아메리카노를 마시기 위해 약간 내린 마스크 속 사야의 코는 완전히 쪼그라들어 있었다. 아무 말도 안 했는데. 빤한 시선과 마주하자 사야는 울음을 터뜨릴 것처럼 팍 인상을 찡그렸다.

"내가 그냥 계좌 이체만 해달라고 했잖아."

울먹이는 꼴을 보니 오히려 피가 식었다. 화를 낼 가치도 없었다. 절로 쌀쌀맞은 목소리가 나왔다.

"엄마한테 받으려고 했다며. 그럼 어차피 만나야 하잖아. 아니야?"

200, 300 빌려준 것이 벌써 5000만원이 훌쩍 넘어 증여세 문제가 있다고 했다. 만일 엄마에게 돈이 있었대도 현금으로 건네야 했을 테니 어쨌든 한 번은 봐야 했다. 도대체 그 돈을 다 어디에 쓴 걸까? 그러나 이럴 때 잔소리하면 역효과다. 방귀 뀐 놈이 성낸다고 사야가 자리를 박차고 나갈지도 모른다. 사라는 한숨을 쉬는 대신 테이블 위에 참을 인 자를 그렸다. 한자 1급을 딴 사라에겐 너무 쉬워서 조금 더 획수가 복잡한 것으로 바꿨다. 언덕 (아), 닭을 (수), 그물 (라)······ 저도 모

르게 써버린 글씨에 흠칫 놀라 문질러 지우는데 실컷 훌쩍인 사야는 배가 고팠는지 나도 언니 먹는 거 먹을래, 라며 지갑을 들고 일어났다. 몇 번 각도를 바꿔가며 고다치즈와 얇게 썬 사과가 들어간 베이글 샌드위치의 사진을 찍더니 굶주린 사람처럼 한입 크게 깨물었다. 맛있게도 먹네, 생각하곤 샌드위치가 반 정도 남았을 때 물었다.

"그래서, 도대체 어떻게 된 건데?"

엄마에게 들어 대강은 알아도 자세히는 몰랐다. 사야는 갑자기 입맛이 떨어진 듯 샌드위치를 내려놓았다. 후, 한숨을 쉬었다.

"나 잠깐 밖에 좀."

머리를 손으로 헝클어뜨리며 나간 사야가 창을 등지고 섰다. 앞섶을 펄럭이는 모습만으로 바깥의 눅눅하고 뜨거운 공기가 느껴졌다. 실내의 에어컨은 셌다. 바람이 차갑고 시려, 긴바지를 입을걸 후회했다. 잠시 뒤 담배를 지져 끈 사야가 돌아왔다. 둘은 한동안 말없이 테이블만 봤다. 멍하니 있던 사라의 눈길을 잡아끈 건 조그만 큐빅이었다. 가스도 끊겼다면서, 사야의 손가락 끝은 숍에서 받은 게 분명한 장식적인 네일 아트로 꾸며져 있었다. 무슨 판단을 내리기도 전에 사야가 선수를 쳤다.

"이거 선결제해둔 거야. 환불 안 해줘."

눈치는 빠른데 돌려 전하는 방법을 모른다. 말하지 않는 속내에 대해서까지 득달같이 달려들어 미리 잔소리를 차단하는 태도에 화도 나고 어이도 없었다. 자매는 자매인지, 자신의 말투와 똑같아 할말이 없었다. 아니, 어쩌면 상대에 맞춰서 화술을 달리하는 건지도? 인스타 피드에 올리는 협찬 글은 다른 인플루언서들과 똑같았고, 풍경사진 밑의 하나마나 한 감성 글귀는 어디 블로그에서 베낀 듯했다. 전반적으로 통일성이 없었다. 그런데 그건 달리 말하면 카멜레온 같다는 뜻 아닌가? 장점으로 살려서 돈을 버는 재능으로 변환할 순 없나? 생각에 빠지는데 연기보다 짙은 한숨을 뱉으며 사야가 입을 뗐다.

"후, 그러니까."

세상의 무게를 짊어진 듯 미간의 주름이 깊어졌다.

"언니도 알잖아. 코로나 유행하면서 준비하던 거 그만두기도 했고. 지금은 워낙 경기가 안 좋으니까 일이 잘 안 구해져. 알바 지원도 하긴 하는데 어린애들만 뽑고."

안다. 왜 모를까. 대학도 중퇴하고, 이렇다 할 경력도 없는 사야가 할 수 있는 일의 폭은 점점 줄고 있다. 그래도 20대였을 때는 고정 수입은 없어도 협찬 따위로 제 용돈벌이는 했다. 아니, 용돈이라는 표현이 무색하게 어느 시기에는 월급을 받는 사라보다 훨씬 많이 벌었다. 호텔에서 애프터눈 티 세트를 먹고 친구들과 발리의 휴양지에 가서 비키니 사진을 올렸다.

초밥집에 데려간 것도 아마 그 무렵이었지? 그러나 언제까지나 수익이 보장되지는 않았다. 남이 무슨 일을 하느냐고 물으면 답할 수 있는 직업을 갖는 것도 중요했다. 사라는 사야에게 승무원 준비를 해보는 건 어떠냐고 권했다. 대한항공이나 아시아나는 무리더라도 경제 성장기에 늘어난 저가 항공 승무원은 어찌저찌 될 수 있을 거 같았다. 네가 어리진 않아도 키도 크고 얼굴도 예쁘잖아. 그 말에 사야는 혹했다. 그렇겠지. 큰 데는 무리여도 작은 데는 가겠지. 심드렁한 척 굴었지만 내심 대한항공의 나비 같은 리본을 머리에 단 자기 모습을 상상하는 게 눈에 보였다. 어쨌든 오랜만에 기대로 반짝이는 동생의 눈이 참 예뻤다.

학원비의 반은 사라가 냈다. 괜찮다고 사양하는 사라에게 지금 버는 건 저축하고, 합격하면 갚으라고 했다. 살던 중 자매의 사이가 가장 좋았던 시기였다. 연년생에, 같은 초중고를 다니면서 알은척하지 않을 때가 태반이었는데, 이땐 무려 일주일에 한두 번씩 메시지도 주고받았다. 사야도 나름대로는 열심히 했다. 사라가 바라는 만큼 성실하게는 아니어도, 어디냐는 물음에 자주 학원이라고 답하는 걸 보아 적어도 출석은 빼먹지 않고 하는 듯했다.

문제는 코로나였다. 하늘길이 막히고 있던 사람도 잘리는 판에 새 사람을 뽑을 리가 없었다. 의욕이 꺾인 사야는 학원을 나가지 않았고, 이젠 나이를 먹어 도전할 수도 없게 되었다. 그런 걸 생각하면 안타까웠다. 한두 살 차이가 뭐라고? 그건 정말 사야의 탓이 아니었다. 아니긴 했다. 그렇지만……

언제까지 그러고 있을 순 없잖아.

대강 사정을 들어보니 소개받아 들어간 직장에서 뭐가 어떻게 된 건지는 몰라도 빚을 지고 나왔단다. 그 돈이 500만원 정도이고, 비트코인으로 날린 게 200만원, 아는 사람들한테 자잘자잘하게 빌린 게 500만원, 밀린 월세랑 공과금, 저렴한 동네로의 이사 비용, 그리고……

"링고랑 사과가 벽을 다 긁어둬서."

"벽지 해줘야 돼?"

"응."

"그래. 그거 말고는 더 없어?"

"괜찮아."

있으면 있는 거고 없으면 없는 거지 괜찮은 건 뭔데? 말꼬투리를 잡을 기운도 없었다. 어차피 내 돈 같지도 않으니까. 몇 번 핸드폰 화면을 누르자 기름 바른 미끄럼틀에서 몸이 쑥 미끄러지듯 순식간에 500만원이 이체됐다.

"지금 500 보냈으니까 확인해봐. 나머지는 내일이랑 내일모레 보낼게."

사야는 똥이라도 싸듯 구긴 인상을 펴지 않았다. 그러나 슬그러니 제 핸드폰을 내려놓는 얼굴은 훨씬 밝아져 있었다. 금방 들뜬 티를 숨기지 못하고 사야가 말했다. 언니. 내가 진짜 성공해서 갚을게. 지금 옮기는 데는 진짜 괜찮아. 내가 언니 가방도 사주고, 코트도 하나 해줄게. 나중에 여행도 같이 가자. 나트랑 같은 데. 언니 나트랑 가본 적 있어? 없지? 싸고 괜찮아. 같이 호텔에서 맛있는 거 먹고 수영도 하고 그러자.

 지랄하지 말고 돈이나 갚아…… 그런 문장이 정신의 목울대에서 울컥 삐져나왔지만 육체로는 다른 말을 뱉었다. "거기는 뭐하는 덴데?"

 "어?"

 "너 다닌다는 데."

 "응? 그냥 뭐 사무도 보고. 전화 응대도 하고."

 "콜센터야?"

 "비슷하지 않을까?"

 "비슷하지 않을까라니. 무슨 일 하는지도 몰라?"

 "자세한 건 들어가서 배우는 거지."

 "언제부터 출근인데?"

 "다다음 주. 저녁 출근이라 마음이 편해. 아침엔 일어나기 힘든데."

 "무슨 콜센터가 저녁에 출근을 해."

 "……"

"야, 너 또 속는 거 아냐? 너 스무 살 때도 무슨 아는 친구가 소개해준다고 해서 바인지 뭔지 갔다가……"

"아! 언니 그런 거 아냐." 사야가 듣기 싫다는 듯 귀를 막고 몸서리쳤다. "진짜 이 오빠 그런 사람 아냐. 멀쩡하게 사업하는 사람이야. 나 어려워하는 거 알고 도와주려고 그러는 거야."

어린애처럼 입을 꾹 다물고 있는 폼이 더 물어봤자 답이 나올 것 같지도 않았다.

사라는 캐묻길 포기했다. 알아서 하겠지. 저도 어른인데. 찬물 맞은 듯 짧은 정적이 끝나고 사야는 뭔가 초조한 듯 엉덩이를 들썩였다. 말없이 팔짱만 끼고 있는 제 언니가 불편한 눈치였다. 그래. 눈치라도 봐. 사라는 생각했다. 500만원짜리 눈칫밥이면 나는 두 달은 앉아 있을 수 있어. 실제로 그렇게 사니까. 그렇지만 사야는 카페에 들어와서는 이십 분, 돈 받은 지는 이 분도 지나지 않아 물었다.

"언니 더 있을 거야?"

"왜?"

"나 고양이들만 두고 나와서."

핑계도 좋네. 혀를 차는 대신 대꾸했다. "먼저 가."

"응. 진짜 고마워. 내가 진짜 벌게 되면 언니 돈부터 갚을게."

"그래."

"근데 여기 커피 괜찮다. 밸런스도 좋고 프루티한 향기가

나. 되게 산뜻해."

그러고는 카운터로 다가간 사야가 잠시 뒤 자기 몫의 새 커피를 사서 들고 왔다. 손바닥만한 가방에 핸드폰을 집어넣고 벗어둔 줄도 몰랐던 얇은 여름 카디건을 팔에 걸쳤다. 흐물흐물하고 차르르하게 팔을 타고 흐르는 물결.

"언니 나 이제 갈게. 진짜 고마워."

조금 더 나가면 큰 잔에 1500원 하는 테이크아웃 전문점이 널렸는데. 언제 연민했느냐는 듯 울컥 화가 치솟았다. 너는 그 소비 습관이 문제라고. 돈 버는 니 언니는 밥 대신 빵 쪼가리 하나 시켜서 물이랑 넘기는데 너는 6000원짜리 아메리카노를 마신 것도 모자라서 그걸 또 테이크아웃을 한다고? 이런 말을 하면 또 커피값 모아서 집 살 수 있어? 내가 나이가 서른인데 그거 한 잔 못 사 마셔? 라며 징징 짤 것이다. 그래, 세상 좆같은 거 알지. 언니도 자본주의가 뭔지 알아. 근데, 사야. 너한테도 문제가 있다는 생각은 안 해봤니?

그러나 사라가 사야의 발목을 향해 던진 올가미는 의도와는 전혀 다른 어절로 짜여 있었다.

"너 엄마한테 그런 거 사주지 마."

"뭐?"

"이모티콘."

시야는 잠시 생각하는 듯한 표정을 짓더니 푸핫, 웃음을 터뜨렸다. 마스크 위로 나온 350만원짜리 눈이 반달처럼 예쁘게 휘었다. "괜찮아. 그거 얼마나 한다구."

그럼 이만, 이라는 듯 손을 휘휘 젓고 돌아서는 사야.

아니, 후져서 꼴도 보기 싫으니까 선물하지 말라고. 그렇게 머릿속으로만 뱉은 말의 토사물에 범벅이 된 채 사라는 지쳐 귀가했다.

누워서 바라본 천장은 예나 지금이나 똑같았다. 사라가 초등학교 6학년, 사야가 5학년이 되던 해 그들의 부모는 처음으로 집을 샀다. 서울 가장 외곽, 평균 소득이 가장 낮은 동네에 아파트도 아닌 빌라의 2층이었지만 고지대에 있어 해는 잘 들었다. 아직도 이삿날이 생생했다. 그전까지 이사는 방랑을, 불안을, 물에 만 밥도 안 넘어간다며 가슴을 퍽퍽 치던 엄마를 상징했지만 그때만은 달랐다. 이것이 시작이다. 그런 기쁨이 있었다. 깨끗한 새 커튼이 바람이 불 적마다 펄럭였다. 사라도, 사야도 어른 흉내를 내며 집들이를 했다. 덜 자란 여자애들이 열 명 가까이 모여 무릎을 맞대고 과자를 먹으며 킬킬댔다.

아쉽게도 딱 거기까지였다. 그후로는 쭉 하향세. 사라는 몸을 뒤척였다. 바로 눈앞에 보이는 옷장엔 스티커가 붙어 있었다. 도대체 언제 붙인 거지, 손톱을 세워 벗겨내다 문득 '어린이 방에 사는 아저씨'라는 일본의 신조어를 떠올렸다. 그럼 나는 어린이 방에 사는 아줌마인가. 사라는 쓰게 웃었다. 실제로 커튼도, 옷장도, 곧 아가씨가 될 거니까, 라며 엄마가 기대를 담아 선물해준(그렇다. 그것은 필수품이 아닌 엄마의 '선물'이었다) 화장대마저 초등학교 때 그대로였다. 사춘기엔 사야와 서로 먼저 서겠다며 다투던 거울 앞이 이제는 횅했다. 마지막 연애 이후 남자관계에도, 화장품에도 업데이트가 없었다.

변화가 있어야 했는데.

한때는 전능한 언니로 보이고 싶어 쿨한 척했고, 실제로 쿨하기도 했다. 사야가 처음 돈을 빌려달라고 했을 때, 언니, 엄마한테는 말 못하겠어, 비밀로 해줘, 라고 했을 때, 나 진짜 힘들어, 언니밖에 말할 사람이 없어, 라고 했을 때 스물에 가족을 떠나 사는 그애가 안쓰러워서, 미워할 수 없어서 든든한 얼굴로 말했다. 언니가 알아서 할게. 그러면 사야는 고맙다고 했고, 갚겠다고 했고 실제로 10분의 1 정도는 갚기도 했다. 그러나 나머지 10분의 9가 영원히 돌아오지 않을까봐 돈을 빌려줌으로써 자매의 관계를 유지하던 시절도 지나고 이젠 초조함만 남았다. 이번에 빌려준 건 엄마의 부탁 때문이다. 엄마가 아니었다면 무시했겠지. 아니, 정직해지자. 10분의 9가 아니었다면, 빚을 갚으리라는 실낱같은 희망이 없었다면 무시했을 거다.

대학이라도 사회학과를 나온 사라가 할 수 있는 건 행정 업무뿐이었다. 계약을 갱신할 때마다 딱 최저 시급만큼만 월급이 올랐다. 간신히 200은 넘겨도 300은 요원했다. 그래도 하나 자랑할 만한 게 있다면 그 적은 돈을 최선을 다해 모았다는 거였다. 마라탕 안 먹고 네일 안 하면서. 곱창 안 사 먹고 커피 안 사 마시면서. 원하는 건 없었고 알뜰살뜰 통장에 차오르는 돈을 보면 그게 참 군침 돌게 쏠쏠했다. 붐이 일어날 때 주식 안 한 거. 그것만 후회됐지 예적금으로 할 수 있는 건 다 했다. 그렇게 모으면 빠져나갔다. 땡중들 신소리처럼 채워지는 건 비우기 위해서라는 듯 빠져나갔다. 아프고 죽어가는 육체를 틀어막다보니 서른둘이 되어도 통장에 있는 돈이 2000만원이 안 됐다. 일했는데. 졸업하고 계속 일했는데.

사야. 네가 그랬지? 넌 언니처럼 머리도 좋지 않아서 대학도 못 나오고 제대로 할 줄 아는 일도 없다고. 아니야. 내가 봤을 때 너 재능 있어. 남 등쳐먹는 재능. 이 좋은 재능이 왜 가족에게만 발휘되는 걸까. 제발 사야가 꽃뱀이 되었으면 좋겠다. 좀 놀던 여자에게 등골 파먹히길 바라는 남자를 만났으면 좋겠다. 실제로 그런 부부가 가장 잘살았고 또 행복했다. 미모와 돈. 서로가 서로에게 원하는 걸 가지고 있었으니까. 그런데 사야, 넌 뭘 원하는 거야? 좋은 집, 편한 집 원하는 거 아니야? 쟤도 불행에 중독된 걸까? 스무 살이 되자마자 탈출했으면서. 아니, 고등학교 때부터 집에서는 잠만 잤으면서. 진실로 묻고 싶었다. 도대체 넌 뭘 원하니? 그보다 더 묻고 싶은 건 이런 말이었다. 언제까지 그러고 살 작정이야?

"그래도 네게도 좋은 일은 있어."

"그게 뭐야?"

마크는 답을 하는 대신 핸드폰 액정을 툭툭 쳤다. 사라가 집어들자마자 짧게 진동이 울렸다. 캘린더의 알람이었다.

〈더 라스트〉 D-1.

마크가 웃었다. 사라는 중얼거렸다. 사야, 언니가 원하는 건 이거야. 언니는 이걸 위해 살아.

❖

통유리 밖을 보며 삼각김밥을 씹었다. 잔업을 하는 바람에 시간이 촉박해져 한 번에 욱여넣고 편의점을 나섰다. 종종걸음쳐서 앞서가던 여자의 뒤꽁무니에 달라붙었다. 그가 공연장 문을 잡아주었다. 사라는 고개를 꾸벅 숙였다.

그날 공연에는 이상하게 집중하지 못했다. 사라는 같은 행동을 반복하는 걸 좋아했다. 같은 메뉴를 일주일 동안 먹어도 질리지 않았고 지금 회사도 그래서 계속 다녔다. 누군가 갑자기 사라의 자리에 30대 중반을 향해가는 여자가 있다는 사실을 발견하지만 않는다면 지금처럼 계약을 갱신할 것이다. 언젠가 엄마처럼 물에 만 밥도 넘어가지 않는 때가 올지 몰라도 아직은 괜찮았다. 그런데 왜 공연이 눈에 들어오지 않았는가? 어째서 가자미처럼 시선이 옆을 향했던가?

사라는 지하철을 탔다. 먼저 들어간 여자. 우연찮게도 사라의 옆자리에 앉은 여자를 떠올렸다. 얌전한 여자였다. 연청바지 위에 겹쳐 입은 얇은 시스루 레이어드 원피스를 두 다리 사이로 모은 다음 납작하고 천이 흐물흐물한 캡을 벗어 무릎 위에 내려두었고 극이 진행되는 내내 시체처럼 미동이 없었다. 사라는 그 여자의 쫑쫑 땋은 긴 머리카락을 떠올렸다. 예쁜 걸로 치면 20대의 사야가 훨씬 예뻤다. 그렇지만 옆자리 여자는 사야가 가지지 못한 것, 단어를 붙이자면 개성을 갖고 있었다. 그 여자 또한 예술을 애호하고 풍부한 취향을 가진 젊은 여자들 사이에 두면 그저 그런 클론처럼 보일지라도 어쨌든 반짝반짝했다. 그가 의복으로 드러낸 삶이, 예술에 대한 애정이 사라의 신경에 거슬렸다. 사라는 자기 오른손을 문질렀다. 손목을 타고 내려가 팔을, 얇은 거죽 아래 고무호스나 회로처럼 핏줄과 근육이 뒤엉켜 있을 팔을 꾹꾹 눌렀다.

미술…… 같은 걸 하고 싶은 때가 있었다. 분명히. 쉬는 시간에 종이 가득 그림을 끄적이거나 반복되는 패턴을 그리며 텍스타일 디자인을 했다.

하지만 모두 옛얘기다. 대학 졸업 전까지 카페 알바를 하고 졸업 직후부터 지난 7년간 사무직으로 일하는 동안 손목이 완전히 아작났다. 취미로 선 하나라도 그으려고 하면 통증부터 느껴졌다. 어쩔 수 없었다. 그림보다 먹고사는 게 중요하니까. 그래도 무언가를 만들어내고 기획하는 일에 대한 욕심은 있어서 은근히 그런 직종에 도전했다. 잡지 에디터, 영화사 마케터, 출판 편집자, 배우 기획사의 홍보팀…… 이력서를 넣은 다음엔 매일 걷던 길을 걸으며 이젠 이 풍경을 보는 것도 얼마 남지 않았다는 기묘한 감흥에 젖었지만 기대가 이루어진 적은 없었다. 도대체 왜? 뭐가 문제지? 화가 날 때도 있었다. 나도 안다고. 나도 너희가 아는 것을 알고, 너희가 아름답다고 느끼는 것을 아름답다고 느낀다고. 감각적으로 구분 가능하다고.

그런데 정말 알까? 나는 정말 민감한 게 맞는 걸까? 내가 정말 그 사람들처럼 아름답지 않은 걸 못 견딘다면 오늘 옆에 앉은 여자 같은 옷을 입어야 하는 게 아닐까? 첫인상으로 많은 게 판단된다면 자신은 어딜 가나 탈락이다. 지오다노에서 산 폴로셔츠와 슬랙스 세 벌을 번갈아 입고 다니는 사라의 내면에 예술을 향한 열정이 있다는 걸 알아줄 사람은 없었다. 사라도 거리의 통유리창에 비친 자신을 보면 흠칫 놀라곤 했으니까.

근처의 직장인들은 다 생긴 게 비슷했다. 화장기 없는 얼굴에 머리를 하나로 묶고 '걸쳤다'는 거 외엔 아무 의미 없는 옷을 입고 다녔다. 밖에서 보면 사라도 그중 하나였다. 그리고 실은 그냥 하나가 맞았다. 사라가 멋있다고 생각했던 것, 사라가 아는 괜찮은 음악이나 예술의 목록은 대학에 다니던 때를 마지막으로 업데이트가 이뤄지지 않았다. 남자도, 플레이리스트도, 외서도 마찬가지였다. 그나마 주기적으로 새로 사는 옷도 전부 흠 잡히지 않기 위해 구입한 것, 다시 말해 지오다노에서 산 폴로셔츠와 슬랙스 세 벌뿐.

사라는 SNS에 〈더 라스트〉를 검색했다. 오늘 공연이 끝나고 올라온 몇 개 되지 않는 새 글을 금방 읽고 남몰래 염탐하는 이들의 아이디를 검색했다. 들어가보면 똑같은 구도로 찍은 티켓 사진이 수십 장이고 그 위에 적힌 회차 수만 달랐다. 얼굴 사진은 하나도 없었지만 사라는 코앞에서 가해자와 눈이 마주친 목격자처럼 공연장에서 눈여겨본 사람들과 SNS 속 '멜로디' '밤이' '김쏘핫' '도리(커미션 받음)'를 일치시킬 수 있었다. 사라는 그들의 글을 천천히 읽었다. 새로운 발견은 없었다. 발견을 위한 발견, 의미를 위한 의미만 있었다.

분명, 오늘 두 사람이 기숙사 소파에 나란히 앉아 소행성 충돌에 대한 라디오 뉴스를 듣는 첫 장면에서 마크의 눈에 눈물이 고였다. 5열에 앉은 사라가 보았을 때 그건 애써 재채기를 참는 포즈였다. 그러나 2열에서 본 밤이는 '소행성 충돌'이라는 얘기를 들은 마크가 자신의 손으로 만들 미래의 변곡점을 예견하며 드러낸 이른 회한이라고 해석했다.

마크는 인간인 동시에 신이니까 시간개념이 다를 거야. 동시에 여러 대의 TV를 보듯 과거도 미래도 한눈에 보겠지. 그래서 연극이 시작하는 시점에서 보고야 만 거야. 지금과 같은 구도로 둘이 나란히 앉아 라디오를 듣는 마지막 장면을. 에디의 소원을 들어주기 위해 그를 소멸시키는 것을 택하는 미래의 자신을. 멸망을 선고하는 신의 절대적 냉정함과 짧은 순간 에디를 살리고 싶다고 망설인 인간의 연약한 마음을 표현하기 위해 좌우 눈의 떨림이 달랐고……

"말이 되는 소리를 해라……"

사라는 저도 모르게 입 밖으로 뱉었다. 누구나 각자의 방법으로 〈더 라스트〉를 가지고 싶어한다는 것은 알았다. 새로운 시야를 가질 수 없다면 세부적으로 들어가야 한다. 카메라의 해상도가 높아지듯이 더 세세하게. 그 방식이 지루했을 뿐 비웃을 마음은 없었다. 시키지 않아도 침을 튀기며 〈더 라스트〉를 다짐육으로 만드는 그들이 때로는 맞는 소리를 하니까.

이를테면 멜로디가 〈더 라스트〉에 영향을 미쳤다고 분석한 톰 스토파드의 『사랑의 발명』은 이전엔 들어본 적도 없는 희곡이었다. 간신히 중고책을 구해 읽었을 때 멜로디가 자주 인용되는 이유를 어렴풋하게 느꼈다. 방금 본 밤이의 긴 글타래에서도 마크는 시간을 다르게 인지한다, 는 표현은 좋았다. 시작과 끝은 이미 마크의 안에 정해져 있다. 그렇게 생각하니 똑같은 극을 반복해서 보는 자신과 무대에 올라 정해진 끝을 향해 몇 번이고 달려가는 배우들이 같은 존재처럼 느껴졌다. 꽤 괜찮은 소릴 하네. 그러나 좋아요는 누르지 않았다. 다만 스크린 숏을 찍어 간직했을 뿐이다.

샤워를 마치고 침대에 누웠다. 종일 앉아 있느라 부은 두 다리가 무거워 잠이 오지 않았다. 뜬눈으로 뒤척이다가 사라는 인정했다. 질투가 났다. 밤이나 멜로디보다 훨씬 똑똑하고 돈 많은 사람도 많았지만, 그들이 부러웠다. 그들이 되고 싶었다. 곁에 누운 마크가 얼굴을 빤히 보았다. 얇은 입술을 열어 그럴 필요 없어, 사라는 사라 자신인 걸로 충분해, 라고 말해주지 않았다. 그 말을 사라 자신이 믿지 않았으니까. 왜 내 환상인데 내게도 각박한 것일까. 내가 남에게 각박하기 때문인가.

뭐가 되었든 사라의 인생에서는 〈더 라스트〉가 중요했다. 그것에 대해 사람들이 관심 보일 만한 이야기를 하고 싶었다. 그럴 수 있게 된다면, 그래도 조금은 자신에게 너그러워질지 몰랐다. 자부심을 갖게 될 수도. 그런데 할말이 없고, 레퍼런스로 댈 만한 책도 모르고, 서양 예술사에 대한 기초 지식이 있는 것도 아니고, 김쏘핫처럼 영어를 잘해서 퍼온 글을 번역할 수 있는 것도 아니었다. 지금 뭐하고 있는 거지. 이게, 이게 인생인가. 배우거나, 가꾸거나, 무언가를 남기려고 하거나 탐구할 마음도 없이 이렇게 하루 벌어 하루 먹고사는 것이 삶인가. 삶이라는 게 이런 건가, 사는 게 맞는 건가…… 울적해지는데 핸드폰 액정에 알림 창이 떴다.

언니, 자?

혹시 하루만 회사 뺄 수 있어?

아아, 이번에도 역시. 딴생각을 하자 사야가 득달같이 달려왔다. 귀신처럼 쫓아왔다. 배부른 소리 하지 마라 이거구나. 픽 웃음이 터졌다. 절대 터치하지 않고, 1을 없애지 않은 채로 메시지를 읽었다. 나 이사 좀 도와줄 수 있어? 전혀 예상하지 못한 내용이었다. 이제껏 사야가 사라를 집에 부른 일은 없었다. 그런 사적인 일에는 확실히 선을 그었다. 돈 필요할 때만 가족인 건가 싶은 한편, 돈만 가져가서 다행이다, 라고 생각했다. 애정까지 달라고 하면 더 피곤하니까. 그런데 왜 이제야 선을 허무는 거지?

어쨌든 드문 일이라서 메신저에 접속했다. 짜증을 뒤섞어 언젠데? 라고 하는 대신 처음으로 사건의 배경을 물었다.

왜? 무슨 일 있어?

그러자 사야에게서 전화가 걸려왔다. 길고 수다스러운 말의 요지는 원래 이사를 도와주기로 했던 아는 오빠가 오토바이 사고가 났다는 것이었다. '오빠'면 최소한 나랑 동갑이라는 건데 그 나이 먹도록 차가 아니라 오토바이를 끌고 다닌다는 말인가? 알 만하다, 탄식하는데 그런 반응을 곧장 차단하듯 입을 틀어막는 대꾸가 돌아왔다.

"오빠가 오토바이를 운전했단 게 아니라, 오빠가 탄 차를 오토바이가 박았대. 그 오빠 차 모델3야. 언니도 테슬라 주식이나 사지. 그 오빠 돈 많이 벌었다는데."

"……"

"언니 모아둔 돈 많잖아."

인내의 항아리에 금이 쩍 갔다. 물방울이 줄줄 흐르듯 위험하게 떨어졌다. 조금만 넘치면 수화기에 대고 소리지를 것 같았다. 참자. 참을 (인)은 너무 쉬우니까 복잡한 글자를 쓰자. 아……비……지……옥…… 아무튼 그 오빠는 한방병원에 입원해서 드러누웠기 때문에 밖으로 나오기 어렵다고 했다. 금방 돌아오는 금요일이니 잘 좀 부탁한다는 말에 네 친구들은 뭐하고? 라는 소심해서 공격 같지도 않은 공격을 던졌다. 사야가 당연한 걸 묻는다는 투로 대꾸했다.

"평일이잖아. 다 일하지."

전화를 끊었다. 녹초가 되어 눈을 감으며 오늘 공연에서 몰래 한 녹음을 재생했다. 시작부의 조용한 숨소리. 평소보다 반박자 빨랐던 들숨. 벌렁대던 콧구멍과 마크의 젖은 눈동자를 떠올렸다. 눈을 뜨자 옆에 누운 마크가 일렁이는 눈으로 자신을 보고 있었다. 재채기를 참았다는 건 오해야. 내 몸엔 대사작용이 일어나지 않아. 1퍼센트의 에비앙과 99퍼센트의 사랑만으로 이루어져 있지…… 그런 눈으로 사라를 바라보았다.

사라도 눈을 맞춰 마크의 눈동자에 비친 자신의 모습을 바라보았다. 그러자 마크가 보는 방식대로, 긴 시간축이 한눈에 들어왔다. 사라는 그것을 통해 단 하나의 답을 보았다. 내 미래에 사랑은 없다. 나를 위해 종말을 불러올 신은 없다.

진짜 호구는 나다. 금요일 아침, 지하철을 타고 사야가 사는 부평으로 가며 사라는 생각했다. 7호선은 길고 깊어 지하철에서 내리니 살짝 어지러웠다. 지상에 올라와서도 한참 숨을 고른 뒤에 사야가 알려준 주소대로 구불구불한 골목길을 따라 들어갔다.

붉은 벽돌집들 사이에 지은 지 그리 오래되지 않은, 좁은 땅에 억지로 세운 모양의 오피스텔이 눈에 들어왔다. 포장이사 업체 사람 하나와 딱 붙어 계단을 올라서 사야의 집으로 들어갔다. 처음 방문한 동생의 보금자리에 대한 첫인상은 고양이가 아니더라도 벽지 물어줘야 했겠다, 라는 거였다. 담뱃진에 전 벽이 누렜다. 고등학생도 아니면서 얼마나 피운 거야?

옮긴 집도 비슷하게 생겼는데, 크기가 조금 더 작았다. 100평 집에서 한두 평을 줄이는 게 아니라 5평에서 4평으로 쪼그라드니 숨이 갑갑했다. 새집 주인은 이전 세입자가 남긴 흔적을 책임지지 않은 듯했다. 사라의 얼굴이 또, 금방 울음이라도 터뜨릴 듯 찌그러졌다. 아니, 다 보고 들어오기로 한 거 아니었어? 황당했지만 참았다. 둘이 달라붙어 물때와 곰팡이를 벅벅 벗기고 나니 진이 빠졌다. 상자를 풀지도 않은 사야는 그 살림에도 지킬 게 있다고 꼬박꼬박 도어록을 걸었다. 설정이 어려운지 사라를 불렀다.

"언니 이거 세팅하는 법 알아?"

설명서와 핸드폰에 띄운 검색 결과를 번갈아 보며 조작을 하는데, 비밀번호를 입력하던 사야가 어깨를 웅크려 도어록을 가린 채 힐끔힐끔 사라의 눈치를 살폈다.

"프라이버시잖아."

그게 얄미워 안 보는 척 봤다. 하! 어차피 옛날 집 전화번호 뒷자리면서. 집안으로 돌아온 사라는 지쳐 벽에 등을 기댔다. 차라리 돈을 주는 게 편하다. 몸으로 때우는 건 지친다. 눈을 감고 있자 사야가 엉덩이를 붙여왔다.

"피곤하지? 저녁 시켜줄게 자구 가, 언니야. 응? 내일 토요일이잖아. 회사 안 가니까. 응?"

언니야, 라니. 오랜만에 듣는 애칭에 마음이 녹어 그러기로 했다. 씻고 나오니 사야가 배달 온 치킨 포장을 풀고 있었다.

"타이밍 좋다. 지금 막 왔는데."

어릴 때의 추억으로 고른 건지, 아니면 그 정도가 적당한 보상이라고 생각하는지 종일 고생하고 먹는 메뉴치곤 소박했다. 후자일 게 뻔했지만 사야의 아양에 넘어갔다.

"언니 치킨 좋아하지?"

싫어하진 않지. 그렇지만 회나 스테이크를 더 좋아하지…… 그렇게 대꾸할 기력도 없어 다리를 하나 잡고 뜯었다. 그냥 동네 치킨집 같은데 잡내 없이 고소한 맛이 입에 착착 감겼다.

"이 집 괜찮지? 따뜻할 때 빨리 먹어."

사야는 말만 그렇게 하고 바닥에 납죽 엎드리더니 그때까지 죽은 듯 케이지 안에 있던 고양이들을 불렀다.

"얘들아. 나와. 사라 언니한테 인사해."

슬쩍 고개 숙여 보니 어둠 속에 라임색의 두 동공만 또렷했다. 열린 케이지에서 거대한 먼지 하나가 후다닥 뛰쳐나와 행어 아래로 숨었다. 잿빛 꼬리가 타악타악 바닥을 내리쳤다.

"사과는 안 나오네."

기름기와 소금기에 온화해진 사라가 알은체를 하자 사야가 말했다.

"아니, 쟤가 사과고 얘가 링고야."

"검은 애가 사과 아냐?"

"아니, 회색이 사과고 검은 애가 링고. 얘가 더 링고같이 생겼잖아."

그러나 링고는 케이지에서 나오지 않아 생김을 파악할 수 없었다. 사야가 포기하고 상에 붙어앉아 남은 닭다리 하나를 뜯었다.

"어쩔 수 없어. 사람 가려서. 지난번에 병원 갔을 때도 하도 안 나와가지고 억지로 끌어당기니까 막 내 손을 물려고 하는 거 있지? 지 언니도 못 알아보고."

투덜대는 말투와 달리 사야의 얼굴이 환하게 빛났다.

"그래도 나 아니면 챙겨줄 사람이 없으니까."

병원이라는 말에 어디 아프냐고 물으니 사야가 고개를 숙였다. 둘 다 신부전이 있어서 지속적으로 건강검진을 받으며 약을 먹어야 한다고 했다. 꽤 비쌀 텐데…… 사라는 가장 먼저 떠오른 생각을 접었다. 대신 고양이들은 원래 아파도 티를 안 내서, 잘 봐줘야 해, 라고 어느 정도 의연하다고 할 수 있는 태도로 말하는 사야를 보았다. 밝은 표정에서 묘하게 자부심이 묻어났다. 저런 표정을 본 게 언젠지, 새삼스러워 눈을 못 떼는데 사야의 등뒤로 검은 그림자가 움직였다. 그것이 삐져나와 있던 회색 꼬리를 향해 갔다.

"아, 링고 나왔다. 링고."

그 말과 동시에 숨어 있던 사과가 몸을 번쩍 일으키더니 검은 털의 링고를 앞발을 이용해 연쇄적으로 때렸다. 푸핫. 예상 외의 풍경에 사라는 반사적으로 웃음을 터뜨렸다. 입에서 치킨 찌꺼기가 함께 튀어나갔다. 사야가 목소리를 낮춰 꾸짖었다. 사과! 너 이 녀석! 누가 동생 괴롭히래. 무릎으로 기어가 둘의 사이를 떼놨다. 품안에 안긴 링고는 얌전했다. 검진에 필요했는지, 드러난 배에 털을 민 자국이 있었다. 사야가 그걸 안쓰럽다는 듯 쓰다듬었다.

"꼭 사과가 링고를 괴롭혀. 이거 봐. 지금도 못살게 굴잖아."

둘이 사이가 안 좋은가보네, 대꾸하니 그런 건 아니고 링고가 오기 전까진 외동으로 키워서 그런 것 같다는 답이 돌아왔다. 침범당했다고 생각하는 건지 뭔지…… 중얼거리던 사야가 무심결에 덧붙였다.

"사과 쟨 꼭 언니 같애."

입맛이 뚝 떨어졌다. 울컥해서 뼈를 내려놓았다.

"그게 뭔 소린데? 내가 너 괴롭힌 적 있냐?"

뱉어놓고 당황한 건 사야도 마찬가지인 듯했다.

"아이참, 언니는. 그냥 하는 소리지. 사과가 딱 한 살 언니거든. 우리랑 똑같이."

애교 섞인 투였지만 그것만으론 수습이 불가능했다. 얼굴 가죽이 빳빳하게 굳었다. 인상을 쓴 사라가 보기 미웠는지 사야가 입을 열었다. 갑작스러운 분노로 목소리가 파들파들 떨리고 있었다.

"있잖아. 없긴 왜 없어. 어렸을 때 언니가 언니 친구들하고만 놀려고 나 따돌렸잖아. 지들끼리 속삭이더니 갑자기 나 버리고 달려가고…… 쫓아가다가 넘어져가지고 완전 피 많이 나서 지금도 흉터 남았잖아."

제 눈에는 보이지도 않을 팔꿈치를 들이밀며 사야는 툴툴댔다. 검지 손톱만한 흉터는 말하지 않으면 있는 줄도 모를 만큼 희미했다. 맹장 수술을 해도 우주여행에 갈 수 있다는데. 별것도 아닌 걸로 엄살떠는 게 어처구니없었다.

"그딴 걸 누가 신경써."

사라가 황당함을 담아 항변하자 사야가 이를 앙다물고 짓씹듯 내뱉었다.

"그건 언니라서 그런 거고."

대화는 그걸로 끝이었다. 조금 늦게, 사야가 한 말의 저의가 궁금해졌다. 그게 무슨 뜻일까. 언니는 흉터 같은 건 신경 안 쓰니까 괜찮다고? 언니는 나 같은 여자가 아니라 괜찮다고? TV 대신 쓰는 모니터는 아직 상자 속에 있어 무서운 침묵을 가를 것이 없었다. 둘 다 말없이 핸드폰만 만졌다. 사라는 새로운 것도 없는 SNS를 끊임없이 새로고침 했고 사야는 바쁘게 손톱을 타닥거렸다. 아직도 긴 손톱이, 지난번과는 또 달라진 손톱이 신경에 거슬렸다. 이런 분위기에서 자고 갈 순 없다. 아직 체력이 덜 돌아왔으니까, 십 분만 더 앉아 있다가 일어나야지, 생각하는데 사야가 핸드폰에서 코를 뗐다.

"언니."

"왜."

"나 친구 온대서."

"이 시간에?"

"응."

"……"

"……"

"그래서?"

"언니 진짜 자구 갈 거야?"

눈을 돌리는 모습을 보니 남자였다. 미친것. 어차피 집에 갈 생각이었지만 내쫓기는 기분이었다. 자리에서 일어나자 머리가 띵했다. 에어컨을 너무 세게 틀었나보았다. 갑자기 이 집의 모든 것이 꼴 보기 싫었다. 두 마리 고양이, 병원비, 전기세, 수도세, 환불이 불가능하다는 네일 숍의 회원권, 이삿짐 사이에 남의 눈 따위는 신경쓰지 않는다는 듯 입을 딱 벌린 캐리어에 널브러져 있던 브라가 끔찍했다. 현관에서 신발을 신는데도 계속 눈앞에 어른거렸다. 분홍색에 레이스 장식이 잔뜩 달린, 아직 사람의 체온을 품은 듯 따끈따끈하고 달큰한 살냄새가 날 것 같은 브라……

"너 피임은 제대로 하냐?"

"……"

"정신 차리고 똑바로 살아. 여기서 팔자 더 꼬지 말고."

충동적으로 뱉은 말에 사야는 답하지 않았다. 대신 뭔 개소리야, 라는 눈빛으로 사라를 쏘아보았다. 사라는 순간 움츠러

들었고, 문이 닫혔다.

사라는 지하철을 타러 갔다. 입구에 다다라서야 분노가 치밀었다. 저게 언니를 우습게 보고…… 지하로, 지하로 내려가는데 못에 걸린 스웨터에서 털실이 풀려나오듯 욕이 줄줄 나왔다. 누가 보든 말든 상관없었다. 이 씨발 좆같은 것들. 뭘 쳐다봐? 미친 사람 처음 봐? 존나 신기하고 남의 일 같지? 너네한테도 찾아올 거야. 지하철에서 소리 내서 욕할 정도의 일이. 너네 미친 사람이 남 같지? 다른 사람 같지? 아냐. 미친 사람은 없어. 미치겠는 상황이 있는 거지. 곧 봐. 두고 보자고. 산다는 건 개좆 같은 일이니까, 너네가 언제까지 웃나 두고 보자.

끓는 화를 간신히 가라앉히고 집에 돌아와 잠을 자려는데 새벽에 전화가 왔다. 사야였다. 무시하고 한 번 껐다. 짧은 침묵. 하! 하고 혀를 차고 누른 듯 다시 진동이 울렸다. 받았다. 왜. 한마디 떼었을 뿐인데 스피커에서 우는 소리가 들렸다. 사야는 잔뜩 취한 채 자기 할말만 했다. 꼬인 혀로, 내일 아침에는 어쩌면 기억도 나지 않을 말, 지금의 진심이 100퍼센트 드러나는 말을 했다.

"언니. 나 지금 취했거든? 술 많이 마셨어. 근데, 근데 정신은 말짱해. 아아주 말짱해 언니. 내가 언니, 그냥 자려다가 잠이 안 와서 전화했어. 내가 참으려다가, 참다참다 못 참겠어서 전화했어. 언니 어떻게 그래? 내가 돈 좀 빌렸다고 어떻게 그럴 수가 있어? 니 맨날 뮤지컬 보러 다니는 거 내가 모르는 줄 알아? 지는 맨날 본 거 또 보면서 돈 펑펑 쓰는 주제에 동생이 좀 어려워서 빌린 거 그게 그렇게 고까워? 사람 무시하지 마, 진짜. 지만 대학 나왔다고. 어? 대학 나왔다고 다른 사람 쓰레기 보듯이 하고. 모르는 줄 알지? 다 알아. 언니 나 쓰레기라고 생각하잖아. 그래서 쓰레기짓 하는 거야. 니가 나 쓰레기로 보니까. 엄마도 니만 좋아하고 나는 내놓은 자식 취급하고……" 그렇게 횡설수설하다가 배터리가 닳은 듯이 뚝, 전화가 끊겼다.

사야는 곯아떨어졌을 것이다. 다시 전화가 오지 않는 걸 보니 그랬다.

사라는 아니었다. 잠이 깼다. 더는 잘 수 없도록 또렷하게 깼다. SNS를 켜 사야의 계정을 찾았다. 업로드한 지 24시간이 되지 않은 게시물이 사야의 프로필 사진을 붉게 감싸고 있었다. 눌러보니 깔때기를 머리에 뒤집어쓰고 카메라를 보고 있는 링고의 사진이 올라와 있었다.

—신우염 진단 1년. 우리 아기 그동안 잘 이겨내줘서 고마워. 앞으로도 힘내보자.

사라는 뭔가를 찾는 사람처럼 허겁지겁 사야가 그동안 올린 게시물을 차례로 클릭했다.

—(광고) 요즘 대세 형광등 앰풀! 저도 드디어 Get♡ 바르고 일주일 지났을 무렵부터 주위에서 피부가 왤케 환해졌냐고……

―오랜만에 근교 나들이~ 평일에 참은 대신 주말에는 달달한 거ㅎㅎ

―이번에도 쇼핑 성공 (새집 대신 박스에 들어간 고양이 사진)

―이것들이 지 언니 닮아서 입은 고급이어가지구. 고양이가 아니라 돈 먹는 하마라니까!

―집사야 우리를 쓰다듬으라냥

―귀여운 내 새꾸들 이번달도 냥이들 병원비로 엄청 깨지겠네 ㅠㅠ 그래도 언니 아니면 누가 너희를 챙겨줄까? 이번달도 힘내자 파이팅!

"자기가 무슨 생각 하는지 알아."

마크가 웃었다. 사라는 웃을 수 없었다. 생각이 실천이 되기까지는 넘어야 하는 벽이 많다. 사라는 그 벽을 깨부수며 앞으로 질주하는 자신을 느꼈다. 너무 빨라 스스로도 멈출 수 없었다.

"도와줘, 마크." 사라가 말했다. "너는 세계를 멸망시킬 수 있잖아. 그러니까 이 정도는 작은 소원 아니야?"

"그럴 순 없어." 마크는 말했다. "난 당신의 환상이니까. 자기가 해야 해."

잔인한 신은 달콤한 말을 해주지 않았다. 웃으며 냉정한 현실을 전할 뿐이었다.

"모든 건 자기가 자기 손으로 하는 거야."

다섯시. 해가 지기 시작할 무렵 집에서 나가는 사야가 보였다. 공동 현관이 닫히기 전 사라는 재빨리 안으로 들어갔다. 좁은 엘리베이터에서 누군가 마주칠까봐 겁이 났다. 후드 티 모자를 꼭 눌러썼음에도 떨렸다. 사야의 집 앞에 섰다. 302호. 두 사람이 서 있기도 버거울 복도에 서서 도어록을 켰다. 익숙한 집 전화번호 뒷자리를 누르자 삑삑 소리가 울리며 붉은 불이 켜졌다. 심장이 덜컹. 다시 한번 천천히 같은 번호를 누르자 이번에는 경쾌한 소리를 내며 문이 열렸다. 손가락이 미끄러지기라도 했나보다. 안도의 숨을 뱉으며 사라는 집으로 들어갔다.

사람이 없는데 에어컨은 켜져 있었다. 긴장으로 흘린 땀이 차게 식으면서도 멎지 않았다. 아직 풀지 않은 이삿짐 상자가 쌓여 있었다. 침대는 흐트러져 있고 급하게 나갔는지 드라이어와 고데기가 바닥에 내팽개쳐져 있었다. 빠진 머리카락들이 뱀처럼 길게 구불거리는 방은 좁았다. 이렇게 좁은 방을 전전하며 어디로 가고 싶은 걸까. 꼭 상자에 담겨 바다로 던져진 기분이었다. 막막함에 사라는 두 눈을 꼭 감았다 떴다. 이걸 타고 어디까지 도달할 수 있을까. 확실한 건 살아남기 위해선 짐을 덜어야 한다는 거였다. 가라앉는 배에 사치품은 필요 없다. 사라는 입을 뗐다.

"얘들아."

마른 성대가 비벼져 나오는 소리가 낯설었다. 다시 한번 목을 가다듬고 사라는 말했다.

"얘들아. 언니 왔어. 여기 봐."

'입이 고급'인 애들이 좋아한다던 간식을 봉투에서 꺼냈다. 마트에서 팔지 않아 동물병원 두 군데를 돌아 손에 넣은 거였다. 고양이도 개처럼 후각이 좋나? 뒤늦게 의문이 들었지만 접시에 담아 손부채질로 냄새를 풍겼다.

"얘들아. 와봐. 언니 왔어. 간식이다, 간식."

간식이라는 말엔 세이렌의 유혹 같은 힘이 있어, 어두운 케이지 안쪽에서 잿빛 털뭉치가 기어나왔다. 사라는 조심스레 닭고기를 담은 접시를 내밀었다. 잿빛 털뭉치가 다가와 그걸 입에 물었다.

"사과."

쩝쩝대는 소리에 어디선가 슬그머니 검은 고양이가 나타났다.

"링고."

손을 흔드니 경계하는 눈빛으로 보다가 순식간에 마음을 바꾼 듯 무릎으로 올라왔다. 그 순간 사라는 악! 비명을 삼켰다. 링고가 발톱을 세운 채 무릎을 디딘 탓이었다. 면바지를 뚫는 발톱이 지독한 악의처럼 느껴졌다. 어금니를 깨물고 참았다. 신은 공평하니까. 적어도 마크는 그럴 것이다. 사라는 접시에

서 닭고기를 집어 링고의 주둥이로 내밀었다. 링고는 의심 없이 받아먹었다. 아주 짧게, 사라는 평화를 느꼈다. 얌전한 것들을 돌보는 마음을 느꼈다. 그러나 이 둘은 병들어 아팠고 살아가는 동안 1000만원은 더 잡아먹을 것이다. 사라는 그 털 많은 등을 어루만지며 불렀다.

"야, 1000만원."

"......"

"돈 먹는 하마."

염치가 없어도 너무 없지. 어떻게 같은 애완동물한테 기생할 생각을 할까. 응? 주인을 찾았어야지. 누울 자리를 찾아서 발을 뻗어야지. 기묘한 슬픔으로 가슴이 뿌듯했다. 너희 모두 죽어가는 것들이구나. 느리게 천천히, 앞으로 얼마만큼 더 고통스러워야 할까. 그런 게 삶이라면 끝내는 게 낫다. 사야에 대해서는 이렇게 생각했다. 내가 너를 돌봄의 고통과 예정된 가난에서 구해주는 거라고. 미래에 있을 1000만원을 손에 쥐여주는 거라고. 엄마는 늘 말했지. 언니니까 네가 이해해. 네 동생 사람 구실 못하고 사는 거 보면 안쓰럽잖아. 엄마 말엔 틀린 게 하나 없었다. 그래서 이러는 거다. 내가 언니니까. 언니니까 동생 하나 남들처럼 살게 해주려고, 신은 못 되어도 언니는 되어주려고 이러는 거다.

케헥. 무언가 걸린 것처럼 사과가 기침을 했다. 그와 거의 동시에 링고의 몸이 뻣뻣해졌다. 구토를 하려는 듯 벌어지는 주둥이를 사라는 붙잡았다. 하나도 토하지 못하게 힘을 꼭 주었다. 날카로운 발톱이 팔을 긁었다. 아팠지만 힘을 풀지 않았다. 사라는 심호흡을 했다. 명상하듯 눈을 감았다. 머릿속에서 차임이 들렸다. 부스럭대는 소리가 점차 줄고, 귀가 멀 것처럼 커다란 오케스트라의 연주가 들렸다. 부글부글 링고의 입가에서 거품이 새어나왔다.

〈더 라스트〉는 평일 저녁 여덟시, 명일아트센터에서 시작한다. 극장에 도착하니 일곱시 오십오분이었다. 흐르는 땀을 식히며 자리에 앉았다. 손부채질을 하는데 옆 사람이 곁눈질로 보았다. 미친년아. 조용히 볼 거니까 안심해. 한숨을 쉬고 안경을 고쳐 쓰는데 뺨이 축축했다. 땀인 줄 알았는데 눈물이었다. 누수된 듯 질질 새고 있었다. 손바닥으로 문질러 닦았다. 지워질 화장도 없어 다행이라는 생각이 들었다.

머릿속에 울린 것과 똑같은 차임. 똑같은 오케스트라의 연주가 시작되었다. 연주가 모두 끝나고 짧은 침묵 뒤 무대 왼편에서 남자 하나가 걸어나왔다. 이야기의 화자이자 내레이터인 에디가 입을 여는 순간 끄는 걸 깜빡한 핸드폰 화면이 밝아졌다.

사야.

동생의 이름이 끌로 새긴 듯 눈에 선명히 들어왔다. 사라는 사야의 전화를 받지 않았다. 끄지도 않았다. 단지 그대로 내버려둘 뿐이었다. 핸드폰은 들썩들썩, 울먹이던 사야의 어깨처럼 진동했다. 울림이 멈추더니 이번엔 메시지가 왔다.

언니

사라 언니

사라는 핸드폰을 뒤집었다. 옆 사람이 사라의 어깨를 조용히 두들겼다. 사라는 무시했다. 화면은 계속해서 밝아졌다, 꺼졌다를 반복했다. 옆자리 여자가 목소리를 냈다. 저기요. 사라는 가만히 정면을 향한 채 대꾸했다.

"그냥 좀 있어요."

"예?"

황당하다는 듯 노려보는 여자에게 사라는 답했다. "그냥 보시라고요. 이거 안 껐다고 지구가 멸망하는 거 아니잖아요."

혀를 찬 여자가 어셔에게 손짓했다. 사라는 동요하지 않고 무대로 시선을 돌렸다. 이제 막 마크와 에디는 여행을 시작했다. 지구가 끝날 때까지 함께하자고, 종말이 자기들 손에 달려 있다는 걸 모르고 약속하고 있었다. 벌어진 트렁크에 옷가지를 마구 집어넣고 있었다. 진동이 울렸다. 화면이 계속 밝아졌다.

언니

나 좀 도와줘

언

비명처럼 단어가 쏟아졌다. 다가온 어셔가 몸을 기울여 사라에게 속삭였다. 선생님. 말을 거는 목소리를 사라는 무시했다. 이 세계에서 결코 끌려나가지 않겠다는 의지를 담아 발에 힘을 꼭 주었다. 진동이 울렸다. 선생님. 이러시면 퇴장 조치할 겁니다. 몇 번의 경고를 무시하자 어셔가 사라의 팔을 낚아챘고, 이내 놀라며 손을 뗐다.

꺄악.

사라는 링고가 남긴 생채기로 잔뜩 붓고 피투성이가 된 팔에서 느껴지는 고통을 참았다. 다시 진동이 울렸다. 옆자리 여자가 사라의 핸드폰을 뺏어 끄려다가 실수로 전화를 연결했다. 전화기 너머에서 처절한 울음소리가 들렸다. 언니 언니! 어셔는 어정쩡하게 통로에 서 있고 사라는 이를 악물고 있고 놀란 옆자리 여자는 입을 다물고 있고 모두 이도 저도 못하고 멈춘 상태에서도 무대는 여전히 진행되고 있었다. 묘하게 경쾌해서 서글픈 목소리로 에디가 말했다.

여행은 도착하기 전까지가 가장 즐거운 거야. 막상 가면 더러운 모래사장과 버려진 캔, 애들 오줌이 가득한 미적지근한 바닷물과 나쁜 날씨와 실망밖에 없거든.

그러자 마크가 답했다.

그래도 최선을 다해서 즐기자고. 여행을 하는 동안엔 말이야.

사랑, 기억하고 있습니까

폭동이 일어나기 전날 우미는 서울에서 약 170여 킬로미터 떨어진 군산의 한 호텔에 있었다. 일을 시작한 지 일주일이 되었다는 카운터 직원과 넷플릭스를 재생하려다 실패하고 공중파 뉴스를 틀었을 때였다. 선배에게서 연락이 왔다. 잘했어?

우미는 아차 하고 답했다.

"못 구했어요."

왜냐는 물음이 돌아오기 전에 재빨리 덧붙였다.

"사람이 없습니다."

우미는 작은 언론사의 기자였다. 처음에는 그래픽디자이너로 취직했다가 얼결에 기자가 되었고 다른 직장을 알아보던 차에 그 사건이 터졌다. 말이 되나? 황당했지만 회사 입장에선 호재랄까? 호재였다. 사건의 여파로 어느 때보다 정치에 대한 관심이 커지는 바람에 불어난 유튜브 구독자가 80만을 돌파한 날, 우미의 선배이자, 직속상관이자, 구성원이 단둘뿐인 미디어팀의 팀장은 말했다. 인터뷰 연재를 하자. 이름하여 응원봉을 들고 거리에 나온 전국의 아이돌 팬 인터뷰!

"말씀은 알겠는데. 괜찮을까 싶어요."

"왜?"

솔직한 입장으론 BTS가 몇 명인지도 알지 못하는 사람이니 이런 얘기를 하겠거니 싶었다. 우미는 돌려 말했다.

"잘 모르는 사람이 해도 되나 싶어서요. 팬덤은 민감하니까요."

"모르니까 하는 거지. 그게 기자가 하는 일이지."

선배가 잔뜩 신이 난 목소리로 말했다. "우미씨 케이팝 잘 알잖아. 한번 해봐."

광장에 흘러나온 에스파 노래를 알려줬을 뿐인데. 그건 지난해 제일 히트한 가요 중 하나고 길거리를 돌아다니는 것만으로 전곡을 욀 수 있었는데 선배는 요지부동이었다. 까라면 까야지. 민주 언론에도 위계질서는 존재하니까. 일단 알았다고 하고 쏟아지는 뉴스에 바쁘다는 핑계로 개겼는데, 선배는 진심이었는지 며칠에 한 번은 우미를 자리로 불렀다. 우미씨, 그거 잘하고 있어? 응원봉 준비 잘되고 있어? 몇 번을 이리저리 핑계 대다 물러설 곳이 없어졌을 때 말했다.

"재밌는 이야기가 나올지 모르겠어요. 너무 흔하지 않을까 싶은데."

그러자 선배가 살다살다 이런 한심한 얘긴 처음 듣는다는 듯한 표정으로 얼굴을 빤히 봤다.

"우미씨, 내가 지금 기회 주는 거야. 자기 지금 3년 차잖아. 우미씨도 기획 같은 기획 한 번은 해야지."

그게 우미가 태어나서 두번째로 간 군산에서 실패를 맛본 이유였다. 서울과 달리 지역 집회는 썰렁했다. 사람의 많고 적음이 무슨 상관이겠냐만, 구인에 실패한 것만큼이나 현장 분위기에 울적했던 것도 사실이라 목소리에 힘이 빠졌다.

"좀더 큰 도시로 가야 할 거 같아요."

그렇게 없어? 규모가 작은 도시는 아닌데. 마찬가지로 서울 촌놈인 선배도 놀란 듯 웅얼거리다 일단 돌아와 얘기하자며 전화를 끊었다. 달리 할일도 없어 우미는 술을 약간 마셨다. 오랜만에 마시다보니 주량을 가늠하지 못해 양치도 못하고 그대로 잠이 들었고, 새벽녘 TV에서 쏟아지는 빛에 눈이 부셔 리모컨을 찾다 그 일이 일어난 걸 보았다. 처음엔 영화라 착각했고 다음 순간 곧장 가방을 쌌다. 택시를 타고 익산역까지 가서 KTX를 타고서야 선배에게 메시지를 보냈다.

—저 가는 중입니다.

선배 역시 깨어 있었는지 조심히 오라며 짤막한 한 줄을 남겼다. 각성 상태가 된 우미는 노트북을 켰다. 공개된 뉴스로부터 몇 가지 소스를 추출하여 숏폼으로 만든 뒤 연달아 세 개를 업로드했다. 조회 수가 제대로 올라가는 걸 확인하고서야 상황을 파악했다. 한 무리가 각목이나 쇠파이프 따위를 들고 법원 벽을 내리치고 있었다. 얼굴을 가렸어도 알아볼 사람은 알아볼 수 있을 듯했다. 도대체 뭔 생각인 거야. 중얼거리다 우미는 반사적으로 화면을 정지했다.

"이거 유리 아니야?"

6년 만에 입 밖으로 낸 이름이었다. 그러나 다시 보니 전혀 닮지 않은 남자였다. 심장이 쿵쾅댔다. 왜 그 이름이 먼저 떠오른 걸까. 정지한 얼굴을 보고 있으니 기억이 아지랑이처럼 피어올랐다. 그 안을 정원처럼 헤매던 중 짧게 감탄사가 나왔다. 아, 만난 적 있는 얼굴이다. 6년 전, 유리의 흔적을 쫓다가 만나서 유리의 이름이 떠오른 거다. 오히려 알아본 게 용하네. 스피커에서 안내 멘트가 들렸다. 우리 열차는 오송, 오송역에 도착할 예정입니다. 내리실 분은 차 안에 잊은 물건이 없는지 다시 한번 확인해주시길 바랍니다…… 몇몇 사람이 내리고 몇몇 사람이 탔다. 정차했던 열차가 다시 출발했다. 우미는 턱을 괴고 바깥을 봤다. 빠르게 흩어지는 풍경을 바라보며 생각에 잠겼다. 유리. 입 밖에 낸 것만으로 우미를 이상한 추억에 빠뜨린 남자. 환한 미소. 한때 가장 사랑했던 그는 우미의 최애였다.

그해 겨울 우미는 성지순례를 갔었다.

❖

『사랑, 기억하고 있습니까』의 작가 마리(@○○○○○○○)를 공론화합니다.

『사랑, 기억하고 있습니까』의 작가 '마리(@○○○○○○○)'를 공론화합니다. 그는 '죽은 나무(@○○○○○○○)'라는 이름으로 쓴 팬픽션에서 성인과 미성년자의 성관계, 사이비 종교 같은 비윤리적이고 부적절한 소재를 사용했습니다. 또한 첨부한 이미지와 같이 보편적 윤리 인식에 어긋나는 문란한 묘사를 하며 유리를 희롱했습니다. 실제 유리가 법적 성인이라 할지라도 작중 미성년자로 묘사되는 이상, 이러한 성적인 표현이 반복해서 등장하는 건 엄중히 다뤄야 할 사안이라고 봅니다.

한 사람이 다른 이름으로 쓰는 계정을 밝히는 게 예의가 아니라는 건 압니다. 그러나 멤버들도 알 만큼 알려진 팬이 이런 짓을 하는 걸 두고 볼 수 없다는 생각에 한때 그와 친분을 쌓던 지인임에도 이 글을 남기게 되었습니다. 기획사의 현명한 대처를 기다립니다.

❖

 성지순례는 본래 신성한 장소를 방문하는 일을 뜻하나 우미가 종교를 가졌던 건 아니다. 갓 대학을 졸업하고 신생 3D 스튜디오에서 일하던 우미에게 신은 멀리 있었다. 눈에 보이지도 만져지지도 않았고, 그건 입사 동기인 영하에게도 마찬가지였다.

 두 사람은 만화애니메이션과의 신입생으로 처음 만났다. OT에서 우미는 활발하고, 양쪽 귀에 네댓 개의 피어싱을 하고 다닐 정도로 멋쟁이인 영하가 이곳에 어울리지 않는다고 생각했고, 예상대로 영하가 자퇴한 뒤론 볼 일이 없다가 첫 직장에서 재회했다. 원래 아는 사이냐는 사수의 물음에 영하가 대학 때 친구요, 라고 한 것을 계기로 두 사람은 가까워졌다. 친구. 우미는 그 단어를 잘 쓰지 않고 영하는 인스타 DM만 주고받아도 썼는데 그 사실을 몰랐기에 가능했다.

 사수는 무책임하고 상사는 무능하며 잔업이 많던 회사생활. 그중 하이라이트는 매주 금요일의 기도모임이었다. 유명 교회 장로인 대표는 전 사원을 불러 손을 모으게 했다. 눈을 꼭 감고 쏟아내는 간절한 외침은 언제나 현세의 궁전을 버리고 내세의 궁전으로 갈 준비가 되었다는 구절로 끝났는데, 실제로는 연희동에 있는 그의 궁전 잔디를 깎는 데 직원들이 동원된다는 소문이 돌았다.

"진짜야?"

"그래서 우리가 같이 뽑힌 거잖아. 원래는 한 번에 둘씩 못 뽑지. 좆손데."

영하가 길게 담배 연기를 내뿜으며 답했다. 그랬던 탓에, 끝없이 반복되는 잔업과 격무에 시달리던 두 막내는 여느 때처럼 야근밥을 사러 나왔다가 경의선 철길공원에서 게릴라 공연 중인 아이돌을 보고 동시에 결심한 것이다. 사랑을 시작해야 겠다고.

둘 다 최애로는 유리를 잡았다. 데뷔 3년 차의 중소기획사 그룹. 슬슬 반응이 오는 중이래도 떡밥이랄 게 없어 영하는 자연스레 사진을 찍고 우미는 그림을 그리게 되었다. 원래 하던 가락이 있으니 당연히 팔로어가 금방 붙었다. 회사에선 무능한 막내가 여기서는 신이고 미켈란젤로였다. 한번은 소통 플랫폼에 그림을 올리고 유리로부터 '우와 잘 그렸다 ㅎㅎ'라고 댓글을 받기도 했다.

영하는 한술 더 떴다. 야외 행사에서 찍은 직캠이 '아이돌로 예술 하는 홈마'란 제목을 달고 커뮤니티의 인기 게시글에 오르면서 하루아침에 유명인사가 된 것이다. 걸그룹도 아닌데 조회 수가 100만, 200만을 넘어 좀 있으면 천만이었다. 공식 뮤직비디오 조회 수가 100만을 간신히 웃도는데. 영하는 너무 관심받아서 무섭다면서도 들뜬 티를 숨기지 않았다. 이대로라면 우리도 2군, 아니, 1군 아이돌 머잖았는걸? 우미도 농담처럼 말하며 가까이서 북돋았다. 감독님 보여주셔야죠! 우리 유리 시상식 보내주셔야죠! 그럴 때면 영하는 야, 오버 좀 하지 마, 라고 하면서도 사무실에선 절대 보여주지 않는 얼굴로 웃으며 말했다. 흐흐, 이게 사는 거지. 이게 사는 거야.

우미는 공개된 그림 계정 외에 비밀 계정이 있었다. 아마 영하도 그럴 테지만 서로 마음 편히 덕질하기 위해 맞팔할래? 같은 말은 하지 않은 채 잘 맞는 익명의 지인들하고만 어울렸다. 그러던 어느 날 한 친구가 우미에게 엉뚱한 걸 물었다.

—님, 혹시 팬픽도 봐요?

줄글을 선호하지 않아 잘 읽진 않는다고 하자 친구가 링크 몇 개를 보냈다. 나중에 시간 되면 한번 봐주세요. 진심 존잼. 우미는 사실 글보다는 만화파인데, 어쩐지 말하려니 민망했다. 그래서 말만 알았다고 하고 야근을 핑계로 차일피일 미뤘는데 친구는 끈질겼다.

—님, 요것도 같이 보세요. (링크)

—(링크) 새로 올라온 글인데 볼만하네요~

—(링크) 최근 본 것 중 제일 수작 ㅎㅎ 추천합니다.

그때마다 고맙다고만 하고 절대 보지 않았음에도 친구는 꺾이지 않았다. 끈기에 우미는 두 손 들었다. 마침 오랜만에 약속 없는 주말이었다. 모로 누워 링크 하나를 눌렀다. 이것만 보지 뭐. 그렇게 가벼운 마음으로 한 문단 한 문단 읽어나가다가…… 정신을 차리니 월요일 아침이었다. 우미는 출근길 지하철에서 뻑뻑한 눈을 껌뻑이며 친구에게 DM을 보냈다.

―님. 보내주신 거 봤어요.

―어땠어요?

기다렸다는 듯 바로 답장이 왔다. 우미는 망설이다가 두 글자로 말했다.

―존잼

―ㅋㅋㅋㅋㅋㅋㅋㅋㅋ 그쵸!

그렇게 우미는 팬픽의 세계에 빠졌다. 그러나 비활동기에도 매일 새로운 유리를 만날 수 있다는 기쁨은 잠시, 수작과 범작, 망작, 범작, 또다른 범작과 실패작까지 고루 섭렵한 뒤 우미는 약간의 실망 속에 깨달았다. 유리가 나온대서 전부 유리가 아니구나.

우미는 김이 서린 거울에 웃는 유리를 그렸다. 사랑스러운 유리. 웃음이 많은 유리. 원체 밝고 생글생글 웃는 애지만 우미가 보는 유리는 그게 전부가 아니었다. 좀 부끄러운 표현이지만 고독한 늑대랄까? 항상 그림자를 드리우고 있달까? 그런 느낌이 있었다. 그래서인지 재미난 작품을 보면서도 아쉬움이 남았다. 누가 유리를 이름만 빌려 흉내내는 걸 보는 느낌이었다. 유리에겐 분명 내면의 상처? 아픔? 그런 게 있는데 8할은 유행 지난 캔디형 여주처럼 그려졌다. 한번 그런 생각이 드니 아무리 명작이래도 반쪽짜리 같았다. 캐릭터가 아니라 진짜 유리에 대해 써야지…… 혀를 쯧쯧 차며 돌밭 속에서 진주 한 알을 찾고 있자면 꼬장꼬장한 교수가 학부 시절 크리틱 때마다 반복하던 말이 떠올랐다.

인물에 대해 깊게 파고들라고! 눈앞의 진짜를 봐! 너희들끼리 어울리면서 정신적 근친상간 같은 것만 양산하지 마! 트위터를 꺼! 만화를 버리고 거리로 나가라!

참스승이셨구나. 우미는 맥주를 홀짝이며 핸드폰을 매만졌다. 때마침 사이버상의 친구들도 팬픽 이야기로 열을 올리고 있었다. 우미는 비밀 계정 친구들이 주고받는 멘션을 보았다.

―저는 캐릭터 해석은 불만 없는데 맨날 학원물 아님 캠퍼스물인 게 아쉽네요 ㅠㅠ 유리가 너무 앳되게 생겨서 그런가

―장르물 보고 싶음 ㅠㅠ 야쿠자도 좋고 리맨물도 좋고 ㅜㅜ 남들 다 보는 사이비물 저희도 한번 먹어보고 싶습니다.

―동의합니다. 저희도 다양한 밥상을 받아먹을 필요가 있습니다.

―여러분 미치카님이 차려주신답니다.

―ㅋㅋㅋㅋㅋ 저는 숟가락 놓는 것밖에 못함 ㅠㅠ 두부 엄마 밥 주세요.

—네 두부님 미치카넘 말 꺼낸 융이님까지 세 분이 차려오시는 걸로 ^^ 그리고 축전은 이분? (@○○○○○○○) ^^

갑자기 걸린 태그에 우미는 허겁지겁 들어가 답을 달았다.

—ㅎㅎㅎㅎㅎ 좋아요. 써주기만 해주세용

그러면서도 묘하게 답답한 기분이 들었다. 왜 나한텐 팬픽 쓰라는 말을 안 하지? 기대가 안 되나? 지금이야 시간이 없어 그림 한 장 딸랑 올리고 말지만 원래 우미의 장기는 흑백만화였다. 이야기를 잘 만든다는 뜻이지. 사람들을 사로잡을 자신도 있고, 정말 솔직히 말하면 캐릭터 해석을 엉터리로 하는 사람들보다야 훨씬 잘 쓸 수 있었다. 2차 창작을 비판하는 건 규칙 위반이라니 작품을 통해 이렇게 묻고 싶기도 했다. 여러분 그게 유리가 맞아요? 거기서 진짜 유리를 봤어요? 아니, 유리 껍질만 있잖아. 걔가 그런 애가 아닌데, 뭐가 더 있는 앤데.

그래서 우미는 팬픽을 쓰기로 했다. 이름만 그랬지 일종의 대안 역사서였다. 평행 세계의 유리를 정확히 포착한 글이랄까? 누가 봐도 반박할 수 없는, 진짜 유리를 쓰자! 그렇게 생각하자 오랜만에 몸에 활력이 돌았다. 업무용으로 쓰던 작은 수첩이 산발적인 메모로 가득찼다. 회사에서 적은 구상을 집에 돌아와 풀어 쓸 때면 불평불만을 하면서도 즐거웠던 대학 시절의 야간작업이 떠올랐다. 피로를 뛰어넘어 아주 몰입한 순간에 나오는 기분좋은 에너지가 몸을 감쌌다. 일을 하는 중에도, 밥을 먹는 중에도 항상 집필중인 팬픽이 머릿속에 있었다. 그렇게 달려나가다가 우미는 문득 결말에서 멈춰 섰다.

이걸 해피로 끝내, 새드로 끝내?

읽는 작업과 쓰는 작업은 달라서 읽을 땐 무조건 행복한 게 좋지만 쓸 땐 다 죽이고 싶었다. 학부 때도 그랬지. 한번은 교수가 너는 왜…… 다 죽이니? 다 죽이고 있어, 라고 해서 다음에 해피엔딩을 가져가니 너는 왜…… 이야기를 이렇게 억지로 끝냈니? 다 죽이는 게 낫겠다……고 했다. 그땐 어쩌라고 싶었지만 이젠 알았다. 틀을 벗어나라는 소리지. 그런데 그러기 위해서 도대체 어느 길로 가야 할지 알 수 없었다. 유리를 데리고 어딜 가야 답이 나올까. 우리는 어디로 도착할 수 있을까.

그렇게 며칠 동안 한 문장 썼다가, 두 문장 지우기를 반복하는데 영하가 물었다. 주말에 군산 가지 않을래? 이번 유리 생일에 보내줄 아이패드에 무대 영상을 넣다가 군산의 풍경을 함께 담아주면 더 좋겠다는 생각이 들었다고 했다.

"작년에도 집에 못 갔잖아. 보면 좋아할 거 같아서."

나쁘지 않았고, 어쩌면 그곳에서 새로운 아이디어를 발견하게 될지도 몰랐다. 적어도 기분 전환은 되겠지 싶어 우미는 수

락했다. 그렇게 둘은 어느 쾌청한 1월의 아침, 용산역 앞에서 만나 익산행 KTX에 올라탔다. 둘 다 잠이 부족하던 터라 광명을 지나기도 전에 곯아떨어졌다. 영하는 창가에, 우미는 자기 어깨에 기대어 한 번도 깨지 않고 남으로 향했다.

군산에 도착한 건 생각보다 이른 시간이었다. 유리가 추천한 중국집은 아직 오픈 전이라 둘은 구경이나 할 겸 관광지 빵집에 들어갔다. 매장 안은 빵냄새가 뒤섞인 따끈한 훈기가 맴돌아 향기로웠다. 가볍게 현기증을 느끼면서 우미는 다짐을 놓았다. 구경만 하자. 내일 올라가는 길에 사고. 그러나 때마침 카운터 뒤쪽에서 직원이 밤식빵이 가득한 트레이를 들고 나왔고…… 정신을 차리니 빵집 테이블 위에 빵을 종류별로 늘어놓고 있었다. 창가에 앉아 지나가는 사람들을 보는데 새삼 이상한 실감이 났다. 유리는 여기서 태어나고 자랐구나. 그런 생각이 들어 본능적으로 도시의 풍경에서 유리의 얼굴을 찾게 되었다. 사람은 자라난 장소와 얼마나 닮아 있을까?
"도쿄에서도 이랬는데."
영하가 단팥빵을 크게 베물며 이어 말했다. "거기 갔을 때도 유리랑 닮은 도시다, 했는데. 그런데 여기도 유리랑 좀 비슷한 거 같다. 소행성 176이 제일 비슷하겠지만."
세계관 이야기였다. 유리네 그룹은 동세대에 데뷔한 다른 그룹처럼 독특한 콘셉트를 갖고 있었다. 먼 별에 사는 외계인이 음악으로 지구에 사랑을 전파하기 위해 내려왔다는 설정으로 처음엔 멤버들의 실명조차 비밀이었다. 물론 반년이 지나기도 전 대부분이 본가에서 키우는 개 이름까지 밝혔지만 유리만은 꼿꼿이 콘셉트를 지켰다. 그러다 한 멤버가 도쿄 공연 때 형 여기 사람이잖아, 라고 말실수를 하는 바람에 출생이 드러난 것이다.

그때가 2년 차였다. 2년이 흐르고서야 유리는 어머니는 일본 분이고, 아버지가 한국 분이라는 걸 변명하듯 밝혔다. 그리고 3년 차가 되어서야 군산에서 태어났지만 자란 곳은 도쿄이고 열일곱에 다시 역이민했다고 정정했다.

때늦은 고백은 팬덤에 작은 파란을 불렀다. 어찌 생각하면 콘셉트에 충실했을 뿐인데, 이유가 없으면 숨길 필요도 없다는 여론이 형성됐다. 평소엔 관심도 없던 사람들이 어머니가 긴자 요정 출신이라느니, 이름난 조폭인 아버지와 환락가에서 만났다느니 수군댔다. 물론 우미는 코웃음으로 일축했다. 조폭이라니. 걔가 얼마나 속이 없는데. 우미는 데뷔 초 싸구려 케이블 예능에서 한 실험카메라를 떠올렸다. 길에서 험한 외모의 사람들이 금전을 요구하자 주머니를 왼쪽 오른쪽 할 것 없이 털어 주던 유리의 모습은, 뭐랄까, 좀 한심해 보이기도 해서 팬들 사이에서는 유명한 금지 영상이었다. 그때 고등학생이었기에 망정이지. 돈 내놓으라는 한마디에 바로 바닥에 납죽 엎드리다시피 하는데…… 어휴, 떠올리기도 싫었다. 그래도 가해자인 것보다야 낫다지만, 결론만 말하면 유리가 누구를 때릴 애는 아니라는 거다. 열 대 때리면 열한 대 맞았지. 그래서 속상할 때가 있는 건데……

"야, 다 먹었는데?"

정신을 차리니 조금만 먹고 싸가자고 했던 빵이 동난 뒤였다.

"아니, 언제?"

"그러니까. 어떻게, 더 먹을 거야?"

영하가 반쯤 남은 밤식빵을 가리키며 말했다. 자각하고 보니 어쩐지 속이 더부룩해 고개를 저었다. 영하가 가방에 남은 빵을 넣었다. "그럼 내가 챙긴다. 중국집은 밤에 가자."

두 사람은 멀지 않은 카페로 자리를 옮겼다. 유리가 고향에 갈 때마다 들른다는 단골집으로, 유명한 케이크 맛집이었다. 배가 불러도 생일을 그냥 넘기면 섭섭했다. 두 사람은 케이크와 하트 모양 초를 구입해 유리가 자주 앉는 자리에서 동영상을 찍었다. 생일 축하합니다. 생일 축하합니다. 사랑하는 박유리 생일 축하합니다. 낮게 노래 부르고, 박수를 치고 훅, 하고 불을 껐다. 케이크는 시트부터 직접 만드는지 식감이 촉촉했다. 함께 시킨 아이스커피가 먹은 걸 싹 내려줘서 배부르다, 배부르다 하면서도 순식간에 케이크 두 개를 동냈다. 단걸 먹은 탓에 졸음이 슬슬 밀려왔다. 맞은편의 영하도 마찬가지인지 눈을 감고 있었다.

"영하."

"……"

"자?"

돌아오는 대꾸가 없었다. 우미는 망설이다 가방을 열어 아이패드를 꺼냈다. 조용히, 키보드를 연결하고 지난밤에 쓰다 만 결말과 마주했다.

우미가 선택한 장르는 사이비물로, 교주로 길러지며 각종 폭력에 노출된 유리가 사람들을 구함으로써 자기 자신을 구원하는 내용이 줄거리였다. 별다른 이유는 없고, 친구들이 보고 싶다고 얘기한 소재 중 꽂힌 게 그거였다. 쓰기 어려울 거 같지도 않았고.

그러나 자꾸 보다보니 처음엔 마음에 들었던 부분도 이상하게만 느껴졌다. 장르가 장르인 만큼 에로와 폭력에 힘을 주었는데 뭐랄까, 자기 주체가 안 되는 남중생 느낌이 났다. 특히 유리가 자기를 이용하고 괴롭힌 벌레떼 같은 신도들을 끌어안는 결말을 도무지 설득력 있게 쓸 수 없었다. 자기에게 폭력을 휘두른 혐오스러운 인간을 어떻게 끌어안을 수 있지? 여기에 답을 내려야 결말을 쓸 수 있을 것 같은데 도무지 그 마음을 추론할 수 없었다. 우미는 마른세수를 했다. 그 얼굴을, 가장 치욕적이기에 성스러워지는 표정을 상상하려 했지만 잘 되지 않았다.

아, 짜증나!

우미는 벌떡 일어나 담배를 피우러 나갔다. 히터 바람에 몽롱해진 머리가 찬바람을 쐬니 조금 맑아졌다. 우미는 담배 연기를 가슴 깊이 빨아들였다. 차분히 숨을 뱉으며 근본적인 질문으로 되돌아갔다. 나는 왜 쓰는가? 그건 유리를 위해서다. 아직은 알려지기 시작한 단계지만, 성장세로 보아 머잖아 스타가 되리라고 우미는 믿었다. 팬픽은 그날에 사용될 일종의 길잡이였다. 그러니까 힘내자. 사랑을 하면 뭐든 할 수 있다. 그렇게 다짐하며 카페로 들어가는데 영하가 고개를 내밀어 아이패드를 보고 있는 장면이 눈에 들어왔다. 우미는 반사적으로 커버를 덮었다. "뭐야?"

"담배 피우러 갔다 왔어?"

태연한 반응에 화도 나지 않았다. 우미는 재빨리 화면에 떠 있던 페이지를 눈으로 훑었다. 하필 에로 신이 있는 부분이라 얼굴이 달아올랐다. 왜 남의 걸 함부로 보냐고 해야 하는지, 농담으로 넘겨야 하는지 망설이는데 영하가 선수 쳤다.

"재밌어?"

저의를 알 수 없는 질문 다음에 영하가 덧붙인 말이 엉뚱했다. "만화 그리는 거."

그러더니 만애과 시절 크리틱 시간에 교수에게 악담을 들은 이야기를 늘어놓는 것이었다. 알맹이가 없는 걸 할 바엔 때려치우라든가, 눈만 예쁘게 그린다고 다가 아니라고 했다든가. 잠자코 듣던 우미는 영하가 자신의 팬픽을 만화 콘티로 착각했다는 걸 깨달았다. 아, 맞지. 그 교수 좀 막말하는 경향이 있었지. 대꾸를 하자 불이 붙은 모양인지 영하의 말이 빨라졌다. 안 그래도 입시 때 에너지를 다 써서 의욕이 없는 걸 쪼아대니 내가 뭐하고 있나 싶어 때려치운 거라며 기억에서 희미해진 교수의 목소리를 흉내냈다. 하영하. 내가 누누이 말했지. 니가 겪은 얘기, 아는 얘기를 쓰라고. 어디서 망가 같은 거 베껴오지 말고.

"근데 걔가 네 건 좋다고 했어."

불쑥 들어온 말에 우미는 깜짝 놀라 가슴팍을 가리켰다. "내 걸?"

"응. 그래서 너 회사에서 만나고 깜짝 놀랐어. 네가 네 작품 할 줄 알았거든."

우미는 입을 다물었다. 교수가 칭찬을 했다는 건 둘째치고(그는 우미에겐 데생이 고등학생 이하라며 나머지 공부를 시켰다), 지금도 자기 작품을 한다고 생각했기에 할말이 없었다. 돈이 안 될 뿐이지. 우미는 그랬다. 기억하는 이래로 항상 무언가를 만들었다. 아주 어릴 땐 엉터리 피아노 작곡을 했고,

대학 땐 만화였고, 이젠 팬아트고 팬픽일 뿐이었다. 장르만 다르지 우열이나 차등도 없었다. 그렇지만……

재능엔 우열이 있지.

우미 역시 그 순간을 기억했다. 강의실의 모두가 한순간에 조용해지던 것. 양쪽에 최소 네댓 개의 피어싱이 달린 영하의 두 귀가 붉어지던 것. 그 공기. 어쩌면 다시 사회에서 만난 첫날 친구예요, 하고 덥석 팔짱을 껴오던 영하의 기세만큼이나 중요했던 건 같은 교실에서 영하가 우미 앞에 내보였던, 아니 기습적으로 당하고 말았던 수치를 기억한다는 점인지 몰랐다. 그러나 우미는 감정을 보이지 않는 곳으로 밀어버렸다. 멀리서 우월감의 봉화가 피워올리는 희미한 연기를 애써 등지고 영하에게 되묻는 것으로 답을 대신했다.

"너는 뭐 만들 생각 없어?"

예상했다는 듯 방어적일 정도로 빠른 답이 돌아왔다. "못 하지. 안 그린 지가 벌써 몇 년이냐. 졸업도 못 했는데."

"꼭 만화로 안 해도 되잖아." 우미가 적선하듯 덧붙였다. "글로 써봐도 되고. 팬픽 같은 거."

"팬픽?"

"나도 뭐 잘 알진 않는데 요즘엔 팬픽 보고 입덕하는 사람도 많다더라. 물론 유리 팬 절반은 네가 만든 건데……"

"음, 뭐."

칭찬으로 끝맺었는데 영하의 반응이 어설펐다. 웃는 듯 마는 듯. 묘한 표정이기에 슬쩍 무슨 일이 있냐고 물었더니 전혀 예상치 못한 답이 왔다. "실은 엊그제 기획사에서 DM이 왔는데."

"기획사? 유리네 회사?"

영하가 고개를 끄덕였다. 가짜라고 의심할 수도 없게 공식 계정으로 발송된 메시지엔 영하의 노고에 감사한다는 말과 함께 직캠 조회 수가 천만 회가 넘은 기념으로 멤버 유리가 인사를 하고 싶어한다는 내용이 적혀 있었다고 했다.

"진짜 유리가 그랬대?"

"겠냐. 회사에서 시킨 거지."

아니, 운영 한번 기가 막히게 하네. 중소는 원래 이런가? 반쯤은 황당했지만 최대한 숨기며 침착하게 뭐라고 답변했는지 묻자 영하가 고개를 설레설레 저었다.

"아직. 근데 거절하려고. 들키면 또 얼마나 개지랄을 하겠냐. 지금도 나 못 잡아먹어 안달인데."

굴러온 돌이 박힌 돌 뺀다며, 안 그래도 원래 유리 사진을 찍던 팬들의 견제에 못 견디게 난감한 모양이었다. 그럼 쌍, 지들이 잘 찍든가. 지들이 못 찍는 거 가지고 나한테 지랄. 영하가 인상을 팍 구겼다가 이내 표정을 풀며 일어났다. "담배 한 대만 피우고 갈까?"

택시에 올라타고도 우미는 한동안 영하가 카페에서 한 충격적인 고백에 매여 있었다. 이래서 양지에서 놀아야 하는구나. 아무리 괜찮은 팬픽을 써서 팬덤을 키워도 기획사에서 고맙다고 연락 올 일은 없을 거다. 물론 무슨 대가를 바라고 하는 일은 아니지만 부러운 건 부러운 거였다. 암만 인기가 없대도 팬사인회에 가려면 돈을 좀 써야 했다. 방세에, 관리비에, 교통비에, 생활에 꼭 필요한 지출만으로 통장에 구멍이 뚫리기 직전이니 유리를 직접 만나는 건 언감생심이었다.

그런데 영하는 어떻게 다 따라다니지? 새삼스레 궁금했다. 서로 얼마 버는지 뻔히 아는데. 부모의 도움을 받는 걸까? 문득 팬덤 내에서 큰손으로 유명하던 사람이 사기죄로 감옥에 갔다는 소식을 들은 게 떠올랐다. 설마. 그 정도로 앞뒤 안 가리는 애는 아니지. 우미는 힐끔 영하의 옆모습을 살폈다. 출근은 편한 차림으로 해도 이런 때 보면 멋쟁이 기질이 어디 가진 않았다. 가방은 당연히 명품. 핸드폰도 새 기종이 나오면 바꾸고, 2주에 한 번은 네일도 바꾸고, 생각해보면 카메라 자체가 고가였으니 회사는 취미로 다니는지 몰랐다. 알고 보면 괜찮은 집 영애 아니야? 완전히 가능성 없는 얘기는 아니라서, 이제까지는 그냥 타고난 줄 알았던 영하의 반들반들한 피부를 넋을 놓고 보는데 그때까지 조용히 있던 기사가 말을 걸었다.

"여기 분이 아니신 거 같은데요."

혹여 오해를 받을까 싶은지 조심스러운 목소리였다. 영하가 맞다고, 서울에서 왔다고 하자 기사가 같은 말투로 되물었다. 내비에 길이 나와 가긴 하는데, 서울 분들이 어째서 이런 델 가실까요. 시내랑 거리도 있고. 영하가 거기가 숨은 전망 명소래요, 하고 무심하게 뱉고는 살짝 짓궂은 투로 덧붙였다.

"제 남자친구가 여기 사람이거든요. 사진 보여드릴까요?"

기사가 누가 봐도 연예인인 유리의 사진을 보고는 영하의 농담을 받았다. "어유, 인물이 훤하네요."

"잘생겼죠!" 영하가 깔깔 웃었다. "기사님, 유리 모르세요?"

"나는 나이가 있으니까요. 가수예요?"

"모르시면 어떡해요! 얘 별명이 군산의 보물인데."

"그런 분을 몰라봤네요. 제가 여기 사람이 아니라서요."

대화의 물꼬를 터 신난 기사가 이야기를 이었다. 직장생활을 마치고 아내의 고향에 내려온 지 이제 막 1년이 되었다고, 첨엔 밭 한 뙈기나 해먹고 느긋하게 노후를 보낼 생각이었으나 나이들었다고 가만히 있자니 좀이 쑤셔 반년 전부터 택시를 시작했다며 덧붙였다. 그래도 웬만한 길은 다 알아요. 내가 길눈이 밝고, 이거 있으면 다 되긴 하니까. 기사가 내비게이션을 손가락 마디로 툭툭 두들겼다.

"그래도 아가씨들이 이런 산에 가는 건 처음 봐요. 관광지도 아닌데."

"다음에 기사님도 가보세요. 풍경이 괜찮대요."

그렇게 한동안 수다가 이어지다가 택시가 어느 언덕에서 멈췄다. 여기서부터는 못 들어간다고, 도보로 가라고 전한 기사는 시내와 떨어진 곳이니 돌아가는 길에 필요하면 전화 달라며 명함을 건넸다.

유턴한 차가 떠나니 사방이 적막했다. 낙엽과 약간 남은 눈을 밟으며 둘은 천천히 오르막길을 걸었다. 점점 경사가 완만해지는 듯하더니 머지않아 트인 곳이 나왔다. 날씨가 좋아 멀리 있는 바다까지 시원히 내다보여 기분이 상쾌했다. 동영상을 찍는 영하 옆에서 우미는 부드러운 바람을 맞았다. 작게 영하가 중얼거리듯 녹음하는 소리가 조용히 전해졌다. 유리야, 네 말대로 여기 너무 좋다. 소중한 추억 나눠줘서 고마워…… 한동안 혼잣말하던 영하가 캠코더 화면을 닫았다. 약간 시간이 지난 뒤 잠긴 목소리로 말했다.

"유리가 진짜 자기 얘기 잘 안 하잖아."

"응."

"콘서트 할 때도 유리네 부모님만 안 오시고. 동창이라고 글 올리는 사람도 없고. 속내를 잘 안 보여주는 앤데…… 요즘은 마음을 좀 열어줘서 고맙다."

바로 어제 진행된 라이브 방송을 두고 하는 얘기였다. 스트레스 관리를 어떻게 하냐는 질문에 유리가 산에 올라 야경을

사랑, 기억하고 있습니까

보는 걸 좋아한다고, 연습생 때는 남산이나 청계산에 갔고, 예전엔 거의 매일 동네 산에 올랐다며 사진을 하나 보여줬다. 이건 군산에서 찍은 건데…… 예쁘죠. 학교 근처라 자주 갔어요. 어딘지는 비밀. 깜찍한 유리. 유리는 모르겠지만 그 정도 사진이면 구글 지도로 금방 위치를 알 수 있었다. 순진해. 순진해도 너무 순진해. 입술에 손가락을 갖다대던 유리를 떠올리며 흐뭇한 미소를 짓는데, 두 사람의 핸드폰이 동시에 울렸다. 방금 업로드된 동영상 속에서 유리가 모자를 푹 눌러쓴 채 춤을 추고 있었고, 그 아래엔 짧은 캡션이 달려 있었다. 연습중! 그걸 보고 영하가 낮게 웃었다.

"이러니까 독한 놈이란 소릴 듣지."

끊어질 듯 끊어지지 않는 웃음소리가 길게 이어지다가 점차 잦아들었다. 어딘지 어두워진 표정의 영하가 짧게 한숨을 내쉬었다.

"우미 넌 오프 안 다니지만 나는 유리 자주 보잖아. 근데 실제로 보면 생각보다 더 간절? 간절하다고 하나? 그런 게 보인다. 왜, 그때 출근길에 미친년들이 밀어서 유리 넘어진 적 있잖아. 내가 너무 미안해서 그날 저녁 사인회 때 유리한테 안 다쳤냐고, 내가 대신 사과한다고 그랬거든? 근데 뭐라는지 알아? 자기는 괜찮대. 사랑해주는 거니까 다 할 만하대. 다른 애한테 들었으면 이 새끼 공사 치네, 뭐가 갖고 싶은 거야? 아이폰 새로 나온다니? 지방시? 하다못해 베이프 티셔츠라도 하나 받으라고 하는구나, 하겠는데 유리는 진심인 거야. 그게 눈에 보이는 거야."

왜 모를까. 우미도 알았다. 오프에 안 다녀도 유리가 진심이라는 건 화면 너머로도 느껴졌다. 그래서 무섭고, 때론 슬프기도 했다. 이렇게 매사에 진심이다보면 다치지 않을까? 유리도 어쨌든 20대 남자애였다. 놀고 싶고, 연애도 하고 싶을 텐데 언제까지 자기를 포기하고 내어만 줄 수 있을까? 유리의 말대로 진짜 사랑받을 수만 있으면 충분한 걸까? 그럼 삶이 없어도 되나? 생각을 하면 할수록 막막했다.

겨울 해는 짧다. 아직 환하다지만 사람도 안 다니는 곳에 더 머무는 건 안전하지 않았다. 어쩐지 쓸쓸한 기분을 품에 안고 두 사람은 언덕을 내려갔다. 오솔길을 지나 다시 도로가 나오는 곳에 도착했을 때 영하가 핸드폰을 꺼내 영상을 재생했다. 소리를 키우자 익숙한 목소리가 흘러나왔다. 제가 학교 다닐 때 저녁 먹고 자주 가던 데가 있어요. 교문 나가서 오솔길을 따라가면 언덕이 나왔거든요. 그 위로 올라가면 사방이 트인 곳이 있어서……

"그런데 왜 지도에는 안 나오지? 폐교된 건 아니겠지?"
"그래도 건물은 남아 있겠지."

"그렇겠지? 어쨌든 시간 있으니까 가보자고."

둘은 유리의 말을 거꾸로 되짚으며 나아갔다. 꼭 길이 있는 것처럼 말하는 투였는데 별달리 인도가 없어 영하는 가드레일에 바짝 붙어 걷고 우미는 뒤따랐다. 오 분 정도 지났을까. 팻말이 하나 보였다.

"저건가? 저기. 사단법인 평화와 어쩌고."

"어? 맞는 거 같아. 사립이라서 안 나왔나보다."

거기서부터 영하의 발걸음에 묘하게 탄력이 붙었다. 좀 천천히 가. 그렇게 말을 붙여도 처음에만 속도를 늦추는 듯하다가 금방 저만치 앞서나갔다. 그러는 우미 역시 발걸음이 다급해지는 걸 멈출 수 없었다. 묘한 흥분에 심장이 쾅쾅 뛰었다. 라이브 방송이 진행된 건 어제. 운이 좋다면 유리가 다녔던 학교에 가는 건 우리가 처음일 거다. 그런 기대감에 가득찬 두 사람의 눈앞에 다시 한번 팻말이 나타났고, 그 뒤편으로 울창한 나무로 둘러싸인 건물이 보였다.

"아직 있다!"

신이 나 달려간 두 사람은 교문 앞에 멈췄다. 교문 위에 푸른 담쟁이 잎이 아치형으로 드리워져 있고 그 아래 그늘 한가운데 구세주가 있었다. 흰 석고를 깎아 만든 얼굴이 핏기 없이 창백한 한편, 감은 눈매와 메마른 뺨이 깊은 슬픔에 잠겨 있는 듯도 했다. 뭐야. 미션스쿨인 걸까? 그 종교적인 분위기가 묘하게 경건해서 양팔을 휘두르며 뛰어온 게 민망했다. 그래도 오긴 왔으니 기록은 남겨야지, 싶어 두 사람은 유리의 포토카드를 들고 교문이 나오게끔 사진을 찍었다. 그런 다음 한 명씩 서서 어색한 브이를 하고 인증샷도 남겼다. 사실상 할 건 그게 다였다. 그러고 나서도 한동안은 담장 안쪽을 힐끔대면서 발걸음을 떼지 못하는데, 불쑥 영하가 입을 열었다.

"들어가볼까? 어차피 주말이라 사람 없을 거 같은데."

문이 잠겨 있는 것도 아니고 얼핏 보이는 정원은 조경을 꽤 신경써서 외지인 둘이 관광을 왔다가 모르고 들어왔다고 평계 대기도 괜찮을 듯싶었다. 영하가 슬그머니 발을 뗐고, 우미도 못 이기는 척 들어갔다.

문을 통과하자마자 바로 정면엔 인물상이 있었다. 교문에 있는 구세주 상을 크기만 키운 줄 알았는데, 포즈가 똑같을 뿐 가까이서 보니 얼굴이 달랐다.

"뭐야?"

"창립자인가봐. 우리는 하나님의…… 이건 뭐야. 뭐라고 읽어…… 섭리? 섭리 안에 사는 군사다…… 말씀에…… 이건 또 뭐야…… 복종하고…… 자유, 자유를 수호하고……"

동상 발아래의 돌비석에 새겨진 한자 섞인 문장을 소리 내어 읽는 영하를 뒤로하고 우미는 안쪽으로 더 들어갔다. 교정을 채운 열대수가 이 도시, 그리고 두 사람이 남쪽에 있다는 걸 말해주었다. 키는 작아도 둘레가 한 아름드리는 되는 종려나무가 가득했다. 조그만 꽃을 피운 비파나무 잎이 거울처럼 빛을 반사했다. 우미는 계절도, 시간도 잊은 채 아름다움에 몸을 맡겼다. 묘한 기시감은 어린 시절 교회 수련회에 따라갔던 기억을 상기시켰다. 수련원은 꼭 이런 데 있었지. 산속에. 우리끼리만 모여서 기도할 수 있는 곳에. 그렇게 생각하니 시간이 되돌아간 듯 아늑했고, 이 정원을 한없이 뱅글뱅글 돌기만 할 수도 있을 것 같았다. 뒤따라온 영하도 캠코더를 켠 채 감탄했다. 와, 진짜 잘해놨네. 무슨 공원 같다. 근데 무슨 동상이 이렇게 많아. 혼자 중얼거리며 여기저길 찍던 영하가 캠코더 화면을 닫고 우미의 어깨를 툭툭 쳤다.

"화장실 안 갈래?"

"여기서?"

"엉. 지금 아니면 시내 나갈 때까지 참아야 할 거 같은데. 아님 여기 있어. 금방 다녀올게."

별로 마렵진 않았으나 혼자만 있기 민망해서 같이 바로 앞 단층 건물로 갔다. 한일자로 지어진 건물의 유리문을 열자 곧바로 작은 홀과 벽을 따라 놓인 소파, 커다란 거울과 난초 화분 서너 개가 눈에 띄었다. 한눈에도 값이 꽤 나가 보였지만, 그곳 역시 순찰중이라는 팻말이 붙어 있고 아무도 없었다.

"전화해야 하나?"

"화장실만 갈 건데, 뭘. 잠깐만 있어."

그리고 영하는 정말 급했는지 종종걸음으로 복도를 따라 사라졌다. 우미는 천천히 소파에 엉덩이를 붙이고 앉았다. 다리를 뻗자 칼날처럼 긴 그림자를 만든 햇빛이 종아리에 와닿았다. 아주 환해서 오히려 어두운 빛이었다. 다시 학생이 된 거 같다. 사춘기 애들로 가득한 건물에서 풍기는 특유의 시멘트 비린내를 맡자 처음 교정에 들어왔을 때 느꼈던 아늑함이 또다시 밀려왔다. 우미는 손으로 인조가죽을 쓸어내리며 묘한 감상에 젖었다. 해가 지고 있는 탓일까? 세피아색으로 물든 건물은 뒤엉킨 호르몬이 만들어낸 비밀로 가득차 있어 금방이라도 터질 것만 같았다. 그 침묵 속에 천천히 잠기다가 우미는 문득 깨달았다.

군산이 유리를 닮았다면 이 학교는 유리 그 자체다. 어쩐지 그렇게밖에 말할 수 없는 비밀과 아름다움이 있었다. 그래서 익숙했던 거구나. 그래서 알 거 같았던 거다.

우미는 소파 손잡이가 유리의 손이라도 되는 것처럼 조심스레 쓰다듬었다. 사람이 오래 산 곳에는 흔적이 남는다. 도시도, 학교도 그렇다. 깨달음을 얻으니 시멘트 비린내 속에 열일곱 유리의 땀냄새가 배어 있는 것 같아 무척 싱그럽게 느껴졌다. 우미는 코를 벌름거렸다. 숨을 깊게 들이마시고 내뱉으며 감탄했다. 이래서 성지순례지. 이게 성지순례인 거야. 그렇게 감동에 젖어 있는데 어디선가 묘한 소리가 들렸다.

뭐지? 우미는 반사적으로 몸을 일으켰다. 경비원이라면 잠시 화장실을 쓰러 들어왔다고 말할 참이었다. 그러나 복도에는 아무도 없고, 영하 역시 화장실에서 아직 나오지 않은 듯했다.

이상한데. 우미는 소리의 진원지를 찾아 걸었다. 가까이 갈수록 먼지 떨어내는 듯한 소리가 점점 커졌다. 우미는 엉뚱하게도 수련원의 레크리에이션 수업을 떠올렸다. 신뢰게임이라고, 한 사람이 두 팔을 가슴에 모으고 뒤로 몸을 눕히면 뒤에선 사람이 받아주는 활동이었다. 우미는 착실히 참여했고, 중학생 오빠들은 짝을 받아주는 척하다가 장난으로 몸을 쑥 빼곤 했는데 그때 나던 소리가 들렸다. 누군가 적당히 딱딱한 곳에 계속 몸을 부딪는 듯했다.

그 기억을 떠올리니 왜인지 불안한 느낌이 들어, 우미는 발소리를 죽이고 진원지의 코앞까지 다가갔다. 소리는 건물 뒤편에서 나고 있었다. 조심조심, 들키지 않게 우미는 열린 창문 위로 눈만 살짝 뺐다. 그리고 바깥에서 일어나는 일을 파악하는데

"야!"

언제 다가왔는지 영하가 불호령을 내렸다. "너 이 자식들 지금 뭐하는 짓이야!" 그 말에 한 남자애의 배를 걷어차던 애들

이 움직임을 멈췄다. 놀란 듯 바라보던 것도 잠시, 금세 느물느물 웃으며 멀어졌다. 영하가 재빨리 건물 측면에 난 쪽문을 밀고 바깥으로 나갔다.

"괜찮아?"

영하가 쓰러진 남자애에게 손을 내밀었다. 남자애는 수치심 때문인지, 두세 번 그 손을 내쳤지만 결국 영하가 한쪽 팔꿈치를 잡게 내버려뒀다. 영하가 조금 뒤늦게 따라온 우미에게 손짓했다. 우미가 비어 있던 다른 쪽 팔꿈치를 잡았다. 그렇게 두 사람에게 기대어 소년은 천천히 일어났다.

살짝 힘을 빼도 서 있는 걸 보니 놀라서 다리가 풀린 거지, 걷지 못할 상태는 아닌 듯싶었다. 다행이다. 소년이 크게 다치진 않았다는 걸 확인한 영하는 잠깐만, 이라는 말만 남기고 어딘가로 훌쩍 사라졌다.

상황에 어울리는 말은 아니었지만 참 어색했다. 쌀쌀한 날씨에도 가냘픈 겨드랑이에서 뿜어져나오는 열기를 느끼며 우미는 곁눈질로 소년의 얼굴을 힐끔댔다. 여중 여고를 나온 탓일까? 이제껏 누가 누구를 다구리 쳤느니 하는 말은 들었어도 실제로 본 건 처음이었다. 실제 싸움에는 확실한 박력이 있었고, 그건 자주 레퍼런스 삼던 소년만화와는 달랐다. 말하자면 각오는 없는데 잔인하달까. 왜 그럴까, 생각하다 때리는 사람이 두려워하지 않아서라는 걸 깨달았다. 맞을 걸 예상하면 응

크리게 될 텐데, 일방적으로 치기만 할 수 있다는 확신이 드니 잔혹한 호쾌함이 나오는 거다.

그런 엉뚱한 상념에 잠겨 있는데 소년의 목울대가 울렁였다. 이크. 우미는 고개를 돌렸다. 우는 남자애를 볼 줄 몰랐고, 대할 줄도 몰랐다. 참아줬으면, 하는 바람과 달리 잠시 뒤 어김없이 훌쩍이는 소리가 들렸다. 겨드랑이가 들썩들썩 움직였다. 영하, 빨리 좀 와…… 마음속의 외침이 닿았는지 그가 건물 모퉁이에서 쑥 고개를 내밀었다.

"바로 이 앞에 있는데 한참 찾았어."

그러고는 소년의 다른 쪽 어깨를 부축해서 수돗가로 데려갔다. 다리를 뻗을 수 있겠냐는 물음에 소년이 고개를 끄덕이자 영하가 우미를 향해 말했다.

"우미야, 좀 도와줘. 잘 잡아줘."

소년은 학처럼 선 채 다친 쪽 다리를 수돗가에 올렸다. 바닥에 넘어질 때 찢어진 바지 사이로 까진 상처가 모래를 묻힌 채 드러나 있었다. 부서진 광물이 석류처럼 붉게 벗겨진 피부에 그악스럽게 달라붙어 피를 빨아먹고 있었다. 조심스레 수도꼭지를 틀어 피를 씻어냈다. 으악. 우미는 자기도 모르게 소리를 냈다. 침묵하던 소년도 그제야 깨문 잇새로 작게 신음을 뱉었다. "말할 줄 아네." 목소리를 듣고 영하가 농담처럼 덧붙였다. "세수도 해. 꼴이 말이 아니다."

그 말에 무언가 터진 듯 소년이 말했다. "저도 알아요."

그러고는 다시 뜨거운 눈물을 주룩주룩 흘렸다. 우미는 뭐랄까, 민망함을 참을 수 없어 고개를 돌렸다. 그러나 영하는 달랐다. 끝까지 소년이 우는 걸 지켜보고, 가방을 열어 베갯잇 대신 쓰려던 수건도 건넸다.

마지막까지 소년은 맞은 이유를 말하지 않았다. 당직실에 데려다주겠다고, 거기라면 누군가 어른이 있지 않겠냐는 영하의 말에 도움을 구해선 안 된다고, 전부 자기가 믿음이 부족했던 탓이라는 이상한 핑계를 대며 우겼다. 어린 소년의 자존심을 건드릴 필요는 없었다. 사실, 못 본 척하는 게 가장 나은지도 모른다. 실컷 운 소년의 호흡이 어느 정도 가라앉았다. 해는 진 지 오래였고, 하늘은 군청색이 되어 있었다.

"혼자 움직일 수 있어?"

소년이 보일 듯 말 듯 희미하게 고개를 끄덕였다. 영하가 더 묻지도 않고 덥석 밀어붙였다. "그래? 그럼 우리 택시 타는 곳까지 데려다줘."

"예?"

"캄캄하잖아. 우린 길도 잘 모르는데."

"알았어요."

소년이 조금 갈라진 목소리로 답했다. 그러고는 종려나무 길을 따라 두 사람이 지나왔던 구세주의 두 팔 밑을 향해 절뚝이며 걷기 시작했다. 영하는 그 뒤를 따랐다. 우미도 쫓아가다가 슬그머니 영하의 팔을 잡고 목소리를 낮춰 물었다. 우리끼리 가도 되지 않아? 그러자 영하가 심플하게 답했다.

"그냥 들여보내기 좀 그래서. 무슨 일이 있을지 어떻게 알아." 그러고는 살짝 덧붙였다. "이럴 땐 도와달라고 하는 게 돕는 거야."

그렇게까지 말하는데 어떻게 말릴 수 있겠는가. 결국 택시가 오기까지 삼십 분을 어색하기 짝이 없는 채로 기다린 후에 두 사람은 숙소로 돌아왔다. 놀라기도 했고, 또 번거롭기도 해서 결국은 중국집에 가는 대신 편의점 라면으로 끼니를 때웠다. 맥주에 취한 영하가 모로 누웠다. 별일이 다 있네, 어쩐지 꿈같다, 라고 혼잣말하다가 목소리를 키워 우미에게 물었다.

"그게 무슨 소리인 거 같아?"

"뭐가?"

"아니, 그 남자애들이 말야. 때리면서 너 천국 가기 싫냐 그랬잖아. 그게 무슨 뜻이지?"

"그냥 유행어 아냐? 별 뜻 없을 거 같은데."

그런가. 그 말을 끝으로 영하는 곯아떨어졌다. 우미는 기다렸다는 듯 재빨리 아이패드를 켰다. 춤을 추듯 저절로 미끄러지는 손가락을 보며 황홀감에 빠져 중얼거렸다. 됐다. 봤다. 이제야 진짜 유리를 알게 됐다. 학교를 다녀온 게 킥이었다.

그런 확신이 들었고 유리가 선택했을 결말로 이야기를 매듭지었다. 시원섭섭한 마음으로 마침표를 찍자 밖이 밝아오고 있었다. 우미는 글을 업로드한 뒤 바닷가로 나가 해돋이를 보았다. 유리가 사랑했다는 바다의 아름다움을, 뜨거운 빛을 온몸으로 양껏 들이마신 뒤, 한결 개운해진 채 돌아가 영하를 깨웠다.

용산역에 떨어진 것은 점심 무렵이었다. 뒤풀이 겸 해장을 할까 했지만 피곤해서 일찍 헤어지기로 했다. 여전히 부은 얼굴의 영하가 손을 흔들었다. 내일 회사에서 보자. 응, 잘 쉬고. 너도. 우미는 돌아서서 핸드폰을 확인했다. 못 본 사이 누군가 팬픽에 댓글을 달았다는 알람이 도착해 있었다. 들어가보니 이런 말이 적혀 있었다.

—헉. 드디어 이런 게 올라오네요. 감동.

으흐흐. 우미는 웃었다. 이를 드러낸 채 남들의 시선을 개의치 않고 실컷 웃었다. 두 팔을 쭉 뻗고 기지개를 켜자 저절로 탄성이 나왔다.

이게 사는 거다. 이게 사는 거야.

❖

그후 1년 뒤 코로나 바이러스가 유행하며 그룹은 해체됐다. 케이팝은 그 어느 때보다 주목의 대상이 되었으니, 공연예술계가 타격을 입었기 때문은 아니고 조금 이상한 일인데, 두 사람의 최애이자 그룹에서 유일하게 알려진 유리가 팀을 탈퇴했기 때문이었다. 사유는 결혼이었다. 신흥종교의 신자인 그는 하나님의 말씀을 따라 신앙가정을 만들기 위해 만 스물한 살에 결혼하여 일본으로 이주했다. 그걸로 끝.

우미는 고구마 줄기처럼 딸려나오는 기이한 이야기들을 밤을 새워 찾아 읽었다. 신흥종교. 기독교계 이단. 사이비 종교. 신자 리스트에는 일본의 유명 정치인, 70년대를 풍미한 가희와 과학자의 이름, 그리고 유리의 이름도 적혀 있었다. 일전엔 유리와 연결되어 있지 않은 키워드였으나, 누군가 친절하게도 문서를 수정해두었다. 영하의 직캠이 화제가 된 이래 두번째로 유리는 각종 포털 사이트의 실시간검색어 1위를 했다. 모든 팬덤이, 영하가 '예술'을 했던 때와는 비교도 안 되는 양과 속도로 유리에 대해 이야기했다. 은근히 유리를 눈꼴시어하던 사람들이 있었는지 이런 악플도 달렸다.

—효자라고 영업하더니만 ㅎㅎ 돌판 레전드 ㅎㅎ

사람들이 신이 난 걸 숨기지 않고 유리의 이야기를 떠드는 동안 우미는 아무 말 하지 않았다. 대신 새삼스레 유리의 행동을 되짚었다. 아이돌 '유리'로 존재하는 것만이 목적인 유리. 춤, 노래, 그리고 팬들밖에 모르는 유리. 순한 유리. 저 혼자 꼿꼿이 콘셉트를 지키는 유리. 딴짓 안 하는 유리. 그래서 이쁜 유리. 유리의 선택이라 여겼던 모든 것이 실은 신을 위한 헌신이었다. 그리고 유리는 자기를 모르는 여자들이 내미는 손, 그 손에 아무리 채워도 공허했던 사랑보다 훨씬 위대한 사랑 안에 머물기로 했다. 현세의 궁전이 아닌, 내세의 궁전에 머물기로 하였다고 했다.

그 말을 끝으로 10분짜리 간증 영상은 끝이 났다. 우미는 영상이 꺼진 뒤 남은 검은 화면을 보며 내뱉었다. 그래. 내가 그랬잖아. 뭔가 있는 거 같댔잖아. 그러나 유리의 뒤에 내내 드리워 있던 검은 그림자는 숨겨둔 아픔이 아니었다. 그것은 신의 후광을 마주하는 자라는 증표였다. 그것도 엉뚱한 신. 한국인 신. 살아 있는 신. 김치를 먹어본 적이 있는 신. 섹스를 미친듯이 하는 신의 썩은 이처럼 누런 후광 말이다.

그 일을 계기로 우미는 탈덕했다. 그보다 조금 일찍 영하도 탈덕했는데 이유가 달랐다. 누군가 영하를 공론화한 것이다. 그들은 영하가 별도로 사용했던 팬픽 계정을 알아내 이름난 홈마가 멤버를 희롱했다며 비아냥댔다. 익명의 고발인이 악의적으로 가지치기한 『사랑, 기억하고 있습니까』는 앞뒤 맥락이 없어 포르노그래피로만 보였으나, 애정이 담긴 걸작임을 부정할 순 없었다. 우미는 그걸 모두가, 아니, 영하를 공격한 사람들이야말로 잘 알 거라고 믿었지만 동시에 고발인이 선정성을 핑계삼은 이유를 모르지도 않았다. 팬픽을 업로드하고 얼마

뒤, 자신이 아닌 누군가 쓴 작품이 타임라인을 휩쓰는 걸 보며 우미 역시 야해서 인기가 많은 것뿐이라고 깎아내렸으니까. 뒤늦게 혹평을 받은 영하의 콘티를 보고 교수가 못 알아본 그의 재능에 깜짝 놀랐던 것처럼. 그래서 영하의 자퇴 소식에 안심했던 것처럼. 활발하고, 양쪽 귀에 네댓 개의 피어싱을 하고 다닐 정도로 멋쟁이인 영하에게 이 세계로 오지 말라고 비명을 지르고 싶었던 것처럼 그들도 두려웠던 것이다. 영하의 재능이. 그들이 아닌 영하가, 영하만이 예술을 통해 유리를 가지게 되는 일이.

도덕 싸움에서 패배한 자가 갈 곳은 없었다. 영하는 계정을 폭파했고, 글을 지웠고, 머잖아 회사도 그만뒀다. 아니, 정확히는 잘렸다. 일전에 영하가 굿즈 나눔 이벤트를 하며 회사 주소로 택배를 부쳤는데, 그걸 기억한 누군가가 영하의 팬픽을 인쇄해 회사로 보낸 것이다. 대표가 만든 현세의 궁전에 게이 음란물을 쓴 영하의 자리는 없었다. 영하는 괴롭힘에 가까운 업무 분담을 견디지 못하고 짐을 쌌다. 마지막날, 우미는 회사 로비까지 영하를 따라가 말했다.

영하. 계속 글을 써. 뭐라도 좋아. 이야기를 써.

간절한 말이었는데. 영하는 웃었고, 그날 이후 두 사람이 연락을 주고받는 일은 없었다. 그러나 우미는 영하가 자신이 한 말을 잊지 않기를 바랐다. 언젠가 영하가 그려낸 풍경을, 두 사람이 갔던 한눈에 반할 정도로 아름다운 정원을, 종려나무와 비파나무 잎이 거울처럼 반짝이는 길을, 열일곱 살의 유리가 바지가 벗겨진 채 질질 끌려다니는 모습을, 새처럼 유리문에 머리를 처박는 모습을, 수돗가에서 얼굴에 물을 잔뜩 뒤집어쓰고 가쁘게 숨을 내쉬는 모습을 다시 볼 수 있길 바랐다. 그걸 손도 대지 않고 지켜만 보는 구세주의 흰 손과 흰 얼굴을 묘사한 문장을 만날 수 있길 바랐다. 하지만 어떻게 그럴 수 있지? 지워진 글은 사라지는데. 더는 이 세상에 존재하지 않는데.

한 차례 실패에도 선배는 굴하지 않았다. 그는 지역에서 사람을 구하기 어렵다면 서울 집회에서 구하면 어떻겠냐고 했다. 응원봉을 든 여자는 발에 차이게 많았고 우미가 말을 건네면 대부분 호의적인 반응을 보였다. 그러나 그들에게 명함을 건네고 돌아설 때면 우미는 뭐라 설명할 수 없는 감정에 휩싸였다. 이상하게 영하를 신고한 사람들, 고소하다고 여기는 투로 영하를 비난한 이들이 떠올라 누구도 똑바로 볼 수 없었다.

우미는 행렬이 시작되기 전 광화문 방향으로 내려갔다. 도로에 설치된 스크린 속에서 눈을 번뜩이는 젊은이들의 얼굴, 거기 서린 기이한 흥분과 두려움을 보았다. 우미는 그들이 어디에서 왔는지 알았다. 약속된 종려나무가 어디 있는지 알았다. 누군가 마이크에 대고 외쳤다. 성전은 이미 시작되었다! 하나님의 성스러운 군대여! 진격하라! 찢어진 목소리. 듣는 것만으로 목에서 피맛이 났다. 멍하니 발걸음을 멈추고 선 우미 앞에 무리 중 하나가 다가왔다.

불법선거!

그 희번뜩이는 눈. 폭도의 얼굴. 제자리를 찾아 신이 난 얼굴. 자신이 성전에 임한다는 이야기에 흠뻑 취한 얼굴. 어쩌면 6년 전에 스쳐지났을 수도 있는 얼굴.

그 밤, 나란히 앉아 택시를 기다리고 있을 때 누구랄 것도 없이 배가 울리는 소리가 났다. 다들 모른 체 얼굴만 붉히는데 영하가 생각났다는 듯 손바닥을 짝 부딪쳤다. 밤식빵! 아침에 산 거 남았다. 종일 가방에 넣고 다녀 뭉개졌지만 모양만 그렇고 말짱했다. 거절하려는 소년에게 영하가 들이댔다. 괜찮아. 둘이 먹기엔 너무 커. 멀리 야경을 내려다보며 세 사람은 식빵을 나눠 먹었다. 정확히 삼등분. 목메는 줄도 모르고 먹었다. 멀찍이 택시의 헤드라이트가 이쪽을 비추며 다가왔다. 남자애가 일어나 꾸벅 인사를 했다. 통금 시간이라서요. 그렇게 말하며 손을 흔들었다. 두 사람도 몸을 돌려 빛이 오는 방향으로 내려갔다. 갑자기 영하가 뒤를 돌아 불쑥 외쳤다.

"야!"

어둠 속에서도 흰 인영이 이쪽을 돌아보는 것이 느껴졌다.

멈칫한 것도 잠시, 영하가 배에 힘을 주고 크게 소리질렀다.

"맞고 살지 말아! 차라리 때리고 살아!"

그 말을 들은 남자애의 얼굴을 우미는 기억했다. 그제야 웃던 얼굴, 어둠 속에서 달걀처럼 떠오르던 흰 얼굴을 기억했고, 그와 동시에 유령보다 무서운 자신의 마음도 여지없이 떠올렸다. 그날 유리창 너머에서 무슨 일이 일어났는지 알았지만 우미는 영하가 올 때까지 그 장면을 보고만 있었다. 무서워서도, 떨려서도, 내 문제도 아닌 일에 얽히고 싶지 않아서도 아니었다. 우미는 단지 보려고 했다. 소년의 맞는 얼굴을. 유리창 너머 안전한 곳에서. 그 생생한 핏방울을 펜촉에 찍어 쓰려고 했다.

돌아오는 길에 우미는 빵집에 들러 밤식빵을 샀다. 결을 따라 찢어지는 빵과 졸인 밤을 혀로 으깨며 우미는 그 밤 나눠 먹은 빵의 맛을 떠올렸다. 영하도, 우미도, 이름 모를 소년도 그것을 달다고 느꼈다. 시간이 흘러 그 감미는 희미해졌지만, 우미는 누구나 단걸 먹으면 달다고 느낀다는 걸, 그걸 깨달은 순간, 참을 수 없이 두려웠던 것을 분명하게 떠올렸다. 그날 함께 빵을 나눠 먹은 두 사람에게 그 맛을 기억하느냐고 묻고 싶었다.

해설 | 오은교(문학평론가)
이면의 마조히즘

"정말이지, 불공정한 사랑엔 이골이 났다!"(「0302♡」, 44쪽) 가난하게 태어났기에 성실하게 벌어먹어도 구차를 면치 못하는 빈자들, 생애주기의 각종 순위 경쟁에서 가뿐히 밀린 하급자들, 관심과 돌봄 경제의 낙오자들. 그러니까 못생긴데다 잘못 부착된 느낌을 주는 알몸과 그 거죽에 길들여진 사고 회로들. 이희주 소설의 여자, 청소년, 퀴어, 빈민들은 절대 이 불평등을 용납할 수 없다. 그래서 그들은 지금 우리를 기울이고 구부리는 중력만이 전부가 아니라고 가정한다. 상상력을 더하고 곱해 그 이면의 다른 세계가 있다고 믿고자 한다. 그러나 철저하게 계급화, 젠더화된 권력의 구조 내에서 약자에게 개혁의 힘과 기회가 쉽게 주어질 리 없다. 치솟은 불평등, 바닥난 인내심, 무엇이 가능할까?

　어떤 자원이든 이용해야만 하는 처지에 허용된 것이라곤 억눌린 힘뿐일 때, 그 약함을 연극적으로 강조함으로써 주체화의 발판으로 삼는다면 구도는 역전될 수 있다. 가령 약자의 지나친 복종은 당황스러운 일이다. 억압을 통해 마땅히 가려져야 할 폭력의 구조가 드러나기 때문이다. 고통의 한가운데에서 잠시 전능해져본 적 있는가. 그 전복의 탄성력을 통해 새로운 주체화가 가능하다면 마조히즘은 여성주의의 문법이 될 수 있다. 사랑에 절절매며 안달복달 시난고난 앓는 이희주의 인물들이 차별적인 성 역할 모델만을 심화시킨다는 비판은 적절하지 않다. 오히려 무력한 약자라는 기표를 이용하여 금기시되어 있는 여성의 다양한 성적 욕망을 표현하고, 그것을 스스로 즐기며 자유롭게 유희함으로써 고정된 의미를 변화시키기 때문이다.

　"총, 칼만이 침략의 도구가 아니라는 걸 아는 사람 (……) 삼키는 것. 녹여버리는 것. 파묻어 질식시키는 것도 전략이라는 것"(「마유미」, 111쪽)을 아는 이들만이 『크리미(널) 러브』의 주인공이 될 자격이 있다. 범죄는 현실 논리를 따르고, 사랑은 이상 논리를 따르지만, 이곳에선 그 둘이 부드럽게 섞인다. 범죄 속에서 은밀히 개화중인 에로티시즘의 향연, '빠순이' '변태' '오타쿠'라는 멸칭을 직시하고 인정하면서도 남다른 열정과 몰입의 힘으로 다른 차원을 열어가는 노동, 조금의 가능성만으로 열어젖힌 망상의 일대기, 설탕으로 지은 감옥. 이희주의 세계는 그런 곳이다. 지금, 여기의 만유인력을 수용하는 대신 이 현저한 불평등을 외면할 시 일어날 수 있는 극단을 예고한다. 진짜 이런 세상이 전부라면 더한 일을 감수해야 한다며 제 몸을 불살라 경고한다. 자기 존재의 파멸을 각오하는 이 이야기들을 경청할 필요가 있다면, 그곳은 이미 극심한 차별이 임계점에 이른 사회일 것이다. 이희주의 모국어를 이해하는 일에는 그러한 고통과 영광이 있다.

돌봄의 권력과 에로티시즘

닿을 수 없는 이에 대한 동경과 관심받지 못하는 자의 외로움으로 부푼 세계. 그 한가운데서 사랑이라는 지렛대를 이용해 세계 전체의 논리를 원하는 대로 전복시켜버리는 극강의 소설인 「0302♡」와 「러브 오브 마이 라이프」는 그간의 작품세계를 빛내온 이희주의 장기들을 유감없이 보여준다.

고교 청춘 소설 「0302♡」는 현실과 허구를 오가며 허기진 욕망을 채우다 이윽고 두 세계의 중력을 역전시키는 이희주 소설 특유의 세계관을 잘 보여주는 작품이다. 어느 낙후하고 지루한 동네에 마주치면 소원을 이뤄준다는 '사거리의 미소년'이 등장하고, 같은 길로 하교하던 유리와 희주가 함께 그 존재를 만나게 된다. 그리고 다음날, 유리는 '사거리의 미소년'을 닮은 초절정 미남의 몸으로 바뀐다. 어제까지만 해도 "반 아이들의 기억에 남지 않는 (……) 특징 없는 애들"(13쪽) 중 하나에 불과했던 유리는 이제 한나절도 지나지 않아 존재만으로도 파문을 일으키는 학내 스타가 되고, 그의 절친 희주는 유리만의 호위무사가 되어 곁을 지킨다.

"유리가 속눈썹을 팔랑일 때마다 여자애들의 영혼이 음욕의 지옥에서 재처럼 빨갛게"(17쪽) 타오르고, 성별과 나이를 불문하고 모두가 그에게 호의와 친절, 절절한 사랑의 고백을 바친다. 반박과 시샘이 끼어들 수조차 없는 아름다움 앞으로 집합하는 개미떼 같은 관심의 폭포, 그의 극히 일부라도 차지하기 위한 흥분한 민중들의 암투. 유리는 그 낯선 시선이 결코 싫지 않다. 그러나 어느 날 사랑을 고백하며 옥상에서 뛰어내리겠다는 이의 등장은 유리의 경호원인 희주로 하여금 새로운 결단에 이르게 한다. "아예 많은 사람에게 사랑받으면 오늘처럼 한 사람에게 집요하게 당하는 일은 일어나지 않지 않을까? (……) 아이돌이 되는 거야."(30쪽)

그렇게 유리는 아이돌이 되기 위해 노래와 춤을 연습하기 시작하고, 희주는 그를 가장 가까이서 지켜보는 열성 관객이

자 심사위원이 되어 그의 사기를 돋운다. 그리고 쉬는 시간마다 찾아오는 여자애들은 이제 고백을 하는 대신 사인을 요청하기 시작한다. "역시 다른 세상으로 건너가는 게 빠르다. 아주 높은 담을 짓자."(36쪽) 그리고 동급생이 몰래 찍어 SNS에 업로드한 영상 속 유리를 본 소속사들의 캐스팅 제안이 잇따르기 시작한다.

그런데 유리는 알 수 없는 이유로 오디션에서 연이어 낙방하다 어느 날 유흥업소에서 일하는 엄마와 함께 찍힌 자신의 사진이 든 우편물을 몰래 찢어버리는 희주를 보며 뼈아픈 진실을 깨닫는다. 그러니까 "피는 씻길 수 없"(57쪽)다는 것, "한국에는 커피숍의 수보다 많은 업소가 있고, 그러면 거기서 일하는 사람이 있고, 그중에 누군가는 아이를 낳고"(55쪽), 동네 작부의 아들인 자신은 "하여튼 최대한 깨끗해야 하고 흠이 있어선 안 되"(56쪽)는 아이돌이 될 수 없다는 것을 말이다. 온갖 수치와 모욕을 견디고 귀가한 엄마의 무릎을 베고서 그를 연민해온 유리는 꿈을 말끔히 포기한다. 그러고서 사실은 '사거리의 미소년'을 보자마자 "사랑받고 싶다"(58쪽)고 빌었으며 '사거리의 미소년'은 그만의 방식으로 자신의 소원을 들어준 거라고 고백한다. 그 고백을 들은 희주 또한 하지 못한 말을 속으로 삼킨다. "실은 사거리의 미소년은 내 소원도 들어줬거든./나는 단지 너의 앞집에 사는 여자애일 뿐이었어. 우리는 친구였던 적이 없고 (……) 뭐든지 들어주는 사거리의 미소년이 나를 네 친구로 만들어준 거야."(59~60쪽)

'사거리의 미소년' 이야기는 동네 서점에 꽂혀 있던 책의 내용이었다. 서점 주인은 희주에게 말했었다. "종종 이런 일이 있거든요. 책 밖으로 빠져나가서 진짜가 되는 일이. 세계는 의외로 막이 얇으니까."(42쪽) 「0302♡」를 비롯하여 이희주의 소설에선 이처럼 민담, 게임, 연극 등 픽션을 경유하여 인물들이 처한 편파적인 상황을 역전시키는 효과가 일어난다. 그런 일이 일어나지 않는다면 소외된 이는 영영 소중한 존재가 될 수 없기 때문이다. 「0302♡」 속 희주의 듬직한 사랑이 소원을 들어주는 '사거리의 미소년'이라는 괴담을 진실로 만든 것처럼, 희주의 시선 속에서 유리가 상처를 치유해가는 것처럼, 신 없는 세상에서 구원은 사랑, 우정, 관심이다.

물론 사랑은 보통 견디기 어려운 것이다. 대개 그 마음들의 짝이 맞지 않기 때문이다. 아니, 평형을 이루지 못하기에 사랑인 거라고 해야 할까. 인생을 살뜰하게 털리면서도 굳건히 자신의 사랑을 실천하는 뭇 여자들을 향한 존경의 연서, 「러브 오브 마이 라이프」는 답 없는 '러브'에 '라이프'(삶)를 걸어 결국 라이프(생명)를 보존해내는 아찔하고 기가 막힌 러브 스토리다. 화자 '나'의 '인생의 사랑'은 마누라가 신문 배달로 마련해온 집세를 도박에 꼬라박고, 외박을 한 뒤 여자 향수와 담배

냄새를 묻히고 돌아와 집밥을 먹으며, 깨끗이 치워놓은 살림집에 매번 다른 여자를 들여 놀고먹는 희대의 놈팡이, 정우다. '나'가 정우만 바라보며 살게 된 이유는 간단하다. 아무에게도 관심받지 못하는 박색인 자신에게 어느 여름, 단 한 번 정우가 분홍색 리본이 달린 신발을 사준 적이 있기 때문이다. "나는 눈물을 훔쳤다. 이제껏 내가 숨겼던 것, 다른 사람은 보지 못했던 걸 정우는 알고 있었다. 이런 못난이의 안쪽에도 공주가 살고 있다는 걸."(235~236쪽)

그렇게 '나'는 남의 생리대를 치우고 밤새 사내가 벌인 소란을 사과하는 희생을 마다 않으며 밑 빠진 독에 고혈을 갖다 붓지만, 정우는 밖으로만 나돌기만 했다. 그런 둘의 보금자리에 어느 날 '나'를 닮은 다른 여자가 당당히 들어와 주인 행세를 하기 시작한다. "이게 문제다. 정우랑 살다보면 인내심이 지나치게 강해진다. (뭘 참아야 하고 어디까지 참아야 하는지 알지 못하게 된다는 뜻이다.)"(228쪽) 그렇게 사랑의 라이벌인 두 여자가 청소를 하고 장을 봐 정우가 좋아하는 춘권을 튀기며 살림 대치를 벌이는 중에 동네 사람이 집에 찾아와서 이상한 소릴 한다. "그럼 본인은 모르고 있다는 거죠? 언제 온 거예요?"(237쪽) 그리고 밝혀지는 진실, 소설의 화자 '나'는 정우와 라이벌 여자(엄마) 사이에서 태어나 외탁한 "쭈그러진 못난 얼굴"(241쪽)의 외동딸이었던 것이다. '나'는 사고를 당해 병원 침대에 누워 있다 "일주일 전, 연명치료가 중단"되어 사망했으며, 생전 "어머니의 이야기를 너무 많이 들은 탓에 그와 당신을 혼동"(245쪽)한 채로 구천을 떠돌고 있었다. 즉, '나'는 정우의 아내가 아니라 엄마를 위해 "아빠를 죽이러"(246쪽) 온 정우의 딸이었던 것이다.

'나'는 엄마를 빼닮았다는 이유로 엄마에게 사랑받지 못했다. 발바닥의 아치나 미간과 가마 같은 애매한 부분만 간신히 아빠를 닮아 "정우가 집에 들어오지 않는 거. 어쩌면 그건 이 애가 나를 닮아서가 아닐까"라고 엄마를 자책하게 만들고, 아빠로 하여금 "둘이 똑같네"(243쪽) 소리가 나오게 해 엄마를 절망에 빠뜨렸다. 그런 딸은 엄마를 따라 폭식, 자해, 약물 오남용, 과수면 등을 반복하고, 부모로부터 적절한 애정을 받지 못해 방치와 학대를 당하면서도 아빠 흉내를 내면서 끊임없이 엄마의 관심을 갈구하며 생존했다. "아빠가 또 그랬어? 다 잊어. 괜찮아. 내가 뭐든지 할게. 시키는 대로 다 할게. 그러니까 제발…… 제발 울지 마. 엄마. 좀 웃고 살자고. 삶을 지옥으로 만들지 말라고……"(246쪽)

가여운 엄마를 위해 아빠를 죽이러 돌아왔던 딸은 이윽고 엄마가 원한 것은 아빠의 죽음이 아닌 아빠의 사랑이라는 것을 깨닫고 그를 죽이는 대신 그의 몸으로 들어가기로 결정한다. "진짜 엄마는 아빠만을 원한다. 평생 그랬고 앞으로도 그럴 것이다. 엄마의 구멍을 채울 수 있는 건 세상에 단 한 사람, 아버지뿐이다."(247쪽) "진짜 사랑 앞에선 껍질을 버리는 일 따위엔 저항감이 들지 않는다"(221쪽)면, 진짜 사랑은 아빠 정우를 향한 엄마의 감정뿐 아니라 아빠의 몸에 빙의해 엄마에게 사랑을 돌려주기로 마음먹은 딸의 것이기도 할 테다. "어리석은 엄마. 가여운 엄마"를 향한 학대받은 딸의 트라우마적인, 동성애적인, 근친상간적인 로맨스의 예고, "몇 밤만 지나면 엄마는 진짜 행복을 알게 될 거야. 내가 그걸 가르쳐줄 거야"(251쪽). 사랑을 위해 인생을 바친 이 여자는 이제 정말 그 마음을 보답받을 참이다.

애정과 증오를 오가며 희비극을 연출하는 모녀의 돌봄 서사는 「마유미」의 주제이기도 하다. 아름다운 20대 여성의 모습으로 시청자들을 사로잡는 캐릭터 '마유미'는 버추얼 휴먼이다. 아름다운 목소리를 가졌지만 목소리만 예쁜 바람에 아나운서가 되는 데 실패한 현주는 사고로 병원에 누워 있는 엄마 경희의 "처녀 시절 얼굴"(149쪽)을 본떠 마유미를 만들었다. 전혜린과 문정희, 최승자와 브레히트를 좋아하는 문학 소녀이자 김찬삼과 천경자의 작품을 보며 타국에 대한 동경을 품었던 경희는 탤런트가 되고 싶어했지만 촌구석에서 태어나 세상으로 나갈 기회를 가져보기도 전에 아이를 낳고 키우며 살다 늦깎이 시인이 되었다. 그런 멋지고 잘난 엄마가 "유부남이랑,

얼굴도 개떡같은, 여자애들 성추행하고 나가리 돼서 깡촌에 내려온 그 개새끼"(167쪽) 시 창작 교실 선생과 사랑에 빠지고, 그에게 또다른 불륜 상대가 있었다는 걸 알게 되어 그의 집 베란다에서 몸을 던졌다. "엄마가 어째서 그런 선택을 한 걸까? 도무지 모르겠어서, 엄마가 되어보려고 한 거야. 엄마의 옷을 뒤집어쓰면 이해가 될까 싶어서."(같은 쪽) 그런 현주의 욕망으로 태어난 마유미는 예쁘고, 아무리 많이 먹어도 살이 찌지 않고, 늙거나 아프지도 않고, 해맑은 "여자 중의 여자"(132쪽)다. "교수랑 젠틀맨"(116쪽) 등의 열성 시청자들로부터 소박하지만 쏠쏠한 관심과 인정 욕구를 충전한 현주는 어느덧 버추얼 휴먼이라는 마스크를 벗고 마유미로서 자신의 모습을 공개할 것을 고민하는 중이다.

현주의 동창이자 표절 의혹으로 활동이 중단된 작가 '나'는 현주에게 부탁받아 '마유미' 계정을 함께 운영하고 있는데, 이제 마유미의 가면을 벗고 자기 자신의 모습으로 활동하겠다는 현주의 주장에 앙심을 품게 된다. 그간 '나' 또한 완벽한 여자 마유미를 만들어가며 희열을 느껴왔기 때문이다. 자기 사진에 마유미의 얼굴을 합성해보고, "여자라면 다 겪어본 일"(132쪽)이지만 자신만은 결코 겪을 일이 없던 스토킹 경험을 마유미에게 대리 체험시키고자 한다. 그런 마유미가 사라질 위기에 처하자 '나'는 현주를 자살로 유명한 바닷가 마을의 절벽으로 이끌고, 현주는 실족사로 사망한다.

흥미로운 것은 현주의 "마더 이슈"(168쪽)이자 경희의 없던 미래이자 '나'의 대리물인 마유미가 지속적으로 외로운 여자들을 끌어당기는 소실점이 된다는 사실이다. 마유미를 부러워하거나 시샘하던 누군가가 '나'의 모습을 몰래 찍어 '버추얼 인플루언서의 실체'라는 동영상을 올리고, 더럽고 촌스럽다는 이유로 '나'에게 모욕적으로 해고당한 경희의 요양보호사가 열화된 버전의 새로운 '마유미'를 만들어 계정을 운영하기 시작한다. 버추얼 휴먼 뒤에 있는 이 여자들을 향한 세간의 평은 무정하기 그지없다. "한심하다, 줘도 안 먹을 것들이"(159쪽). 그러나 요양보호사가 자기 환자 얼굴을 닮은 마유미에게 자신을 투영한다는 사실에서 분명하게 드러나는 건, 이들의 남성 편력이 아니라 돌봄을 담당하는 여성들의 엄청난 소유와 지배 욕구다. 내가 돌본 것은 내 것. 빼앗길 위험에 처한다면 살인도 망신도 소문도 마다 않는 「마유미」 속 여자들은 '모성'이란 이름으로 발음되는 여성들의 권력에 대한 추구와 질주를 여실히 보여준다.

우생학적 루키즘과 재생산주의 에이지즘

소설집 전반에서 각별하게 두드러지는 미추의 양극화는 급에 따라 모든 조건이 서열화되어 있는 사회에서 미모나 건강 등의 안정적인 성적 자원을 갖추지 못한 이들이 표현하는 냉정한 자기 인식의 산물이자 외모지상주의 사회에 대한 폭로다. 이희주 작가의 펜촉 아래서 성은 철저하게 물화된다.

우생학에 가까운 루키즘과 재생산주의의 절정은 「최애의 아이」와 「천사와 황새」 속 충격적 설정 등에도 잘 담겨 있다. 좋아하는 아이돌의 정자로 인공수정해 처녀의 몸으로 생명을 수태하는 팬의 이야기를 담은 「최애의 아이」에서 생명은 값을 따져 구입하고 처분할 수 있는 시장 상품이다. 명문대 입시도 대기업 입사도 곧잘 해냈던 무한경쟁체제의 독식자 우미에게 불가능한 유일한 일은 남자와의 섹스다. 연애나 남자 경험이 전무한데다 "미남 공포증"(87쪽)까지 가져 "여자로서 자신감"(86쪽)이 전혀 없는 서른넷의 우미는 새해 아침, "30대 여자의 냉정한 판단력"(68쪽)으로 연예기획사에서 제공하는 정자로 후손을 잇겠다는 결단을 내린다. 때마침 한 미소년 아이돌에게 듬뿍 빠져 있고, 정자를 굿즈로 판매하는 비윤리적인 인구정책이 시행된 참이다. 그런데 언제는 생명이 윤리적으로만 탄생했던가. '질좋은' 유전자는 '굿즈'이고, 여성은 '자궁'

이며 '아이'는 향후 엄마에게 기쁨과 수익을 보전하고 산업을 굴릴 '상품'이다. 그것은 팬 활동에 들어가는 비용을 따지면 가성비의 측면에서 남는 '투자처'이기도 하다. "추가 비용 0원!"(82쪽) 그렇게 모자보건사업의 한부모지원분과 희망열매 정책의 수혜자가 된 우미는 스스로에게 과배란 주사를 놓고, 타이밍 맞춰 인공수정 시술대에 누운 뒤 용이 나오는 태몽을 꾼다. 못하는 게 없는 "개천 용"(85쪽)답게 우미는 한 번에 임신에 성공하고 "다른 여자의 자궁강 내로도 들어"(77쪽)갔을 유리의 정자를 아쉬워하며 산후조리원을 고른다.

우미도 안다. 평생 "남자 앞에 서는 걸 두려워했던" 자신이 "거기에 대한 반발로 미소년을 사랑하게 된 건지도 모른다"(88쪽)는 걸, 유복자로 태어나 어렵게 자수성가한 가수를 자기 연민하듯 좋아하게 된 것을 말이다. 아무렴 그 원인이 무엇이든 간에 이제 우미가 원하는 것은 미소년 '최애'의 미모를 닮은 옥동자를 출산하여 굿즈 수령의 기쁨을 오래도록 누리는 일이다. 친밀성을 상품화하여 "아이돌의 인권을 보장"하지 않는 산업, "약혼자에게 버림받았다는 루머"(77쪽), "도태녀들"(99쪽)이나 하는 "미저리 시술"(78쪽)이라는 세간의 비난에 맞설 논리도 어련히 갖춰두었다. "늦기 전에 낳고 싶었"다거나 "여성의 의무 중 하나인 재생산을 통해 국가에 이바지"(71쪽)하기 위해서라면 여자가 애를 낳는 일에 별 의문이 따라

오지 않는 사회니 말이다. 우미는 번듯하게 치장하고 "자신을 정상으로 보이게"(90쪽) 만들 심부름센터 남자—추후 별점 세 개에 '어중간하다'는 한 줄 평을 받는—를 가짜 남편으로 대동해 팬 사인회에 가는 대담함을 보인다. "어이없지. 저게 제일 싼데."(같은 쪽) 유리를 만나 최애의 2세, 즉 이새라는 이름까지 받은 우미의 팬 활동과 태교 활동은 동일하다. "네 아빠 오늘 화장 이쁜데?"(94쪽)

문제는 자연분만까지 수월히 해낸 우미의 귀에 꽂히는 뉴스의 충격적 내용이다. 차기 대선 주자로 거론되는 "의사 출신의 여당 정치인"을 비롯한 유력 남성들, 그러니까 자기의 정자를 멀리멀리 퍼뜨리고 싶어한 남자들이 아이돌의 것인 척 속이고 "정자 바꿔치기"(98쪽)를 했다는 사실 말이다. '최애의 아이'를 낳고 싶어했던 꿈은 산산조각이 나고, 우미는 해당 정치인의 모습이 실시간 중계되는 재래시장 한가운데서 영아를 살해한다. "육아 스트레스는 정말 문제적"(102쪽)이니까, "아이가 유리처럼 예쁘지 않으니까", 자기는 "멀쩡하지 않은 부모 밑에서 자란 사람"(103쪽)이니까 말이다. 아니, "자기들만 인간인 줄 아는 역겨운 인간들에게, 너희들의 정자가 들어간 아기도 바닥에 내려치면 공평하게 토마토가 된다고 말하고 싶었"(같은 쪽)던 우미는 살인자가 되었지만, 끝내 유리의 아이만을 갖겠다는 소망은 지켜내고야 만다.

여성을 '출산 기계'로 인식하는 관습에 대응하는 '출산 기계'의 반란, 우생학에 우생학으로 맞서 그 논리의 허점을 일깨워주는 이 대찬 응수는 임신, 출산, 육아에 관한 SF 소설 「천사와 황새」에서도 두드러진다. 하늘에 정체를 알 수 없는 인면 부유체가 떠다니고 장기간 불임 사태로 아이가 태어나지 않는 세계, 가임 여부를 확인하는 신체검진의무법이 시행되고 남성 또한 아이를 낳을 수 있게 된 사회에서 우미는 중학교 동창이자 첫사랑이었던 유리와 재회한다. 유리는 미국에서 의대를 나와 정부 기관에서 일하며 "65세 이상"의 "생식능력과 노동력이 없는 요양병원의 노인들을 시작으로 점차적인 안락사를 국가 차원에서 시행"(267쪽)해야 한다고 주장하는 의료인 단체의 회원이자, 그 자신 또한 남성의 몸으로 아이를 품고 인구 재생산에 이바지하는 애국자다.

국가주의적 사상을 내세우며 임신과 출산을 반복하는 두 사람이지만, 사실 이유는 따로 있다. 남몰래 "평소와는 다른 교복을 입고" 담배를 피우고 다니며 "벌어진 치마와 다리 사이로 (……) 우미의 것과는 다른 (……) 손이 닿은 적이 있는"(281쪽) 성기가 달렸고, 아이를 품는다는 상상만으로 "완전해진 느낌"(275쪽)을 받는다는 유리와 달동네에서 자랐으며 더 이상 아픈 할머니를 돌볼 자신이 없어 자기 손으로 혈육을 죽인 과거가 있고 유리와 부부가 되는 꿈을 꾸는 우미, 서로의 비밀을 목격한 그때부터 그들은 서로를 되비추며 각기 다른 이유로 아이를 낳기 시작했다. 아이를 낳는 여자가 되고 싶으니까, 가난에서 벗어나 관심받고 싶으니까 말이다. 오해받아야만 사랑받을 수 있는 두 사람. 우미의 꿈속에서 유리는 우미의 극진한 돌봄 끝에 빨간 수정 구슬을 낳는다. 알을 낳다 터진 유리의 몸, 아이가 든 알을 깨뜨리는 우미. "울컥 솟아나는 건 구토인가 기도문인가?"(283쪽)

우생학적 생명 정치 속 소수자적 욕망의 항로를 그리는 「천사와 황새」는 가임기 여성의 몸을 도구로 인식하는 성차별적 인식론을 단번에 넘어서는 한편, 그 안에 흐르는 다중다기한 퀴어적 욕망의 흐름을 물감처럼 퍼뜨린다. 재생산주의적 우생학과 금권주의적 에이지즘 속에 희미한 농도로 몸을 감추고 있는 굶주린 욕망들, 그것을 인식하고 다르게 인정할 수 있는 프레임이 없다면 이 폭력적인 상황을 벗어나는 일은 요원할 것이다.

트랜스 보디, 트랜스 수치심

가상현실과 홈리스 문화를 통해 트랜스젠더리즘적 욕망의 충족과 좌절을 주제화한 「해변 지도로부터의 탈출」은 이 소설집의 가장 슬프고 소중한 소설 중 하나다. 서른 살의 미도는 15년 전 '해변 지도로부터의 탈출'이라는 게임에서 처음 선우를 만났다. "친구가 없고 다른 사람의 집에 초대된 적이 없"(196쪽)어 늘 외로웠던 미도는 괴롭힘을 당할 때만 관심받을 수 있었기에 매 맞던 유년의 상처를 매만지며 살아간다. 그렇게 늘 없는 존재로 취급받거나 얻어터지기만 했던 그는 홀로 배회하던 게임 속 해변가에서 선우를 만나 처음으로 설레는 감정을 느끼게 되고, 모니터 너머 서로의 얼굴이 궁금했던 그들은 자신의 실체를 들킬까 두려워 가짜 사진을 주고받았다. "판판한 가슴 아래에는 휴지를 뭉쳐 넣고, 짧은 치마 밑으로 허벅지가 훤히 드러나게 찍은"(201쪽) 몸 사진, 같은 반 예쁜 친구의 얼굴을 훔쳐 찍은 사진, "인터넷에 떠돌아다니는 얼짱 남자의 사진"(203쪽) 등을 말이다. 신체를 드러내지 않는 온라인상에서 미도는 생리를 하지 않아도, 여자애들 "어느 무리도 미도를 끼워주지 않"(198쪽)아도 온전히 여자가 될 수 있었다. 불쾌한 치근거림이든 상냥한 시선이든 "뭐가 됐든 주목을 받으며 미도는 뻣뻣함과 축축함, 홧홧함과 불쾌함, 무엇보다 당혹스러운 자긍심에 중독"(같은 쪽)되었으므로 "해변은 미도의 낙원이었다"(197쪽).

"사람의 피부 면적은 1.5제곱미터에서 1.9제곱미터. 피부를 벗겨 지도처럼 펼치지 않는 이상 인간은 자기 몸의 3분의 1도

보지 못한다."(178쪽) 소설의 제목 '해변 지도로부터의 탈출'은 게임의 이름이기도 하지만, 동시에 몸을 이루고 있는 표면적을 은유한다. 크기로는 기껏해야 2제곱미터이지만, 그 몸을 벗어나는 일은 좀처럼 쉽지가 않다. "날 때부터 갇힌 몸에서 벗어날 순 없었다. 오랜 옥살이에 그는 비굴해졌다. 맞고 자란 개 같은 미도"(179쪽)는 용기를 내어 온라인 게임에서 사랑하게 된 선우와 오프라인에서 만날 약속을 했다. "내 주제에. (……) 어느 남자와도 사랑할 준비가 되어 있었"(214쪽)다고 생각했던 미도는 "머리를 짧게 자른 통통한 여자애"(215쪽)였던 선우를 알아보고 도망치다 지나가는 연인에게 목도리로 가렸던 울대뼈를 들켜 혐오받는다. 게임 속에서 몸을 감추고 사랑을 속삭였던 두 퀴어 청소년은 더 많이 원하다가 더 많이 잃게 되었다. 그렇지만 "미도의 몸은 기억하고 있다. 처음 해변에서 두 사람이 손을 잡던 날 마우스를 쥐고 있던 손의 열기를. 모니터에 입을 맞춘 순간 가볍게 입술 위를 스치던 솜털처럼 찌릿찌릿한 전율"(217쪽)을 말이다.

그후로 15년의 세월이 흘렀지만 미도는 아직 선우를 잊지 못했고, 오래된 남자친구가 있다는 거짓말로 가족을 안심시키며 지내왔다. 그런 미도의 오랜 꿈은 '쥐 인간'이 되는 것. 미도가 한 다큐멘터리를 통해 알게 된 '쥐 인간'은 진한 화장을 하고 친구들과 공원에서 원하지 않을 때까지 춤을 추다가 아무 집에나 들어가서 음식과 잠자리를 구걸하며 살아간다. 그러니까 누군가에게 받아들여지는 삶이다. '쥐 인간'은 단지 집도 돈도 없는 떠돌이가 아니다. "공간 자본주의에 저항하는 침입자"(188쪽)이자 "어딜 가도 고향처럼"(207쪽) 지내는 강한 자, "열심히 접시를 핥고 나면 굉장히 뿌듯"(209쪽)한 긍지를 느끼는, 부동산과 족벌과 차별이 판을 치는 치사한 세상의 논리를 따르지 않는 우리 시대의 혁명가다. 그리고 서른 살의 미도는 홀로 머물던 바닷가 펜션에서 꿈에 그리던 '쥐 인간'을 맞이하게 된다. "따뜻한 물과 이불을 빌리기 위해 다른 무언가는, 이를테면 자존심 같은 건 쉽게 팔아도 된다고 생각하려나?"(193쪽) 자신에게 스스럼없는 호의를 표하며 음식을 만들어오는 남자, 외로운 미도는 쥐 인간과의 연극에 빠져들고 자신에게 따뜻한 용기와 호의를 표하는 '쥐 인간'에게 반해 그와의 동침과 낳을 수 없는 아기를 상상하며 "뜨겁고 건조하고 젖고 메마른 미도의 몸이 한없이 넓어"(211쪽)지는 걸 느끼지만, 그 순간 그는 자신의 여자친구를 방으로 데려온다. "당신은 좋은 사람이에요. 정말로."(212쪽) 미도는 좋은 사람이었지만, 미도가 원하는 방식으로 좋은 사람이 될 순 없다. 잠이 든 두 사람을 두고 미도는 숙소를 빠져나와 탈출할 수 없는 자기 몸의 지도를 헤아리며 정처 없이 해변을 걷는다.

트랜스젠더인 미도가 경제공황 이후 세계 곳곳에서 대거 양산되는 홈리스들인 '쥐 인간'을 동경한다는 사실은 의미심장하다. 불이 꺼진 학교에 들어가 책으로 배우고, 고요한 밤의 수영장에서 헤엄치는 법을 배우며, 아무데나 들어가 하룻밤을 자는 삶, "어디든 자기 집으로 만드는 뻔뻔함, 자기는 사랑받고 있다는 자신감"(187쪽), 미도의 '쥐 인간'적 삶에 대한 선망에는 낮보다 활기찬 밤을 살아가며 세계의 질서를 비틀고 자긍심을 취하는 퀴어의 욕망이 서려 있다.

복종의 표류, 결단의 파시즘

강과 약, 미와 추, 부와 빈, 명과 암 등 냉엄하고 살벌한 이분법으로 재단된 현실 인식이 도덕적, 윤리적 선악 구분을 따르지 않는다는 사실 또한 이희주의 독자들이 주의해야 할 점이다.

「사과와 링고」의 화자 사라는 가족의 생계를 부양하느라 허리가 휜 맏딸이다. 졸업 후 끊임없이 일했지만 모은 재산도, 커리어도, 유의미한 사회적 관계도 없다. "이번이 마지막"(291쪽)이라는 말로 매번 목돈을 빌려가는 동생, 장녀에게 책임감을 물림하는 무력한 엄마, 잇따른 가족의 수술과 죽음을 경제적으로 책임지며 사라는 이미 가족에 대한 애정이 말라붙은 지

오래다. 가장 큰 골칫거리는 돈을 빌려갈 뿐 갚을 줄 모르는 동생 사야다. 절약 습관이 몸에 배어 커피 한 잔도 맘껏 사 먹지 못하는 사라에게 사야는 주제 파악도 못하고 대출과 협찬으로 빌어먹고 살면서도 사치를 일삼는 분별없는 동생이다. 한때 "괜찮은 남자를 만나 시집갈 거라고 믿"(299~300쪽)었으나 팬데믹으로 준비하던 취업도 좌절되고 변변찮은 남자만 골라 사귀면서 아픈 고양이 두 마리까지 보살피는 동생을 보며 "서른이 다 되어가도록 똑같은 애완동물끼리 만나 앙알앙알"(300쪽)하는 철부지 동생이 차라리 예쁜 외모를 자원화해 "제발 사야가 꽃뱀이 되었으면 좋겠다"(311쪽)고 생각할 정도로 지금 사라는 폭발 직전이다. "그래, 세상 좆같은 거 알지. 언니도 자본주의가 뭔지 알아. 근데, 사야. 너한테도 문제가 있다는 생각은 안 해봤니?"(308쪽) 현재 사야가 처한 상황에서 돌봐야 할 객식구는 저주의 증식이나 다름없다. "너 피임은 제대로 하냐? (……) 정신 차리고 똑바로 살어. 여기서 팔자 더 꼬지 말고."(326쪽) 천덕꾸러기 취급을 받으며 생애 내내 은근한 멸시를 감내해온 동생 또한 할말이 없지 않다. "언니 어떻게 그래? 내가 돈 좀 빌렸다고 어떻게 그럴 수가 있어? (……) 다 알아. 언니 나 쓰레기라고 생각하잖아. (……) 엄마도 니만 좋아하고 나는 내놓은 자식 취급하고……"(327~328쪽)

미술을 공부하고 싶었지만, 보람 없이 "한없이 연장만 되는 비정규직"(288쪽)도 아쉬운 처지에 사라의 꿈은 빛바랜 지 오래다. "도대체 마지막은 언제 온단 말인가?"(292~293쪽) 망했지만 결코 멸망하진 않는 지루하고 괴로운 삶에 지친 사라가 진짜 '종말'이 이뤄지는 뮤지컬 〈더 라스트〉에 빠져든 건 우연이 아니다. 소행성 충돌로 파멸이 예고된 세상에서 마지막 여행을 떠난 두 친구의 철학적 사색을 그린 이 뮤지컬은 지구의 멸망과 자신의 멸종을 바라는 친구를 위해 친구를 가장한 신이 지구를 멸망시켜주는 반전 설정으로 희망 없는 저성장 시대 청년들에게 위로를 주는 중이다. "한 인간의 곁에 그의 소원을 들어주기 위해서라면 지구도 멸망시켜줄 신이 있다는 게 좋았다"(294쪽)고 느끼는 사라는 뮤지컬을 통해 위로를 받고, 속수무책으로 뮤지컬의 설정에 빠져들어 곧 자신을 위한, 자신만의 신을 개발한다.

"두 마리 고양이, 병원비, 전기세, 수도세, 환불이 불가능하다는 네일 숍의 회원권"(326쪽)을 생각하며 또다시 동생에게 큰돈을 송금한 사라는 SNS 속 동생의 고양이 사진들을 보게 되고, 예쁨을 받는 그들은 이윽고 사라의 갈 곳 없는 증오가 겨냥하는 과녁이 된다. 사라는 신부전 때문에 지속적으로 병원 신세를 져야 하는 고양이 둘을 살해하고, 자신이 동생을 구해주었다고까지 여긴다. "내가 너를 돌봄의 고통과 예정된 가난에서 구해주는 거라고."(332쪽) 죽어가는 고양이가 긁은 생채기로 피투성이가 된 팔의 고통을 느끼며 사라는 뮤지컬 관람석에 앉아 다짐한다. 잔혹한 "이 세계에서 결코 끌려나가지 않겠다"(335쪽)고.

자매를 꼭 닮은 동생의 반려 고양이 두 마리를 살해하는 사라의 결단이 신자유주의적 생존의 습속과 해당 체제를 두 사람의 낭만적 관계로 축소한 장르물을 경유하여 이루어진다는 점은 많은 시사점을 던진다. 사라의 고통은 왜 동물 학대의 근거가 되는가. 주식을 하지 않아 남들처럼 부자가 되지 못했다고 느끼는 사라의 상대적 박탈감은 대학을 중퇴하고 손쉽게 사기에 휘말리는 동생 사야의 조바심보다 왜 더 연민의 대상이 되어야 하는가. 누구에게나 닥칠 수 있는 질병과 사고는 왜 가족의 저주로 남게 되는가. 한때 부동산 계급 상승의 기회를 얻었지만 하락세를 탄 경제성장과 일찍이 사망한 남성 가장으로 인해 가세가 기운 가정의 희망은 어디에서 오는가. 사회학을 전공했지만 도무지 그 쓸모를 찾을 수 없는 극악의 취업 환경은 왜 결국 이 땅의 프레카리아트들을 기생충 취급하게 만드는가. 소설은 우리 시대 도처에 논리를 틀고 있는 일상의 파시즘적 사고들을 숙고하게 만든다. 이곳에 아름답고 숭고한 자매애는 싹틀 수 없다.

이희주 작가가 반복하는 결단주의는 이처럼 할 수 있는 것이 아무것도 없다는 무력한 약자의 판타지를 충족시키는 동시에 파시즘과 연동될 위험성 때문에 언제나 위태로운 경계선을 타고 흐를 수밖에 없다.

언론사 기자이자 팬픽션 작가 화자가 등장하는 「사랑, 기억하고 있습니까」는 그러한 숙제들을 두루 고민하는 소설이기도 하다. '12·3 비상 계엄'과 '서울서부지방법원 점거 폭동'이라는 초유의 사태를 통과하는 2024~2025년의 대한민국, 작은 언론사의 기자 우미는 "응원봉을 들고 거리에 나온 전국의 아이돌 팬 인터뷰"(340쪽)를 하라는 선배의 지령을 받는다. 민감한 팬덤을 건드리고 싶지 않고, 케이팝에 대해 아무것도 모르며 젊은 여자를 호명하는 윗선의 지시도 고깝지만, 우미는 지방 집회에 출장을 다니며 인터뷰이를 물색한다. "까라면 까야지. 민주 언론에도 위계질서는 존재하니까."(같은 쪽) 그리고 소득 없이 지방의 호텔에 묵게 된 밤, 새벽녘 TV에서 중계되는 "그 일"(341쪽)을 본다. "한 무리가 각목이나 쇠파이프 따위를 들고 법원 벽을 내리치고 있었다."(342쪽) 대통령의 기습적 계엄 선포와 이에 반발한 시민들의 투쟁으로 전국 곳곳의 광장이 채워지고 있던 그 겨울, 내란 혐의를 받는 국가원수의 구속영장 발부를 위한 심사에 반발한 극우 세력들이 법원에 침입하여 폭동을 일으킨다. 그 세력들을 화면을 통해 주시하던 우미는 돌연 심장이 쿵쾅대는 걸 느낀다. 그들 중 "만난 적 있는 얼굴"(같은 쪽)이 있기 때문이다.

  6년 전 우미는 직장 동료이자 미대 동창인 친구 영하와 한 아이돌을 좋아했다. 즐길 "떡밥이랄 게 없어 영하는 자연스레 사진을 찍고 우미는 그림을 그리게 되었다"(345쪽). 특히 영하의 '직캠' 영상은 아이돌 그룹의 인지도를 올리는 데 크게 기여한다. 중소기업의 막내로 노상 고생만 하던 둘은 팬 활동을 통해 일상의 활력을 얻고 잊고 지냈던 창작의 열정을 불태우게 된다. "흐흐, 이게 사는 거지. 이게 사는 거야." (346쪽) 둘은 사랑하는 유리의 생일을 맞이하여 그가 다녔다는 지방의 고등학교로 여행을 떠나 산속에 위치한 유리의 모교를 방문하고, "사단법인 평화와 어쩌고"(364쪽) 하는 팻말과 인물상 아래 적힌 "섭리 안에 사는 군사"(365쪽) 등을 운운하는 돌비석 속 문장을 보게 된다. 알고 보니 유리는 사이비 종교의 오랜 신자였고, 그곳은 미션스쿨이었다. 그후 유리는 결혼을 발표하며 팀을 탈퇴한다. "신흥종교의 신자인 그는 하나님의 말씀을 따라 신앙가정을 만들기 위해 만 스물한 살에 결혼하여 일본으로 이주"(374쪽)한다는 결정을 내린 것이다.

  유리의 모교에서 우미와 영하는 여러 명의 소년들이 "천국 가기 싫냐"(372쪽)며 한 소년을 걷어차고 있는 상황을 우연히 목격했었다. 그리고 남몰래 사이비 장르물의 팬픽을 쓰던 우미는 맞고 있는 소년을 멀찍이서 구경만 했다. 얻어맞으면서도 저항하지 않는 얼굴을 "에로와 폭력에 힘을"(354쪽) 준 자신의 팬픽에 적확히 묘사하고 싶다는 이기적인 이유로 말이다. "소년의 맞는 얼굴을. 유리창 너머 안전한 곳에서. 그 생생한 핏방울을 펜촉에 찍어 쓰려고 했다."(379쪽) "도움을 구해선 안 된다"(371쪽)며 그저 맞고만 있던 나약한 소년이 법치 질서를 무력으로 제압하며 "자신이 성전에 임한다는 이야기에 흠뻑 취한"(378쪽) 사이비 종교 신도의 얼굴로 바뀌는 순간, 팬들에게 기쁨을 주기 위해 늘 열심이던 아이돌이 실은 "엉뚱한 신. 한국인 신. 살아 있는 신. 김치를 먹어본 적이 있는 신. 섹스를 미친듯이 하는 신"(375쪽)을 위해 헌신했다는 걸 사이비물 팬픽션에서 폭력을 묘사하고 싶었던 우미가 알게 되는 순간은 비릿하고 축축하다.

팬픽을 쓰고 있다는 사실을 서로에게 숨긴 우미와 영하는 팬픽을 읽고 쓰는 여성들에게 강제된 수치심을 보여준다. "너희들끼리 어울리면서 정신적 근친상간 같은 것만 양산하지 마!"(348쪽)라는 두 사람의 학부 시절 교수의 힐평처럼, 끊임없이 무언가를 창작하고 공유하는 이들의 유희는 적실히 이해받지 못하며, 여성 동성 사회의 압력 속에서도 곧잘 튕겨져나간다. 소속사가 직접 연락해올 정도로 유능했던 영하는 "악의적으로 가지치기한"(375쪽) 팬픽이 공론화되어 포르노그래피를 썼다는 혐의를 받아 팬덤 내에서 퇴출될 뿐만 아니라 그 사실이 회사에 알려져 괴롭힘 속에서 직장을 잃는다. 유명 교회 장로인 "대표가 만든 현세의 궁전에 게이 음란물을 쓴 영하의 자리는 없었다"(376쪽). 기자가 되어 광화문 광장에 선 우미는 응원봉을 들고 나온 여성 청년들 틈에서 "영하를 신고한 사람들, 고소하다고 여기는 투로 영하를 비난한 이들이 떠올라 누구도 똑바로"(377쪽) 바라보지 못한다. 우미 또한 영하에게 강렬한 질투심을 느꼈다. 폭력은 연쇄되고 사랑은 미리 다 통제할 수 없는 길을 타고 저마다의 방향으로 표류한다. 단 빵을 삼등분해 나눠 먹으며 달다고 느꼈던 6년 전의 세 사람은 모두 다른 곳으로 흩어졌다.

가상의 폭력과 현실의 폭력이 중첩되어 인물들을 낯선 곳에 휘말리게 하는 섬뜩한 상상력은 공상을 최대치로 허용하고, 특정인을 신적으로 물화하며 결단주의로 나아가는 이희주 서사가 지닌 치명적 매력의 양면이다. 민주주의 질서를 수호하며 응원봉을 들고 거리에 나온 '기특한' 여성 청년들과 "보편적 윤리 인식에 어긋나는 문란한 묘사를 하며"(343쪽) 남자애들을 성애화하고 노는 미친 변태들이라는 아이돌 팬에 대한 양분된 진술도 의미심장하다. 팬이라는 집단에 그러한 윤리적 구분은 가능하지 않다는 사실, 그 안에서 다양한 창작과 소비 협상이 일어나고 있으며 이 문화는 가상의 공간에서 향유된다

할지라도 현실과 연루되어 있다는 건조한 사실 등이 소설의 수면 위로 떠오른다. 사랑은 사람을 어디까지 책임지도록 요구하는가. 믿음이 바닥난 세속, 우상화를 기반으로 하는 전세계적인 케이팝 열풍과 극우주의와 컬트 종교의 부상, 불안한 책임감 속에 모르는 내일이 오고 있다.

*

 이 소설집에서 묘사되는 폭력이 감히 탐스러울 수 있다면, 그것은 약자가 그 고통을 다스리는 법을 배우며 새로운 주체성을 탄생시키고 있기 때문이다. 우리는 자신이 시작되는 곳의 중력은 결정할 수 없지만, 자신이 지속되거나 종결될 곳의 좌표는 조금씩 바꾸어나갈 수 있다. 아니, 그 수행의 과정 자체가 삶의 거의 유일한 가능성이자 몫이다. 터진 유리의 반짝이는 숭고, 그 보석이 박힌 고통, 을의 조건이 권력이 되는 혁명일 아침의 뱃속 기운, 『크리미(널) 러브』는 이미 우리 안에 부드럽고 날카롭게 침투해 있는 바로 그 내장의 감정을 주무른다. 이 이야기들을 읽으며 속이 부글거렸다면, 그런데 그 불편함으로부터 영양분을 공급받았다면, 그래서 어쩐지 은밀히 즐거웠다면, 당신은 이 책의 독자다. 동시대 문학 예술을 탐사하며 이만한 쾌락을 찾기란 정말 쉽지 않다. 갈 데까지

가고, 다 가고 나서도 결국 '갈 데'의 한계를 더 넓히는 이야기, 우리는 과연 어디까지 갈 수 있을까? "그래도 최선을 다해서 즐기자고. 여행을 하는 동안엔 말이야."(「사과와 링고」, 335쪽)

작가의 말

2022년 가을부터 2025년 여름까지 3년간 발표한 단편을 모았다. 장편으로 데뷔해 단편 쓰기를 게을리한 탓에 9년 만의 첫 단편집이 되었다. 늦깎이 간행에 부끄러움이 크다.

손쓸 수 없는 것들과 마주하며 휘청이는 과정이었다.
죽이고 싶을 정도로 미운 얼굴과 차라리 죽었으면 싶게 사랑하는 얼굴이 이 안에 있다.
그들과 밥을 지어 먹고, 스쳐지나가고, 자주 쓰다듬었다.

여전히 아무것도 모르는 채로 쓴다.
어떤 건 죽을 때까지 알지 못할 것이다.

인생의 어느 한순간이라도 자기 자신이 아니었길 바란 이들에게 이 책을 바친다.

2025년 늦은 여름
이희주

| 수록 작품 발표 지면 |

0302♡ …… 테마소설집 『셋 세고 촛불 불기』(은행나무, 2025)

최애의 아이 …… 『문학동네』 2024년 가을호

마유미 …… 『마유미』(위즈덤하우스, 2023)

해변 지도로부터의 탈출 …… 『릿터』 2023년 6/7월호(발표 당시 제목은 '해변 지도로부터 탈출')

러브 오브 마이 라이프 …… 『문학인』 2022년 겨울호

천사와 황새 …… 『릿터』 2022년 6/7월호

사과와 링고 …… 『릿터』 2025년 4/5월호

사랑, 기억하고 있습니까 …… 문학웹진 림LIM 2025년 7월 연재

문학동네 소설집
크리미(널) 러브
ⓒ 이희주 2025

초판 인쇄 2025년 8월 22일
초판 발행 2025년 9월 5일

지은이 이희주
책임편집 정은진 | 편집 황문정
디자인 최윤미 이원경 | 저작권 박지영 형소진 주은수 오서영 조경은
마케팅 정민호 서지화 한민아 이민경 왕지경 정유진 정경주 김혜원 김예진 이서진
브랜딩 함유지 박민재 이송이 박다솔 조다현 김하연 이준희
제작 강신은 김동욱 이순호 | 제작처 천광인쇄사

펴낸곳 (주)문학동네 | 펴낸이 김소영
출판등록 1993년 10월 22일 제2003-000045호
주소 10881 경기도 파주시 회동길 210
전자우편 editor@munhak.com | 대표전화 031) 955-8888 | 팩스 031) 955-8855
문학동네카페 http://cafe.naver.com/mhdn
인스타그램 @munhakdongne | 트위터 @munhakdongne
북클럽문학동네 http://bookclubmunhak.com

ISBN 979-11-416-1265-8 03810

* 이 책의 판권은 지은이와 문학동네에 있습니다.
　이 책 내용의 전부 또는 일부를 재사용하려면 반드시 양측의 서면 동의를 받아야 합니다.

잘못된 책은 구입하신 서점에서 교환해드립니다.
기타 교환 문의 031) 955-2661, 3580

www.munhak.com